VIGDIS HJORTH

Die Liebeskur

Buch

Ida Heier ist Anfang dreißig, sie schreibt Hörspiele und Theaterstücke, ist verheiratet und hat zwei Kinder, aber irgendwie ist sie nicht richtig glücklich. Ihre Ehe existiert nur noch auf dem Papier, und schon öfter hat sie mit dem Gedanken an Scheidung gespielt, ihn aber immer wieder verworfen. Da lernt sie auf einem Seminar Arnold Busk kennen, einen Uniprofessor und international bekannten Brecht-Spezialisten. Eine amour fou beginnt, die Ida vollkommen aus dem Gleis wirft. Ida will diesen Mann, bedingungslos und für immer. Sie kann nicht ahnen, dass dieser Wunsch schon bald in Erfüllung geht – aber anders als gedacht …

Autorin

Vigdis Hjorth, 1959 in Oslo geboren, studierte Sozial- und Literaturwissenschaften und machte sich zunächst mit Kinderbüchern einen Namen, bevor ihr 1986 in Norwegen auch als Romanschriftstellerin der große Durchbruch gelang. Vigdis Hjorth lebt mit ihren drei Kindern in der Nähe von Oslo.

Von Vigdis Hjorth im Taschenbuch lieferbar:

Zum Teufel mit den Männern. Roman (43750)
Drei Frauen und ein Todesfall. Roman (44519)

Vigdis Hjorth

Die Liebeskur

Roman

Aus dem Norwegischen
von Gabriele Haefs

GOLDMANN

Die norwegische Originalausgabe erschien 2001 unter dem Titel
»Om bare« bei Cappelens, Oslo

Umwelthinweis:
Alle bedruckten Materialien dieses Taschenbuches
sind chlorfrei und umweltschonend.

Deutsche Erstausgabe April 2003

Umschlaggestaltung: Design Team München
Umschlagfoto: Zefa/Masterfile
Satz: Uhl+Massopust, Aalen
Druck: Elsnerdruck, Berlin
Verlagsnummer: 45409
RK · Herstellung: Heidrun Nawrot
Made in Germany
ISBN 3-442-45409-3
www.goldmann-verlag.de

3 5 7 9 10 8 6 4 2

Heimkehr

Deine Eltern
wurden Eltern
von anderen
und deine Geschwister Nachbarn.
Die Nachbarn
wurden Nachbarn von anderen,
und die anderen leben
in anderen Städten.
In anderen Städten kehren sie heim
genau wie du.
Und sie finden dich
ebenso wenig,
wie du sie findest.

Henrik Nordbrandt

I

Vor langer, langer Zeit, mit neunzehn Jahren, saß ich auf einem Bahnhof im Ausland. Ich war so allein, so unglücklich. Ich weiß noch, dass ich mich fragte: Was soll nur aus mir werden? Wie wird mein Leben aussehen, was wird aus mir geworden sein – in zwanzig Jahren?

Vorhang auf, und hier bin ich!

In einer Bahnhofsgaststätte, wie damals, zwanzig Jahre später, ja, das bin ich!

Ich schreibe auf meinem Block, ich hebe mein Glas. Geheime Signale an die Frau von vor zwanzig Jahren. Ich lasse mich zurücksinken und lächele vorsichtig, so, als ob sie mich beobachtet.

Und ich sehe sie vor mir, wie sie dort saß, allein, unglücklich, mutlos. Ich versuche, sie in mir zum Leben zu erwecken. Sie zu rufen, sie zu mir zu winken, um sie zu trösten.

Was damals so töricht wirkte, wirkt jetzt nicht mehr so. Und der Schmerz, den sie damals spürte, dessen sie sich schämte, dessen sie sich nicht zu schämen brauchte, dessen schäme ich mich jetzt nicht, ich nehme ihn ernst, wenn ich das Rätsel dieses unglücklichen Mädchens berühre.

Ich erinnere mich an Eisenbahngeruch, Café. Ich weiß noch, was gesagt wurde, weshalb sie sich so schämte. Es war dumm, zu dumm, als dass sie, ich, den dadurch entstandenen Schmerz hätte ernst nehmen können. Es tat weh, aber ich schämte mich dieses Schmerzes, ich brach unter meinem eigenen Schmerz zusammen. Ich Arme, du Arme.

Warum war ich damals nicht bei dir? Warum konnte ich nicht zu dir gehen, mich zu dir setzen, dich berühren und dich trösten.

Ich, meine Verwirklichung, war viele Jahre weit weg. Auf dem Bahnhof, mit zwanzigjähriger Verspätung.

II

Eine relativ junge Frau, dreißig Jahre. Mit Anfang zwanzig verheiratet, zwei Kinder. Sie schreibt Hörspiele und ist Redakteurin für eine Zeitschrift zum selben Thema. Es ist Winter. Januar, vierzehn Grad unter Null, weißer Frostrauch umgibt den parkenden Wagen, die Tannen, den Briefkasten auf seinem Sockel, weiter oben jedoch ist der Himmel blau, klar. Im Tagebuch steht, sie warte auf den Kummer, der ihr helfen wird, sie selbst zu werden. Damit sie diesen Kummer überlebt oder daran stirbt.

Die Kinder sind in der Schule und im Kindergarten. Es ist so still, wenn sie nicht schreibt. Sie steht auf und schleicht durch das Haus. In der Zeitung wird debattiert. Ein junger Dramatiker hat einen älteren angegriffen, der Ältere wehrt sich. Ihr Wortwechsel soll auf einem Seminar diskutiert werden, sie ist eingeladen. Februar, es tropft von den Dächern. Sie weiß, was sie sagen wird, das ist nicht der Grund ihrer Nervosität. Der Grund ist der Frühling.

Auch der Rundfunk ist auf dem Seminar vertreten. Der zornige junge Dramatiker soll den ersten Beitrag liefern. Er sagt, er sei nicht mehr zornig. Vielleicht, weil sein letztes Stück so gute Kritiken erhalten hat, überlegt er. Vielleicht, weil in letzter Zeit so gutes Wetter war, überlegt er.

Es ist März, wie jetzt, bald Frühling. Er ist jedenfalls nicht mehr zornig.

Gibt es Kommentare? Der Rundfunkreporter dreht auf dem Podium die Runde. Aber was sollen die Leute da oben schon sagen; wenn der junge Mann nicht mehr zornig ist, gibt es nichts zu diskutieren. Nichts, wogegen sie argumentieren, nichts, was sie verteidigen könnten. Nur der letzte Debattant, ein kleiner, kurz geschorener Mann ganz links, der Brecht-Übersetzer Arnold Busk, meldet sich zu Wort. Er sei ganz anderer Ansicht, sagt er.

Ganz anderer Ansicht? Der Saal spitzt die Ohren, der Rundfunkreporter eilt herbei.

»In letzter Zeit war das Wetter überhaupt nicht gut.« Nicht in Trondheim, wo Arnold Busk lebt.

Abends wird getrunken. Arnold Busk versucht, einer Frau die Hand zu streicheln, die Frau zieht erschrocken die Hand zurück. Wie offen er ist, denkt Ida. Die einen gehen schlafen, die anderen bleiben noch. Am Ende sitzen sie um einen einzigen kleinen Tisch. Es gibt nicht genug Stühle. Ida setzt sich auf seine Armlehne. Einige wohnen in einem Nebengebäude, hundert Meter vom Haupthaus entfernt, und brauchen dafür einen gemeinsamen Schlüssel, sie beschließen, zusammen hinzugehen. Als sie aufstehen, um zu gehen, als er aufsteht, um zu gehen, sagt Ida: Du brauchst nicht zu gehen, du kannst bei mir schlafen. Darauf setzt er sich wieder. Als sie später aufbrechen, steigt er hinter ihr die Treppe hoch, er hat sie ernst genommen, denkt sie. Er ist schmächtig, an seinem einen Ohrläppchen sitzt ein Diamant, vielleicht ist er homosexuell, sie können Kopf an Fuß liegen. Sie zieht sich aus und geht ins Bett. Er zieht sich aus, er holt im Badezimmer ein Glas Wasser, legt sich mit dem Kopf in dieselbe Richtung wie sie, nimmt seine Kontaktlinsen heraus und legt sie ins Wasserglas.

»Das darfst du nicht trinken«, sagt er.

Sie knipst das Licht aus. Er berührt sie, wie als Auftakt zur Liebe. Sie versuchen es mit der Liebe, aber ehe es ihm kommt, wird es draußen schon wieder hell.

»Bist du nicht verheiratet?«, fragt er.

»Doch.«

»Ich auch.«

»Ich dachte, du seist schwul«, sagt sie.

»Ich habe einen dreijährigen Sohn«, erwidert er leicht empört.

Sie muss den ersten Beitrag an diesem Morgen liefern, deshalb stehen sie auf. Ihr Körper kommt ihr seltsam leicht vor. Im Badezimmer fragt sie sich, ob er da sein wird, wenn sie herauskommt, da ist er, darüber freut sie sich, er steht nackt vor ihr, und er hat eine Narbe, die von der Achselhöhle bis zur Schulter reicht.

»Was ist das?«

»Eine Narbe. Eigentlich müsste ich Narbert heißen.«

Sie denkt: Das hat er schon oft gesagt.

Sie verlassen das Zimmer und gehen die erste Treppe hinunter. Sie geht weiter zum Seminarraum, er geht nach links, niemand soll sie gemeinsam ankommen sehen, geht ihr durch den Kopf. Er sitzt da, während sie redet, dann verschwindet er, kommt nach dem nächsten Beitrag aber in einem frischen Hemd zurück. Ein junger Mann spricht darüber, mit dem Körper zu schreiben, mit dem Geschlecht. Arnold Busk hebt die bleiche Hand, ihm wird das Wort erteilt. Er steht auf und steht mit zusammengekniffenen Lippen da. Er wartet, bis es still ist, bis alle ihn ansehen, er wartet zu lange, dann spricht er, er spricht zu leise, sie müssen sich konzentrieren, um ihm zuhören zu können, so, als wolle er sich nicht die Mühe machen, die

Stimme zu heben, als lohne es die Mühe nicht, als langweile ihn das Ganze.

»Ich habe«, sagt er langsam, »in diesem Seminar etwas bestätigt bekommen, was ich schon lange geargwöhnt habe. Dass es den norwegischen Dramatikern besser geht, als sie selbst gedacht haben. Anders als ich und diejenigen meiner Kollegen, die Schreiben anstrengend finden, die mit der Schrift kämpfen, jeden Tag, genießen sie das Schreiben, sagen sie. Und damit nicht genug. Jetzt höre ich auch noch, dass es ihnen sexuelle Befriedigung bringt.«

Sie kommt einfach nicht darüber hinweg. Sexuelle Befriedigung. Während sie im Saal saß. Die er nicht bekommen hatte. Um die Leute zum Lachen zu bringen. Sie lachen. Leicht vornübergebeugt, in frischem hellgelbem Hemd, er verrät sich. So früh: Schon liegt alles zutage.

Später an diesem Tag, dem Abreisetag, steht er mit einem Kollegen unten am Wasser. Sie läuft hin und tippt ihm auf den Rücken.

»Ich muss kurz mit dir reden«, sagt sie.

Der Kollege nickt und verschwindet.

»Hast du einen Kater?«, fragt Arnold.

Darum geht es nicht. Sie gehen fünfzig Meter in der einen Richtung am Wasser entlang, dann machen sie kehrt und gehen fünfzig Meter zurück. Er ist bestimmt zehn Jahre älter als sie und beruflich fest etabliert, wird bald Professor sein. Sie steht noch am Anfang.

»Wir sind doch verheiratet«, sagt er. »Das hier geht nicht nur uns an.«

Darum geht es ihr nicht. Er versteht das falsch. Es war einfach nur einfach so. Sie braucht nichts. Es herrscht Aufbruchsstimmung, im Hotel stehen die Seminarteilnehmer mit Koffern und Taschen bereit. Sie umarmen einander höflich zum Abschied und gehen nach oben. Verabschieden sich, reichen den anderen die Hände, umarmen alle, nur einander nicht. Er fährt nach Trondheim, nimmt den Bus zum Flughafen. Sie fährt mit der Bahn nach Oslo. Die meisten schlafen in der Bahn, Ida nicht. Sie hat kein schlechtes Gewissen. Sie hat das nicht zum ersten Mal gemacht. Sie wird sich ja doch scheiden lassen, das ist ihr schon lange klar. Sie hat nicht gewusst, was kommen wird, was angefangen hat.

Wir können unsere Liebesfähigkeit spüren, ehe wir der geliebten Person begegnen. Können unsere Fähigkeit zur Leidenschaft spüren, ehe wir die Leidenschaft kennen lernen. Können sie als Kind spüren, wie eine Möglichkeit; ich bin dazu fähig, heftig zu lieben. Wenn du diesem Menschen nicht begegnest, weißt du trotzdem etwas über Liebe. Der Geist schläft in den Steinen, schlummert in den Pflanzen. Erwacht in den Tieren, bald wird sie ein Tier sein.

Ihr Mann holt sie vom Bahnhof ab, sie hat kein schlechtes Gewissen, sie ist seltsam guter Dinge. An den folgenden Tagen denkt sie nicht daran. Dann kommt ein brauner Umschlag, von der Universität Trondheim, mit Hand ist der Name A. Busk über die Universitätsadresse geschrieben. Göran Sonnevies Lyriksammlung »Das Unmögliche«. Sie freut sich darüber. Sie liest darin und schreibt zurück und bedankt sich. Sie denkt daran, nicht damals, aber seither oft, dass er in die Buchhandlung gegangen war und nach dem Buch gefragt oder es im Regal gesucht hatte, es neben die Kasse gelegt und es bezahlt hatte, dass er sich dann überlegt hatte, welche Widmung er schreiben wollte: Wurde in neuerer Zeit jemals bessere Poesie geschrieben?/habe ich es nicht gelesen/in der Dunkelheit/in den Schatten der Schatten – wie um zu sagen, dass nicht nur Sonnevie, sondern auch der Absender eine poetische Natur ist, dass er als Künstler gelten kann. Dass er das Buch dann in einen Umschlag gesteckt, mit rotem Kugelschreiber über den Universitätsabsender A. Busk geschrieben, ihre Adresse in Erfahrung gebracht hat, vermutlich mit Hilfe der Telefonauskunft, dass er eine Briefmarke gekauft, sie aufgeklebt, den Umschlag in einen Briefkasten gesteckt hat, dass der Titel jedoch »Das Unmögliche« lautet, weshalb sie sich keine Hoffnungen machen darf. Sie träumt widerliche Dinge über Sexualität, es ist irgendwie wie im Kino, es geht sie nichts an, aber sie genießt es trotzdem, und nach dem Genuss wird wegen ihrer Taten jemand umgebracht.

Ich stoße Entwicklungen an, steht im Tagebuch, und dann verschwinde ich einfach, als gehe mich das nichts an, und doch zittere ich, eines Tages wird etwas Entsetzliches geschehen.

Drei Tage, nachdem sie sich bedankt hat, liegt der Brief da. Vier handgeschriebene Seiten über deutsche Dramatik, über seine Übersetzungsarbeit, über dieses, über jenes, über die Sonne, die über dem Fjord untergeht, während er mit einem Glas Wein auf der Terrasse sitzt und schreibt. Seine Frau ist verreist. Kjersti ist verreist, schreibt er. Sie antwortet, nicht so ausführlich wie er. Er ist älter, ein gut etablierter Akademiker. Er kritisiert die zeitgenössische Dramatik. Sie schreibt, sie habe gerade damit angefangen. Sie hat ein wenig Angst vor ihm. Das schreibt sie. Sie erwähnt den Altersunterschied. Sie lässt sich auf keine Diskussion über Goethe und Schopenhauer ein.

Ostern kommt. Sie fährt mit der Familie in die Berge. Sie geht in Gedanken verloren in der Dunkelheit über den vereisten See. Sie steht am Hotelfenster und betrachtet ihren Mann. Er steht unten und spricht mit einer Frau, es ist unerträglich, jetzt verliert sie ihn, er spürt, dass sie ihn nicht liebt, und verschwindet aus ihrem Leben. Sie muss sich scheiden lassen, ehe das passiert, ehe er sie verlässt. Sie steigt allein auf den Gletscher und geht allein in der Dämmerung über den See auf das erleuchtete Hotel zu. Wo sind die Kinder? Sie sind bei ihrem Vater. Er steht mit ihnen vor dem Hotel. Er spricht mit Müttern, die ihre Kinder zwischen den Beinen halten. Warme Körper, heiße Luft, kalte Berge, ihr Atem ist das einzige Geräusch, das zu hören ist. Ab und zu ein dunkler Schatten in einer anderen Fußspur, in Richtung Hotel, sie geht langsam, es soll lange dauern. Bis sie Essen, Kinder, Musik, Gäste erreicht. Nur der Wein hilft, Wein hilft. Die Dunkelheit einatmen, sich auf die Skistöcke stützen: Was soll aus mir werden? Was macht er jetzt? Steht an der Rezeption, mit Reif im Urlaubsbart, dunkel, redet mit anderen Frauen, die das zu schätzen wissen, sie finden ihn toll. Sie lächeln: Ich werde gut zu dir sein. In meinen Armen ist es warm. Ich werde dir das geben, was sie dir nicht gibt, denn alle sehen, dass sie es dir nicht gibt, was du aber brauchst, wonach du dich sehnst. Sie entfernt sich bereits und bereitet sich auf den Verlust vor, so ist das. Sie übt, ihn zu verlieren, damit sie weiß, was sie tut, damit es nicht unerwartet über sie hereinbricht. Das wird dazugehören: Du verlierst ihn, er wird eine andere küssen. Seine Energie, seine gute gewaltige Energie auf eine andere richten. Sie träumt, dass er sie betrügt, das ist schrecklich. Aber wenn er über das Wetter redet, über das Essen, wenn er mit Fremden Konversation macht, dann ist das unerträglich, dann muss sie gehen. Seine Sprache ist unerträglich, das Schlimmste ist er. Zu Hause liegt ein Brief von A. Busk im Briefkasten, sie holt die Post und sieht sie durch. Er hat einen Artikel gelesen, den sie in ihrer Zeitschrift veröffentlicht hat, und zu Ostern mit seiner Schwiegermutter diskutiert. Die Schwiegermutter ist Bibliothekarin, schreibt er. Die Schwiegermutter ist immer dabei. Er sitzt auch diesmal vor einem Glas Wein und sieht die Sonne im Meer versinken. Kjersti ist auch diesmal verreist. Kjersti ist immer dabei. Er erwähnt das Alter, denn sie hat es erwähnt. Kjersti ist fünfundzwanzig, schreibt er, er ist neununddreißig. Neununddreißig Jahre, und er hört das Alter über die Steppen donnern, schreibt er, das ist schön. Ist es möglich, heißt es am Ende, oder unmöglich, für sie, für sie beide, einmal die Sonne im Meer untergehen zu sehen, zusammen?

Sie liest den Brief unter einer Straßenlaterne, gleich am Waldrand. Sie steckt ihn zu den anderen Briefen, die sie von ihm bekommen hat, in einen Briefumschlag hinter die Bücher im Regal in ihrem Arbeitszimmer. Sie antwortet, nicht so ausführlich wie er, aber ausführlicher als beim letzten Mal. Inzwischen ist es April. Das muss doch möglich sein, schreibt sie. Er antwortet, Ende Mai kommt er nach Oslo, am fünfundzwanzigsten, er muss an der Uni Deutschprüfungen abnehmen, er fragt, ob sie sich treffen können.

Hat es auch in diesem Jahr einen 17. Mai gegeben? Hat sie die Kinder zum Nationalfeiertag fein gemacht, ist sie mit ihnen im Festzug gegangen? Haben sie mit der ganzen Familie gut gegessen, hat sie die Kinder zur Schule begleitet und hat am Sackhüpfen teilgenommen? Sicher können wir uns treffen, schreibt sie, als der Tag näher rückt, wir können uns doch »einfach so« treffen. Sie hört nichts von

ihm und wird unruhig, hat sie schon alles kaputtgem
noch ehe es begonnen hat, hat sie schon alles kaput
macht? Die Tage vergehen, der eine Tag rückt näher, sie hört nichts. Sie findet ihn nicht gerade toll, sie kann das, was auf dem Seminar passiert ist, nicht als Lieben bezeichnen. Warum steckt in ihr eine zitternde Erwartung, eine Lust zu weinen? Sie schreibt ihm, dass sie sich treffen können, so treffen können, als ob alles, als ob alles … Vier Tage vergehen, bis er antwortet, vier verzweifelte nervenzermürbende Tage, bis sie zwei Briefe bekommt. Einen als Antwort auf den ersten und einen als Antwort auf den anderen, aber beide sind geschrieben, das geht ihr auf, nachdem er ihren zweiten bekommen hatte, in dem stand, sie könnten sich treffen, als ob alles. Sie können auch so tun, als ob nichts, schreibt er im ersten Brief, und abwarten, ob sie die Glocken des Nichts hören. Sie können auch tun, als ob alles, steht im zweiten Brief, zusammen mit seiner Büronummer. Sie notiert sie an einer Stelle, wo niemand sie sehen kann. Sie soll am Dienstag anrufen, schreibt er, zwischen zwei und drei. In der Nacht zum Dienstag kann sie nicht schlafen. Sie wird um Punkt halb drei anrufen. Sie ist bei einer Freundin, um Zeit totzuschlagen, hat sie die Kinder zu einer Freundin mitgeschleppt. Die Kinder spielen im Garten mit denen der Freundin, die Mütter sitzen auf der Terrasse und trinken Kaffee. Etwas zu tun zu haben ist unerlässlich, die Möglichkeit, mit jemandem über andere Dinge zu sprechen.

»Kann ich mal telefonieren?«

Sie geht ins dunkle Haus, ihre Hand zittert.

»Hallo«, sagt er, er hat gewartet.

Sie sagt, er könne Zeit und Ort festlegen. Ihr sei alles recht.

Er erzählt, was er tun muss, wann ungefähr er fertig sein

wird. Vielleicht im Restaurant Herregårdskroa, Donnerstag, um sechs, geht das. Das geht.

»Ich freue mich«, sagt er.

Er freut sich. Sie hätte sagen müssen: Ich auch, aber das brachte sie nicht heraus. Er freut sich. Er sagt es ganz offen. Ein Mann. Er freut sich. Sie geht hinaus in den Garten. Es war noch nie so, wenn sie verliebt war. Seht ihr, dass ich ganz verändert bin? Seht ihr, dass ich verliebt bin? Sieht Mutter seltsam aus?

Nein.

»Sieht Mutter so aus wie sonst?«

Das Kind mustert ihr Gesicht. »Hast du dir wehgetan?«

»Nein. Wieso?«

»Da«, sagt das Kind und tippt eine Stelle über ihrem Auge an.

Sie ist zuerst da. Sie sitzt auf der Mauer und wartet. Ein schmächtig gebauter Mann in hellgelbem T-Shirt, schwarzen Jeans und schwarzem Sakko, das er an einem Finger über seiner Schulter baumeln lässt. So sieht er aus. Bleich, haarlos. Sie begrüßen einander. Er ist nicht ihr Typ. Sie trinken Bier. Sie reden über Beziehungen, über das, was lange her ist, er war schon zweimal verheiratet. Es ist warm. Es ist hell. Er ist dünn.

Sie wollen essen gehen. Sie finden ein Restaurant. Er hat ein Interview mit ihr gelesen, im Zusammenhang mit der neuen Nummer der Zeitschrift, ein witziges Interview. Er habe Angst bekommen, sagt er. Das versteht sie. Sie tut so, als verstehe sie das nicht, aber sie versteht es, sie weiß es. Jetzt hat er keine Angst, jetzt ist sie diejenige, die zittert. Plötzlich streichelt er ihre Wange, sie dreht sich verwundert um, und er lächelt, jetzt läuten die Glocken des Nichts.

In Oslo ist Frühling. Sie haben bezahlt, sie sind unterwegs. Sie sagt nicht auf Wiedersehen. Sie sagt nicht, es sei Zeit, nach Hause zu gehen. Er habe eine Flasche Wein im Hotel, sagt er, sie sagt nicht nein.

Die Flasche ist geöffnet. Er hat ein Glas getrunken, ehe er gegangen ist. Er füllt zwei Gläser und stellt eins vor ihr auf den Tisch. »Du darfst das nicht trinken«, sagt er und lächelt, und damit will er sie an das erste Mal beim Seminar erinnern, als er seine Kontaktlinsen in das Glas Wasser gelegt hatte. Sie lächelt und trinkt, und er setzt sich neben sie auf das Sofa und küsst sie. Sie ziehen sich aus, sie schlafen miteinander. Er kommt. Er dreht sich auf die Seite und lächelt: Jetzt kann ich nicht mehr, sagt er. Sie trinken mehr Wein. Einmal nennt er sie Kjersti, aber das macht nichts. Er lacht, als er sagt: »Das gehört sich nicht, oder?« Er erkundigt sich nach ihrem Mann, nach ihrer Ehe, sie antwortet ehrlich. Sie wird sich bald scheiden lassen. Er selber sagt: »Noch eine Trennung ertrage ich nicht.«

Vielleicht schlafen sie, ehe sie aufstehen, vielleicht nicht. Sie hat einen frühen Termin beim Rundfunk. Zu Hause hat sie gesagt, dass sie bei einer Freundin übernachtet. Sein kahler Kopf lugt nur knapp über die Decke, er öffnet die schweren Augen, als sie ihn küsst, er ist so fremd. Sie verabreden, dass sie ihn nachmittags anruft, es ist sein letzter Tag in Oslo. Am nächsten Morgen muss er los, und abends wird er bei einem Freund essen, bei dem er dann auch übernachtet.

»Das ist unheimlich«, sagt er ernst.

Sie lächelt. Sie kennt keine Furcht. Sie geht nicht, sie läuft durch die Stadt.

Sie ruft wie abgemacht im Hotel an, er ist nicht da. Am frühen Nachmittag, wie abgemacht. An der Rezeption heißt es, er sei auf seinem Zimmer, aber niemand antwortet, er kommt nicht ans Telefon. Sie versucht es immer wieder, am Ende ist sie hysterisch. Sie weiß es: Er traut sich nicht. Sie versucht es eine Stunde lang, jetzt wird sie ihn niemals wieder sehen. Sie sucht seine Briefe hervor und zerreißt sie in Stücke, fast dreißig Seiten, in so kleine Stücke, dass sie nicht wieder zusammengeklebt werden können, sie steckt sie in einen Briefumschlag und schreibt seinen Namen auf die Rückseite, um sie ihm zu schicken. Sieh, was ich mit den Briefen mache, mit der Liebe. Weil du nicht ans Telefon gehst. Sie ruft nicht wieder an, sie hat aufgegeben, das muss sie jetzt, sie muss aufgeben, verstummen. Eine Viertelstunde später ruft er an. Seine Stimme ist so nah, sie ist nicht mehr böse. Etwas mit dem Telefon scheint nicht zu stimmen, sagt er, er lügt.

»Ich war so wütend. Ich dachte, du seist so ein typischer Mann, ein Feigling, hättest Angst.«

Er sagt, er habe Angst bekommen, als er von ihrer Ehe gehört hat, dass sie sich scheiden lassen will. Davor, nur ein Stein in ihrem Spiel zu sein, sagt er. Noch eine Trennung könne er nicht ertragen, sagt er. Ja, er hat Angst. Sie verabreden sich, in schon zwei Stunden. Ehe er zu seinem alten Freund und dessen Frau zum Essen geht, um auch dort zu übernachten, das sei längst so abgemacht. Wieder im Restaurant Herregårdskroa. Sie steht an der Mauer und wartet. Er kommt, in schwarzen Jeans, schwarzem T-Shirt, schwarzem Sakko, mit schwarzer Aktentasche, schwarzer Sonnenbrille, er ist ihr Typ. Sie hat den Umschlag mit den zerrissenen Briefen in der Handtasche, sie will sie ihm nicht geben. Sie umarmen einander, er sagt, was bist du schön. Sie teilen eine Flasche Wein und gehen zusammen durch den Park zum Taxenstand. Zwischen den Bäumen, wo niemand sie sieht, zieht er sie an sich.

»Ich hatte Sehnsucht nach dir«, sagt er.

Ich hatte Sehnsucht nach dir, sagt er. Sie nehmen ein Taxi, erst dahin, wo sie hinwill; um nicht nach Hause zu müssen, um weitertrinken zu können, hat sie eine Verabredung getroffen. Als das Taxi hält, küssen sie einander. Rasch, weil der Fahrer sie sieht, weil er weiter muss, weil es schon spät ist. Sie geht in den Garten ihrer Freundin, es tut so weh, schon nach vier Schritten. Sie trinkt, sie redet, nichts hilft, sie läuft im Zimmer im Kreis, zitternd vor Sehnsucht, so sehr, dass sie glaubt zu verbrennen. Muss zugeben, dass ich ihn liebe. Ich liebe ihn. Sie sucht die Nummer seines Freundes heraus und ruft an und fragt nach ihm, um zu sagen, dass sie ihn liebt. Eine Frau meldet sich, die Frau des Freundes.

»Kann ich mit Arnold Busk sprechen?«

Er kommt. Er ist zurückhaltend. Er ist bei Freunden, die seine Frau kennen, die Argwohn schöpfen könnten. Ist sie so eine, eine, die Probleme macht, die sich nicht beherrschen kann.

»Ich wollte nur sagen, dass ich dich liebe.«

Na gut. Alles klar. Mach's gut. Er weiß nicht, dass sie diesen Satz zum ersten Mal sagt, ich liebe dich. Als sie aufgelegt hat, ist es noch schlimmer, unerträglich. Sie will die Briefe wegwerfen, sie trinkt, um sich so zu betrinken, dass sie es über sich bringt, auf dem Heimweg die zerrissenen Briefe in einen Papierkorb zu werfen.

Später in der Geschichte, einmal, als sie wütend war, überspannt, wie so oft im ersten Jahr ihrer Bekanntschaft, bat sie ihn, die Briefe wegzuwerfen, die sie ihm geschrieben hatte. Sie wollte gemein sein, sie dachte, das sei das

Schlimmste, was sie von ihm verlangen könnte, weil sie glaubte, ihre Briefe bedeuteten ihm ebenso viel wie seine Briefe ihr, seien unersetzlich. Sie bereute, seine weggeworfen zu haben. Wenn sie nicht betrunken gewesen wäre, hätte sie das nicht getan, sie hatte sich Mut angetrunken, um sie wegwerfen zu können, etwas in ihr hatte alles schon kaputtmachen wollen, noch ehe es angefangen hatte, als ahne sie bereits, was es kosten würde. Sie bat ihn, die Briefe wegzuwerfen, glaubte aber nicht, dass er es tun würde. Er bewahrte sie im Büro auf. Er war nüchtern, wenn er im Büro saß, und nüchtern würde er sie nicht wegwerfen. Später, viel weiter in der Geschichte, als sie schon zusammen waren, fragte sie, ob er die Briefe damals weggeworfen habe, und er sagte, das habe er.

»Darum hattest du mich doch gebeten.«

Die kostbarsten Dokumente ihrer einzigartigen Geschichte hatte er weggeworfen, das gab er ohne zu Erröten zu. Er war nicht da gewesen, wo sie gewesen war. Er war nicht da, wo sie war. Vielleicht waren sie niemals gleichzeitig am selben Ort gewesen.

Wo waren die Kinder. Hat sie ihnen zu Essen gegeben? Hat sie sie in den Kindergarten gebracht. Hat sie Elternabende besucht. Sie kann sich nicht daran erinnern, erinnert sich nur an einen Namen. Sie hat die Kinder umhergetragen oder geschoben und dabei an einen Namen gedacht, im Wald, bei den Seen, barfuß auf der staubigen Straße hat sie an einen Namen gedacht. Sie lag im Gras und schaute in den Himmel, während die Kinder um sie und auf ihr herumkrabbelten, und dachte an einen einzigen Namen. Auf dem Schulfest in der Turnhalle standen sie auf der kleinen Bühne und sangen. Petersilie Suppenkraut, wächst in unserem Garten. Unser Ännchen ist die Braut. Ihr kleiner

Junge vorn, ganz links, mit zerzausten Haaren und großen ängstlichen Augen. Will nicht länger warten. Sie war so bewegt. Ihr Mann legt den Arm um sie. Die ganze Zeit dieser eine Name. Alles, was sie sieht, alles, was sie hört, auch ihre eigenen geliebten, ängstlichen Kinder lassen sie an ihn denken, an Arnold, mit unendlicher Zärtlichkeit, als sei er der Bedürftige, Ängstliche, Verlassene, als sei er das Kind. Der Drang, ihn zu umarmen und sich an ihn zu schmiegen und ihn zu tragen und zu trösten und zu lieben, ist fast nicht zu ertragen. Von diesem Drang gibt es keine Erlösung. Wird der ganze Sommer so vergehen, wird es ihr den ganzen Sommer so ergehen?

Abends schreibt er ihr, nachdem sie ihn angerufen und gesagt hat, dass sie ihn liebt, nachdem sie zum ersten Mal diesen Satz ausgesprochen hat. Als seine Gastgeber schlafen gegangen sind und er im Gästezimmer sitzt und den abweisenden Tonfall bereut, der sich mit der Furcht eingestellt hat. Das Fenster offen zur Nacht, stellt sie sich vor, blühende Obstbäume, Sterne. Er vermisst sie. Er denkt an sie. Der Brief liegt im Kasten und verwandelt die unerträgliche zerstörerische Sehnsucht in Schwindel erregende Freude, die hält einen oder zwei Tage vor, dann schlägt sie allmählich in Unruhe um. Sie schreibt so schnell zurück, dass er antworten kann, ehe die Unruhe sich vollends einstellt. Sie wiederholt und wiederholt im Kopf ihre eigenen Sätze, die sie geschrieben hat, während sie wäscht, Saft einkocht, Brote schmiert. Drei Tage und die Unruhe ist da und wird gegen Abend stärker, aber morgens wird ihre Hoffnung zusammen mit dem Licht eingeschaltet und hält sie aufrecht, bis die Post kommt, kein Brief, dann schläft sie nachts nicht, weint ohne Grund, wendet sich ab, weicht aus, es gibt keine Ruhe, außer in seiner Anwesenheit, in seiner Stimme, in seiner Schrift. Auf einem aus einem Notizblock gerissenen karierten Blatt hat er in aller Eile mitgeteilt, dass sie jetzt Ferien machen, Kjersti, Bertolt und ich, in dieser Reihenfolge, auf Nøtterøy, »und damit sind wir einander näher als sonst«, dazu ein paar Strophen aus einem Gedicht von Paal Brekke, an die sie sich nicht erinnern kann, in Brekkes gesammelten Werken hat sie sie nicht finden können. Er hätte ihre Unruhe mildern können, er hat es nicht getan. Er hätte schreiben können: Wir sehen uns im August, er tut es nicht, er verspricht niemals etwas, aus Prinzip, nichts, dann kann er sich nicht schuldig machen. Er ist verschwunden, vielleicht sieht sie ihn nie mehr wieder. Sie schreibt einen verzweifelten vorwurfsvollen Brief, sie kann nicht dagegen an.

Schwerer Sommer, alles tropft, alles hängt, die Sonne hängt. Sie gewöhnt sich an die Unruhe, die sich verwandelt in Begehren, in ein schweres, betäubendes Begehren, das ihr neue Kraft gibt. Sie isst nicht, vor Begehren, sie riecht nach Begehren, so dass Männer und Hunde sich auf der Straße nach ihr umdrehen. Ihr Mann nähert sich vorsichtig, in der Dunkelheit. Im Licht mustert er sie ängstlich. *Er* nähert sich nicht. Nicht, weil er sie nicht liebt, sondern, weil er nicht kann. Weil er Verpflichtungen hat, Frau und Kind, die von ihm abhängig sind. Weil er Angst hat, dass eine Beziehung zu Ida mehr Schmerz als Glück bringen würde, wie es bei der großen Liebe immer geschieht. Die große Liebe verfliegt, die kleine bleibt, steht in den Büchern, die er liest. Weil seine Liebe zu groß ist, nicht zu klein, wird sie nicht im Stich gelassen, das sagt sie sich. Sie spürt sie, sie weiß es. Sie hat seine Liebe, und das macht den Unterschied. Umfangen von seiner Liebe ist sie, auch wenn sie ihn den ganzen Sommer nicht gesehen, nichts von ihm gehört hat, geht sie als geliebte Frau einher. Sie wird von ihrem Geliebten geliebt, und das strahlt sie aus. Weil sie so geliebt wird, kann sie Liebe geben, Liebkosungen, sie denkt, spricht, atmet Erotik, umschlossen von seiner Liebe geht sie mit wiegenden, wogenden Schritten, und wenn ihr schmächtige Männer ohne Haare und mit besonderem Gang und wachsamen Augen begegnen, setzt sie sich so dicht an sie heran, wie sie nur kann, erwidert ihre Blicke und hält sie fest, versucht, ihren Geruch wahrzunehmen. Sie lächeln auch, sie sehen sie an, sie geben einen aus, Getränke werden an ihren Tisch gebracht, wenn sie allein dort sitzt, aber das kommt nur selten vor, sie macht Ferien, sie ist mit Mann und Kindern unterwegs. Sie sieht nur ihn, in allen Männern sieht sie ihn, und weil er für ihre Fragen nicht erreichbar ist, fragt sie die anderen. Weil sie ihm nicht schreiben kann, schreibt sie an andere. Setzt sich auf Steine im Wald und schreibt, weil sie nur in Gedanken die Möglichkeit hat, seine Liebe zu erwidern, erwidert sie die über andere, ihren Mann, andere Männer. Sie flüstert aufgespeicherte Wörter in andere Ohren, mit solcher Leidenschaft, dass die Wangen der anderen glühen und einige zurückflüstern, Wörter, die sie schon lange vorbereitet haben, für andere als sie bestimmt, sie drängen ihre Körper gegen ihren, so viel unglückliche Liebe gibt es, so viele unglückliche Menschen, die sich sehnen, die einander niemals bekommen, so viele, die insgeheim lieben.

»Du bist so schön«, sagt sie.

»Du bist so stark«, sagt sie, die wenigsten haben gehört, dass sie schön sind, stark sind, sie geht erfüllt durch Flughäfen, steht auf Rolltreppen, nimmt die Straßenbahn, geht durch Straßen.

Wenn es nur so weitergegangen wäre. Wenn Zustände sich einfrieren lassen und andauern könnten, wenn sie durch das Leben hätte gehen können, erfüllt von seiner eingebildeten Liebe, um ihm dann zu begegnen, nach zwanzig Jahren. Ihrem Geliebten begegnen, mit seiner Frau und dem inzwischen erwachsenen Kind. Sie bleiben für einen Moment stehen und sind nicht sicher, ob sie wirklich sie selber sind. Vor allem er ist unsicher, ob Ida Ida ist, noch unsicherer, als ob er er ist, er selber. Und sie spürt, dass es verschwindet. Wenn er sie lange ansieht, dann verschwindet es, und wenn sie sie reden hört, wenn sie sieht, wie er sich an sie wendet, an seine Frau und seinen Sohn, dann verschwindet es, und deshalb geht sie, winkt sie nur, dreht sich um und geht, und alles muss von vorn anfangen.

Zu Hause muss ein Brief von ihm liegen, den sie nach ihrer Rückkehr finden wird. Er liebt sie, etwas anderes ist nicht möglich. Wenn er sich nur traut, wenn er nur stark genug ist. Er ist noch nie so geliebt worden, das ist unmöglich, das hier ist das erste und letzte Mal. Wenn er das nur glauben kann. Er muss sich sicher fühlen, sie muss dafür sorgen, dass er sich sicher fühlt, vielleicht wird er sich niemals trauen.

Es liegt ein Brief für sie da, als sie nach Hause kommen, sie selber sieht die Post durch. Der Brief ist lang, aber beherrscht, wenn sie nicht beherrscht ist, dann ist er beherrscht, in einem väterlichen Ton, als sei er nicht getroffen, als sei nur sie getroffen, als sei das Ganze nichts Ungewöhnliches, als sei er daran gewohnt, dass die Frauen in seiner Nähe getroffen werden. Sie hat keinen Grund, ihm Vorwürfe zu machen, schreibt er. Er hat ihr nie etwas versprochen. Aber, ich habe in diesem Sommer jeden Tag an dich gedacht, schreibt er. Schiebt weg und zieht wieder an sich. Als sei es eine Ehre, als müsse sie dankbar sein. Hat er den ganzen Tag an sie gedacht? Er hat die ganze Zeit an sie gedacht, jede Sekunde, auch nachts, gib's nur zu, wenn du dich das nicht traust, klappt es nie.

Sie treffen sich im Herbst zweimal. Er hat etwas in Oslo zu erledigen oder ist auf Durchreise oder wohnt im Hotel. Er schreibt und sagt, dass er nach Oslo kommt, das ist alles. Sie muss dann fragen, vorschlagen, bitten, muss auf eigene Verantwortung handeln. Ganz bewusst verspricht er nichts, bittet um nichts, plant nichts, vielleicht glaubt er ja selber, dass sich alles wie durch Zufall ergibt. Sie schreibt: Treffen wir uns? Sie schreibt: Ich will dich treffen! Sie schreibt: Sag wann und wo, ich komme! Er antwortet spät, im letzten Moment, wann und wo, aber es gibt immer ein Aber, es kann etwas dazwischen kommen, schreibt er, die Pläne können geändert werden, etwas kann sich plötzlich ergeben, schreibt er. Sie weiß, dass er kommt, er kann es nicht lassen, er tut so, als gebe es ein Aber, er baut ein Aber ein, um sie auf die Folter zu spannen. Es kommt vor, dass sie mit unbeherrschten großen Buchstaben zurückschreibt: Dann lass es doch, du Arsch. Bleib zu Hause, du Idiot! Und es wird unerträglich still, nicht ein Lebenszeichen, das ist die Strafe, und sie bereut verzweifelt und hat Angst, alles für immer kaputtgemacht zu haben, und sie bittet um Entschuldigung und bereut: Ich liebe dich!, schreibt sie. Liebe, liebe dich!, schreibt sie. Verzeih mir!, schreibt sie. Bitte, Arnold!, fleht sie.

So muss es sein. Der Tag kommt, und die Stunde kommt, und er kommt. Nicht böse werden! Nichts verlangen! Auf Zehenspitzen schleichen! Da ist er!

Da ist er. Ein wirklicher Mann. Sie steht in der Garderobe des Restaurants Tostrupkjelleren. Sie hat eben ins Lokal geschaut, um nachzusehen, ob er dort sitzt, das tut er nicht. Sie will schon gehen und draußen warten, als er die Treppe herunterkommt. Sie haben einander über drei Monate nicht gesehen. Der Mantel weht hinter ihm her. Der bloße Kopf. Der scheue Blick. Die Hände in den Taschen. Jetzt zieht er sie heraus. Bleiche, vornehme Hände und olivgrüne Augen unter Falten und Runzeln. Der Mantel weht hinter ihm her. Sie liebt ihn. Sie weiß nicht, was sie sagen soll. Er sagt nichts, ihm geht es genauso. Sie will sich in seine Arme werfen, um es hinter sich zu bringen. Sich an ihn klammern und ihn beißen, für die vielen Male, die sie sich betrunken hat, während er verschwunden war, die vielen Männer, mit denen sie versucht hat, zusammenzusein, um ihn zu vertreiben, das ganze Unglück, das er mit sich bringt, sie will beißen und nicht loslassen. Sie nicken einander vorsichtig zu. Es gibt keine Umarmung, es gibt kein Lächeln. Alles, was gewesen ist, auch, wenn es wenig war, ist da, und alles ist verschwunden, jedes Mal müssen sie von vorn anfangen. Er trinkt Bier, sie trinkt nicht, sie muss fahren, es ist nicht schwer, nüchtern zu sein, sie ist ganz und gar erfüllt. Nach einem Bier fängt er an zu reden, über belanglose Dinge, wie kann er. Das Seminar, zu dem er unterwegs ist, die anderen Teilnehmer. Sie gehen hinaus in den dunklen Herbst. Es regnet. Es ist windig, und der Mantel weht hinter ihm her, er hat ihn nicht zugeknöpft, er hat die Hände in die Hosentaschen gesteckt. Später wird sie viele Jahre hindurch einen Stich in der Brust verspüren, wenn sie einen hellen Herrenmantel wehen sieht. Sie gehen ins Hotel und lieben sich, das ist einfach. Zwei- oder dreimal, jedes Mal leichter. Er trinkt Whisky.

»Was kann ich dir denn anbieten«, fragt er.

Sie braucht nichts. Sie muss fahren, am nächsten Tag fährt sie mit ihrem Mann nach Spanien, in den Ort, in dem sie gewohnt haben, als alles so schön war, vielleicht wird es wieder schön. Sie wird von dem Schmerz wegfahren, der folgen wird, den sie sich unmöglich vorstellen kann, wenn sie zusammen sind. Er pisst, ohne die Badezimmertür zu schließen. Er sitzt nackt im Hotelsessel unter der Lampe und lächelt. Sie setzt sich auf seinen Schoß und reitet auf ihm, so hat ihn noch keine geritten, denkt sie. Er hat einen verwachsenen Zehennagel, wie die alten Männer im Pflegeheim, der muss mit einer Zange abgeknipst werden. Ich kann nicht mit einem Mann mit einem solchen Zehennagel zusammen sein, denkt sie, erleichtert. Sie gehen schlafen. Sie schlafen miteinander. Sie reden, sie trinkt aus seinem Glas. Sie muss los, sie muss am nächsten Morgen nach Spanien fahren. Er steht mit ihr auf und zieht sich mit ihr an. Sie steht im Badezimmer. Er tritt hinter sie und legt den Kopf auf ihre Schulter. Ihre Augen begegnen einander im Spiegel. So sehen die beiden aus. Sie sehen aus wie ein Paar, das ein Unglück teilt. Sie versucht zu lächeln. Sie versucht immer zu lächeln. Er bringt sie zum Auto. Er schaut durch das Fenster hinein und fragt, was die Tüten auf dem Rücksitz enthalten. Warum will er das wissen, wie frech er ist, wie misstrauisch. Das ist ein Paar Schuhe. Die hatte sie bei einem Bekannten vergessen, und sie hat auf der Herfahrt bei ihm vorbeigeschaut, um sie zu holen. Sie küssen einander. Am nächsten Morgen verreist sie. Er muss allein ins Hotel zurückgehen. Das ist dem Kuss anzumerken, er will die Zeit dehnen, obwohl sie jetzt draußen in der Welt sind, bei den anderen. So ein Zehennagel, den muss sie sich merken. Es ist leicht zu gehen, wenn er nicht loslassen will. Zu lächeln, wenn er nicht lächelt, sich zurückzuhalten. Sie hupt und hebt die Hand zum Gruß. Lebwohl! Vielleicht sehen wir uns irgendwann wieder! Er steht im Regen auf der Straße. Sie fährt dem Thymianduft, der Sonne entgegen. Der bloße Kopf, der schwere Echsenblick, allein zurück ins Hotel.

Sie kommt nicht auf die Idee, dass er eine andere anrufen könnte. Dass er Frauen kennt, die er nachts anrufen und um ihr Kommen bitten kann. Um nicht allein sein zu müssen. Um nicht das zu spüren, was kommt, wenn sie beide sich trennen, und das nur die Anwesenheit eines anderen Menschen lindern kann. Eine andere, mit der er in dem Bett liegen kann, in dem sie eben gelegen hat. Eine weitere Trennung kann er nicht ertragen, und er unterdrückt es, sich zu verlieben, denn dann kommt die Trennung, er will vergessen, rasch, aber wie schnell kann man vergessen, wenn eine andere ins Zimmer kommt, ins Bett. Wird er vergessen oder sich erinnern? Hat er das getan? Welche Rolle spielt das jetzt, nachher? Hat er das empfunden, was sie empfunden hat? Sich so gefühlt, wie sie sich gefühlt hat. Welche Rolle spielt das jetzt? Sie hat nie gefragt. Vielleicht hätte er ehrlich geantwortet. Vielleicht nicht.

In der Sonne haben alle Ähnlichkeit mit ihm, sind schmächtig mit olivgrünen Augen und schiefen Nasen. Rauchen Gauloises, wie er. Sie spürt ihr Kleid an den Beinen, den Windhauch. Sie spürt die Schuhsohlen unter den Fußsohlen. Sie spürt den Träger ihres Büstenhalters, den Gummi ihrer Unterhose am Bauch, Oberschenkel an Oberschenkel, Stuhlsitz, Tisch unter Ellbogen, Glas an Lippen. Sie spürt, wie der Mond am Wasser zieht, spürt das heiße Innere der Erde, den Willen der Sterne, sie ist magnetisch und elektrisch und hat Fieber.

Auf dem Markt findet sie in einer Kiste mit altem Trödel

einen silbernen Matrosen. Einen zwei Zentimeter großen Silbermatrosen mit Halstuch und Mütze, als sie klein war, hat sie sich einen Matrosenbruder ausgedacht, der ihr in der Not zur Seite stand, das hier ist kein Zufall. Sie wird ihn auf eine Karte kleben und etwas dazu schreiben und an ihn schicken. Den Arnoldmatrosen! Er liegt in ihrer Hand. Die Hand liegt in der Rocktasche. Die Rocktasche kitzelt ihren Oberschenkel. Sie wird ihren Mann zu irgendeinem Einkauf losschicken, wird sich in ein Café setzen und ein Bier trinken und in der Sonne schreiben, wird sich in der Sonne mit ihm zusammensetzen. Eine Briefmarke und einen Umschlag besorgen und den Brief losschicken, ehe ihr Mann kommt. Zu Hause ist Oktober. Niemand ist so glücklich, hat so viel Glück wie sie. Abends trinken sie am Hafen Wein und betrachten die Boote, ohne zu reden. Ihre Augen leuchten, das sieht sie im Glas, im Weinkühler. Sie denkt nur an eins. Sie lieben sich im Hotelzimmer. Danach steht er auf, um ein Fenster zu öffnen. Er steht am Fenster und hebt den Arm zum Griff. Sie liegt seit fast zehn Jahren im selben Bett wie er. So sieht er aus. Es ist unglaublich, er ist zu groß. Er hat zu viele Haare. Es ist vorbei, mit einer Schere durchgeschnitten. Er kommt zurück und setzt sich neben sie aufs Bett, sie rutscht weg, um ihm nicht so nahe zu sein. Er rutscht hinterher, schmiegt sich an sie, als sei sie seine Frau, es ist so, wie im Bus zu eng neben anderen zu sitzen. Nicht sie hat das so entschieden, es passiert einfach.

In diesem Herbst treffen sie sich noch einmal. Es ist November. Die Kneipe Gamle Major in Majorstua. Es ist schwieriger als früher. Sie hat geschrieben, dass sie sich scheiden lassen will. Das hängt greifbar über ihnen. Sie ist nicht so dumm, dass sie nicht geschrieben hätte: Es hat nichts mit dir zu tun. Es wäre auch so passiert. Das stimmt zwar. Trotzdem. Sie geht mit ihm ins Hotel. Sie hat am nächsten Morgen einen frühen Termin beim Rundfunk. Ihrem Mann hat sie gesagt, dass sie sich mit einer Freundin trifft und auch bei ihr übernachtet, damit sie es am nächsten Morgen nicht weit zum Rundfunk hat. Es ist ein hässliches modernes Hotel, ein hässliches kleines Zimmer. Es passiert nichts Bemerkenswertes, nicht wie beim letzten Mal, sie hat ja geschrieben, dass sie sich scheiden lassen will. Das hat er als Erstes gesagt, gleich nach seiner Ankunft, er wollte wissen, ob das beschlossen sei. Denn dann ist es vorbei. Noch eine Trennung kann er nicht ertragen, und wenn sie sich scheiden lässt, dann will sie etwas anderes, einen anderen, der nicht verheiratet ist. Sie trinken zuviel. Vielleicht kann sie sich deshalb nicht mehr an viel erinnern. Sie hat mehrere Kilo abgenommen. Er schläft noch, als sie aufsteht, sie zieht sich im Dunkeln an. Er küsst sie rasch auf die Wange und geht hinaus und spürt es, noch ehe die Tür hinter ihr zufällt, während sie über den Gang geht, durch die leere Rezeption, das hässliche Hotel ist ein hässlicher Ort in der Stadt. Es ist Ende Oktober oder vielleicht schon November. Draußen ist es dunkel, es regnet, es regnet immer. Sie fährt mit einem Taxi nach Marienlyst. Noch schläft er, er fliegt um zwölf nach Hamburg. Während der Besprechung, es ist halb neun, bestimmt ist er noch auf dem Zimmer, geht sie hinaus und lässt sich ein Telefon zeigen. In einem leeren Büro, im Büro nebenan sind Leute, es gibt keine Tür, sie bückt sich und hält die Hand vor den Mund: »Ich bin's.«

»Ja?« Er ist schroff, wie um zu sagen: Was willst du?

»Schläfst du?«, fragt sie.

»Jetzt nicht mehr«, sagt er, und dann wird es still.

»Was ist los?«, fragt er.

Sie hat so schreckliche Angst.

»Nichts.«

Dann legen sie auf. Der Schmerz. Jetzt ist er da.

Sie sagen es nicht präziser, denn sie haben noch nicht die Worte.

»Du darfst dich nicht in mich verlieben, denn dann wirst du leiden.«

»Ich möchte leiden!«

»Du kennst mich nicht. Ich kann gemein sein!«

»Ich kenne keine Furcht!«

»Auf mir lastet ein Fluch. Ich muss die Frauen quälen, die sich in mich verlieben. Verstehst du? Ich quäle sie.«

»Was meinst du mit Fluch?«

»Das wirst du schon feststellen. Es ist ein Fluch, wenn man nicht anders sein kann.«

»Was meinst du mit nicht anders?«

»Einen Fluch, sage ich doch, ich höre nicht auf.«

Es dauert lange, die Wörter nur zu denken, sie zu sich selbst zu sagen. Länger, sie laut zu sagen, zu anderen, sie werden geformt wie Fragen: Hast du dir schon mal überlegt … wie wäre es wohl, wenn … Sie zu dem Menschen zu sagen, den sie vor allem angehen, ist fast unmöglich. Sie bei einem Streit zu rufen: Scheidung. Damit es das Wort im Haus gibt, im Raum zwischen ihnen. Morgens bringt er ein Tablett mit Kaffee, heißer Milch, der Zeitung, ehe er die Kinder in den Kindergarten bringt, zur Schule, damit sie ungestört arbeiten kann. Abends, wenn sie die Kinder ins Bett gebracht haben, sitzt sie vor seinem Sessel auf dem Boden, er streichelt ihre Haare. Sie liest. Er sieht fern. In ihm gibt es nichts Böses. Auf ihn ist Verlass. An ihm ist alles echt. Ein richtiger Mann. Er behandelt sie, ihre Angelegenheiten, mit Respekt. Einen Mann heiraten, von dem sie sich scheiden lassen kann, das sollte sie. Einen, der sich vor und nach der Scheidung um die Kinder kümmert. Einen lebenstüchtigen, anständigen Menschen, der überlebt und sich eine Neue sucht, mit der er zusammensein kann, der sich nicht aus dem Fenster stürzt, oder von einer Brücke, wenn er verlassen wird. Übertreib deine Bedeutung nicht, Ida. Er kommt ohne dich zurecht. Was soll sie sagen, wie soll sie es begründen? Ich will das, weil? Ich liebe ihn nicht. Hab das immer gewusst, denn wir spüren unsere Fähigkeit zu lieben, schon ehe uns der Mensch begegnet, den wir lieben. Weil du mich nicht liebst. Weil er sie nicht liebt. Weil er nicht weiß, wer sie ist. Weil er sie nicht sieht. Weil er sie nicht sehen kann, nicht sehen will oder es nicht wagt. Weil er Angst vor ihr hat. Weil er damit nicht umgehen könnte, sie zu sehen. Weil er das Gleichgewicht verlieren würde, er wäre erschüttert, und er will nicht, darf nicht erschüttert werden, denn was würde dann passieren?

Er hat sie gerettet. Das stimmt, er weiß es selbst nicht, aber sie ist ihm dankbar dafür. Er hat sie in die Welt geholt, ans Tageslicht. Morgens Kaffee und ein Kind, das versorgt werden muss. Er hat sie an die Erde gebunden. Und deshalb hat sie überlebt. Ja, hat sie zu ihm gesagt, zum Überleben. Weil er lächelt, sich wohl fühlt, keine Fragen stellt. Weil er nicht wächst, zu fest zusammengenagelt ist. Er kaut, und es knackt in ihrem Gehirn. Seine Stimme am Telefon, und es knackt in ihrem Kopf: »Ach, wie reizend, du! Long time no see. Große Klasse. Aber sicher doch. Hervorragend!«

Ihm in die Visage hauen, damit sie platzt. Macht sie ihn kaputt? Langsam, ohne dass er es merkt, überfährt sie ihn mit einer Dampfwalze, ohne dass er es merkt, schiebt ihn auf den Abgrund zu, ohne dass er es merkt. Ich muss weg hier. Weg hier. Nachts klammert die Tochter sich an sie, warum kann sie das nicht ertragen, etwas stimmt hier nicht. Geht er nachts zur Tochter hinüber? Wenn er spät von Festen zurückkommt, zu denen sie ihn nicht begleiten mochte. Sie hört ihn kommen, aber er kommt nicht zu ihr ins Doppelbett, was macht er. Sie schleicht sich nach unten, er sitzt vor dem Fernseher und schläft. Etwas stimmt hier absolut nicht. Der Boden schaukelt. Sie ist ergriffen, sie weint ohne Grund. Sie hat nichts von Arnold gehört. Das ist entsetzlich, sie muss einfach schreiben. Du bist genau wie die anderen. Feigling. Spielst mit Streichhölzern, aber wenn die Flamme auflodert, rennst du weg, damit du dir die Ohren nicht versengst! Ein oder zwei oder drei Treffen im Jahr, wenn du gerade einen Fick willst und dich wie ein Verführer fühlen kannst, und dann zurück zu Weib und Kind und Geborgenheit, mit neuem Selbstvertrauen und einer neuen Feder am Hut, O SCHEISSE!

Und das schickt sie los, solange es sein muss, und ehe sie sich die Sache anders überlegt und es doch nicht tut, schickt es, um dann für eine oder zwei Stunden ein wenig leichter zu atmen.

Er hat sich die Ohren versengt, antwortet er. Ja, er hat Angst bekommen, antwortet er. Noch eine Trennung kann er nicht ertragen, schreibt er. Und das, schreibt er, hat er von Anfang an ehrlich gesagt.

Das stimmt. Das hilft nichts. Es muss ein Ende nehmen. Sie wird ihm nicht mehr schreiben. Das hat er dann davon. Arsch.

Ihre Schwester studiert in Trondheim. Anglistik, und die Anglistik liegt gleich neben der Germanistik, wo Arnold Busk arbeitet. Ihre Schwester sieht ihn auf dem Flur, wenn er zur Toilette geht, er geht oft zur Toilette, ob er eine Blasenentzündung hat? Ida ruft ihre Schwester an. Hast du ihn gesehen, fragt sie. Auf dem Weg von und zur Toilette? Sie kann ihn jeden Tag sehen, vielleicht flirtet sie mit ihm, vielleicht schläft sie mit ihm, wer weiß, wer kann es wissen, scheint sie nicht etwas zu verschweigen? Er trägt einen langen Ledermantel, sagt die Schwester, Ida hat diesen Ledermantel nie gesehen. Er hängt neben dem hellen Filmregisseurmantel, in der Diele, in ihrem Haus, wo sie wohnen, er und die Frau, Kjersti, die fünfundzwanzig ist, und ihr Kind, der Sohn Bertolt. Und neben dem Ledermantel, dem Regisseurmantel, hängen ihre Sachen, ihr Mantel und ihre Jacke kommen seinen nahe, ohne dass sie darüber nachdächten. Die Frau kriecht nicht in seinen Mantel, um daran zu schnuppern, sie streichelt ihn nicht zärtlich, denn sie weiß nicht, mit wem sie zusammenwohnt. Sie teilt das Bett mit ihm, als sei das ganz normal, und dankt nicht für die Stunden, die sie im selben Zimmer verbringen kann wie er. Liegt nackt neben ihm im Doppelbett, und wenn er zuerst einschläft, kann seine Frau seinem unruhigen Atem lauschen. Aber vermutlich schläft er nicht ein, vermutlich nimmt er sie in den Arm und will sie lieben, wie immer, auf die gute alte Weise, bei der sie als Erste kommt, und kein Mann kann zusehen, zuhören, wie eine Frau kommt, ohne Zärtlichkeit für sie zu empfinden, sie lieb zu haben und später, bei der Erinnerung daran, in Erregung zu geraten. Siebenmal ist er in Ida gekommen. Kjersti liegt jede Nacht nackt neben ihm, sie liegen nackt da, jede einzelne Nacht, die meisten Nächte. Sie trinken am Samstagabend auf dem Sofa zusammen Wein, und die Frau denkt nicht daran, ahnt nicht, dass es auf der Welt eine Frau gibt, die sich nichts anderes wünscht, als neben Arnold auf einem Sofa zu sitzen. Die Frau kommt ihm nahe, ohne das auch nur zu spüren, wenn sie aufsteht und an ihm vorbeigeht, um eine neue Flasche zu holen.

»Hier ist Ida. Hast du ihn gesehen?«

Es ist Sonntag. Es ist kalt. Es ist Dezember. Es tut weh. Sie denkt die ganze Zeit daran. Sie hat die Kinder angezogen, die sind irgendwo eingeladen. Sie stehen in der Diele und wollen gerade gehen, als das Telefon klingelt. Die Schwester fragt, ob sie reden kann.

»Ist etwas passiert?«

Am Vorabend war ein Fest in der Germanistik, und Arnold hat das Fest mit einer Studentin verlassen und bei der Studentin übernachtet, das weiß die Schwester, denn sie wohnt zusammen mit Åse, und die kennt die Studentin, die Tone heißt. Ihr Mann kommt, sie muss auflegen. Das hier ist Eifersucht. Das, was sie jetzt empfindet, was es unmöglich macht, die Lippen zu bewegen, den Körper, eine Steifheit in allen Gliedern, sie wird nie wieder lächeln. Etwas zerbricht und kann nicht repariert werden. Unerträgliche Unruhe breitet sich mit unerträglichem Schmerz aus. Die Liebe ist eine Chirurgin. Sie zerschneidet uns mit einem Messer. Ida versteht das Gedicht. Schneidet Stücke aus unserem Fleisch. Sie kann auch gleich sterben. Er bereut nicht. Er macht es mit *einer anderen.* Er hätte es mit Ida machen können, er macht es mit *einer anderen.* Er wird es mit Mette machen, mit Dorthe, mit Ingunn und mit Namen, die sie nie erfahren wird. Er hätte Ida haben können, er nimmt *eine andere.* Sie setzen sich in das kalte Auto und schließen die Sicherheitsgurte. Vielleicht sehen sie aus wie eine Familie, vorn zwei Erwachsene, hinten zwei kleine Kinder, an einem Sonntag, im Auto, unterwegs zu irgendetwas. Er hat es mit Tone gemacht. In Tones Bett, das nach Tone riecht. Hat sich ausgezogen, hat Tone ausgezogen, ist in Tones Körper eingedrungen. Es gibt ein Essen bei der Verwandtschaft. Sie kann nicht essen. Sie kann nicht sprechen. Sie kann Rotwein trinken. Als sie wieder zu Hause sind, läuft sie hinunter in den Keller und ruft an.

»Wie sieht sie aus? Ist sie hübsch? Ist sie dick? Ist sie dumm? Sag was! Hilf mir!«

Eine hübsche dunkle Frau unter ihm, in ihrem Bett, in Bettzeug, das nach ihr riecht. Ihr Parfüm, ihre Nachtcreme und andere verführerische weibliche Dinge im Badezimmer, wo er danach sitzt und pisst, seine Zunge in ihrem Mund, die um ihre Zunge kreist, und es kommt ihm in ihr, und er schreit, und vielleicht sagt er, dass er sie liebt, das hören sie gern, vielleicht liebt er sie auch, nein, das ist nicht möglich. Fragt, ob sie eine Flasche Wein hat, die sie teilen können, ehe er nach Hause muss, und das hat sie, und sie trinken, während sie nebeneinander sitzen, Schulter an Schulter, nackt im Bett, wo sie sich geliebt haben und vertraulich geworden sind. Und am nächsten Tag, an einem der Tage danach, *wenn sie will,* kann Tone ins germanistische Seminar gehen und damit rechnen, ihm zu begegnen. Sie kann an seine Tür klopfen, und er ruft: »Herein!«, und sie sitzen sich in seinem Büro Aug in Aug gegenüber, und vielleicht machen sie es auf dem Bürosofa, sicher hat er ein Sofa im Büro, und vielleicht machen sie es noch einmal, jeden Tag, in seinem Büro, wenn sie will, bestimmt will sie, und er kann nicht nein sagen. Sie muss ihm einfach schreiben: HURENBOCK, TREIBST ES MIT DEINEN STUDENTINNEN, ARSCH, ICH WILL DICH NIE MEHR WIEDERSEHEN!, mit großen unbeherrschten Buchstaben, sie fährt zum Briefkasten und wirft den Brief ein, ehe sie sich die Sache anders überlegt und es doch nicht tut. Es stimmt, es ist wie Messer im Fleisch, es schneidet, wenn es nicht vorübergeht, weniger wehtut, nimmt sie sich das Leben, deshalb machen sie das, man kann ihnen da keine Vorwürfe machen. Kann es nie wieder gut werden? Wenn sie es vergessen kann, wenn das möglich ist, es für eine Sekunde oder eine Stunde zu vergessen, für einen ganzen Tag, dann kann sie sich ja wieder daran erinnern. Und zugleich, mitten im Schmerz: Er macht es, weil er sich nach mir sehnt. Mitten im Schmerz: Sie ist ein Ersatz. Und: Er ist unvorsichtig. Er macht seine Ehe kaputt. Es kann herauskommen und weitererzählt werden, und die Frau bekommt Wind davon, und dann lassen sie sich scheiden. Mitten im Schmerz: Bewusst oder unbewusst, er macht es, um zu mir zu kommen.

Sie wusste es damals nicht, und darüber hätte sie sich freuen sollen, dass es nicht nur eine Nacht war, nicht zwei Nächte, sondern viele Nächte, eine Beziehung, Reisen in andere Städte und Übernachtung im Hotel und Kaffee ans Bett und im Büro. Bei einem Kaffee im Büro sagt er in vorwurfsvollem Tonfall zu Tone, dass sie über das, was keine Beziehung ist, mit niemandem sprechen darf. Tone hat offenbar jemandem etwas gesagt, denn die Gerüchte über die Beziehung, die keine Beziehung ist, sind bereits in Oslo angekommen. Er denkt an den Brief von Ida. Er ist verheiratet, sagt er, und er ist ihr Dozent, und was sie zusammen haben, diese Nicht-Beziehung, muss ein Ende nehmen.

Und Tone denkt an Åse, denn außer mit Åse hat sie mit niemandem gesprochen, und Åse erzählt, dass sie mit Jorunn gesprochen hat, und Jorunn, dass sie mit Ida gesprochen hat, ihrer Schwester in Oslo, die so verliebt in Arnold ist. Also muss es Ida sein, die an Arnold geschrieben oder ihn angerufen hat, denn sie ist eine, die sich nicht im Griff hat. Und dann ruft Arnold Tone zu sich ins Büro und spricht in belehrendem Tonfall mit ihr und sagt, dass die

Nicht-Beziehung ein Ende nehmen muss. Und Tone ist unglücklich, und irgendwie ist Jorunn daran schuld. Und die Lage ist ernst. Denn stell dir vor, die Universitätsleitung hätte davon gehört, sagt Arnold Busk vorwurfsvoll. Das hätte Konsequenzen haben können. Arnold Busk will nicht ins Gerede kommen, als jemand, der mit seinen Studentinnen schläft. Er will nicht so einer sein, wie er ist, also seid so freundlich und haltet allesamt die Fresse.

An Ida schreibt er gemessen, dass sie sich nicht in einer Situation befinde, in der er ihr Erklärungen schuldet. »Ja, ich war auf einem Fest und bin nicht allein nach Hause gegangen«, schreibt er, damit sie sich das alles richtig gut vorstellen kann. Die Studentin sei überdies erwachsen, schreibt er, vierunddreißig Jahre alt. Es sei nicht so, wie Ida glaubt. Sie ist zu einem Seminar für alternatives Theater nach Trondheim eingeladen. Es stand offenbar dort in der Zeitung, oder er hat das Programm gesehen, in dem mitgeteilt wird, dass sie auf dem Podium sitzen wird, denn ganz am Ende schreibt er, unten auf der Seite: »Ich sehe, du kommst nach Trondheim. Dann bin ich in Bergen. Kjersti in Stavanger.« O Schei-ßee! Als ob sie ihn gegen seinen Willen aufsuchen würde. Sich ihm aufdrängen. Oder seiner Frau. Die Frau aufsuchen und von seiner Untreue berichten. Die Familienidylle kaputtmachen. Sich rächen, die Hexe spielen. Als sei sie so dumm. Als glaube sie, auf diese Weise etwas gewinnen zu können. Als habe sie keine Ehre im Leib, als glaube sie nicht, geliebt werden zu können, ohne zu betteln, zu drohen.

Sie ruft Jorunn an und fragt, ob sie ihn auf dem Gang gesehen hat. Aber Jorunn antwortet nicht so wie sonst, Jorunn zögert, und ihre Stimme klingt seltsam. Und einige Tage darauf bekommt Ida einen Brief, in dem Jorunn schreibt, dass sie mit dieser Sache nichts mehr zu tun haben will, und das ist ja verständlich, aber jetzt ist Ida ganz allein damit. Und sie hat keine Wahl. Es ist blutiger Ernst, sie kann es nicht wegschieben. Er ist nichts wert, lass ihn fallen, mach etwas anderes, steht zwischen Jorunns Zeilen, aber Ida kann es nicht wegschieben. Für sie ist es blutiger Ernst.

Sie trifft abends in Trondheim ein, mit Tränen in den Augen. Alle, die sie sehen, müssen denken: Die da ist unglücklich. Das macht nichts. Soll sie sich schämen, weil sie liebt? Ihre Stimme zittert, wenn sie spricht. Sie hat mit dieser zitternden Stimme eine Nachricht auf dem Anrufbeantworter hinterlassen, die kann er hören, wenn er anruft, kann hören, wie unglücklich sie ist. Sie beteiligt sich nicht an der Diskussion. Als sie begreift, dass niemand von den Anwesenden ihn kennt, weiß, wer er ist, etwas über ihn erzählen oder ihm nachher von ihr berichten kann, verliert sie das Interesse. Eine Frau, die sie von früher her kennt, sagt auf der Toilette zu ihr: »Du siehst so traurig aus, Ida.«

Ida nickt: »Ich habe Liebeskummer.«

Es ist grau in Trondheim. Es regnet ununterbrochen. Sie geht hinaus, um im Regen zu sein, um Regen ins Gesicht zu bekommen. Es tut gut, wenn es auf die Tränen regnet. Im Hafen wird sie von einem Mann angesprochen:

»Ist das nicht Ida?«

Er trägt eine Kapuze, deshalb sieht sie sein Gesicht nicht gleich. Es ist Erik Grøver, der vor langer Zeit in ihrer Studiengruppe war. Er sieht unglücklich aus. Ja, er ist unglücklich. Die Unglücklichen riechen einander schon aus der Ferne. Sie gehen zusammen durch den Regen, durch die Dunkelheit im Hafen von Trondheim, über Wege, die Ida noch nie gegangen ist, Wege im Wald, die nach Feuchtigkeit riechen, nach verfaulendem Laub und Regen, während er einen Kinderwagen vor sich herschiebt. Es ist Mittwochnachmittag und dann ist das Kind bei ihm, dem Vater. Das Kind schläft unter dem Verdeck. Als Erik sieben war, haben seine Eltern sich scheiden lassen, und die Kinder konnten sich aussuchen, bei wem sie wohnen wollten. Der große Bruder entschied sich für die Mutter, die große Schwester entschied sich für die Mutter, und dann war nur noch der Vater übrig, und Erik musste sich für ihn entscheiden. Wenn er die Mutter besuchte, jedes zweite Wochenende und jeden Mittwochnachmittag, wenn er sich nach diesem Besuch gesehnt und sich darauf gefreut hatte, dann schien die Mutter sich nie gesehnt, sich gefreut, gewartet zu haben, nie stand Eriks Lieblingsessen im Kühlschrank, und oft ging die Mutter einfach weg. Das ist seine Last.

Ida liebt Arnold. Das ist ihre.

»Bist du sicher«, fragt Erik, »dass es das ist?«

Regen in Trondheim. Wanderungen mit Erik durch die Dunkelheit. Essen mit dem Seminar, am letzten Abend. Ida verführt einen Mann, für die Studentin, die Arnold verführt hat. Um ihre Unruhe loszuwerden, um sie für einen Moment zu vergessen, trinkt sie und geht mit einem Mann auf sein Hotelzimmer, schläft mit ihm im Hotelbett. Heult vor Genuss, unersättlich, liederlich, für Arnolds Tone-Studentin. Sie hat ihr Kontaktlinsenetui nicht bei sich und gibt die Linsen in ein Glas Wasser, das sie danach auf den Couchtisch stellt, ehe sie ins Bett gehen. Der Mann kommt aus dem Badezimmer und streckt die Hand nach dem Glas aus. Jetzt müsste sie sagen: »Das darfst du nicht trinken.«

Aber in einem solchen Moment kann sie nicht zu diesem Liebesgeflüster greifen. Er nimmt das Glas und trinkt ihre neuen Kontaktlinsen zu fünfzehnhundert Kronen, sie steht da wie gelähmt und sieht zu, und als er das Glas hinstellt, heult sie: »Du hast meine Kontaktlinsen getrunken! Ich will nicht, ich kann dich nicht mehr sehen!«

Sie läuft auf ihr eigenes Zimmer und hat ihn seither nie wieder getroffen, er war außerdem verheiratet, wie die meisten. Ida, jetzt reicht's! Ida, jetzt ist Schluss! Einen Hauch Selbstachtung, Ida. Jetzt musst du etwas tun, handeln. Wer bin ich, fragen wir uns, und die, die ängstlich antworten, bekommen ein anderes Leben als die, die eine mutige Antwort geben. Wer bist du, Ida. Jetzt muss es sein.

Er sitzt im Sessel vor dem Fernseher, in dem er immer sitzt, auf die übliche Weise, die Beine ein wenig gespreizt, ein wenig zusammengesunken. Die Kinder schlafen. Sie kriecht zu ihm hinüber, aus ihrem Sessel in seinen, setzt sich auf seinen Schoß, und er freut sich und legt die Arme um sie. Jetzt?

Sie liegen im Bett und haben sich geliebt, und sie könnte weinen, das merkt er.

»Was ist los? Ist etwas los?«

Jetzt?

Sie sitzen allein im Wagen, sie haben die Kinder irgendwohin gefahren, es herrscht eine bedrückte Stimmung. Jetzt? Sie fragt, ob sie nicht einen Abendspaziergang machen wollen, und sie gehen hinaus in die Dunkelheit, es schneit, sie versucht, etwas zu sagen, aber er versteht es falsch, oder sie ist nicht deutlich genug, aber dennoch so deutlich, dass er böse wird und nicht hören will und den restlichen Weg vier Meter vor ihr geht.

Vermutlich wird es dir so vorkommen, als ob ich, durch das, was ich jetzt mache, dir und den Kindern einen großen Schmerz zufüge, eine unheilbare Verletzung, aber ich bin sicher, dass meine Entscheidung trotzdem richtig ist. Für mich, aber auch für dich, und für die Kinder. Es ist unvermeidlich. Also? Er steht am Küchentisch und schmiert sich ein Brot. Wenn du mich verlassen willst, dann sag das deutlich und tu es. Also?

Sie kann nicht. Sie ziehen sich aus und gehen ins Bett und lieben sich, und sie fängt an zu weinen, und er begreift, dass es ein Problem gibt, doch er begreift nicht den Ernst, oder er versteht den Ernst und fragt deshalb nicht weiter. Sie hat ihm nichts von ihrer Leidenschaft erzählt, denn darum geht es hier nicht. Aber sie hat ihrer Schwester von ihrer Leidenschaft erzählt, ihren Freundinnen, der einen Schwägerin, sie war angetrunken, an einem späten Abend, und hat es seinem besten Freund erzählt. Sie hat es erzählt, weil sie es einfach erzählen muss, dem das Herz voll ist, dem fließt der Mund über, lieber Gott, mach, dass er zu mir kommt! Glaubst du, glaubt ihr, dass er zu mir kommt? Sagt ja! Sie stellt sich selber Fallen, bald wird sie in eine davon tappen und die Kontrolle verlieren, und schön sieht das nicht aus. Sie fährt nach New York, um Arnold von dort eine Postkarte schicken zu können. Eine Postkarte aus Oslo würde aufgesetzt wirken, sie fährt nach New York, aus New York wirkt eine Postkarte natürlich. Sie fährt weg, um von ihren Gedanken wegzufahren, um an etwas anderes zu denken, aber das hilft nichts, sie denkt dasselbe, vielleicht fährt sie, um in Ruhe denken zu können, sie hat keine anderen Gedanken, und wenn die Kinder, ihr Mann, nicht in der Nähe sind, kann sie sich ihren Gedanken vorbehaltlos hingeben, in ihrer Brust hämmert es, wie in einem Rockkonzert, dicht vor der Bühne, als stehe sie in der Nähe eines startenden Flugzeugs, sie steht im Flughafen, sie trinkt im Flugzeug Wein, das hilft, sie entwirft den Text für die Postkarte. Sie fährt nach New York, um eine Postkarte zu finden und sie an Arnold Busk zu schicken. Sie wohnt bei einer norwegischen Kollegin und derem Mann und beider Kind, sie hat gesagt, sie wolle verschiedene Theater besuchen. Sie findet eine Postkarte, Frida Kahlos Selbstportrait, mit dem Bild ihres geliebten Diego auf der Stirn. Sie geht in die Austernbar im Bahnhof und bestellt Austern und Champagner, um das Arnold auf der Karte mitteilen zu können: »Gruß aus der Oyster Bar, Hauptbahnhof, New York, wo ich Austern esse und Champagner trinke«. Sie sucht in Greenwich eine Wahrsagerin auf, die sagt, ihre Energie sei auf dem Tiefpunkt, die Lage werde sich aber bessern. Mit dem Liebesleben sehe es armselig aus, es werde sich aber bessern. Sie sieht einen Ring, sagt die Wahrsagerin. Ist es vielleicht ein Trauring? Sie sieht eine feindlich eingestellte Person, die mit T anfängt, vielleicht die Tone-Studentin, eine weitere feindliche Person mit O, wer kann das sein? Wenn sie mehr Geld bekommt, sieht sie auch mehr.

Sie geht in ein chinesisches Restaurant, und auf dem Zettel im Glückskuchen steht, die Zukunft sei abhängig vom heutigen Tag, die Handlungen dieses Tages entschieden über Glück und Unglück der Zukunft. Die Zukunft hänge von der Gegenwart ab, es gelte, das Richtige zu tun. Das sagt sie sich selber ja auch die ganze Zeit.

Ihr Herz hämmert. Sie findet einen Steinladen und kauft einen Stein, der die Nerven beruhigen soll, einen, der Liebeskummer mildert, und einen, der die Anziehungskraft vergrößert. Abends geht sie mit ihren Gastgebern essen und findet, dass der Mann der Kollegin Ähnlichkeit mit Arnold hat, er ist schmächtig und hat eine schiefe Nase. Als die Frau nach Hause gegangen ist, um die Babysitterin abzulösen, verführt sie ihn, sie schlafen miteinander im Gästebett im Zimmer neben dem Zimmer, wo seine Frau schläft, als sie wieder nach Hause kommen. Sie legt Stolperfäden aus, gleich wird sie fallen. Sie dreht übermütige Runden im Central Park und hört dabei Frank Sinatra. If you can make it here, you'll make it anywhere. Sprüht sich in einem Warenhaus in der Fifth Avenue Arnolds Rasierwasser auf den Handrücken und muss sich setzen. Da. Sie hat auch ihr ledernes Uhrenarmband angesprüht, und der Geruch bleibt haften. Sie heult einfach los. Es ist unerträglich, es ist nicht auszuhalten. Sie liebt ihn, auch noch von der anderen Seite des Meeres aus. Was macht sie denn nur, was tut sie hier? Sie geht in ein Hotel, um allein zu sein, kann es nicht ertragen, allein zu sein, trinkt, um schlafen zu können, wird von entsetzlichen Träumen geweckt. Im Bett liegt ein Mann. Zur Wand gedreht, sie weiß nicht, wer er ist. Lieber Gott, mach, dass er *er* ist. Sie dreht ihn vorsichtig um, es ist nicht *er*. Hatte ihn fast und hat ihn verloren. Unmittelbar davor und dann doch nicht. Sie verliert. Hört nicht auf zu verlieren, wird ihn verlieren und verlieren. Sie zieht das Gummiband aus den Haaren und reicht es dem anderen. Ein Faden dran ist lose, die Stoffhülle löst sich zwischen ihren Fingern auf, ehe er das Band genommen hat. Es regnet. Hinter dem Fenster ist es dunkel. Draußen steht eine Wahnsinnige und schreit. Sie ist verrückt geworden und steht im Regen und schreit.

»Du hast mir alles genommen«, sagt er, ihr Mann, zu ihr.

Kater, Schuldgefühle und Angst, es ist würdelos.

Entscheide dich wieder für ihn, Ida. Das ist die einzige Möglichkeit. Oder das andere.

Sag noch einmal ja zu ihm und bleibe bei ihm. Oder das andere.

Sie liebt ihn nicht, jetzt, wo sie weiß, was Liebe ist.

Also muss es das andere sein.

Kein Brief wartet auf sie, als sie nach Hause kommt. Sie weint in der Nacht, als sie sich lieben, und sagt, dass sie sich scheiden lassen will. Er glaubt ihr nicht, sie wird es sich sicher wieder anders überlegen. Am Tag, bei Tageslicht. In der folgenden Nacht weint sie auch, als sie sich lieben, und er fragt: »Was ist los?«

Sie sagt, dass sie sich scheiden lassen will. Er glaubt ihr nicht. Sie wird es sich sicher anders überlegen. Morgen, bei Tageslicht. Am Frühstückstisch, wenn er das Tablett mit dem Kaffee bringt, die Zeitung, die Kinder, alles. Er kennt sie, er weiß, wie es ist.

Es ist ein Sonntag.

Sie haben gefrühstückt.

Die Kinder sind ins Wohnzimmer gegangen und sitzen vor dem Fernseher.

Draußen ist es dunkel, es ist fast Weihnachten.

»Das, was du heute Nacht gesagt hast?«, fragt er.

Sie braucht nichts zu sagen. Er sieht es. Er fragt nicht, ob es ihr Ernst ist. Vielleicht weiß er auch, warum, vielleicht hat er sich die Sache auch schon überlegt. Er ist nicht dumm. Ist anders, hat andere Ansichten, Wünsche. Aber er kann nichts machen. So, wie es um sie bestellt ist, hilft nichts. Vielleicht glaubt er, dass sie kehrtmacht, es sich anders überlegt. Aber er kennt sie. So weit ist sie gekommen.

Das ganze Leben, alles, was er sich gedacht hat, ist anders. Er sinkt. Es ist dunkel, es ist Dezember. Und sie ist an allem schuld.

Sie ist zu einem Seminar nach Trondheim eingeladen. Im Mai. Über moderne deutsche Dramatik. Im Mai. Arnold Busk wird auf dem Podium sitzen. Es ist Ende Dezember, noch eine Ewigkeit. Bis Mai. Durchführen, durchkommen, bis Mai überleben.

Der Schmerz hat sich durch seltsame Prozesse in ihrem Inneren in Energie verwandelt, in Tatkraft. Wenn sie stehen bleibt, wird sie diese Energie vielleicht spüren. Ihr Mann sinkt im Fernsehsessel in sich zusammen. Sie findet ein Haus, das nicht zu weit weg liegt, nicht zu teuer ist. Sie steht in der Bank, füllt Papiere aus und legt sie ihm vor, und er unterschreibt. Sie teilt Besteck, Service in zwei Teile, die Bücher auch, wenn die Kinder schlafen, bald werden sie es ihnen sagen. Sie einigen sich auf den Tag, den Nachmittag. Sie ist schon morgens nervös, sie ist an allem schuld. Es ist ihre Entscheidung, ihre Schuld, dass sie den Kindern dieses Schlimme antun. So dass die nachts nicht schlafen werden. So dass sie nicht einschlafen werden. So dass sie lange Zeit nicht mehr froh sein werden. Sie werden lange Zeit traurig sein, mit den Tränen kämpfen. Sinken. Nach unten gezogen werden. Sie fügt ihnen diesen Schmerz zu. Es muss sein, es ist notwendig. Sieh den einen Punkt an, und geh darauf zu, wie über ein Seil. Nicht nach unten blicken, nicht zur Seite. Ihre Freunde müssen jetzt nach Hause gehen. Warum denn? Weil wir euch etwas sagen müssen. Vater und ich.

Sie ahnen es, sie wissen es, aber es darf nicht passieren! Die Tochter hat den ganzen Herbst hindurch immer wieder beschwörend gefragt: Ihr lasst euch doch nicht scheiden?! Ihr lasst euch doch nicht scheiden?! Sonst sterb ich!, und Ida hat geantwortet: »Nicht doch. Nicht doch.«

Die Tochter hat den ganzen Herbst hindurch Kerzen angezündet, auf dem Klavier, auf der Kommode in der Diele, auf dem Esstisch, auf der Fensterbank, wie sonst, wenn sie es sich gemütlich machen wollen, wenn es ein Fest gibt, einen Geburtstag, Weihnachten. Sie kommt morgens zu ihr, in einem zu weiten Schlafanzug und struppigen verschlafenen Haaren. Sie hat so schrecklich geträumt, sie waren mit dem Boot auf dem Meer, und es kam ein Sturm, und Mama fiel ins Wasser und wäre fast ertrunken.

»Ach herrje!«

»Aber dann ist ein Zwerg gekommen und hat dich gerettet.«

Der Zwerg, das ist *er*.

Die Freunde der Kinder gehen, und sie essen schweigend zu Abend. An diesem Tag gibt es Nachtisch. Sie bringt es nicht über sich. Er muss es tun. Und sie kann sehen, was sie hier anrichtet, was sie *will*. Wie brutal das alles klingt. Jetzt muss sie sagen, dass es nicht stimmt. Sie schweigen eine Weile, denn niemand kann es glauben. Die Kinder sehen sie an, damit sie es abstreiten, aber sie streiten es nicht ab. Der Mann beginnt leise zu weinen, also stimmt es, Papa weint. Der Sohn schreit und stürzt zur Tür.

»Ich bring mich um«, sagt er. »Ich bring mich um. Wenn ihr das tut, bring ich mich um!« Die Tochter sagt nichts. Ihr Gesicht ist düster: Sie tun es trotzdem. Sie tun es einfach. Sie hat es ja gewusst.

Niemand zieht weg. Ihr verliert uns beide nicht, das ist wichtig. Ihr werdet gleich viel bei Vater und bei Mutter wohnen. Mutter zieht in ein Haus unten in der Straße. Noch nicht, demnächst irgendwann. Wenn ihr euch an den Gedanken gewöhnt habt. Ihr könnt euch die Farbe für eure Zimmer aussuchen. Sollen wir mal hingehen?

Sie ziehen sich an. Dicke, ein wenig zu große Steppanzüge, in denen sie sich nur schwerfällig bewegen können. Steppanzüge zum Hineinwachsen und selbst gestrickte Mützen. Fäustlinge, die mit Klammern an den Ärmeln befestigt sind. Zwei kleine Menschen zwischen ihnen, auf der Straße, in der Dunkelheit, Hand in Hand, langsam gehen sie nebeneinander in der Dunkelheit über die verschneite Straße. Der Kleine hat zu große Stiefel. Sie gehen zum Haus, das sie in den letzten Wochen abends besucht hat, wenn die Kinder im Bett lagen, wenn sie schliefen, während der Mann vor dem Fernseher saß, sie war dort, um abzureißen, um herauszureißen, um zu renovieren, um alles bereitzumachen für diesen Tag und die Tage danach, die Zukunft.

Jetzt begreift sie nicht, dass sie das über sich gebracht, woher sie die Kräfte genommen hat, jetzt erinnert sie sich nur an Bruchstücke, als habe sie alles halb bewusstlos hinter sich gebracht.

Ihre Familie findet das alles nicht richtig, aber was sollen sie schon sagen. Die Familie ist nervös und besorgt. Was soll ohne ihn aus ihr werden. Er hat sie damals gerettet. Sie wissen es, sie haben es gesehen. Aufs Beste hoffen, mehr können sie nicht tun. Sie sind nervös, jetzt wird alles unvorhersagbar. Kann sie allein zurechtkommen? Und die Kinder? Aber was sollen sie sagen.

»Denk an die Kinder«, sagen sie. »Es geht hier nicht nur um dich, Ida. Du trägst jetzt nicht mehr nur für dich die Verantwortung.«

Die Tochter mit der rosa Brille. Die Schulfeier in der Kirche. Vormittags, deshalb sind nur wenige Eltern, einige Mütter anwesend. Sie kommen in weißen Umhängen von beiden

Seiten aus der Sakristei, konzentriert, um nicht zu stolpern, mit Kerzen in der Hand. Ihre Tochter hält Ausschau. Ist Mutter gekommen?

»Hier bin ich, Herzchen«, flüstert sie. Bewegt die Lippen, hebt eine Hand, um sich zu zeigen, aber die Tochter sieht sie nicht, sucht und sucht. Wo ist Mutter? Sie muss doch da sein!

Hier bin ich, Herzchen! Hier!

Jetzt sieht sie sie. Wie sie sich freut. Wie sehr sie Ida liebt. Wie sehr sie sie lieben, wie sehr sie von ihrer Mutter abhängig sind, die Kinder. Die Tochter lächelt. Sie wird alles ganz richtig machen. Es ihrer Mutter zeigen. Mutter ist hier! Ein Kind nach dem anderen tritt vor, zu der brennenden Kerze ganz vorn. Sie halten ihre eigene Kerze in die Flamme und zünden sie an. Dabei sagen sie: »Heute zünden wir ein Lichtlein an.« Und mit der brennenden Kerze in der Hand, ehe sie sich umdrehen und zu ihrem Platz in der krummen Reihe zurückkehren: »Wir zünden ein Lichtlein an für alle, die hungrig sind.«

Es werden Lichtlein angezündet für alle, die keine Wohnung haben. Es werden Lichtlein angezündet für die Armen, die Arbeitslosen. Idas Tochter tritt vor, beugt sich über die Kerze, ihre Brillengläser leuchten, sie sieht Ida an:

»Ich zünde ein Lichtlein an«, sagt sie und zündet die Kerze an und lächelt, während der goldene Flammenschein sich über ihr Gesicht ergießt. »Wir zünden ein Lichtlein an für alle, die einsam sind.«

Hatte sich so sehr ein Kind gewünscht, um nicht Kind zu sein, sondern Mutter. Nicht mehr Tochter, sondern Mutter, und die Kinder banden sie an den Boden, so dass sie nicht in der Luft verschwand oder in sich versank, weil sie nicht wusste, wer sie war. Wie kann eine, die niemals vollständig gewesen ist, wissen, wo der Mangel liegt? Sie zählt die Gläser und packt die Hälfte ein. Sie fragt, welche Bratpfanne er behalten will. Er nickt stumm zu allen Vorschlägen. Sie zählt, teilt und packt ein, sie trägt Schreibtisch und Stühle durch den Wald, von einem Haus zum anderen, sie besitzt übernatürliche Kräfte, und das noch spätabends. Ihr Mann sitzt im Sessel vor dem Fernseher. Die Kinder schlafen.

»Willst du das oder dieses?«

Er dreht sich zu ihr um. Ihm laufen die Tränen aus den Augen, und zum ersten Mal seit langer Zeit sieht er sie an.

»Nicht jetzt, Ida«, sagt er. »Der König ist tot.«

Das Datum steht in den Geschichtsbüchern. Sie wurde geschieden, als König Olav starb. Alt und Jung gehen in der winterlichen Dunkelheit mit Teelichtern in den Schlosspark, und der sieht aus wie eine Unfallstätte. Im Mai wird sie ihn sehen. Das macht sie ruhiger. Sie muss viel im Kopf behalten, darf nichts vergessen. Es gibt einen Anwalt, einen Grundbrief, eine Steuer, es gibt Ausgaben, aber sie hat ein Stück in einem Verlag untergebracht, ein weiteres übersetzt sie, sie rezensiert, sie redigiert die Zeitschrift *Zeitschrift,* sie kommt zurecht. Sie tut es für ihn. Sie kann ihn nicht vergessen. Er kommt, einmal. Sie schreibt ihm zum ersten Mal seit langer Zeit. Sie schreibt ruhig, sie ist eine andere, an einem anderen Ort. Sie schreibt von weither, als handele es sich um die Vergangenheit, und sie sieht es deutlich, und irgendwie stimmt es auch: Ich wollte mit dir in die Tiefe springen, schreibt sie.

Er antwortet ebenso ruhig, für ihn ist es vielleicht lange her: Ich wollte nicht mit dir in die Tiefe springen. Ich habe Angst vor der Tiefe.

Das ist ehrlich, das hat sie begriffen, mit seiner Angst vor der Tiefe kann sie umgehen, daran kann sie arbeiten. Aber im selben Brief schreibt er etwas anderes, das sie in ihm geahnt hat, nur hat sie gehofft, es sei noch nicht vorhanden, und mit dem sie vielleicht nicht leben kann. Oberklassenfrau/Underdog schreibt er. Die Oberklassenfrau, das ist sie, Ida. Der Unterhund, das ist er, Arnold Busk, Dozent an der Universität. Er weiß nicht genug über sie, das ist das eine. Er tippt. Er fühlt und tastet sich vor. Er ahnt die Stärke, die sie bald besitzen wird. Die Unerschrockenheit, die Selbstständigkeit, die sie nicht hat, bald aber haben wird, die er ahnt und mit der er vielleicht nicht umgehen können wird, denn wenn er nicht der Dozent sein kann, was soll er dann sein?

»Wozu brauchst du mich?«, fragt er, viel später.

»Ich brauche dich nicht«, antwortet sie. »Ich liebe dich.«

Oberklassenfrau?, schreibt sie zurück, und dann schneidet sie eine Strophe von einem Gedicht von Pär Lagerquist aus dem Buch und klebt sie in den Brief: Geliebtes! Verlass mich ohne ein Wort!

Geliebtes! Verlass mich ohne ein Wort. Jetzt wird sie nichts von ihm hören. Es ist ein Lebewohl, aber im Mai wird sie ihn sehen. Dann wird sich alles klären. Sie näht Vorhänge und hängt sie auf. Sie streicht Wände an. Sie baut Kinderbetten und Bücherregale und Schreibtische zusammen. Sie denkt: Er wird es sehen. Einmal kommt er, und dann sieht er alles, das gelbe Wohnzimmer, die blaue Küche. Er kommt, sie hat Zeit genug, die ganze Zeit bis zum Mai.

In der ersten Nacht schlafen die Kinder bei ihr. Sie zieht nicht von ihnen weg, sie schlafen in ihren neuen Zimmern, in der Nacht, in der sie zum ersten Mal in ihrem Haus schläft. Nichts hätte sie anders haben wollen, aber es tut trotzdem weh, darüber zu schreiben. Es ist Samstag. Der Vater begleitet sie und sagt ihnen zusammen mit ihr gute Nacht, und dann sitzt er noch eine Weile mit Ida im Wohnzimmer, damit sie mit ihrem Gespräch im Ohr einschlafen können, ihren Stimmen, den Stimmen von Mutter und Vater. Dann geht er. Allein die Straße hoch, durch die Dunkelheit, zu *seinem* Haus, und schläft dort, allein, zum ersten Mal, in dem großen Bett. Er hat ein neues Bett gekauft, erst jetzt denkt sie an ihn, daran, wie die Nacht für ihn wohl war. Wie konnte sie. Wie können die Leute, sie tun es dauernd. Wenn man nicht müsste, brächte man es nicht über sich. Sie schlafen. Die Kinder schlafen. Sie verstellen sich nicht. Sie liegen nicht im Dunkeln wach und sehnen sich. Sie war bei ihnen und hat auf ihren schlafenden Atem gehorcht. Hat die ausgebreiteten Arme gesehen, die offenen Münder, die bleichen Augenlider. Sie sind in ihrem Haus eingeschlafen. Es war ein langer Weg. Sie weiß nicht, wann sie ihn angetreten hat. Es ist so still. Sie ist die Einzige, niemand ist da, den sie fragen könnte, niemand kann etwas wissen. Sie hat eine Flasche moussierenden Wein, vielleicht wäre es nicht richtig, sie zu öffnen. Sie lässt Wasser in die Badewanne einlaufen und badet in ihrer eigenen Badewanne und trinkt die Flasche aus, weshalb sie am nächsten Tag ein wenig zittert, das ist ja nur angemessen.

Er ruft ihre neue Nummer an und legt auf. Sie weiß, dass er es ist, und er weiß, dass sie es weiß. Er kann keinen Kontakt aufnehmen, denn sie hat geschrieben: Verlass mich, aber tu es wortlos. Er ruft an, und sie nimmt den Hörer ab und sagt: »Hallo.«

Am anderen Ende der Leitung gibt es keine Stimme, sondern nur Anwesenheit, dann legt er auf, oder vielleicht kommt sie ihm zuvor. Sie hat auch »Geliebtes« geschrieben. Geliebtes! Verlass mich ohne ein Wort. So haben nicht viele ihn genannt. Das Telefon klingelt, und wieder ist am anderen Ende niemand, als sie den Hörer abnimmt.

»Hallo«, sagt sie und denkt: Jetzt hört er meine Stimme, die will er doch hören. »Hallo«, sagt sie noch einmal, weich und heiser, dann legt er auf. Das ist das Zeichen, er kommt.

Sie erhält Signale, ruft sie herbei, wenn die Kinder beim Vater sind und sie allein ist, es ist der pure Wahn. In Adresseavisen, seiner Zeitung, Trondheims Zeitung, gibt es jeden Samstag ein Horoskop. Sie fährt am Samstagvormittag zum Zeitungskiosk im Bahnhof, um die Zeitung zu kaufen und sein Horoskop zu lesen, das, was dort zu seinem Sternbild steht, weil sie weiß, dass er es auch liest, weil sie wissen will, wie es ihm geht. An einem Samstag steht dort zu seinem Sternbild, dem Steinbock: Jetzt springen Sie schon in die Tiefe. Warum solche Angst? Sie tragen doch eine Schwimmweste.

Springen Sie in die Tiefe, steht dort. Und er hatte geschrieben, dass er das nicht wagt. Er habe Angst vor der Tiefe, schrieb er, aber jetzt steht in der Zeitung: Spring hinein! Spring, Arnold! Sie wartet doch mit offenen Armen. Aber was soll das mit der Schwimmweste heißen? Sie ruft bei Adresseavisen an und lässt sich sagen, wo sie das Horoskop beziehen kann und wie die Astrologin heißt. Die Astrologin heißt Wendy Manters, und sie ruft Wendy Manters in London an und fragt, was das mit der Schwimmweste heißen soll. Sie schaltet das Autoradio ein, als sie vor einer roten Ampel wartet, und in der Rubrik »Wunschgedicht« wird das Gedicht »Der Wind, der blaue Matrose« vorgetragen, als Gruß an eine geliebte Frau von einem anonymen

Hörer in Sarpsborg. Das muss Arnold sein, der Arnoldmatrose, er hält sich gerade in Sarpsborg auf und kann nur an Ida denken, aber sie hat ihn gebeten, sie, wenn er sie schon verlassen muss, ohne ein Wort zu verlassen. Also kann er nicht schreiben, was er so gern täte, und nicht anrufen, und deshalb schickt er ihr ein Gedicht über die Wunschsendung im Radio. Was macht er in Sarpsborg? Hat er auf der Reise in Oslo Station gemacht? Wen hat er dort getroffen? Bald ist Mai. Sie findet im Gras ein vierblättriges Kleeblatt und auf der Straße ein Zehnörestück, das bedeutet Glück.

Die Nächte sind lang und von ängstlichen Träumen erfüllt. Vielleicht wird sie für immer allein bleiben. Auf dem Meer kommt ein Sturm auf, sie ertrinkt im Meer, ein Boot nähert sich, sie winkt, aber es fährt vorbei. Obwohl der Mann im Boot sie sieht, fährt er einfach vorbei, lässt sie ertrinken. Sie träumt, dass sie in zerstörten Häusern lebt, in Ruinen. Das Waschbecken ist zerbrochen, die Toilette ist zerbrochen. Trotzdem sind Gäste da, denen sie Essen auftischen, mit denen sie sich unterhalten muss. Sie lässt zu viele in ihr Schlafzimmer, bedeutet das. Sie lässt zu viele an sich heran, während sie eigentlich allein sein sollte, um aufzuräumen, zu reparieren. Die Toilette ist verstopft, die Scheiße läuft schon über. Ihr Arm blutet, ihr Unterleib. Sie hat Wunden am Leib, Beulen im Gesicht. Sie ertrinkt in verfaulendem Wasser, in der Kloake. Ihre Beine versinken im Schlamm, sie versucht, den Kopf über der stinkenden Kloake zu halten. Am Ufer, das sie zu erreichen versucht, liegt ein Tempel. Eine Frau wandelt zwischen den Säulen, Ida sieht sie von hinten, hocherhobenen Hauptes in griechischer Tunika und mit einer bloßen Schulter, dann dreht sie sich um, bestimmt ist ihr Gesicht zerstört. Es fehlt nur noch, dass diese Frau, die von hinten so schön, so stolz aussieht, sich umdreht und Ida ihr zerstörtes, abstoßendes Gesicht zeigt. Sie dreht sich um, sie sieht Ida an, ihr Gesicht ist schön, konzentriert. Ein kluges, reifes Gesicht. Ein überirdisch wissendes Gesicht. Sie sieht Ida aus türkischen Mandelaugen an. Das ist ein Gruß. Von dort, wohin sie unterwegs ist.

Nachts kommt es vor, dass sie plötzlich einen lähmenden Schmerz und einen Hass auf ihn empfindet. Er könnte ihren Schmerz lindern, ihre Sehnsucht. Er könnte einen ganz normalen Brief schreiben, das tut er nicht. Er könnte fragen: »Wie geht es dir?«, statt aufzulegen. Er könnte sagen: »Ich liebe dich. Aber ich bin verheiratet. Was sollen wir mit unserer Liebe anfangen?«

Aber das tut er nicht.

Es kommt vor, dass die Tochter nachts vor ihrem Bett steht. Sie kann nicht schlafen und will sich bei ihrer Mutter ankuscheln.

»Nein«, sagt Ida, damit es nicht zur Gewohnheit wird, sonst wird es zum Problem, wenn *er* kommt. Das ist eine üble Vorstellung. Die Tochter ist sechs Jahre alt und kommt weinend die Treppe herunter und will bei ihrer Mutter sein, aber die Mutter sagt nein. Wie brutal, wie töricht. Sie bringt sie nach oben und steckt sie ins Bett und geht, während die großen Augen noch an ihren haften. Dann macht sie nicht einmal mehr das. Schüttelt den Kopf, wenn die Tochter nachts in der Tür steht. Sagt: »Nein. Geh schlafen!«, und das Kind bleibt in der Türöffnung stehen und weint, leise.

»Geh schlafen«, sagt sie streng und hört nach einer Weile die kleinen Schlafanzugschritte auf der Treppe. Einmal hört sie sie nicht, und sie geht hinaus und findet das Kind auf einer der unteren Stufen, sie liegt mit offenen dunklen Augen dort und hat den Daumen im Mund. Es ist eine üble Vorstellung, aber wenn sie jetzt nicht ehrlich zu ihr ist, lernt auch die Tochter nichts. Das Kind kommt nachts nach unten, es weiß, dass es abgewiesen werden wird, und kommt nicht mehr ins Zimmer. Steht in der Türöffnung oder vor der Tür. Ida wird von ihrer Anwesenheit geweckt, von dem schluchzenden Tränenatem, dreht sich aber zur Wand und lässt sich nichts anmerken. Arme, Arme. Sie hat die Tochter gefragt, jetzt, lange danach, ob sie sich daran erinnern kann, sie erinnert sich nicht mehr, so schrecklich war es.

»Damals war ich verrückt«, sagt Ida. »Vor Verliebtheit.«

Wenn die Kinder nicht da sind, arbeitet sie, geht und geht. Geht in den Laden, geht ins Schwimmbad, geht in die Bibliothek, geht hin und her und führt dabei Selbstgespräche, formuliert die Rede, die sie bei ihrer Hochzeit halten will. Wie soll sie das ausdrücken, was sich nicht ausdrücken lässt, damit die, die es nicht verstehen, es doch verstehen. Niemand ist draußen, es ist dunkel. Sie führt Selbstgespräche. Ein Wort herein, eins hinaus. Dinge, an die er sich sicher nicht erinnert. Dass er der Prüfungskommission angehört hat, als sie vor langer Zeit ihr Examen in Deutsch ablegte. Er saß an einem Tisch vor der Tür, als sie zur mündlichen Prüfung kam und ihre Sache durchaus gut machte, sie war die Letzte und dachte, er sehe gut aus, und das hätte sie ihm gern gesagt, aber sie hat sich nicht getraut. Das möchte sie in der Rede erzählen, das, was sie damals gedacht hat, bei ihrer allerersten Begegnung. Und die Kontaktlinsenepisode wird sie aus Jux erwähnen. Dass er gesagt hat: »Das darfst du nicht trinken!«, in ihrer ersten gemeinsamen Nacht. Und vielleicht sollte sie auch noch erzählen, wie sie, um sich zu trösten oder sich zu rächen, damals mit einem Mann zusammen war, in einem Hotelzimmer in Trondheim, der dann ihre Linsen trank, weil sie in diesem Moment nicht sagen wollte: »Das darfst du nicht trinken«, den Spruch aus der ersten Nacht mit Arnold. Aber vielleicht wird er dann glauben, sie habe das oft gemacht, sei häufig mit Männern aufs Hotelzimmer gegangen, und dann wird er eifersüchtig und böse und macht auf ihrer Hochzeitsfeier eine Szene. Er darf niemals zweifeln. Nicht einen Moment. Daran, dass ihr Begehren nur ihm galt. Daran, dass ihre Liebe sich nur auf ihn richtete und dass sie von Dauer sein würde, dass sie selber treu sein und ihn nie verlassen würde. Er muss davon überzeugt sein, zu hundert Prozent; wenn er nachgibt, sich ihr hingibt, dann in Geborgenheit und für immer. Dafür wird sie sorgen.

Und wenn er vor dem Mai stirbt, vor dem zwölften? Sie fleht Gott an, ihn bis zum Mai leben zu lassen, bis zum zwölften. Wenn er vor dem Mai stirbt, vor dem zwölften, steckt sie fest in derselben gefühlsmäßig ungeklärten Situation wie jetzt, nur noch schlimmer, ohne ein Ende ahnen zu können. Wartend, voller Sehnsucht, während das Objekt, das einzige, was ihre Sehnsucht stillen könnte, verschwunden wäre, tot. Die Angst, dass er sterben könnte, war stärker damals, als sie keine Beziehung hatten, als später, als sie zusammen waren, zusammenlebten, einander am nächsten standen. Da kam es vor, dass sie sich seinen Tod vorstellte, denn nur durch seinen Tod könnte sie von ihm und der Liebe zu ihm befreit werden, die so viel Raum einnahm, so viele Kräfte verzehrte, die so wehtat, die sie so verletzlich machte, die sie auf alle möglichen Proben stellt, von denen sie niemals geglaubt hätte, sie könne sie bestehen und ertragen. Eine schwedische Freundin sagte einmal: »Eine Frau sollte mit dem Mann zusammen sein, bei dem sie sich wie eine Königin fühlt.« Und Ida hatte gedacht: Ja, das stimmt.

Aber nein, du, so einfach ist das nicht.

»Lieber Gott, mach, dass er nicht vor dem Mai stirbt, vor dem zwölften.« Sie wirft Münzen in Brunnen und Fontänen. Gibt es Außenpolitik, Regierungskrisen, Erdbeben? Nein. Gibt es etwas anderes? Nein. Kinder? Arbeit? »Lieber Gott, lass mich normal atmen, so wie früher, befrei mich von diesem Herzklopfen. Nein, nimm nicht das Einzige weg, das etwas bedeutet, ohne Herzklopfen, ohne diese verzehrende Sehnsucht, bin ich niemand, bin ich gefühllos, wird es sinnlos, woran sollte ich dann denken, worauf warten, was sollte an seine Stelle treten? Lieber Gott, ein wenig weniger Herzklopfen, nein, ich habe mich versprochen, ich rede irre.« So vergehen die Tage bis zum Mai, abends, nachts, wenn die Kinder nicht da sind, oder wenn sie schlafen, kommt es vor, dass sie anstelle von Hoffnung, Sehnsucht, eine tiefe Traurigkeit empfindet, sie ist erfüllt von Traurigkeit, zum Bersten und bis zum Verlöschen gefüllt von Traurigkeit. Sie stürzt in den Schmerz, es kommt ihr vor wie ein Sturz, ein fortwährender Sturz, ein gewissermaßen endloser Schmerz, der von innen und außen den gleichen Druck ausübt.

Wenn sie überhaupt jemals einen Anflug von etwas Ähnlichem verspürt hat, dann war das in Kopenhagen. Sie war hingefahren, um nicht zu Hause zu sein, als ihr erstes Stück im Rundfunk Premiere hatte, um nicht am nächsten Tag die Rezensionen lesen zu müssen, sie war zu einem Freund ihres Mannes nach Kopenhagen gefahren. Und weil sie bei dem Freund ihres Mannes wohnte, konnte sie abends in der

Stadt nicht mit Männern flirten. Aber eines Abends in einer Bar steht sie neben einer Frau, und diese Frau berührt plötzlich ihren Arm, und Ida lässt sich über die Wange streichen. Sie wird geküsst, sie erwidert den Kuss und geht mit der Frau in einen Torweg und lässt sich betasten und betastet diese zufällige Frau in Kopenhagen. Am nächsten Tag zittert ihre Hand, zittert bei dem Gedanken, verspürt bei dem Gedanken Begehren. Der Boden unter ihr wogt, die Stadt wogt, die Häuser zittern über den Pflastersteinen, bald wird etwas Entsetzliches passieren. Das Unglück kommt, sie wittert es, es steckt schon in ihr, wohnt in ihr, wartet nur darauf, sich in all seinem Schrecken zeigen zu können.

Ihr Mann, ihr Ex-Mann, wie sie ihn nun nennen muss. Auch wenn sie sich anfangs verspricht und mein Mann sagt, wenn sie ihn erwähnt. Er sieht nun, dass sie in ihrem Haus allein wohnt. Kein neuer Mann zieht bei ihr ein. Sie hatte kein heimliches Verhältnis, das sich jetzt entfalten und in der Welt zur Wirklichkeit werden kann. Er ist nicht auf diese Weise verlassen worden, nicht wegen eines anderen. Und so ist es leichter, sich anständig zu verhalten. Distanziert, das ist wichtig. Wie auch sonst. In einer Nacht schlafen sie im selben Bett, erwachen zusammen im selben Bett. Unter zwei Decken, auf zwei Kopfkissen, aber auf demselben Laken. Das Handtuch, mit dem sie sich abtrocknet, blieb es dann im Badezimmer hängen? Sie kann sich nicht daran erinnern. In der nächsten Nacht schläft sie allein, in einem anderen Haus, und er schläft allein, glaubt sie, in dem Haus, das sie verlassen hat. Kann er schlafen? Nach vier Wochen hat er eine Freundin. Vielleicht liebt sie ihn. Es klingt so, wenn er die andere erwähnt, die neue Frau. Er klingelt, wenn er etwas will, und bleibt draußen auf der Treppe stehen. Er fragt nicht: »Was hast du gestern gemacht? Wo gehst du hin?«, wenn er das nicht unbedingt wissen muss. Er besucht seinen Freund in Kopenhagen, lernt dort eine junge Dänin kennen und ist danach mit ihr zusammen. Er ruft an und fragt mit sich überschlagender Stimme, ob die Kinder noch ein paar Tage bei ihr bleiben können. Sie ist nicht mehr das Objekt. Nicht ihr wird der Kaffee ans Bett gebracht. Sie sieht es vor sich, sie träumt nachts davon, dass er Schutzkleidung trägt, wenn er mit ihr ins Bett geht, der Neuen, Helm, Gasmaske und ein riesiges Suspensorium. Vielleicht ist er mit weiteren Frauen zusammen, wenn er in Norwegen ist und die Dänin in Dänemark. Vielleicht ist er mit der Lehrerin der Kinder zusammen, oder mit der Frau aus dem Nachbarhaus. Vielleicht trifft er ihre Freundinnen in den Cafés der Stadt, wenn die Kinder bei Ida sind. Alle Frauen sind möglich, sind für ihn zugänglich, denn er ist sympathisch und nett. Und sie hat ihn selber aufgegeben, das hat sie nun davon. Vielleicht schläft er mit ihren Freundinnen und erzählt von der Scheidung. Vielleicht kommen sie frisch aus seinem Bett – wenn sie ihnen begegnet, lächeln sie nicht viel sagend? Wissen sie etwas, das sie nicht weiß, das sie verletzen kann, wenn sie es erfährt? Findet er bei ihnen etwas, das er bei ihr nicht gefunden hat? Entdeckt er jetzt, wo er Vergleiche ziehen kann, dass sie nicht so witzig, erotisch, interessant war, wie er sich das eingebildet hatte? Trifft er andere, die seine Meinung über sie ins Wanken bringen, über die Ehe mit ihr, so dass er zu dem Schluss kommt, dass die Ehe ein Irrtum war und die Scheidung ein Glück? Können die Körper der anderen nackten Frauen ihm klar machen, dass sie niemals die Richtige für ihn war, damit er seine Meinung über sie ändert und sich über die Scheidung freut? Na und! Wäre das nicht das Beste? Will sie die Richtige für den sein, den sie verlassen hat? Was bist du für eine Egoistin, Ida. Sie geht nicht aus dem Haus, wenn die Dänin bei ihm ist, sie will die beiden nicht Hand in Hand auf der Straße sehen. Liebt sie ihn eigentlich, und merkt sie das jetzt, wo sie ihn verliert?

Sie begegnete der Dänin nicht, wäre sie ihr begegnet, hätte sie ihr die Hand gegeben, mit ihr gesprochen, dann hätte das geholfen. Sie lernte die Krankenschwester kennen, die sich für Kalligrafie interessierte und mit der er dann später zusammen war. Inzwischen war es Weihnachten geworden. Sie wollte nach Trondheim, um Erik Grøver zu besuchen, sie saß mit den Kindern im Zug. Die Kinder sollten in Røros aussteigen, wo ihr Vater und die kalligrafisch bewanderte Krankenschwester sie am Bahnhof erwarteten. Sie ist so nervös, wie vor einer mündlichen Prüfung. Der Zug verlangsamt sein Tempo, sie schluckt und schluckt. Ihre Hände zittern, und sie war schon mehrere Male auf der Toilette und hat in den Spiegel geschaut. Nicht nervös aussehen, nicht erschöpft. Nicht gedemütigt aussehen –, einsam, allein, nicht zu überlegen, nicht zu überschwänglich. Der Zug bremst. Die Kinder sitzen schweigend, fertig angezogen auf ihren Sitzen. Da ist Vater. Ja, da ist er, er winkt und läuft hinter dem Zug her, und ihm folgt eine Frau mit langen dunklen Haaren, die seine Jacke trägt. Die Kinder stehen schon an der Tür. Der Zug hält an, Ida öffnet die Tür. Draußen steht ihr Exmann, der Vater der Kinder, und hinter ihm, in seiner Jacke, die dunkle kalligrafisch bewanderte Krankenschwester.

»Hallo«, sagt Ida.

»Hallo«, sagt er.

Der Atem umgibt sie wie Rauch.

»Wir kennen uns ja noch nicht«, sagt Ida und hält der Krankenschwester die Hand hin. Die Krankenschwester nimmt die Hand, und sie begrüßen einander und lächeln vorsichtig. Die Krankenschwester ist nervös, das merkt sie, nervöser als Ida, und erleichtert, weil Ida nicht böse ist, kein strenges, abweisendes Gesicht macht, das hätte sie doch tun können. Die Kinder stehen im Schnee. Ida streichelt ihnen den Kopf und steigt wieder in den Zug, und der Zug setzt sich in Bewegung, und die beiden großen und die beiden kleinen Menschen gehen über den verschneiten Bahnsteig. Ida winkt, und die Kinder winken, und dann ist es vorüber. Sie lässt sich zurücksinken. Jetzt ist es vorüber. Sie ist nicht in sich zusammengesunken, hat nicht ihr Gesicht verloren, sie hat es geschafft.

Es wird April. Es wird Ende April. Es wird Mai. Der erste. Der zweite. Der dritte Mai. Der Himmel ist hoch und blau. Vor ihrem Haus erscheinen Tulpen und Osterglocken. Die Blätter der Birken sind klein und leuchten. Sie hat alles tausendmal durchdacht. Sie hat es bis ins Detail geplant und an ihren Plänen gefeilt. Was sie anziehen wird, und wie sie ankommen will, mit hängender Zunge und in letzter Sekunde, damit er glaubt, sie komme nicht und enttäuscht ist, aber dann, wenn sie doch noch in der Tür steht, wird ihn die Liebe *überwältigen.* Wie eine Offenbarung, wie ein Gottesbeweis, so, wie das für sie war, wie es sie durchströmt hat, als er mit wehendem Herbstmantel die Treppe zum Tostrupkjelleren herunterkam. Und dann wird ihm die Kraft der Liebe zuteil werden, die auch ihr zuteil wurde, und durch die er die Trennung überstehen kann. Er wird sagen können: »Ich will mich scheiden lassen.« Zum Kind: »Wir lassen uns scheiden, Mutter und ich.« Er wird die Löffel durchzählen, die Hochzeitsgeschenke aufteilen, fragen: »Welches willst du?«

Wie wenig sie wusste. Wie naiv sie war.

Sie hat neue Unterwäsche gekauft. Es ist der sechste Mai, der siebte. Der zehnte. Am elften fährt sie. Auf der Teilnehmerliste, die ihr nach ihrer Ankunft im Hotel ausgehändigt wird, fehlt der Name Arnold Busk, und er fehlt auch im Programm, das sie in einer Mappe auf ihrem Zimmer vorfindet.

Es ist acht Uhr, sie kann ihn nicht anrufen, sie *muss* es wissen. Sie versucht es im Büro, aber da ist er nicht. Es kann ein Irrtum sein. Es muss ein Irrtum sein. Ganz bestimmt kommt er. Alles andere wäre unmöglich. Er kann nicht darauf verzichten. Sie wartet seit einem vollen halben Jahr darauf. Sie zieht sich an, schminkt sich, bereitet sich vor, als ob er käme. Aber morgens im Frühstücksraum findet sie den Seminarorganisator und fragt so ruhig sie kann, obwohl ihre Stimme zittert. Arnold Busk hat abgesagt, mehr weiß niemand. Sie muss das Zimmer verlassen und sich setzen. Was jetzt, was soll sie jetzt machen? Sie muss ihn anrufen, sie stürzt auf ihr Zimmer und ruft in seinem Büro an, aber er meldet sich nicht, er kommt sicher später. In allen Pausen, bei jeder Gelegenheit, den ganzen Tag und den ganzen nächsten Tag hindurch ruft sie ihn an, er kommt nicht ans Telefon. Sie ruft sogar die verbotene Nummer an, bereit, den Hörer aufzuknallen, wenn jemand antwortet, aber es nimmt niemand ab. Er ist nicht gekommen, er ist nicht da. Irgendwo ist er, genau in diesem Moment, während sie völlig erschöpft auf ihrem Hotelbett sitzt. Jetzt, genau in diesem Moment, irgendwo, wie unwirklich. Denn in der Geschichte, die ihnen beiden gehört, gibt es ihn fast noch nicht, bis auf Weiteres ist er nur ein Gespenst, ein Mantel.

Sie hat auf den Mai gewartet, und der Mai fällt aus. Es regnet. Sie geht mit Erik Grøver durch den Regen und wartet. Vielleicht geschieht es jetzt, in seiner Gegenwart, dass sie sich zum ersten Mal fragt, ob es etwas anderes sein kann, was sie belastet. Etwas, das mit Liebe zusammenhängt, mit der Erfahrung des Abgewiesenwerdens, das durch die Erfahrung der Abweisung hervorgerufen wird. Als das Seminar zu Ende ist, siedelt sie zu Erik Grøver über. Sie schlafen in seinem baufälligen Doppelbett unter der schiefen Decke, an der eine verwelkte Pflanze hängt, aber sie sind nicht zusammen. Er ist so schwer, er ist versteinert. Es regnet und regnet. Sie ruft Arnold Busks Büro an, und eines Tages geht er ans Telefon. Seine Stimme wird ganz nah, als sie ihren Namen nennt, er hat an sie gedacht, er hat an das Seminar gedacht. Sein Vater ist siebzig geworden, er war mit der Familie verreist, sagt er, deshalb war er nicht auf dem Seminar, deshalb musste er absagen. Er berichtet von Einzelheiten, die keine Bedeutung haben. Der Vater hat seinen Geburtstag in Pers Hotel in Geilo gefeiert, sagt er. Sie fragt, auf eine neue, ruhige Weise, ob sie ihn treffen kann. Ihre neue Weise beunruhigt ihn, er klingt besorgt und schärfer. Sie könnte ihn doch einfach tagsüber treffen, in seinem Büro. Sie flirtet nicht, es ist zu ernst. Sie muss feststellen, ob diese Verliebtheit, sagt sie, die stärkste, die sie je erlebt hat, etwas mit ihm zu tun hat, mit Arnold Busk, oder ob sie die Verliebtheit brauchte, die Kräfte, die diese Verliebtheit ihr gegeben hat, um den notwendigen Schritt gehen zu können, um sich scheiden zu lassen. Das muss sie feststellen, um weiterleben zu können.

Kann Arnold ihr dabei helfen?

Er hört ihr zu, stumm, am anderen Ende der Leitung. Er sagt nicht nein, gibt ihr aber zu verstehen, dass sie seiner Ansicht nach Ansprüche stellt, die sie nicht stellen dürfte.

Sie kann am nächsten Tag um zwei in sein Büro kommen.

Am nächsten Tag um zwei geht sie hin. Macht sich kalt, egal, wie ihr Herz klopft, nicht denken, nicht stehen bleiben, einfach weitermachen. Hinaufgehen und sich nicht überwältigen lassen von ihrem Körper, der ruft: »Aufhören, das wird wehtun, das ist gefährlich.« An diesem Tag regnet es nicht. An diesem Tag scheint in Trondheim die Sonne, und es ist warm. Sie hat ihn seit sechs Monaten nicht mehr gesehen, damals haben sie miteinander geschlafen, jetzt ist sie geschieden. Er hat ihr gesagt, welcher Stock, welche Tür, sie klopft, und er sagt: »Herein«. Da sitzt er vor ihr. Sie bleibt in der Tür stehen, er deutet mit der Hand auf das Sofa, er hat ein Sofa in seinem Büro, aber das wird zu eng. Hat er gedacht, sie würden einander küssen, auf dem Bürosofa vögeln, sie werde sich über ihn werfen? Erst jetzt, als sie ihn spürt, denkt sie überhaupt so weit. Sie fragt, ob sie woanders hingehen könnten.

»Woanders hingehen?«, fragt er überrascht. Er schaut auf die Uhr. Sie fragt, ob er nur fünf Minuten hat. Er sagt, er habe eine Stunde. Das reicht. Er räumt etwas auf seinem Schreibtisch zur Seite, schaltet den Computer aus. Er ist nervös, sie ist nicht mehr nervös. Sie gehen los. Sie bleiben auf Distanz, sie presst sich an die Wand. Sie sagen nichts, er sucht eine Bank am Kiesweg, wo alle sie sehen können, sie setzen sich an die entgegengesetzten Enden, und sie redet. Sie ist ehrlich. Sie sagt, was Sache ist. Sie schämt sich nicht, sollte sie sich schämen? Es ist nicht schwer. In all den langen Monaten bis zum Mai hat sie sich vorbereitet, wenn auch auf etwas anderes, hat sich etwas anderes vorgestellt, den öffentlichen Seminarraum, das Essen danach, die Bar. Aber ihre Geschichte ergibt einen Sinn. Es fehlt eine tiefe Kammer, eine Quelle, aber sie ist zu verstehen, sie ergibt einen Sinn. Nur sie kann wissen, wie stark ihr Gefühl ist, wie weh alles getan hat. Er sieht sie fast nicht an, denn wenn er sie ansieht, steht in seinem Gesicht, dass er sie liebt, und dann verliert er sich. Er hört zu, er raucht eine Zigarette, er wirft einen Blick, ab und zu, weil es sich so gehört, auf sie und verliert sich.

Was sagt er? Er sagt, dass er ein Kind hat. Er sagt, dass seine Frau eine problematische und anstrengende Arbeit hat. Er sagt, dass sie mit dem Gedanken an ein weiteres Kind spielen, aber dass das vielleicht doch keine so gute Idee ist. Er sagt, dass sein alter Vater schon einen Herzinfarkt hinter sich hat, einen von der Sorte, die erblich ist. Er schaut auf die Uhr. Sie steht sofort auf, doch er sagt, er habe noch fünf Minuten, und sie setzt sich wieder. Jetzt sagt sie nichts. Sie bleiben ein wenig so sitzen, dann erheben sie sich. Sie sagen, mach's gut, sie umarmen einander nicht, sie läuft davon. Sie dreht sich nicht um, schaut ihm nicht hinterher. Sie ist froh, er liebt sie. Eine Stunde oder anderthalb Stunden, vielleicht zwei, ist sie froh. Sie läuft zu Erik nach Hause und erzählt ihm überströmend von dieser Begegnung. Der Gedanke stellt sich langsam ein: Und was jetzt? Sie schreibt ihm einen Brief und erzählt, wo sie wohnt, dass sie noch einige Tage in der Stadt bleibt, und gibt ihm Eriks Telefonnummer. Wenn er will, können sie sich treffen. Sie läuft zum Hauptpostamt und gibt den Brief auf. Vielleicht kommt er schon am nächsten Tag an. Er *muss* am nächsten Tag ins Büro gehen. Sie ist in seiner Stadt, aber er ruft nicht an. Er ruft an und legt auf. Es wird schlimmer. Sie spaziert an den Booten am Fluss entlang. Es regnet wieder. Sie ist nicht allein. Erik Grøver ist bei ihr, mit allem, was ihm gehört. Er möchte die Frauen schlagen und an den Haaren reißen und sie beißen. Der Arme. Sie hofft. Bis sie Erik mit ihrem Koffer verlässt, glaubt sie, hofft sie, bis sie im Flugzeug nach Oslo sitzt, hofft sie, dass er hinter ihr hergerannt kommt, über den Flughafen, durch die Flugzeugtür, aber das passiert nicht. Der Mai ist zu Ende.

Zu Hause ist die See warm. Möwen auf den Booten. Langsam wachsen die Rosen an der Wand. Was jetzt? Einen anderen suchen? Wo alles doch von ihm handelt. Wo es nur ihn auf der Welt gibt. Ihn vergessen. Einen anderen küssen. Sie versucht zu leben. Sie sagt zu nichts nein. Hierhin, dorthin, alles, was lindern, ablenken kann. Sie trinkt. Sie betrinkt sich. Sie küsst andere. Sie schläft mit anderen. Zusammen mit der verkaterten Angst und den Schuldgefühlen, zitternd im Morgengrauen eines neuen unerträglichen Schmerzes. Es ist ein Erdbeben. Dort, wo sie ist, geht eine Lawine ab. Jetzt passiert es: die Zerstörung alles Alten. Nicht sie tut es, es passiert. Sie ist auf eine stumme, schlafwandlerische Weise dabei. Befreit von der äußeren Vergangenheit, nicht in ihre Gegenwart eingetreten, ohne Vorstellung von ihrer Zukunft, während alle Arten von Gefühlen durch diesen Raum treiben.

Es passiert, vormittags, während die Kinder im Garten spielen, dass es kommt. Plötzlich muss sie sich hinlegen und kann nicht mehr aufstehen. Die Kinder spielen im Garten und bitten um Kekse oder Saft, aber sie kann ihnen nicht helfen. Moment noch. Mama ist krank. Sie kann nicht aufstehen, nicht sprechen. Es dauert anderthalb Stunden. Es zehrt am Körper, frisst sich durch den Körper, es passiert, es arbeitet und frisst sich von innen her weiter, höhlt den Körper aus, ohne Betäubung.

Beim vierten Mal weiß sie, dass es vorübergehen wird. Dass es anderthalb Stunden dauert und dann langsam vorübergeht, und es wird leichter als früher. Es stimmt schon, wie manche behaupten, wer Schmerzen hat, leistet Arbeit. Kümmern Sie sich um die Krise, steht im Buch. Sie zeigt Ihnen, dass Sie etwas verändern müssen. Wenn Sie die Krise als Unglück betrachten, das Sie zufällig von außen trifft, dann wird sie Sie nur verfolgen, also versucht sie, so zu denken.

Beim fünften Mal denkt sie wie bei der zweiten Geburt: Jetzt machst du deine Arbeit. Unmöglich, sich das Gebären vorzustellen, wenn es nicht gerade passiert, so, wie man sich auch den Hunger nicht vorstellen kann, wenn man satt ist, nicht den Durst, wenn man gerade getrunken hat, man weiß nur, dass diese Art von Schmerz oder Mangel existiert, sie steckt wie eine Erfahrung im Körper. Beim fünften Mal fragt sie sich, als es vorbei ist: Was passiert jeweils unmittelbar vorher? Sie hat unmittelbar vorher noch geschrieben. Was geschrieben, unmittelbar vorher? Ihr Stück. Sie geht zum Computer, geht zum Kalender, findet die Tage der Anfälle, sie hat sie rot markiert. Sie findet die Seiten, die sie an diesen Tagen geschrieben hat, die fünf Seiten, sie schreibt immer nur eine Seite pro Tag, sie findet sie. Da ist es, das Messer. Da ist der Henker, der auf den Knopf drückt. Da ist die zum Tode Verurteilte, die versucht, nicht aus Angst in Ohnmacht zu fallen, ihrer Würde wegen. Die nicht schreit, keinen Fluchtversuch unternimmt, es wäre ja doch unmöglich, die nur dasteht und es geschehen lässt, was denn sonst? Da steht es, und es macht eine andere aus ihr, jetzt wird sie sie selbst, ein einziges Zittern noch, und da ist Ida. Es ist möglich, von einem Augenblick zum anderen. Aber vielleicht, denkt sie später, viel später, ist es langsam herangewachsen und nicht so unbemerkt, wie sie damals glaubte. War es nicht das, was vor langer Zeit die Häuser in Kopenhagen zum Beben gebracht hatte? Langsam, bis die Zeit reif war, bis sie es ertragen konnte, schmuggelte es sich in ihren Text, um sich dann zu verraten.

In ihrer Verzweiflung ruft sie ihre Schwester an. Sie überlegt sich die Sache nicht anders, sie kann sie sich nicht anders überlegen, sie ist ins kalte Wasser geworfen worden, jetzt schlägt sie mit den Armen um sich. Wenn zufällig jemand hereinkommt, wenn zufällig jemand anruft, muss sie es sagen, denn etwas anderes gibt es nicht, aber sie versucht zu atmen, allein zu sein, es selber zu schaffen.

Sie wendet sich ab, es verschwindet nicht. Sie schließt die Augen, es verschwindet nicht. Ist es das, was mir passiert ist? Ist es deshalb? Sie wirbelt um sich selbst, bis sie vor Schwindel umfällt, da ist es. Sie träumt nachts und erwacht am Morgen, erfüllt von Träumen. Sie schaut hinauf in die wogenden Zweige: Es kommt. Sie fährt mit dem Fahrrad den Hang hinunter, der Wind kitzelt in ihren Haaren, da ist es. Sie schwimmt unter Wasser, es kommt, von ihnen, auch wenn es von überall her auf sie zuzuströmen scheint, wie auf Knopfdruck, strömt auf sie zu und in sie herein, durch die Ohren, die Augen, in den Mund, durch den Hals, durch die Poren in ihrer Haut, in jede Zelle, und zerkaut das Alte: Ich bin eine andere.

Wem soll man erzählen, dass man sich verändert hat? Ich bin nicht mehr so wie früher. Wem soll man es erzählen? Ihr begegnet eine Lehrerin aus der Grundschule, die fragt, ob sie nicht Ida sei, aber sie schüttelt den Kopf, denn die ist sie nicht.

Sie versucht, nach und nach, als ihr das alles nicht mehr so dramatisch vorkommt, einigen aus ihrer Familie ihre neue Geschichte zu erzählen. Die glauben ihr nicht. Sie glauben, dass sie sich irrt. Aber seht ihr es denn nicht, möchte sie rufen. Auch in euch muss etwas zerstört worden sein, auch in euch zerschlagen, denn man wird nicht allein zerstört. Wir haben im selben Haus gewohnt, am selben Tisch gegessen. Es kann nicht nur bei mir so sein, auf irgendeine Weise muss es auch euch betreffen. Etwas hat die ganze Zeit nicht gestimmt, aber jetzt habe ich die Lösung gefunden!

»Wovon redest du hier eigentlich? Was für ein Unsinn. Du bist nur nicht ganz bei dir.«

»Aber *wenn* es so wäre, stell dir doch nur einmal vor, es wäre so. Wird es dann nicht in Ordnung gebracht, das, was nicht gestimmt hat, und etwas hat nicht gestimmt.«

»Du bist verrückt. Du musst dich zusammennehmen.«

»Aber überleg doch mal, fühl dich doch mal hinein, versuch es doch wenigstens.«

»Wozu, wozu soll es gut sein?«

»Um die Dinge zu verstehen.«

»Wovon redest du bloß? Du hast die Scheidung nicht verkraftet, das hättest du niemals tun dürfen, du bist aus dem Gleichgewicht geraten.«

»Nur einen Moment! Stell dir vor, es sei so, und horch für einen Moment in dich hinein. Spürst du nicht, dass etwas mit euch nicht stimmt?«

»Nein. Das nun wirklich nicht.«

Ungefähr so, obwohl es nicht so ablief. Denn es war kein Gespräch, denn sie sprachen nicht darüber. Sie war verrückt geworden und wollte die anderen mit ihrer Verrücktheit anstecken. Sie war krank geworden, und nun sollten auch alle anderen krank werden. Sie machte sich ihr Leben kaputt und wollte auch das der anderen kaputtmachen, wollte sie ruinieren, weil sie selber ruiniert war. Weil sie sich aus der Geborgenheit gerissen und sich selbst verletzt und ihre Nächsten verletzt hatte, wollte sie alle verletzen, weil sie diesen seltsamen Arnold Busk aus Trondheim nicht bekam, wollte sie alle in ihren Sog mitreißen.

»Sie ist nicht ganz bei sich«, sagen sie, wenn jemand nach ihr fragt.

»Das ist die Scheidung«, sagen sie, »ein Unglück, es ist die Belastung, wissen Sie.«

»Und nun hat sie sich in den Kopf gesetzt, es gehe um ihre Kindheit.«

»Die Arme«, sagt die Familie und schüttelt den Kopf, wenn von Ida die Rede ist. Wenn sie in eine Klinik gesteckt würde, dann wäre es fast einfacher: Ach, sie ist verrückt. Wenn jemand zu ihnen sagt: »Ich habe ihr letztes Hörspiel gehört, das war ja wirklich gut«, dann sind sie verlegen, dann haben sie Magenschmerzen, als hätten sie eine schlechte Nachricht bekommen. Nicht, dass sie Ida nicht liebten. Nicht, dass sie es nicht traurig fänden, dass sie den Kontakt verlieren – sie verlieren den Kontakt, sehen einander zuerst fast nie, dann nie –, dass sie geistig verwirrt ist. Das ist traurig, aber sie hat den Wahnsinn selbst gesucht und weigert sich, ihn loszulassen. Im Gegenteil, sie klammert sich an den Wahnsinn, um jeden Preis, egal, was sie sagen, sie genießt ihre Wahnvorstellungen mit sich in der Hauptrolle, nicht genug damit, dass sie immer schon den meisten Platz einnehmen musste, sollen sie jetzt auch noch Mitleid mit ihr haben?

Es wird unmöglich. Es wird in jeder Hinsicht unmöglich, unmöglich für alle. Sie können sich nicht mehr mit ihr treffen, können am Ende nicht miteinander reden, sich nicht sehen. Schweigen zieht ein. Nur die Mutter ruft an und weint und bittet sie, zur Vernunft zu kommen. Warum ist sie so verquer? Können sie nicht einfach ganz normal zusammensitzen? Warum muss alles so schwierig sein. Das war es doch früher nicht.

Wie soll sie erklären, dass sie sich das nicht so ausgesucht hat, dass es nicht die Vorsehung war, dass es *da* ist, wie ihr Körper.

Zwei Arten von Schmerz. Die lähmende, wie bei den fünf Anfällen. Still, fast in den Tod übergehend, den Antworten nahe, gleichsam heilig, zeitlos. Und der Schmerz wie im Kater, der ruhelose, das pochende Pressen in der Brust. Sie war betrunken, hat zu viel geredet, Männer kennen gelernt, die Kontrolle verloren. Nun erwacht sie allein, mit hämmerndem Herzen, und es wird den ganzen Tag so weitergehen. Es gibt nichts, das sie hoffen könnte. Kein Mensch, mit dem sie teilen könnte, kein Mensch, dem es so geht wie ihr, sie wird immer allein sein, wie soll das gehen, sie kann ihre eigene Anwesenheit nicht ertragen, was soll sie mit sich anfangen.

Als sie klein war, hatte sie manchmal Herzklopfen vor Glück, einfach, weil sie lebte. Jetzt, aus der Ferne, kommt ihr das vor wie Irrsinn. Morgens, im Sommer: Sie war so stark ergriffen von dem Glück, dass sie mit offenen Armen und leisem Schluchzen im Hals über die Wiesen lief: Es gibt so viel! Ich kann das nicht alles für mich behalten! Ich muss mit jemandem teilen! Überzeugt, dass nichts schief gehen könnte, dass sie niemals enttäuscht werden würde, tanzt sie über die Wiesen. Erfüllt von falschen Gefühlen?

Jetzt so durchtränkt von Schmerzen, dass sie nie wieder froh sein kann. Wenn dieser Schmerz kommt, lässt er sich nicht verstecken und auch nicht durchleben, er ist zu groß.

Wenn du dich dem Schmerz stellst, leistest du Arbeit, doch diese Arbeit nimmt nie ein Ende. Du wächst jetzt, Ida, sagt sie zu sich. Ach? Jedes Wachstum, sagt sie sich, bringt Schmerzen mit sich. Ach? Du verlierst Teile deiner selbst, und alles, was mit diesen Teilen verbunden war, und alle Beziehungen müssen wieder hergestellt werden, und manche können nicht wieder hergestellt werden, so ist das einfach.

Sie betet, aber das hilft nichts. Sie nimmt die Bibel aus dem Regal und schlägt sie auf und will sich ihr öffnen, es geht nicht. Sie schreibt an einen Psychoanalytiker, einen Hilferuf, wie er das später nennen wird. Das überrascht sie, denn sie versucht, so sachlich zu sein, wie sie kann, so nüchtern wie möglich, um nicht überspannt zu wirken, schwierig, hysterisch, um nicht abgewiesen zu werden. Sie liest den Brief nachts noch einige Male durch, allein das Schreiben hat schon geholfen. Am nächsten Morgen druckt sie ihn aus, datiert und mit Namen und Adresse, er soll ja nicht impulsiv wirken, sie will ja nicht hysterisch, nervig wie eine zudringliche Frau wirken. Ich brauche Hilfe. Kannst du mir helfen? Hoch in die Luft, wo geatmet werden kann, um in der Luft neu geboren zu werden, aus der Luft.

Sie holt sich die Fotoalben und blättert darin und betrachtet die Bilder mit ihren neuen Augen. Sie nimmt die Bücher hervor, die sie als Kind gelesen hat, und liest sie noch einmal. Sie sucht die Bücher heraus, die sie in jungen Jahren gelesen hat, als Studentin, und liest sie noch einmal und betrachtet ihre eigenen Unterstreichungen und Randbemerkungen. Zeichen von der, die sie einmal war, an die, die sie geworden ist. Mit tiefem Unbehagen sucht sie das hervor, was sie nicht gelesen hat, was sie übersprungen, weggelegt hat. Bücher, bei denen sie nach der Hälfte aufgegeben hat. Bilder im Fotoalbum, die sie beschnitten, bei denen sie sich weggeschnitten hat, weil sie fand, dass sie dumm oder hässlich aussah. Sie versucht, sich an das weggeschnittene Stück zu erinnern, versucht, die verworfenen Bilder zu rekonstruieren, die, die sie zusammengeknüllt und weggeworfen hat. Sie holt ihre frühesten Erinnerungen hervor, die wenigen deutlichen Momente, und versucht, sich an den Augenblick davor, an den Augenblick danach zu erinnern. Es kommt ihr vor wie die Rekonstruktion eines Flugzeuges. Die Zivilisation geht unter, und als Einziges bleibt ein dreitausend Jahre altes Flugzeugwrack, das von der nächsten Zivilisation rekonstruiert werden soll. Die Schrauben auf einem Haufen, die langen bunten Leitungen sorgfältig nebeneinander gelegt, die Toilettenschüssel sehr zentral, wegen ihrer runden Ausformung handelt es sich vermutlich um einen Altar.

Der Psychoanalytiker ruft an. An einem hellen Vormittag, die Sonne scheint, die Kinder sind bei ihr, draußen im Garten, spielen. Er muss erklären, sie hat alles vergessen.

»Sie haben mir einen Brief geschrieben«, sagt er. Einen Brief? Wem denn? Als es ihr aufgeht, stellt sich das Gewicht ein, sie hört es ihrer Stimme an, er hört es auch. Sie geht hin. Sie geht zu ihm. Er schickt sie ins Rikshospital zu einem Rorschachtest. Ihr wird etwas gezeigt, das aussieht wie Röntgenbilder, und sie soll sagen, was sie da sieht.

»Skelette«, sagt sie. »Eingeweide, Lunge und Rippen. Schädelknochen«, sagt sie und qualifiziert sich damit für eine psychoanalytische Behandlung, fünfhundert Kronen jeweils, dreimal die Woche, auf Staatskosten. Wenn sie nicht kommt, muss sie selber bezahlen, sie soll kommen, nicht schwänzen, wenn es zu wehtut, wenn sie sich dem

Schwierigen nähern, *sie beide*, der Therapeut und sie, gemeinsam, gesammelt, damit es ihr irgendwann besser geht.

»Ich warne Sie«, sagt der Rorschachmann. »Eine Analyse wird große Konsequenzen für alle Beziehungen in Ihrem Leben haben .«

»Ja?«

»Große Konsequenzen für Ihre Beziehungen zu anderen Menschen.«

»Ja und?«

»Für Ihre Beziehungen zu Ihren Allernächsten.«

»Die sind ohnehin schon alle kaputt.«

Sie legt sich auf die Couch und erzählt. Sie soll so ehrlich sein, wie sie kann. Sie kann nicht wissen, ob er ihr zuhört, sie kann ihn nicht sehen. Vielleicht hört er nicht, vielleicht träumt er sich weit weg, vielleicht langweilt er sich, vielleicht gähnt er. Sie sieht ihn nicht. Er kann sie sehen, wie sie dort liegt, nicht ihr Gesicht, es hat keinen Sinn, zu lächeln oder sich die Haare glatt zu streichen.

»Ich war das Lieblingskind«, sagt sie. So beginnt das Buch über ihr Leben, so fängt sie immer an. Es bleibt in der Luft hängen. Was hat sie noch gesagt. Ich war das Lieblingskind. Was sagt sie da?

»Äh«, sagt sie.

»Äh nein«, sagt sie.

»Das stimmt nicht«, sagt sie. Sie kann nichts sagen. Jetzt langweilt er sich. Du musst reden, rede! Alle Wörter lügen, sie schneiden in den Ohren, es ist peinlich, sie schämt sich.

»So meine ich das nicht«, sagt sie.

»Vergessen Sie das alles«, sagt sie.

»Ich meine«, sagt sie, aber sie weiß nicht, was sie meint, was sie glaubt, sie muss wieder von vorn anfangen.

»Ich war nicht das Lieblingskind«, sagt sie, das ist besser, aber es tut weh, und ihr kommen schon die Tränen.

Dreimal die Woche, zweieinhalb Jahre lang, um über ihre Verluste hinwegzukommen, den von vor langer Zeit und den ganz neuen, den Verlust von Arnold, dem Geliebten, der letzte hat den ersten ausgelöst, das versteht sie, das neue Gefühl von Verlust aktiviert das alte, das geschlafen hat. Er ist ein Auslöser, das versteht sie, aber sie liebt den Auslöser. Sie versucht nicht, etwas zu beschönigen. Sie ist so ehrlich sich selbst gegenüber, wie sie nur kann, so schonungslos, wie sie nur kann, im Dienste des Guten, sich selbst zuliebe, damit es ihr vielleicht besser geht, danach.

Aber das, was passieren sollte, passiert nicht. Was passieren muss, wenn es gut gehen soll, passiert nicht. Es kommt zu keiner Übertragung. Sie lässt ihn nicht ein. Arnold ist schon da, braucht allen Platz. Und das will sie auch so. Ida Heier ist, nach zweieinhalb Jahren Psychoanalyse, noch immer verliebt in Arnold Busk, nicht in ihren Analytiker. Sie stürmt herein, ohne ihn anzusehen, legt sich auf die Couch, und wenn er sagt, die Zeit sei abgelaufen, dann rennt sie wieder hinaus. Er ist da, er ist ein Zeuge, er bringt sie dazu, eine andere Geschichte zu erzählen. Nur, weil er dort sitzt und vermutlich zuhört, benutzt sie andere Wörter, sieht die Sache anders, beschreibt das, was sie sieht, auf andere Weise und begreift immer mehr. Das will sie so. Aber es ist nicht genug. Nicht für den Analytiker, nicht für die Analyse. Die Autoschlüssel rutschen aus ihrer Rocktasche und bleiben auf der Couch liegen. Sie rennt wieder hoch, als sie das unten auf dem Parkplatz entdeckt. Sie liegen bereits auf seinem Schreibtisch. Er ist zur Couch gegangen und hat sie geholt.

»Immer vergessen Sie etwas bei mir«, sagt er viel sagend

und schaut sie eindringlich an, ehe er den Arm ausstreckt und ihr die Schlüssel gibt. Was will er damit andeuten? Dass sie beim letzten Mal eine Haarspange auf der Couch vergessen hat? Die ist ihr unbemerkt aus den Haaren geglitten, er hat sie darauf aufmerksam gemacht, als sie in der Tür stand, er hat viel sagend auf die Couch gezeigt. Soll das etwas Unterbewusstes sein?

Träumt sie von einem Mann, der unangefochten und ruhig in einem Sessel sitzt, während sie selber im Krieg liegt und immer wieder Gegenden durchqueren muss, in denen es von Heckenschützen nur so wimmelt, wo sie tödlichen Kugeln ausweichen muss, stellt sie sich vor, der Mann im Sessel sei Arnold, während der Psychoanalytiker offenbar glaubt, der still sitzende Mann im Stuhl sei er selber. Was bildet er sich eigentlich ein, dass Ida von ihm träumt?

Es gefällt ihm nicht, dass sie über Arnold spricht. Er rutscht im Sessel hin und her, wenn sie ihren geliebten Arnold in Trondheim erwähnt, den sie schon lange nicht gesehen hat. Sie langweilt ihn, diese triviale Liebesgeschichte, von der sie sich befreien will. Er glaubt nicht an ihre Liebe, er glaubt nicht, dass sie liebt. Er glaubt, spürt sie, dass Arnold ein zufälliges Objekt für ihre Gefühle ist. Dass der einzige Zufall darin besteht, dass er gebunden ist, verheiratet, weit weg wohnt, in einer anderen Stadt, in einem anderen Landesteil, dass er in jeder Hinsicht außer Reichweite ist, unzugänglich. Deshalb hat sie ihn ausgesucht, um Abweisung und Verlust zu durchleben, das, was nie wieder gut werden kann.

Und wenn der Analytiker nicht an die Kraft glaubt. An die stärkste, die sie je gespürt hat. Die in eine Richtung zeigt, auf ein Ziel, das eindeutig ist, keine Zweifel kennt, die sie dazu gebracht hat, Gedichte zu verstehen, Dramen.

Und wenn es dieses Naturphänomen, das sie erlebt, ja, gerade jetzt, wenn es die LIEBE in Großbuchstaben in seinem Wortschatz nicht gibt, kann er ihr dann helfen? Dreimal pro Woche, zweieinhalb Jahre lang, und sie behauptet noch immer, Arnold Busk zu lieben. Relativ versöhnt mit der neuen Geschichte über sich und ebenso verliebt, hört sie auf.

Arnold Busk ist zum Professor ernannt worden. Das liest sie in der Zeitung. Er wird an einem Brecht-Kongress in München teilnehmen, und sein Titel lautet Professor. Das erzählt sie ihren Bekannten. Er ist jetzt Professor. Er fährt nach München und hält bei einem Brecht-Kongress einen Vortrag. Sie spricht so oft es geht über ihn, mit allen, auch, wenn sie über andere Dinge spricht, spricht sie über ihn oder ihre Liebe zu ihm. Abgesehen von den Menschen, die der Liebe Steine in den Weg legen können. Die ihn gut kennen, oder die seine Frau kennen, auch mit denen spricht sie, nur anders, raffinierter, um vielleicht etwas zu erfahren. Aber mit ihren Freundinnen spricht sie offen und immer über Arnold Busk und langweilt sie mit ihrem Gerede. Sie erzählt wieder und wieder, was er geschrieben hat, was er gesagt hat, auch, wenn das, was er geschrieben hat, vor langer Zeit geschrieben wurde, wenn das, was er gesagt hat, vor vielen Jahren gesagt wurde, deutet sie seine Sätze Wort für Wort und auf immer neue Weise. An einem guten Tag als Liebeserklärungen und Versprechen, an einem schlechten Tag als Verrat und Abweisung. Im einen Moment so, als habe er seine Worte sorgfältig gewählt, im anderen als Signale aus seinem unbewussten Inneren, die ihn bloßstellen. Geht sie durch, wieder und wieder, ebenso brennend engagiert, nein, mehr noch, als wenn sie Ibsens Schauspiele in den Artikeln der Zeitschrift analysierte. Es kommt vor, dass jemand eine Andeutung macht, auf die sie noch nicht gekommen ist, dass die meisten Menschen sich nicht so wie Ida für den Professor aus Trondheim interessieren, und sie ist beleidigt. Sie sucht, und im Nachhinein wird das ganz deutlich, die Gesellschaft von Menschen, die ihn kennen oder ihm begegnet sind, Menschen, die Informationen über ihn bringen können. Freunde oder Bekannte oder irgendwelche anderen, die mit ihm zusammen studiert oder einen Vortrag von ihm gehört oder in irgendeinem Zusammenhang mit ihm zusammengearbeitet haben. Fragt die, die kein Risiko bedeuten, wie er ausgesehen hat, als sie ihm begegnet sind, was er anhatte, was er sagte, was er aß, was er trank, mit wem er gekommen und vor allem, mit wem er gegangen ist. Welchen *Eindruck* er auf sie gemacht hat. Deprimiert? Unglücklich? Das hofft sie. Deprimiert und unglücklich verliebt. Auch wenn sie mit Menschen spricht, die ihm nur ein einziges Mal oder vor vielen Jahren begegnet sind, sollen die sagen, dass Arnold ihnen unglücklich und deprimiert vorgekommen ist, damit sie sich vorstellen kann, dass die einzigen glücklichen Stunden in seinem bisherigen Leben die Stunden waren, die er mit ihr verbracht hat, mit Ida.

Wenn sie Menschen begegnet, die seine Frau kennen, dann fragt sie, wie sie aussieht, welchen *Eindruck* sie auf sie macht. Wenn sie diese Menschen gut kennt, fragt sie sie offen und direkt, wenn sie sie nicht kennt, fragt sie auf raffinierte, gleichsam zufällige Weise, aber sie will immer dasselbe wissen, wie sieht sie aus, wie ist sie, welchen *Eindruck* macht sie? Und sie hofft immer auf eine negative Beschreibung, als grau, anonym, uninteressant, oder, besser noch: unliebenswürdig, unsympathisch. So intensiv starrt Ida bei solchen Gesprächen ihr Gegenüber an, so glühend vor Erwartung fragt sie, dass noch der redlichste Mensch der Versuchung leicht erliegt, ihr ihren offensichtlichen Wunsch zu erfüllen und Arnolds Frau, die ihm kaum je begegnet ist, mit Wörtern wie nichts sagend und langweilig zu charakterisieren.

Ida Heier nickt eifrig. Das hat sie sich doch gleich gedacht.

Sie spürt, wie sie die anderen quält, aber sie kann es nicht lassen. Und sollte sie auf jemanden stoßen, der seine frühere Frau kennt, würde sie auch hier um eine unvorteilhafte Beschreibung bitten. Also ziehen die anderen sich zurück, wenn sie sich nähert. Wie ihre Familie glauben auch sie jetzt, dass hier eher von einer Störung die Rede sei als von einer Verliebtheit. Weshalb sie aufhört, offen über ihre Liebe zu Arnold Busk zu sprechen, er wird zu einem A, das nur einzelnen Auserwählten zugeflüstert und im Tagebuch erwähnt werden darf.

Sie sucht neue Milieus auf, in denen A und seine Arbeit bekannt sind. Ganz nebenbei erwähnt sie ein Theaterstück, das er rezensiert hat, einen von ihm verfassten Artikel, ein Thema, das neulich im Radio zur Sprache kam, und hofft, dass ihr Gegenüber seinen Namen erwähnt. Wenn dabei niemand anbeißt, erwähnt sie Artikel oder Rezension selber.

»Ich habe kürzlich einen Artikel gelesen über Brechts frühe Stücke, geschrieben hatte ihn dieser, ja, wie heißt er denn noch gleich?«

»Wer denn?«

»Dieser Brecht-Heini.«

Und nicht selten nennt ihr Gegenüber dann seinen Namen, den geliebten: »Arnold Busk?«

»Ja, genau.«

Und wenn das nicht passiert, kommt ihr langsam die Erinnerung: »Heißt er nicht irgendwas mit A…? Arnold oder so?«

»Busk!«, wird ihr Gegenüber dann aller Wahrscheinlichkeit nach sagen, und Ida wird antworten: »Ja, genau der.«

Und wenn nicht, kann sie es selbst vollenden: »Ich glaube, Busk heißt er. Arnold Busk«, meint sie skeptisch, als sei sie in jeder Hinsicht anderer Ansicht als er, um keinen Verdacht zu erwecken, und ihr Atem geht immer schneller, als sie diese Wörter mit dem Mund formt, seinen Namen, Arnold zuerst und dann Busk, und als sie ihn nennt, laut, in der Öffentlichkeit, und sie fühlt sich heiß und wie in einem leichten Schwindel. Es kommt vor, dass sie auf Nummer Sicher geht, indem sie eher direkt und negativ wird: »Dieser Arnold Busk, der sich dauernd in den Medien äußert. Ist der nicht ziemlich daneben?«

Und viele nicken und stimmen Ida zu. Arnold Busk ist erledigt, passé, und Ida Heier ist nicht sauer, wenn ihr heimlicher Geliebter so negativ beurteilt wird, sie ist nur glücklich, weil er das Gesprächsobjekt ist, damit sie, für diese kurze Frist, sich nicht allein mit ihm beschäftigen muss. Es kommt vor, dass ihre Bemerkung eine lange und aggressive Argumentationskette auslöst, gegen Arnold Busk und die Art, in der er denkt und schreibt, und Ida ist nicht verletzt, wenn ihr Geliebter und das, wofür er steht, auf diese negative Weise charakterisiert werden, im Gegenteil, das macht ihn nur menschlicher, irdischer, zieht ihn aus dem metaphysischen Himmel herab und macht ihn zugänglich, erreichbar.

Manchmal trifft sie Menschen, die ihrem negativen Ausgangspunkt nicht zustimmen, die Arnold Busk verteidigen und sich über seine Vorzüge verbreiten. Handelt es sich dabei um eine Frau, wird sie sofort misstrauisch: eine

Geliebte, eine Rivalin, eine, die ebenfalls mit ihm liebäugelt? Bei einem Mann macht sie sich an ihn heran, um so viel wie möglich zu erfahren, sie bringt ihre Argumente lächelnd und energisch vor, mit Argumenten, die sie von Arnolds Widersachern gelernt hat, und auf diese Weise dauert das Gespräch dann lange und kommt ihr süß vor wie Rache.

Menschen, die ihr nichts über A erzählen können, die das A in ihr nicht auf die eine oder andere Weise stimulieren können, interessieren sie nicht. Warum soll sie für solche Leute witzig, interessant sein? Die Männer, mit denen sie zusammen ist, für eine Nacht oder zwei oder mehr, kennen ihn. Sonst brächte sie es nicht über sich, mit ihnen zu schlafen, mit ihnen zu sprechen, wenn es bei ihnen nicht möglich wäre, mehr oder weniger offen, A aufs Tapet zu bringen. Sie ist zusammen mit seinem besten Freund und engsten Mitarbeiter, einem Dramaturgen. Er spricht sie auf einem Seminar an, nach dem Essen, in der Bar, und sie lässt sich umwerben, einfach, weil er A's bester Freund und Mitarbeiter ist, weil er sie stellvertretend für A umwirbt, sie an A's Stelle und in A's Auftrag berührt.

A hat sich seinem Freund anvertraut, weil er sich irgendwem anvertrauen muss, so, wie sie es nicht lassen kann, sich anzuvertrauen, und er hat sich auf eine solche Weise anvertraut, dass er damit das Begehren seines Freundes, des Dramaturgen, geweckt hat. Seine Annäherungsversuche sind als Grüße von A zu werten. A's Geist schwebt über den Laken, und alles, woran sie denkt, während sie unter diesem Mann liegt und hofft und sich vorstellt, ist, wie dieser Freund A gegenüber auf die Nacht mit Ida anspielen wird, und wie A dann neugierig werden und fragen wird, und wie der Freund geheimnisvoll lächeln und etwas sagen wird, das nicht missverstanden werden kann, aber zur großen Überraschung des Freundes, des Dramaturgen, der die Beziehung zwischen A und Ida für eine harmlose Geschichte gehalten hat, wird A vor Wut außer sich geraten und die Wahrheit verlangen, und wenn er die hört, wird er vor Eifersucht toben und begreifen, endlich und auf einen Schlag, wie heftig und unauflöslich er sie liebt, Ida Heier in Oslo. Er wird es dermaßen nachdrücklich begreifen, dass er nicht mehr sitzen bleiben kann, er wird aufspringen und zur Tür stürzen, seine Brieftasche packen und sein Zuhause verlassen, seine Frau, sein Kind, er wird zum Flughafen eilen und das erste Flugzeug nehmen, das die Strecke nach Oslo nicht schnell genug hinter sich bringt, aufgewühlt und zerrissen, um sie, Ida, in seine Arme zu schließen, für immer, damit es nie wieder passiert, damit kein anderer ihr nahe kommt, *seiner* Frau.

Die nur für ihn berufen ist. Der einzige Mensch auf der Welt. Der Hohlraum in ihrem Körper, die Aushöhlung der Vagina, geschaffen nur für ihn, den Geliebten. Der Ort, an dem er, sein Glied, abwesend ist.

Sie legt Patiencen, sie fragt die Karten, ob er sie liebt, und sie hört mit Patiencenlegen erst auf, wenn die Patience aufgegangen ist, ehe sie aufgegangen ist, findet sie keine Ruhe, sie kann die ganze Nacht wach bleiben, um die Patience zu lösen, erst, wenn sie aufgegangen ist, kann sie schlafen, ist sie ruhig, vielleicht den ganzen nächsten Tag, vielleicht vierundzwanzig Stunden.

Arnold Busk schreibt Theaterrezensionen für die Radiosendung »Auf der Bühne«. Die wird einmal pro Woche gesendet, am Samstagmittag um zwölf. Wenn auch nicht jede Woche, dann doch fast jede zweite kann sie im Radio Arnold Busks Stimme hören. Sie schaltet das Radio ein, Samstagmittag um zwölf, unruhig, mit hämmerndem Herzen, um zu hören, ob der Sprecher einen Beitrag von Arnold Busk ankündigt. Wenn das passiert, wird sie noch unruhiger, nervöser, wütend, wenn ein Kind kommt und etwas fragt, etwas *verlangt*. Der Klang seiner Stimme, und ihre Knie werden weich, das ist der richtige Ausdruck, auch wenn sie sitzt, das Ohr ans Radio gepresst, das Kind auf dem Schoß.

»Pst. Hör zu«, flüstert sie in die Kinderhaare und wiegt das Kind hin und her. »Gefällt dir diese Stimme?«

Das Kind legt den Kopf in den Nacken und schaut auf, den Daumen im Mund. Ida küsst es auf die Stirn und flüstert: »Pst. Hör zu. Gefällt dir diese Stimme?«

Das Kind nickt vorsichtig. Sie lauschen und atmen leise. Eine stilisierte, gewissermaßen fremde Stimme. Weil er im Radio spricht, weil er den Äther füllt. Weil er in einem Studio in Tyholt sitzt, mit Kopfhörern, vor einem Mikrofon. Jetzt gelangt die Stimme an ihren Bestimmungsort, zu Ida in Oslo. Eine sichere, eine ferne, eine fast überlegene Stimme. Anders als alle anderen, anders als die, die einst auf dem Höhepunkt des Liebesaktes flüsterte: »Ich liebe dich.« In ihr tobt es vor Begehren. Die Stimme spricht über deutsche Literatur, übersetzte und nicht übersetzte, zeitgenössische, klassische, so klingt sie für die meisten, für Kollegen und Bekannte, für seine Frau und seinen Sohn, die zusammen mit ihm am Küchentisch sitzen, mit Kaffee und Zeitungen, wenn die Sendung ausgestrahlt wird, um zwölf Uhr, am Samstagmittag. Während er eigentlich über seine Liebe spricht. Über seine Sehnsucht. Über das Leben mit der Geliebten. Über die Hoffnung. Gut versteckt für andere, deutlich nur für Ida. Getarnt als avancierte literarische Analysen, verpackt in lange, verschnörkelte Sätze voller Fremdwörter, aber eingeleitet mit einer Strophe des Liedes »My love, far away«, und beendet schlicht und, wie Ida registriert, mit einer Art zärtlichen Zitterns in der Stimme.

»Trotz dieser scheinbar sinnlosen, dieser scheinbar zusammenhanglosen, dieser zufälligen, ja, an der Grenze zum Surrealistischen oder Absurden angesiedelten Handlung, oder des Mangels an Handlung, gibt es eine Linie, eine Spur für alle, die Ohr oder Herz haben zu hören: den Verlust der Liebe. Den Verlust der Liebe, für die es keine Erlösung gibt auf dieser Welt, die sich nicht entfalten kann. Aber dennoch wissen wir, wenn der Vorhang sich senkt, nicht, wie es ausgehen wird, um zu diesem abgegriffenen Terminus zu greifen. Wir wissen nicht, ob die beiden, die am Ende des Stückes auf entgegengesetzten Seiten der Bühne stehen und einander die Arme entgegenstrecken, jemals zusammenkommen werden, hinter dem Vorhang, just hinter dem Vorhang, wenn er sich gesenkt hat vor dem Sichtbaren, denn die Begegnung der Liebe kann von außen nicht begriffen, nicht gesehen werden.«

Sie schafft es zu schreiben. Das schafft sie. Ein Stück über eine Frau, die vor Verliebtheit den Verstand verliert. Aber sie sorgt dafür, dass es gut ausgeht. Dass sie ihn überlebt. Alte Ophelia. Ihr letztes Hörspiel ist bereits aufgenommen. Bald wird es gesendet. Während der Ausstrahlung macht sie einen Spaziergang. Sie hat sich das Stück im Rundfunkhaus angehört, warum soll sie es gleichzeitig mit anderen hören, den ziemlich wenigen anderen, die sich im Radio Hörspiele anhören, diesen zumeist älteren Menschen. Als sie nach Hause kommt, hört sie den Anrufbeantworter ab. An diesem Tag hat es auch einen Zeitungsartikel gegeben, mit einem Hinweis auf das Hörspiel und einem Bild von ihr. Erik Grøver hat angerufen, er hat es gehört, es hat ihm gefallen, sagt er. Ihre Freundin hat es gehört, es hat ihr gefallen, sagt sie. Ida freut sich. Sie weiß nicht, ob ihre Eltern, ihre Geschwister es gehört haben, es spielt keine Rolle, es wurde vor langer Zeit geschrieben, *vorher.* Sie weiß nicht, ob Arnold Busk es gehört hat, aber sie kann sich nichts anderes vorstellen. Sie hatte einen Arnoldmatrosen dabei, nur seinetwegen.

Ein Kollege von Arnold Busk vom germanistischen Seminar in Trondheim ruft an und lädt sie zu einem Vortrag über ein Stück ein, über das sie einen Artikel geschrieben hat. Sie nimmt die Einladung an. Sie fragt sich, ob Arnold kommen wird, ob er hinter der Sache steckt. Es ist wieder Herbst, und in Trondheim ist es dunkel. Wie immer regnet es.

Sie ist mit dem Kollegen, Leif Asnes, vor dem Vortrag in einem Café verabredet. Er lächelt, sie hält es für ein verständnisinniges Lächeln. Er erkundigt sich nach dem deutschen Stück und nach ihrem Hörspiel. Ihr einziger Gedanke ist, ob Arnold kommen, ob sie ihn seit Mai zum ersten Mal sehen wird. Er ist da. Im Raum wimmelt es von Studierenden, und er ist da, zusammen mit anderen Dozenten sitzt er hinter einer Säule und gibt vor, sie nicht zu sehen. Arnold ist im Raum, aber sie ist eine andere, eine, die er nicht kennt, eine Überlebende. Sie ist durch das Feuer gegangen und hat am Vortag ein neues Hörspiel eingereicht. Sie schauen einander an, er nickt ganz kurz. Während sie redet, schlägt er die Augen nieder. Er wagt nicht, sie anzusehen, denn dann sieht sie es, er kann es nicht verbergen, wenn er aufblickt. Vielleicht schaut er auf, wenn sie nach unten schaut, wenn sie in ihren Papieren blättert. Solange sie im selben Zimmer sind, ist sie die Mutigere.

Dann kommt die Pause. Jetzt muss er sie richtig begrüßen, alles andere würde auffallen. Vielleicht hat er seinen Kollegen gegenüber erwähnt, dass er sie kennt. Vielleicht hat er sie auf ihren Artikel aufmerksam gemacht. Vielleicht hat er bei der Planung der anstehenden Vorträge vorgeschlagen, sie einzuladen. Er muss einfach zu ihr kommen. Aber vielleicht sieht er, dass sie eine andere ist, und fürchtet sich noch mehr und verrät sich ihr und allen anderen gegenüber. Er nähert sich zögernd, zusammen mit einem Kollegen.

»Hallo«, sagt er.

»Hallo«, sagt sie.

»Wie geht's?«, fragt er.

»Danke, gut«, sagt sie.

»Ich habe ein Forschungssemester«, sagt er und schaut zu Boden und zur Seite. »Ich arbeite an einem Artikel über Faust«, sagt er, solche seltsamen Details.

Der Kollege will zum Rauchen hinausgehen. Arnold will ihn zurückhalten, streckt die Hand aus und packt ihn am Ärmel, um ihn zurückzuhalten, eine intuitive Armbewegung, um nicht mit ihr allein zu sein, das wagt er nicht. Der Kollege mustert ihn mit seltsamem Blick, zieht den Arm zurück und verschwindet, jetzt ist Arnold allein und hilflos. Jetzt, in diesem kurzen Moment, ist es unbegreiflich, dass sonst, an allen anderen Tagen und Nächten, sie diejenige ist, die Angst vor ihm hat, sich ihm gegenüber wie eine Bettlerin vorkommt. Er, nur er kann ihr die Gnade bringen. Aber jetzt wagt er nicht, ihrem Blick zu begegnen. Sie hilft ihm, sie macht Konversation mit ihm. Er schaut auf, überrascht über ihre Gelassenheit, über ihr unbeschwertes Auftreten, sie, die ihm diese verzweifelten Briefe geschrieben hat, liebt ihn nicht mehr.

Doch, antwortet sie mit den Augen. Doch, lieb dich noch, bin jetzt nur anderswo, bin jetzt eine andere, Lieber.

Er muss zur Toilette, sagt er, macht kehrt und geht, und als sie seinen Rücken verschwinden sieht, verspürt sie die ersten Anzeichen des vertrauten Schmerzes. Er hätte stehen bleiben können, er geht, er verschwindet.

Nach der Pause, nachdem sie ihren Vortrag beendet hat, nach der Diskussion, an der er sich nicht beteiligt, lädt das germanistische Seminar seinen Gast auf ein Bier in die Stadt ein. Arnolds Kollege steht neben ihr und wartet, während sie ihre Sachen zusammenpackt. Die anderen sind schon durch den Regen losgezogen, zu dem Ort, den sie bei solchen Gelegenheiten immer aufsuchen. Sie ist fertig, hat den Mantel angezogen, die Tasche hängt über ihrer Schulter. Der Kollege, Leif Asnes, bleibt stehen. Sie warten auf Arnold Busk, sagt er, der schnell seinen Mantel holen wollte. Sie schlendern hinaus und stehen unter dem Vordach vor dem Eingang und warten. Es dauert. Und zwar, weil er sich nicht traut, weil er sich sammeln muss. Vielleicht trinkt er einen Schluck aus einer Flasche, so wie sie ihn kennt, glaubt sie das. Sicher hat er eine Flasche im Büro, und daran stärkt er sich jetzt. Da kommt er. Er trägt denselben Mantel. Er weht auf dieselbe Weise hinter ihm her wie beim letzten Mal, auf diese unvergessliche Weise. Sie gehen durch die Dunkelheit, durch den Regen, es ist kalt, sie haben die Hände in den Taschen und ziehen die Schultern hoch.

»Du fährst also nach Rom?«, fragt Arnold.

»Ja.« Ida fährt nach Rom. Sie hat ein Manuskript eingereicht, und ein Freund, der derzeit eine Wohnung in Rom hat, hat sie eingeladen, und sie hat die Einladung angenommen. Ja, sie ist auf dem Weg nach Rom, am nächsten Morgen geht's los, es kommt wie gerufen. Sie ist in Arnold Busks Stadt gefahren, und vielleicht trifft sie dort Arnold

Busk, und vielleicht stellt sich dann nachher wie immer der Schmerz ein, und dann ist es eine Hilfe, sich in ein Flugzeug setzen und verreisen zu können, in die Wärme, um einen Mann in Rom zu besuchen. Dann sitzen sie nebeneinander. Sie weiß nicht, wie das passiert ist. Fast, als würden sie stillschweigend und unmerklich als Paar behandelt. Sie sitzen nebeneinander, aber er redet mit seinem anderen Nachbarn. Das macht nichts. Sein Körper, seine Aufmerksamkeit sind auf Ida gerichtet, sein Ohr auf sie eingestellt. Ein junger Mann beugt sich zu ihr über den Tisch, macht ihr ein Kompliment über etwas, das sie in ihrem Vortrag gesagt hat, und will diskutieren, und sie macht ihm auf ihrer anderen Seite Platz, und Arnold Busk springt auf, stößt sein Glas um, als er aufspringt, und flucht, wischt sich Bier vom Hosenschlitz und läuft rot an. Er geht zwischen den Tischen davon, zu einem Nachbartisch, beugt sich über eine hübsche junge Frau, die überrascht aufblickt zu dem Professor, der es für angebracht hält, sich gerade jetzt zu ihrer letzten Hausarbeit zu äußern. Fünf Minuten danach ist er wieder da, leert sein Glas und sagt, er müsse gehen, er sei mit dem Wagen da, sagt er. Nicht zu Ida, an niemanden besonders gerichtet, sondern einfach in die Luft hinein. Er müsse *nach Hause,* sagt er, reißt seinen hellen Mantel an sich und verschwindet. Jetzt kommt es. Sein Rücken, der kahle Kopf vor der Tür, dann ist er verschwunden.

Sie trinkt ihr Glas aus. Sie bestellt noch ein Bier. Sie versucht sich zu konzentrieren, auf das, was die anderen sagen, auf etwas anderes. Sie trinkt schnell, sie bestellt noch ein Bier, sie bleibt sitzen, bis die anderen aufbrechen, um nicht allein zu sein. Leif Asnes bringt sie zum Hotel. Auch er scheint traurig zu sein, scheint zu spüren, dass er neben einer hergeht, die zerbricht. Vor dem Hotel streichelt er rasch ihre Wange und wünscht ihr alles Gute, dann geht er. Sie kann ihm nicht danken, ihr Hals ist wie zugeschnürt. Draußen ist es dunkel und kalt. Sie geht auf ihr Zimmer, sie schaltet kein Licht ein, sie zieht nicht die Vorhänge vor, sie zieht sich nicht aus, sie legt sich aufs Bett, unter die Decke, es ist wie beim allerersten Mal, so ist es lange nicht mehr gewesen. Wieder stürzt sie, sie kann den Sturz nicht ertragen, sie kommt aber auch nicht dagegen an, sie hat keine Kontrolle, sie fällt in den Schmerz, und das ist unerträglich. Wenn es so sein muss, dann kann sie ihn nicht treffen, kann sie ihn nicht sehen. Wenn das die Folgen einer Begegnung sind, muss die Begegnung vermieden werden. Sie hatte geglaubt, alles werde gut gehen, sie hatte sich auf die Reise nach Rom gefreut, über das fertige Manuskript. Jetzt ist alles kaputt, nie wieder wird sie froh sein.

Das passiert ihr nicht zum ersten Mal. Ihre Vernunft weiß, dass es vorübergeht, dass es ertragen werden muss, dann geht es vorüber. Das sagt sie sich, aber sie glaubt sich nicht. Nie wieder wird sie lächeln.

Es dauert anderthalb Tage. Sie schreibt ihm im Flugzeug und leert dabei kleine Weißweinflaschen. Um ihm zu erklären, was passiert, was diese Begegnungen mit ihr machen, weil er vielleicht hinter der Einladung gestanden hat, weil er gekommen ist, um etwas mit ihr zu teilen, was sie selber erkannt hat, um ihm zu erklären, wie brüchig alles ist, damit er es nie wieder macht, in gewisser Hinsicht ist es ein Abschiedsbrief.

Sie wird am Flugplatz abgeholt. Es ist warm in Rom. Sie zieht ihren schweren Mantel aus. Es ist hell, in Rom scheint die Sonne. Es riecht nach Gewürzen, nach Pflastersteinen. In der Küche gibt es Gas, Rotwein und Weißbrot. Es gibt ein Doppelbett. Es gibt Morgen und Abend und Museen mit Bildern von Obst, das sofort gegessen werden muss, um nicht zu verfaulen.

Zu Hause liegt die Antwort im Briefkasten.

Liebe Ida. Ich hätte dich gern gesehen, als ich zuletzt in Oslo war, aber ich bekam das große Zittern, als ich anrufen wollte. Ich weiß nicht, ob es an meiner Angst lag, dass du sagen könntest: Verpiss dich, du verdammter Mistkerl. Denn ich will nicht, dass du das sagst, und ich will so auch nicht sein. Oder ob es einen anderen Grund hatte. Aber, wir könnten vielleicht die neue Dramatik oder das Leben oder das Wetter irgendwann über oder unter einem Glas Mineralwasser diskutieren?

Und was Trondheim angeht, das fand ich auch stressig. Und was die großen Fragen angeht, so habe ich das Gedicht, weiterhin, nur dreien zugeflüstert.

Ansonsten komme ich zu kurz und denke an andere Dinge.

Alles Gute, Arnold.

Er denkt an andere Dinge. An die kleinen Fragen. Wenn es um die großen geht, wie die Liebe, so hat er das Gedicht nur dreien zugeflüstert. Welches Gedicht. Hast du ein Gedicht geflüstert. War das ein Gedicht, was du geflüstert hast? Und das hast du nur dreien zugeflüstert. Und ich bin eine davon. Eine Million Mal danke, Arnold.

Sie treffen sich dann wieder auf einem Seminar Ende März. Sie sind eine Nacht zusammen, schreiben einander zwei Monate hindurch und treffen sich Anfang Juni, sind eine Nacht und einen Nachmittag zusammen. Schreiben, aber seltener, es sind Sommerferien, und außerdem ist die Sache zu ernst geworden, unkontrollierbar vielleicht, aber sie können es nicht lassen. Treffen sich im Herbst zweimal, aber da wird es nur gefährlicher, schwieriger, sie müssen sich trennen, sie trennen sich und sehen sich erst im Mai wieder, sie fordert ihn dazu auf, im folgenden Jahr. Inzwischen ist sie geschieden und wohnt allein.

Dann sehen sie sich im Herbst, sie ist von der Universität Trondheim eingeladen, und er ist da, sie liebt ihn noch immer, aber er geht nach Hause, ohne etwas zu sagen, verschwindet einfach nur, und sie sieht ein, dass sie einen Schlussstrich ziehen muss. Das schreibt sie ihm und versucht zu vergessen, sich davon zu befreien, um nicht halb zu leben, um einen anderen kennen lernen zu können, einen Mann zu lieben. Wenn sie ihm schreibt, dann nicht mehr, um ihn zu bewegen, das hat sie aufgegeben, sondern, um sich auszuleeren, weil es hilft, gut tut, nur ihretwegen, es kommt immer seltener vor.

Sie schaut sich nach anderen Männern um, und wenn sie trinkt, kommt sie gleich zur Sache. Sie nimmt sie mit zu sich nach Hause oder geht mit ihnen nach Hause, und einige rufen später an, auf die Stummen ist sie nicht angewiesen. Sie laden zum Essen ein, und sie macht sich schön und verspürt eine Spannung im Leib, und eines Abends lernt sie einen sympathischen, intelligenten und witzigen Mann kennen. Sie schläft bei ihm, und am Morgen, als sie nach Hause fährt, ist sie guter Stimmung, zum ersten Mal seit langer Zeit ist sie froh. Er ruft an. Er schickt ein Buch. Sie dankt. Sie trinken in einer Kneipe Bier, und sie schläft bei ihm, sie machen einen Spaziergang, und er übernachtet bei ihr, morgens machen sie zusammen Frühstück. Sie erzählt ihm nichts von Arnold. Es ist nicht sicher, ob ihn das etwas angeht. Mit ihm ist alles wie ein Spiel. An seiner alten Wohnung in der Stadt scheppert die Straßenbahn vorüber. Ohne Kinder kommt sie sich jung vor wie er, ohne Verpflichtungen. Bücherstapel auf dem Boden, Plattenstapel auf dem Boden. Abends Rotwein und in Knoblauch gebratene Krabben an dem alten Herd in der baufälligen Küche, sie sitzt auf einem Stuhl vom Flohmarkt, und er erzählt von seiner Indienreise. Sie tanzt nackt durch die großen, fast leeren Zimmer. Sie lieben sich in dem wogenden Wasserbett, und sie wagt alles, was sie bisher nie gewagt hat, jede Nacht kann die letzte sein. Frag nicht, was morgen wird. Im Sommer. Er oder sie rufen an, sie treffen sich, immer aufs Neue, immer zu Besuch, niemand weiß etwas. Er lädt sie zum Essen ein, und sie ruft an, und sie tun so, als sei es das erste Mal, als sei sie noch nie bei ihm gewesen, als hätten sie nie miteinander geschlafen, sich nie geküsst, wie macht er das. Er schafft es, sie so ins Bett zu holen, so vorsichtig, als sei es das erste Mal, so heftig, als sei es das letzte Mal. Sie gehen in der winterlichen Dunkelheit über das Eis zum Vogelfelsen. Er friert und leiht sich ihren großen Schal und bindet ihn sich um wie eine alte Frau ihr Kopftuch. Sie hat zu seiner Überraschung Kaffee und Schnaps im Rucksack, dann gehen sie zu ihr nach Hause, und er hackt in der Garage ihre alten Regale zu Kleinholz, während sie das Bett frisch bezieht, und sie haben Holz für die Nacht und gehen ins Bett, und im Kamin brennt ein Feuer.

»Trond Hagfors heiße ich«, sagt er, als es ihm kommt.

Wenn die Kinder bei ihr sind, ist er mit Freunden und Projekten und seiner Verlagsarbeit beschäftigt. Er wohnt nicht weit von der Praxis des Psychoanalytikers entfernt, manchmal wartet er draußen, wenn er ihren Wagen dort stehen sieht, noch immer geht sie hin. Sie sieht ihre Eltern nicht, ihre Freunde nicht, alte Bekannte halten sie für arg verändert, aber Trond lehnt an ihrem Wagen und wartet und raucht.

»Naaaaa?«, fragt er.

Es ist Dezember. Wind weht. Der Rauch verschwindet, ehe sie ihn in der Luft riecht, aber sie nimmt ihn in seinem Bart wahr, der an ihrem Hals kitzelt, er legt den flaschengrünen Jackenarm um sie und nimmt sie mit nach Hause und kocht Kaffee.

»Sind wir zusammen?«

Sie will nicht nein sagen, aber ja sagen kann sie nicht. Sie liebt Arnold. Noch immer hofft sie, wenn sie die Post hereinholt, dass etwas von Arnold dabei ist, aber das ist es nie. Noch immer hofft sie, dass sie auf ihrem Anrufbeantworter eine Nachricht von ihm vorfindet, aber das tut sie nie, und sie hofft, und jedes Mal, jedes einzelne Mal, wird sie enttäuscht, verspürt sie die Enttäuschung, wenn nichts da ist, in der Post, auf dem Anrufbeantworter, von ihm, den sie liebt, und die Enttäuschung hält eine Weile vor, verfliegt nicht sofort. Sie ruht sich bei Trond aus und vergisst es bei Trond, für eine Weile, solange es möglich ist, denn wirklich verfliegt die Enttäuschung nicht. Wenn sie sich etwas wünscht, wenn sie ein vierblättriges Kleeblatt findet oder eine Münze in einen Brunnen wirft, dann wünscht sie sich *ihn,* Arnold. In der Bibliothek sucht sie nach Texten von ihm oder über ihn in Zeitungen und Zeitschriften, und wenn sie etwas findet, setzt sie sich hin und liest, wachsam, mit hämmerndem Herzen, um etwas zu erfahren, wo er gewesen ist, womit er sich beschäftigt, und jedes Mal tut es von neuem weh, denn er scheint so zu schreiben, als sei sie in seiner Welt nicht vorhanden, in seinen Kongressberichten, seinen Verteidigungsreden, seinen Kommentaren zu einer neuen Goethe-Übersetzung, aber sie kann es nicht lassen. Sie kann mit Trond kein Paar sein.

Kann nicht mit Trond Hand in Hand durch die Stadt gehen. Kann Trond nicht vorstellen, ihn zu Freunden und Bekannten mitnehmen und sagen: Das ist Trond, mein neuer Mann. Das ist unmöglich. Sie will ihn auch nicht verlieren, will bei ihm sein, mit ihm schlafen, ihn umarmen und vor allem von ihm umarmt werden.

»Neben mir liegt ein Kind«, sagt er. »Und das Kind ist in den Wechseljahren.«

Sie hat seltsame Träume, und er kauft ihr ein Buch über Traumdeutung, und abends, vor dem Schlafengehen, bittet sie die Träume um Rat: Was wird passieren? Was soll ich tun? Mein Unterbewusstsein, antworte mir!

»Sollen wir zusammen sein?«, fragt er. Es ist Februar. Sonne über der Stadt. Langsam dreht der Rauch sich in der klaren Luft. Sie geht mit ihm durch den grauen Park zur Arbeit, er ist blass. »Willst du mit mir zusammen sein?«

Sie lehnt sich an ihn, er ist groß, sie versteckt ihr Gesicht in seiner Achselhöhle, sie beißt ihn in den Hals, oben am Ohr.

»Ist das eine Antwort?«

Sie machen kehrt und gehen wieder zurück. Er ruft im Verlag an und sagt, dass er nicht kommt. Den ganzen Tag in dem weichen, dem wogenden Bett, bis zum Abend. Immer Arnold, soll das denn nie ein Ende nehmen. Nichts ist ganz gut, nichts ganz wahr, nichts ganz witzig, nichts ganz, immer fehlt etwas. Soll es denn nie ein Ende nehmen. Sie gehen zum Essen in die Stadt, Trinken hilft, aber morgens fehlt immer etwas, etwas ist verloren gegangen, immer könnte sie gleich losweinen, durch den grauen Park zu seiner Arbeit, sie flüstert nur.

»Ich habe das Gefühl, alle können sehen, dass ich gestern betrunken war.«

»Ich habe das Gefühl, alle können sehen, dass ich verliebt bin.«

»Das ist doch kein Grund, sich zu schämen.«

»Aber wenn jemand uns beide zusammen sieht.«

Er kann ein Ferienhaus in den Bergen ausleihen und fragt, ob sie mitkommen möchte. Die Kinder sind bei ihrem Vater, sie braucht niemanden zu fragen, braucht sich nicht abzumelden, wenn sie verschwindet, wird niemand sich Gedanken machen. Niemand kann sie vermissen, abgesehen von Trond. Trond ist allein, so wie sie. Sie beladen den Wagen, dicke Jacken, dünne Hemden, Bettwäsche, Handtücher. Unterwegs machen sie eine Pause und kaufen ein, Frühstück, Mittagessen, Abendessen, Wein. Er lässt die Schlüssel klirren. Wir fahren in die Berge.

Sie fährt, er trinkt Bier und liest ihr Thomas Bernhard vor, während es dunkel wird. Es ist unwirklich, nachher ist es immer unwirklich, wenn man eng mit einem Menschen zusammen gewesen ist, den man dann lange nicht mehr sieht, dessen Geruch man vergessen hat. Die Autofahrt ist unwirklich, dass sie angekommen sind, unwirklich, dass sie sich gemeinsam durch den Schnee gekämpft haben. Wie sie die Betten bezogen haben, wie sie über die verschneiten Wege gingen und redeten, unwirklich. Sie erzählt von Arnold. Er kennt Arnold. Er arbeitet in dessen Verlag und hat regelmäßig Kontakt zu Arnold Busk. Wie sieht er die Sache. Er raucht. Er riecht gut, Rauch-im-Winter-Geruch in den Kleidern, im Bart. Er riecht so fremd,so männlich. Sie hebt die Hand zum Mund, um ihn noch besser zu riechen. Wie sieht er die Sache? Er sagt nichts. Er schaut vor sich hin. Er runzelt die Stirn. Er hat den strengen Blick und schaut vor sich her, schaut nicht sie an. Dann dreht er sich zu ihr um, sie muss nach vorn schauen, auf den Weg. Er schüttelt den Kopf und schaut wieder nach vorn und ist still, mit dem strengen Blick. Nimmt er das alles ernst oder nicht? Arnold Busk ist verheiratet, hat ein Kind, Arnold Busk wohnt in Trondheim. Trond sitzt neben ihr, geht neben ihr über den einsamen Weg durch die Hochebene, liegt nachts neben ihr, liegt nachts über ihr, im frisch gemachten Bett, bald werden sie dort sein, sie machen das Bett, trinken vor dem Kamin Rotwein, reden und gehen ins Bett und reden noch mehr. Sie nimmt ihn in die Arme, hält ihn in den Armen.

Ist das froh. Ist das traurig. Im Nachhinein erscheinen die Zeiten, in denen nichts sicher war, in einem eigenen Licht. Als es ganz ungewiss war, als sie nicht einmal raten konnte, wie es weitergehen, wie das, was sich ausbreitet, enden würde, daran kann sie sich erinnern. Passiert es dann, wenn wir nicht wissen, was wir fühlen, nicht wissen, was passieren wird, wenn wir uns ernsthaft fragen, ob die Zeit stehen geblieben ist?

Beim Jahrestreffen des Dramatikerverbandes leitet sie die Debatte. Die Sekretärin schiebt ihr über den Tisch einen Zettel mit der Aufschrift zu: Arnold kann jetzt.

Hat er angerufen? Sie erstarrt. Ist er in Oslo? Kann er gerade jetzt? Sitzt er im Café, und langweilt er sich, hat er ein Flugzeug verpasst und erwartet, dass sie alles stehen und liegen lässt und zu ihm kommt. Sie leitet ein Treffen, hat zu tun, was bildet er sich eigentlich ein. Sie sieht die Sekretärin an, die lächelt. »Hat er angerufen?«, flüstert sie. »Woher weißt du das?« – »Er ist hier«, antwortet die Sekretärin und nickt zum Saal hinüber.

Dort sitzt der Dichter, der zu Beginn des Treffens seine Werke vorlesen sollte, der dann aber nicht da war, der sich verspätet hatte, Arnold André Olsen. Sie hat ihn selbst eingeladen, hat ihn angerufen und gefragt und eine schriftliche Bestätigung geschickt, hat seinen Namen auf den Briefumschlag geschrieben, hat aber nicht eine Sekunde an ihn als Arnold gedacht, es gibt doch nur einen Arnold.

Es kommt vor, dass sie denkt: Jetzt hab ich nicht an ihn gedacht!, und dann freut sie sich. Vielleicht hört es endlich auf. Dann stürzt sie wieder.

Trond fragt: »Was willst du von mir?«

Es kommt vor, dass er im Verlag anruft und sich krank meldet, und dann liegen sie den ganzen Tag im Bett. Wenn er nur bei den montäglichen Besprechungen ausreichend informiert ist und seine Manuskripte rechtzeitig lektoriert, macht das nichts. Er spricht nicht mehr so oft mit Arnold Busk wie früher.

Ihr kommen jetzt Zweifel daran, dass es passieren wird. Sie hat das Gefühl, die Zeit, die Tage, das Leben wegzuwerfen. Sie sehnt sich danach, einen Schlussstrich zu ziehen, die Sache hinter sich zu bringen, anderswo neu anzufangen, sie braucht ein Nein.

Im Herbst in Trondheim haben sie sich zuletzt gesehen. Und davor im Mai, auf der Bank. Zweimal in einem Jahr, in einem Jahr insgesamt zwei und eine dreiviertel Stunde. Keine Berührung, keine Telefongespräche, das ist ein NEIN, trotzdem braucht sie eins. Vielleicht hilft auch das nicht, vielleicht hilft gar nichts, aber sie muss es versuchen.

Sie schreibt, zum ersten Mal seit langer Zeit, sachlich und kurz, ganz ohne Verführung. Eine einzige Frage, einen einzigen Wunsch, es geht um mein Leben. Sag nein. Schreib, dass es nicht geht. Weis mich ab.

Als Antwort kommt eine Karte. Le Monde perdu, von Magritte auf der Vorderseite. Paysage, personnage perdant la mémoire, corps de femme, cheval. Abgestempelt in Trondheim, aber einen Tag zuvor in Stockholm gekauft. Um ihr zu erzählen, dass er im Ausland war, in der großen Welt?

Liebe Ida. Danke für den Brief. Hab diese Karte gestern in Stockholm gekauft. Du hast eine bessere Antwort verdient. Schneematsch, schmelzenden Schnee von Arnold.

Soll sie jetzt etwa poetisch werden? Schneematsch, schmelzenden Schnee von Arnold. Schreibt er das, weil Frühling ist und der Schnee schmilzt? Oder soll sie sich darüber den Kopf zerbrechen und es dahin gehend deuten, dass Arnold schmilzt?

Idiot. Feigling.

Das ist besser als ein Nein. Dümmer als ein Nein.

Ein *Mann* hätte Nein geschrieben.

Die Zeit der Gnade ist zu Ende.

»Eine kleine Leidenschaft« ist für einen Hörspielwettbewerb in Amsterdam nominiert, und sie ist dazu eingeladen. Aprillicht nach dem Winter. Der Schnee ist geschmolzen, Schneematsch gibt es nicht. »Ich bin so froh«, steht im Tagebuch. Und fürchte mich ein wenig. Das hängt ja zusammen.

Trond wird nachkommen. Er war schon einmal in Amsterdam. Sie sitzt im Aprillicht im Flugzeug, hoch über allem. Ihre Schuhe klappern über das Amsterdamer Pflaster. Sie geht allein zu der großen Veranstaltung. Sie fühlt sich frei. Ist sie es bisher nicht gewesen? Nichts geht schief. Sie kehrt mit einem neuen Gefühl wirklichen Frühlings zurück zum Hotel, zum ersten Mal. Ihr Zimmer liegt im zehnten Stock, sie setzt sich vor das große Fenster und schaut auf die Stadt hinaus. Hoch, hinter Glas. Da unten glitzert es, unter ihr, in der Welt herrscht Stille. Die Kinder sind in Sicherheit, zu Hause bei ihrem Vater. Das Haus wartet geduldig. Sie wird auf die Bühne gebeten und erhält ein gerahmtes Diplom. Ihre Worte der Dunkelheit, entsprungen ihrem benebelten Gehirn, verlesen bei Tageslicht, ausgestrahlt und übersetzt und ausgesprochen von fremden Stimmen, voller Ernst, als gehe es sie etwas an. Sie existiert, das Unaussprechliche wird in die Welt hinausgesungen.

Vormittag. Schneefreie Straßen, Sonne. Sie ist mit ihm in der Rezeption des Grand Hotel Krasnapolsky verabredet. Das hat er vorgeschlagen, er kennt sich hier ja aus. Sie hat einen Stadtplan und eine neue Sonnenbrille gekauft und sitzt in einem Café und trinkt Kaffee. Bald wird sie Trond sehen, sie freut sich, sie sehnt sich nach ihm. Jetzt geht sie durch diese Stadt und sehnt sich nach ihm. Sie spürt es und denkt an ihn und an Arnold. Trond wird seine Lederjacke tragen, die nach Leder und Rauch riecht. Wenn sie kommt, wird er strahlen, er wird nicht anders können. Sie hat Schuhe, in denen es sich so leicht geht, die auf den Pflastersteinen klappern, fast wie Vogelsang. Sie ist schön, sie ist froh, sie freut sich darauf, dass er das sieht. Jetzt hat sie es auf dem Stadtplan gefunden. Einen halben Kilometer, noch eine Viertelstunde, dann wird sie ihn treffen, dann werden sich seine Arme um sie schließen. Wenn er, Arnold, das nur sehen könnte. Wie schön, wie froh sie im Café sitzt. Wie glücklich sie ohne ihn sein kann. Wie sehr sie sich darauf freut, einen anderen zu treffen. Wenn nur jemand vorbeikäme, der ihn kennt und ihm alles erzählen kann, damit er bereut.

Er sitzt hinter den Glasfenstern im Wintergarten des Hotels, sie hat sich nicht verlaufen. Mit der Lederjacke, mit einer Zigarette, mit dem strengen Blick. Jetzt wird er sich freuen. Wird nicht anders können. Versucht sich nicht zu verlieren, verliert sich aber. Sie küsst ihn, sie setzt sich auf seinen Schoß, sie kitzelt ihn, sie bestellen Bier, jetzt haben sie frei. Er versucht nicht, ein junger Mann zu sein, aber er ist ein junger Mann. Sie kauft eine Lederjacke, die seiner ähnlich sieht, die wie seine riecht, sie raucht, wie er. Sie kauft Champagner und antike Champagnergläser mit breiten Schalen, und sie setzen sich abends unten an die Brücke und stoßen auf »Eine kleine Leidenschaft« an, und er fragt:

»Wollen wir zusammen sein?«

»Ja«, sagt sie, er schaut überrascht auf sie herab.

»Meinst du das wirklich?«

»Ja.« Das meint sie wirklich.

»Macht es was, wenn ich mich heute Abend betrinke?«

Es ist Mai. Sie steht im Flughafen Fornebu. Sie wird Erik Grøver in Trondheim besuchen. Eben hat sie die Zeitschrift in Druck gegeben und ist froh. Sie trägt ein Sommerkleid und eine Jeansjacke, die nach Rauch riecht, denn sie hat sie von ihrem Liebsten geliehen. Er raucht, die Jacke riecht nach ihm. Sie hat sich eben geliebt, mit ihm. Sie kommt von ihm. Sie hat auf dem Weg zum Flughafen bei ihm vorbeigeschaut, er saß auf dem kleinen Balkon und las, und dann kam sie, in dem Sommerkleid. Warm, der erste Sommertag, er hob den Rock hoch, und sie liebten sich auf dem Balkon, rasch, denn sie wollte das Flugzeug doch erreichen, und deshalb riecht sie nach ihm. »Die nehm ich«, sagte sie und riss die Jacke vom Haken, als sie ging, und er legte keinen Widerspruch ein.

Am Morgen hatte sie das Parfüm von damals benutzt, als *sie* zusammen gewesen waren. Aus irgendeinem Grund, zum ersten Mal seit einem Jahr, hat sie *dieses* Parfüm aus dem Schrank hervorgesucht. Unter der Jeansjacke ihres Liebsten nimmt sie diesen Geruch ihrer selbst wahr, den sie nicht mehr benutzt hat, seit sie Arnold zuletzt gesehen hat, vor fast einem Jahr. Damit sich dieser Geruch an andere Erinnerungen und andere Erlebnisse heftet, die nicht mit *ihm* und *dieser Zeit* zu tun haben. Sie hat das Parfüm sonst nie benutzt, um es nicht zu benutzen, um keine Erinnerungen mit anderen Erinnerungen zu vermischen. Und weil es wehtun, weil der Geruch sie vielleicht zurück in den Schmerz schicken könnte. Aber jetzt fühlte sie sich sicher. Und der Schmerz kam nicht, der Schmerz war einer Art Melancholie gewichen, die ihrerseits Munterkeit, Optimismus weichen kann, wie an diesem Tag, wie jetzt.

Denn sie hat geliebt. Denn der, mit dem sie sich geliebt hat, ist in sie verliebt, und wenn jemand in einen Menschen verliebt ist, wie Trond in sie, und wie sie in *ihn,* in Arnold, dann wird dieser Mensch von dieser Verliebtheit angesteckt und wird sich verlieben, wenn auch nicht so stark. So wie Ida sich in Trond verliebt hat und wie Arnold sich in Ida verlieben muss, und eines Tages wird es nur noch sie beide geben. Weil die Jacke des verliebten Mannes über ihren Schultern liegt und nach ihm riecht. Sie steht im Flughafen. Unten, in einem der Inlandsausgänge. Weit weg von der Abflughalle, steht sie in einer Telefonzelle, sie spricht mit Erik Grøver, sie sagt ihm, wann ihre Maschine landet. Sie nimmt das letzte Flugzeug, es ist spät, es ist Abend, vor den Fenstern hängt ein helles graues Frühlingslicht, es ist warm. Es riecht nach Frühling. Es riecht nach Abend. Sie steht in der Telefonzelle vor den Toiletten und spricht mit Erik Grøver und sieht, dass bei Ausgang 22 das Einchecken für Trondheim begonnen hat, und sie sieht, wie Arnold Busk sich von einem Stuhl erhebt, in der einen Hand die Aktentasche, in der anderen sein Flugticket.

»Rate mal, wen ich gerade sehe«, stammelt sie in den Hörer.

»Arnold?«

Er ist schon weitergegangen, über den Asphalt, ins Flugzeug, sie steht neben der Telefonzelle und wartet. Sie hat ihn seit dem Novemberabend im Seminar nicht gesehen. Sie geht auf den Ausgang zu, sie ist die Letzte. Sie zeigt ihr Ticket vor und geht hinaus, in den Abend, ins Frühlingslicht, in den Frühlingsgeruch. Sie ist nicht so nervös, wie sie das erwartet hätte, wenn jemand ihr gesagt hätte, dass sie ihm auf diese Weise zufällig begegnen würde. Vielleicht sitzt er ganz hinten, und sie begegnet ihm nicht. Sie kann sich nach ganz vorn setzen und damit eine Begegnung vermeiden, sie lächelt, weil sie nicht nervös ist, weil sie nicht zittert. Wenn sie es abgeschüttelt hat, ist sie frei. Sie ist nicht mehr dieselbe. Wenn etwas sich verändert, verändert sich alles. Er sitzt weit vorn, sie sieht, dass er sie gesehen hat. Er hat sich ganz weit vorn gesetzt, um sich die Begegnung zu sichern, er hat Zeitungen auf den Sitz neben seinem gelegt, um ihn freizuhalten. Wenn sie in der Tür auftaucht, wird er die Zeitungen wegnehmen, als sei es natürlich, dass sie sich dorthin setzt, als sei nichts geschehen, als sei er ein alter Freund.

»Ich kann jetzt nicht mit dir sprechen«, sagt sie und geht an ihm vorbei, das ist wahr. Es kommt zu plötzlich, sie würde es nicht schaffen, sie setzt sich nach ganz hinten und lächelt und ist froh darüber, dass sie im selben Flugzeug sitzt wie er. Der wichtigste Mensch in ihrem Leben, abgesehen von den Kindern, das lässt sich nicht vergleichen, sitzt dort vorn in der halbleeren Maschine nach

Trondheim. Monatelang, jahrelang hat sie an ihn gedacht, die ganze Zeit. Sie hat auch an andere Dinge gedacht, an andere Menschen, hat gearbeitet, aber die ganze Zeit hat sie an ihn gedacht. Dort sitzt er, sie zählt, fünfzehn Reihen weiter vorn, sie sieht weder seinen Kopf noch seine Zeitung. Auf ihre letzten Begegnungen, im Mai, im November, war sie vorbereitet. Sie kann sich nicht einfach neben ihn setzen und bis Trondheim Konversation mit ihm machen. Bei ihm gibt es nur die großen Fragen. Liebst du mich? Kommst du zu mir? Werden wir zusammen sein? Aber wann? Alles andere ist gleichgültig. Sollte sie mit ihm über die Nachrichten diskutieren? Liebe ist eine ernsthafte Sache. Es gibt nichts Ernsteres, außer dem Tod. Unten beim Gepäcklaufband steht er und wartet auf sie. Er hat kein Gepäck, er wartet auf sie. Er fragt, wohin sie will. Er hat seinen Wagen auf dem Parkplatz stehen und kann sie mitnehmen. Sie nimmt dankend an, was sollte sie auch sonst tun. Sie hat im Flugzeug Bier getrunken, jetzt ist sie ruhiger. Sie steigen aus, in Trondheim ist es kälter als zu Hause. Es ist dunkel geworden, seit sie Oslo verlassen haben. Wie dunkel es im Mai in Trondheim ist. Die Straßenlaternen leuchten schon. Er hat einen Vortrag gehalten, sagt er, im Goethe-Institut. Das Auto ist weiß, er stellt die Aktentasche auf den Boden und öffnet sie und sucht seine Schlüssel. In der Tasche liegt ein verziertes Feuerzeug, ein Wegwerffeuerzeug. Drei schwarze Kugelschreiber und ein roter. Ein Manuskript in Maschinenschrift, ein linierter Notizblock. Ein geöffneter Brief, auf dem sein Name und seine Adresse in einer weiblichen Handschrift stehen. Ein Zeitungsausschnitt, der so gefaltet ist, dass sie die Überschrift sieht. Seine Uhr ist silberfarben und schmal, an der einen Hand trägt er einen Ring, den sie noch nie gesehen hat. Drei Briefmarken, ein Korkenzieher, jetzt lässt er die

Tasche wieder zuschnappen. Sie steigen in den Wagen. Er zuerst, dann beugt er sich über den Sitz und öffnet für sie die Tür. Das Auto ist sauber. Auf dem Armaturenbrett liegt eine Packung Kaugummi, das ist alles, ein Kindersitz auf der Rückbank. Nichts auf dem Boden, kein Eispapier, kein Kerngehäuse. Was sagen sie zueinander? Sie weiß es nicht. Sie ist aufgekratzt, lächelt, ein wenig manisch, sie weiß es nicht. Sie erzählt von »nun springen Sie schon in die Tiefe, Sie tragen doch eine Schwimmweste«, für den Steinbock, und von ihrem Anruf bei Adresseavisen und dem bei der Horoskopverfasserin, der Astrologin Wendy Manters in London, und sie lacht über sich, was war ich doch verrückt! Was heißen soll, und das gefällt ihm gar nicht, dass es nun nicht mehr so ist.

Er fragt, wo er sie absetzen soll, sie nennt die Adresse. Er sagt, dass er früher einmal ganz in der Nähe gewohnt hat. Sein Sohn hat den zwei Block weiter gelegenen Kindergarten besucht, solche seltsamen Einzelheiten, die interessieren sie rein gar nicht. Zwischen ihnen gibt es nur eins, entweder – oder. Er will wissen, wen sie besucht, aber das verrät sie nicht. Von Trond weiß er. Es hat in der Zeitung gestanden. Trond hat ihr Stück in einem Zeitungsartikel gelobt und zugleich einen Roman kritisiert, und der Romanautor hat einen wütenden Leserbrief geschrieben und Trond Hagfors für befangen erklärt, was Ida Heier angeht, da er ja mit ihr zusammenlebt. Trond hatte einen Stuhl auf dem Flohmarkt gekauft, und Ida hat ihm geholfen, ihn durch die Straßen von Majorstua zu seiner Wohnung zu tragen, und seither florieren die Gerüchte. Trond schrieb in seiner Gegendarstellung, er wohne nicht mit Ida Heier zusammen, und der beleidigte Romanautor antwortete, wenn sie nicht zusammenlebten, so stünden sie einander doch nah, herzlich nah, und deshalb sei Trond weiterhin befangen, und darauf antwortete Trond dann nicht mehr. Doch, Arnold weiß von Trond. Er möchte wissen, wen sie in Trondheim besucht, ob es ein Mann ist, Ida schweigt. Sie nähern sich der Straße, in der sie aussteigen muss. Wie zufällig berichtet er von seinen Plänen für die nächste Zukunft. Unter anderem kommt er nach Oslo, in zwei Wochen, auf dem Weg zu einem Aufenthalt in Deutschland, wo er soeben für die Veröffentlichung freigegebene unbekannte Brecht-Texte übersetzen wird. Sie greift nicht nach dieser Gelegenheit. Sie sagt nicht: Dann können wir uns ja treffen. Oder: Dann ruf mich an. Das will er, aber sie sagt es nicht, wenn er sich nicht von selber traut, dann ist es ja doch unmöglich.

»Ah ja«, sagt sie. Mehr nicht. Er wird nicht auf die Idee kommen, sie zu berühren, sie ist unzugänglich. Er wird nicht auf die Idee kommen, sich zu ihr herüberzubeugen, sie zu umarmen, ihre Wange zu streicheln, denn jetzt weiß er nicht, wo sie sich befindet. Er traut sich nicht, das ist gut, so soll es sein. Sie ist neu für ihn. Er muss sich seinen Weg suchen, muss sich wieder mit ihr bekannt machen. Dennoch ist es im Auto zwischen ihnen vorhanden. Er schaut ihren Ausschnitt an und erkennt das Parfüm. Das sagt er.

Sie geht nicht aus dem Haus an dem Tag, als er nach Oslo kommt, sie will nicht riskieren, dass er während ihrer Abwesenheit anruft. Sie geht auch am nächsten Tag nicht aus dem Haus, damit er nicht während ihrer Anwesenheit anruft. Eine Freundin von der Theaterwissenschaft ruft an und erzählt, dass sie Arnold am Abend zuvor im Restaurant Herregårdskroa gesehen hat, er saß allein an seinem Tisch, deshalb hat sie ihn an ihren gebeten, und sie alle haben zusammen ein paar Bier getrunken und sich amüsiert.

»Warst du mit ihm zusammen?«

»Natürlich nicht.«

»War er mit einer anderen zusammen?«

»Nein. Glaub ich wenigstens nicht. Weiß ich nichts von.«

Jetzt geht das wieder los. Er ist in der Stadt, ruft aber nicht an. Er sitzt lieber allein in der Kneipe, statt sie anzurufen. Er bestraft sie für Trond. Dann ruft er an. Er hat sie nie nach ihrer Nummer gefragt, die kann er auswendig. Zum ersten Mal legt er nicht auf, als sie sich meldet. Er will sie um acht Uhr treffen, an diesem Abend, in zwei Stunden. Und wenn sie nicht zu Hause gewesen wäre, wenn sie nicht ans Telefon gegangen wäre –, mit wem hätte er dann zu Abend gegessen? Er weiß, dass sie da ist, das ist es, er weiß, dass sie wartet, sie kann es nicht lassen. Sie haben einander nicht mehr berührt, seit dem November vor anderthalb Jahren. Jetzt passiert es. Er ruft an, sie sagt ja, sie treffen sich im Restaurant Herregårdskroa. Sie trinken Bier. Sie ziehen weiter, in ein anderes Lokal, sie denkt nicht an Trond, dass er auftauchen, vorübergehen könnte, es spielt keine Rolle. Jetzt traut er sich, er hat getrunken, sie ist gekommen, als er angerufen hat, hat nicht nein gesagt, sie sitzen auf einer Bank, sie weiß nicht, wie sie dorthin gekommen sind, und er streichelt ihre Wange. Sie kann nicht sagen, dass das unerwartet kommt. Sie weiß doch, was er will, wenn er anruft. Trotzdem ist sie überrascht, fast schockiert, weil es passiert, und sie schaut ihn so verblüfft an, dass er lächeln muss. Ist sie wie ein Mädchen für ihn, weil sie liebt, unschuldig. Er lächelt und küsst sie, sie ist wehrlos, sie gehen ins Hotel, sie lieben sich. Wenn er jetzt kommt, dann ist es jetzt ernst. Am Morgen geht sie früh, sie hat einen Termin in der Zeitschrift. Sie fragt nicht, ob sie sich treffen werden, er wird ja noch einen Tag in Oslo verbringen. Nein, sie fragt nicht. Er wird anrufen. Sie ist froh, denn er wird anrufen. Wenn er die Wahl hat, zu essen, Wein zu trinken, allein oder mit ihr zusammen zu schlafen, dann wählt er Letzteres, und er hat die Wahl. Nach dem Termin fährt sie sofort nach Hause, um da zu sein, wenn er anruft. Es wird drei, wird fünf. Es wird sechs, und er hat nicht angerufen. Es wird sieben, er hat nicht angerufen. Gleich wird sie den Verstand verlieren, jetzt geht das wieder los, sie hasst sich. Er will, dass sie anruft, das tut sie nicht. Das ist immerhin etwas, denkt sie: Ich rufe nicht an! Es wird acht, er hat nicht angerufen. Frauen mit Rendezvous stehen längst an der Bushaltestelle. Die Sonne scheint, in den Cafés wimmelt es von fröhlichen Menschen. Die Kinder sind beim Vater, sie kann machen, was sie will, sie sitzt am Telefon. Es klingelt. Es ist Trond.

»Ich ruf dich zurück«, sagt sie und knallt den Hörer auf die Gabel, um die Leitung nicht zu blockieren. Sie trinkt ein Bier, sie kann es nicht lassen. Sie schaut das Telefon an. Es provoziert sie. Sie nimmt den Hörer ab, um sich davon zu überzeugen, dass es funktioniert, dass das Freizeichen zu hören ist. Es ist zu hören. Es klingelt nicht. Sie hasst es. Es ist böse, es sieht unschuldig aus, aber es ist böse, es lacht über sie. Sie würde es gerne auf den Boden schleudern, es zerbrechen. Wenn es Haut hätte, würde sie sie zerfetzen. Es wird neun, er hat nicht angerufen. Sie gibt sich zehn Minuten, dann wird sie fahren. Sie gibt sich eine Viertelstunde, dann wird sie fahren. Nach zwanzig Minuten bestellt sie ein Taxi und hofft, dass das Telefon klingeln wird, ehe das Taxi kommt, aber es klingelt nicht. Also ruft sie Trond an und sagt, dass sie kommt. Bis sie die Haustür hinter sich abschließt, hofft sie auf das Telefonklingeln, auf dem Weg zum Taxi horcht sie durch die geschlossene Tür auf das Telefonklingeln, sie hält den Schlüssel in der Hand, um zurücklaufen zu können, die Tür aufzuschließen, da zu sein, ehe es nicht mehr klingelt, bis sie die Taxitür geschlossen hat und losfährt, hofft sie.

An diesem Tag wird sie sich bestimmt betrinken.

Fährt zu Trond und klammert sich im Bett an ihn und trinkt rasch, um sich zu beruhigen. Als er in die Küche geht, als er aufs Klo geht, als er auf den Flur geht, um etwas für sie zu holen, wählt sie ihre eigene Nummer und hört den Anrufbeantworter ab. Sie haben zur Zeit keine neue Nachricht. Um zehn nach zehn hat sie eine neue Nachricht, von ihm, er hätte sie gern getroffen, sagt er – aber du bist nicht zu Hause, sagt er, es klingt wie ein Vorwurf, es ist ein Vorwurf. Sie hätte seinetwegen zu Hause bleiben müssen. Sie springt auf, ruft ins Badezimmer, sie müsse los, wolle doch zu Hause schlafen, stürzt hinaus, die Treppe hinunter, auf die Straße, winkt einem Taxi. Sie kommt nicht auf die Idee, dass sie von einer Telefonzelle aus anrufen oder direkt zum Hotel fahren könnte, sie hat zuviel Respekt vor ihm, sie lässt sich nach Hause fahren, aber das Taxi fährt nicht schnell genug. Lieber Gott, mach, dass er da ist, wenn ich anrufe! Lieber Gott, mach, dass er nicht weggegangen ist oder eine andere angerufen hat! Sie springt aus dem Taxi, rennt zur Haustür, schließt auf und stürzt sich auf das Telefon: »Ich bin hier! Ich will dich sehen!«

Jetzt weiß er nicht mehr, was er will. Er lacht ein wenig. Jetzt ist sie an Ort und Stelle, da, wo sie hingehört. Seine Stimme klingt ruhig, wie auf dem Anrufbeantworter, langsam, als lasse er sich nur mit Mühe zum Reden herab, als sei für ihn nichts wichtig, als sei das alles Jacke wie Hose. Sie ringt um Atem. Sag ja! Sag ja!

»Du willst mich also besuchen?«

»Ja.«

»Weißt du denn, wo ich wohne?«

»Wohnst du nicht da, wo du gestern gewohnt hast?«

Er lacht. Das war ein Witz. Er macht Witze!

»Ich finde, es ist zu spät«, sagt er.

»Mir macht das nichts aus. Ich nehme ein Taxi.«

Er zögert. »Ich finde, es ist zu spät«, sagt er noch einmal.

Wenn sie zu Hause gewesen wäre, sagt er, als er angerufen hat, aber das war sie ja nicht. Das ist die Strafe. Sie bettelt, sie fleht, er sagt nein, sein Entschluss steht fest. Tu mir weh, tu mir weh, damit ich spüre, wer ich bin.

Sie ruft Trond an und weint, er muss kommen. Er kommt, sie kann nicht allein sein, sie erzählt ihm alles, er darf nicht gehen. Sie ist total kaputt, wie konnte es nur so weit kommen. Er zieht sie an sich und hört zu, er liebt sie, er beißt ihr in die Brust. Sie muss ihn anrufen, sie kann es nicht lassen.

»Tu das nicht«, sagt Trond.

»Ich kann es nicht lassen«, sagt sie.

»Tu das nicht«, sagt Trond.

»Ich kann es nicht lassen«, sagt sie. »Geh nicht.«

Sie geht in den ersten Stock und ruft ihn an.

»Ich muss dich sehen, ehe du fährst«, sagt sie. »Ich muss! Ich muss dir sagen, dass ich dich liebe!«

»Das sagst du jetzt.«

»Das gilt nicht. Ich muss es richtig sagen.«

Sein Flugzeug geht um zehn. Sie kann um neun kommen, zur Rolltreppe, das darf sie. Jetzt ist es besser. Sie geht nach unten und erzählt es Trond. Er liegt auf dem Rücken, mit einem Arm unter dem Kopf, er raucht, stößt Rauch aus.

»Ida«, sagt er.

»Ja?«

»Ida, Ida«, sagt er.

Der Wecker schellt, aber sie ist schon lange wach. Sie schleicht sich aus dem Zimmer und macht sich zurecht, sie weiß nicht, ob Trond schläft oder sie beobachtet. Es ist hell, bald kommt der Sommer, sie zieht ein weißes Kleid an, sie erinnert sich an alles. Sie fährt zum Flugplatz, sie kommt zu früh. Er steht im Postamt Schlange und weiß nicht, dass sie ihn sieht. Wie blass er ist, wie kahl, in seinem hellgelben T-Shirt, wie dünn. Wem schickt er einen Brief. Sie trifft ihn wie abgemacht an der Rolltreppe.

»Ich liebe dich«, sagt sie.

»Das hast du gestern schon gesagt«, sagt er.

Das ist eigentlich alles. Mehr hat sie nicht zu sagen. Jetzt kann er fliegen.

Er reicht ihr einen Briefumschlag, einen Brief, dann fährt er mit der Rolltreppe nach Deutschland.

Was steht in diesem Brief. Ich bleibe so und so lange weg, wenn ich zurückkomme, melde ich mich, damit wir darüber sprechen können, was aus unseren Leben werden soll, aus unserer Liebe, steht das dort?

Nein.

Dort steht, wenn ich das richtig in Erinnerung habe, denn dieser Brief existiert nicht mehr, sie hat ihn in Fetzen gerissen und die Fetzen abends ins Meer geworfen und dabei geweint, dort stand so ungefähr:

Liebe Ida, Frau im Wind.

Ich schreibe nicht so oft Gedichte, aber jetzt habe ich es getan.

Dann kam das Gedicht, vier Zeilen über Wellen und Schatten, unverbindlich, vage. Für wen hält er sie? Glaubt er, das sei genug? Dass sie dankbar sei für das »Gedicht«, dafür, ihn inspiriert zu haben? Schick das einer Studentin! Er hat die Passkontrolle schon hinter sich. Sie sitzt auf der

Bank bei der Rolltreppe, mit dem Brief in der Hand. Sie kann ihn nicht anschreien. Es kommt wieder und wieder, es reißt, die Wunde öffnet sich, jedesmal schlimmer. Samstag im Juni, Oslo. Sie kann auch gleich sterben. Wenn nur Trond noch da liegt, wenn sie kommt, wenn nur Trond noch da liegt, wenn sie kommt. Er liegt da, als sie kommt. Sie wirft sich weinend über ihn und kann nicht aufhören zu weinen.

»Ist es so schlimm?«

Er streichelt ihre Haare, streicht sie aus ihren Augen, wischt ihr die zerlaufende Schminke ab, sie bebt vor Schluchzen. Er küsst ihre Wangen, streichelt sie, zieht sie aus, legt sie unter die Bettdecke und legt sich neben sie, hinter sie und zieht sie an sich, hart, fest, er drückt sie, wie um dem Weinen herauszuhelfen.

»Ist es so schlimm?«, fragt er noch einmal mit gepresster Stimme und streicht ihr die Haare aus dem Nacken und küsst ihren Nacken und streichelt ihren Kopf.

»Meine Liebste«, flüstert er. »Arme Ida«, flüstert er. Warum kann sie ihn nicht lieben?

Das Gefühl, vor etwas Unmöglichem zu stehen. Wie vor der Abfahrt der Züge, dem Abflug der Flugzeuge, als sei es eine Trennung für ewig. Wie vor der Begrenzung der Körper. Wie vor Mutter, wenn sie weint. Die Kälte der Sternbilder, ihre Gleichgültigkeit unserem Schmerz gegenüber. Wer kann das ertragen, ohne Betäubung, ohne zu trinken?

Er ruft aus Deutschland an und hinterlässt eine Nachricht auf ihrem Anrufbeantworter.

»Hier ist Arnold. Ich bin unten in Bonn.«

Und hinterlässt seine Telefonnummer.

Wie dumm sie ist, zu glauben, dass er, wenn er unten sagt, an seine Stimmung denkt. Dass er unten ist, weil er sie vermisst, sie liebt, das hört sie zuerst heraus, er ist ja weit weg. Aber dann geht ihr auf, er meint unten in Bonn, in Deutschland, viel weiter südlich, und sie ist wütend. Ruft die Nummer an und ist wütend. Weil er noch einmal das getan hat, was er doch nicht tun darf. Kommen und dann wieder verschwinden. Das, was sie nicht ertragen kann, und das weiß er. Er hat ihr einen unverbindlichen unklaren Brief gegeben, nachdem sie ihm erklärt hat, dass die Unklarheit, die Vagheit sie krank machen, dass Unklarheit sie kaputtmacht, nachdem sie um Deutlichkeit gebeten hat, so weh sie auch tun mag.

Er ist ganz still.

»Das ist kein Spiel«, sagt sie.

»Danke für den Anruf«, sagt er, ehe sie auflegt.

Fünf Karten.

Er hat schon eine abgeschickt, sie trifft am nächsten Tag ein. Sehr verehrte gnädige Frau. Ich sende Ihnen einen Gruß von hinter dem Bonner Münster, wo ich (d. h. wir) ein profanes Pils trinken. Das ist zum Ausgleich nicht ausgeglichen. Metaphorisch von A.

Und es bedeutet? Sie legt die Karte weg. Es bringt ja doch nichts.

Vier Tage darauf ein brauner Briefumschlag. Du hast das hier (eine Postkarte, die sie im Herregårdskroa einem Taubstummen abgekauft hat) vergessen. Bedaure die blöde Karte. Ich wusste schon, dass die total daneben war, als wir telefoniert haben. Elegant oder Elefant von Arnold.

Elegant oder Elefant, wie schön. Trond ist da. Sie tut ihm weh. Er ist ehrlich, trotzdem oder deshalb tut es weh.

Wenn sie weint, wenn sie außer sich ist, allein auf der Welt, ist er da. Sie ist allein auf der Welt, sieht weder ihre Eltern noch ihre Geschwister. Wenn sie betrunken ist und Dummheiten macht, ist er da, während des Katers. Im Sommer machen sie eine lange Reise. Sie glaubt, sie sei schwanger, ob sie wohl schwanger ist? Nein, das kommt nicht in Frage. Er ist so jung, er wird sie irgendwann verlassen, denn er kann geliebt werden und will geliebt werden.

Eine Karte im Oktober, aus Hannover, Deutschland: Euer Hochwohlgeboren. Nach vierundvierzig Vorträgen über Ästhetik frage ich: Wo ist die Schönheit. Wissen Sie es?

Ja, könnte sie antworten. Hier. Bei mir! Aber sie antwortet nicht, es hat doch keinen Sinn.

Im Dezember eine Karte aus München: Für Ida. Die Frau im Wind (was hat er ewig mit dem Wind!), die in den Nebel bläst (was soll das nun wieder, soll sie jetzt poetisch werden?). Nein. Ich sollte wohl sagen, hallo. Ich genieße Sonne und Wein und hoffe, ganz unkryptisch, dass es dir gut geht, da, wo du bist. Kaffee ist okay. Espresso ist besser. Cappuccino vielleicht? Cafégrüße von Arnold.

Sie freut sich und legt die Karte weg. Denkt nicht darüber nach, was Cappuccino im Vergleich zu normalem Kaffee oder Espresso zu bedeuten hat, das bringt ja doch nichts.

Am 23. Dezember trifft eine weitere Cafékarte ein. Sonne draußen, Regen drinnen. Hier spielt sich alles im Kaffeehaus ab. Alle Rendezvous – Kjerstis zum Beispiel. Die süddeutsche Kaffeehauskultur ist ganz anders als die norwegische: Alle trinken die ganze Zeit mit allen Kaffee. Cafégruß Nr. 2 von Arnold im Café. Und schräg, auf der

Seite: Hier glaubt niemand an die Kjærlighet des Weihnachtsmanns. Julenissens Liebe, gibt es die?

Dazu seine Adresse in München.

Der arme hilflose Mann.

Zwischen Weihnachten und Neujahr fährt sie zu Erik Grøver. Erik Grøver in Trondheim, noch immer auf der Reise rückwärts in den Schmerz, ratlos, familienlos wie sie selber, es gibt so wenige von ihnen auf der Welt, dass sie zusammenhalten, wenn sie sich begegnen, zu Weihnachten, an Feiertagen. Er holt sie vom Bahnhof ab, abends, und sie gehen in die Stadt. Hinter allen Fenstern brennende Kerzen, hohe Schneewehen, durch die Straßen, zur Kneipe, um Bier zu trinken. Dann kommt Arnold mit einem Kollegen zur Tür herein.

»Du bist hier?«

»Ich dachte, du bist in München. Ich habe doch gerade erst eine Karte von dir bekommen, aus München?«

Voll besetzte Kneipe. Also setzen sie sich an ihren Tisch. Arnold Busk und Leif Asnes am Tisch von Ida und Erik, Arnold neben Ida, es ergibt sich so. Erik geht auf die Toilette, und Leif Asnes holt Bier, Arnold dreht sich Ida zu und sagt, er habe seiner Frau von ihr erzählt. »Ich habe Kjersti von dir erzählt.«

Es geht ihm nicht gut. Sie sieht es ihm an, dass es ihm nicht gut geht. Er versucht, ihr ein Kompliment zu machen. Es geht ihm nicht gut. Seine Frau betrügt ihn. Ida hat gesagt, dass sie ihn liebt, kann das denn stimmen, dass er von einer Frau geliebt wird, von dieser? Was soll er zu ihr sagen? Er glaubt ihr zu sagen, dass sie wichtig war, dass das, was sie zusammen erlebt haben, eine Bedeutung hatte, so sehr, dass Kjersti davon erfahren musste. Aber so ist es nicht, das weiß sie, denn sie hat eine Cafékarte aus München bekommen. Er hat es gesagt, um sie zu treffen, seine Frau. Er hat Idas Geschichte auf dem Scheiterhaufen der Ehe geopfert, um sich zu rächen, um Kjersti verbrennen zu lassen. Er sieht, dass sie das begreift, und er bereut, es gesagt zu haben.

»Dann hasst sie mich, und wir können nie zusammenkommen«, sagt Ida.

»Das habe ich mir auch schon überlegt«, sagt er.

Er liebt sie, sie lieben einander. Warum können sie nicht aufstehen und zusammen fortgehen. Erik kommt. Leif Asnes kommt. Als die Kneipe dichtmacht, gehen sie weiter, in eine, die noch offen hat. Arnold und Ida auf einem Sofa. Er küsst sie. Der Körper sagt: Das ist das, was sonst immer wehtut. Das ist das, was zu unerträglichem Schmerz führt. Sie reißt sich los und läuft, durch die Straßen, zu Eriks Treppe. Als er ein wenig später kommt, kann er berichten, dass sie auf die Straße gegangen sind, um sich nach ihr umzusehen, und dass Arnold gesagt hat: »Vielleicht hätte ich etwas sagen sollen.«

Ist Lesen nicht ebenso hoffnungslos wie Schreiben? Passiert nicht bald etwas? Sie geht durch die Straßen von Trondheim und ist froh, denn sie weiß, dass es ihm schlechter geht. Sie ist durch die Sache durch, er steckt mitten darin. Sie kann einfach nur abwarten.

Sie sagt es den wenigen, mit denen sie über ihn spricht: »Jetzt kommt er.«

Sie glauben ihr nicht. Diese Besessenheit vom Professor in Trondheim ist krankhaft, weist auf ernsthafte Schäden hin.

»Er kommt!«

»Ida!«

»Er kommt!«

»Wie lange kennst du ihn schon?«

»Drei Jahre.«

»Wie oft hast du ihn während dieser Jahre gesehen?«

»Zweimal.«

»Wie oft hat er dich angerufen?«

»Oft.«

»Wie oft hat er dich angerufen und etwas *gesagt?*«

»Dreimal.«

»Findest du das viel?«

»Es ist genug.«

»Ida!«

»Ja?«

»War er vor drei Wochen auf Seminar in Oslo?«

»Na und?«

»Hast du ihm geschrieben und ein Treffen vorgeschlagen?«

»Ja.«

»Hast du angeboten, abends durch sein Hotelfenster einzusteigen, damit niemand dich sieht, falls ihm das Sorgen machte?«

»Ja.«

»Hat er auf den Vorschlag reagiert?«

»Nein, aber das hängt mit Trond zusammen. Trond war auch auf dem Seminar. Das war der Grund. Er hat angerufen und aufgelegt.«

»War er auf diesem Seminar nicht mit einer anderen zusammen? Hast du nicht gehört, dass er mit einer anderen zusammen war?«

»Das spielt keine Rolle. Er liebt mich. Er kommt.«

Wie konnte sie das glauben. Sie hat es geglaubt. Dachte gestern, ich hätte AB verpasst, steht im Tagebuch. Weinte und hatte verpasst, dann schellte das Telefon zweimal, ohne dass jemand sich meldete, da war es also wieder. Hörte nicht am anderen Ende, war so glücklich.

Sie ruft ihn im Januar an, eigentlich hat sie schon gewonnen, das weiß sie einfach. Er hatte einen Zusammenbruch, sagt er. Das ist ja wohl kein Wunder, wo Ida sich losgerissen hat und weggelaufen ist, als er sie gerade küssen wollte. Abends ruft er zurück. Zum vierten Mal ruft er an, ohne gleich wieder aufzulegen.

Bald ist Ostern, einige Monate, ehe die neue Zeitrechnung einsetzt. Arnold fährt zu einem Seminar nach Kopenhagen. Er ruft an und fragt, ob er auf der Durchreise bei ihr übernachten kann. Sie hat es ja gesagt, er kommt. Im Schneckentempo, aber er kommt.

»Im Håndverkeren, Freitag um sechs?«

»Ja!« Am selben Wochenende findet das Jahrestreffen des Dramatikerverbandes statt, Vorstandssitzung vorher, am Freitag, aber das spielt keine Rolle, sie sagt ab. Er sitzt schon da, als sie kommt, sie essen, trinken, er setzt eine Ledermütze auf und schlüpft in einen Ledermantel, er sieht aus wie ein Lederschwuler, und sie fahren mit einem Taxi zu ihr nach Hause.

»Ich möchte doch sehen, wie du wohnst«, sagt er, als nehme sie an einem Wettbewerb teil, vielleicht tut sie das ja auch. Vielleicht gewinnt sie, weil ihm ihr Haus gefällt. Sie gewinnt, weil sie sich als so standhaft erwiesen hat, weil er zu glauben beginnt, dass sie ihn liebt. Er ist keiner, der liebt, der wählt, er wird erwählt, ihm geht es darum, geliebt zu werden. Sie macht ein Feuer im Kamin, während er umherwandert und sich ansieht, wie sie wohnt, dann trinken sie Wein, dann lieben sie sich, das Übliche, vielleicht lieben sie sich noch einmal, ehe sie einschlafen, sie kann sich nicht daran erinnern, an so etwas erinnert man sich nie mehr, wenn es vorbei ist. Vielleicht schlafen sie eng umschlungen, wie sie es später tun werden, vielleicht auch nicht. Am Morgen muss sie früh los, vor ihm, zum Jahrestreffen, sie soll es leiten. Vielleicht liegt er halb wach da und merkt, dass sie aufbricht, vielleicht auch nicht. Vielleicht freut er sich darauf, dass sie geht, damit er allein ist, damit er umherwandern kann, ungestört, um sich alles genau anzusehen. Sie treffen keine Verabredung, das tun sie nie. Sie fährt zum Jahrestreffen und ist froh, froher als im ganzen Jahr zuvor, es ist genau ein Jahr her, dass sie den Zettel mit der Aufschrift bekam: Arnold kann jetzt. Jetzt liegt er in ihrem Bett. Nein, jetzt ist er weg. Hat den Schlüssel unter die Fußmatte gelegt, wie sie ihm aufgetragen hat. Hat er sich durch das Haus geschlichen und Schubladen geöffnet und hineingeschaut, oder nicht? Jetzt ist er in Kopenhagen, auf einem Seminar. Hat er etwas hinterlassen, einen Gruß, oder nicht.

Oder nicht. Nichts. Keinen Zettel. Das Bett ist ungemacht, die Gläser stehen noch so da, wie sie gestanden haben, als sie schlafen gegangen sind. Das macht sie traurig, dass er sie nicht weggeräumt, sie nicht ins Spülbecken gesetzt hat. Nicht das Bett gemacht hat, dass er keine Angst mehr vor ihr hat, davor, was sie denkt, und deshalb hinterlässt er ein ungemachtes Bett, ein halbvolles Weinglas auf dem Nachttisch, er will keinen Eindruck machen, sich verkaufen, aber das ist ja auch nicht nötig. Neben dem Telefon jedoch liegt ein Kugelschreiber, der nicht ihr gehört. Einer von denen, mit denen er immer schreibt, von der Universität Trondheim, sie ist glücklich, sie küsst ihn.

Sie weiß nicht, wie lange das Seminar dauert. Sie treffen keine Verabredung, sie hat ihn nicht gefragt, sie fragt ihn nicht. Sie drängt sich nicht auf, und er erzählt nichts, soll sie sich den Kopf zerbrechen. Ob er auf der Rückreise in Oslo Halt macht? Ob er anruft? Ob sie viele Monate des Schweigens riskiert, wie üblich? Er ruft nicht an. Sie bekommt keine Postkarte aus Dänemark. Es ist Dienstag, er ist am Samstagmorgen gefahren. Er schafft es jedes Mal wieder: Mit jeder Stunde wird sie verzweifelter unglücklich. Sie betet, sie versucht, ihn herbeizubeschwören. Die Kinder spielen im Garten, die Sonne scheint, wie sie das im März so macht, es riecht nach feuchter Erde, nach Blumen, die sich bald öffnen werden, nach dem weichen Hellgrün, das nach oben strebt. Die Kinder bitten um Saft, sie bringt es nicht über sich aufzustehen. Jetzt muss es aufhören. Das ist er nicht wert. Er ist unverbesserlich. Dieser Schmerz ist neu und langsam, wie eine zähe Flüssigkeit. Sie verliert den Glauben.

Dann klingelt das Telefon. Sie hat es ja gewusst. »Hallo?« Aus einer Zelle, dann wird die Verbindung unterbrochen. Er ruft wieder an. Er muss sich eine andere Zelle suchen, dann versucht er es noch einmal. Sie sitzt am Telefon, es klingelt, er ist es.

»Hallo?« Aus Kastrup. Das Flugzeug geht in zehn Minuten, er landet um halb elf, ob sie ihn abholt. Ja. Sie ruft eine Babysitterin an, die bei ihr übernachten kann, sie duscht und macht sich schön, freut sich, fährt zum Flughafen, holt ihn ab, fährt zum Flughafenhotel. Er geht ins Badezimmer, um zu duschen, sie wartet auf dem Bett, er kommt heraus und zieht sich an, steht in einem neuen Hemd vor dem Spiegel und fragt, ob es zu seinem Jackett passt, er verhält sich, als sei das alles normal, unkompliziert. Das Hemd passt nicht zur Jacke, aber das sagt sie nicht, das wagt sie nicht. Sie gehen in die Bar und trinken. Er erzählt vom Seminar, dann gehen sie nach oben und lieben sich, einmal oder mehrmals, und dann schlafen sie, und dann wachen sie auf, und dann wird es so sein wie immer, dann fährt er. Ihm graust vor Ostern, sagt er, Ferien mit der Schwiegerfamilie. Was soll sie sagen? Er sagt nicht, dass seine Ehe schwierig sei. Er sagt nicht, dass er mit dem Gedanken an eine Scheidung spiele. Er sagt nicht, dass er Ida liebe und die Lage problematisch finde. Er sagt nicht: »Was soll aus uns werden?« Und sie fragt nicht. Es gibt ohnehin Probleme genug, da braucht sie ihn nicht auch noch zu fragen. Aber vielleicht will er, dass sie fragt, vielleicht öffnet er ihr die Tür zu der Frage: »Aber was ist mit uns, Arnold, was soll aus uns werden?« Sein Flugzeug geht um elf, aber er ruft an und lässt sich auf einen späteren Abgang umbuchen, er will das Bett nicht verlassen. Sie müssen bis zwölf das Zimmer geräumt haben, aber er will nicht zum Flughafen, sie bleiben im Hotelrestaurant sitzen, er trinkt Bier, sie muss fahren, sie fährt ihn. Als er aus dem Wagen steigt, zieht er aus einer Duty-free-Tüte eine Parfümpackung und gibt sie ihr.

»Für mich?«, fragt sie in echter Überraschung. Er schaut zur Seite, zu Boden, er hat vor aller Augen ein schlechtes Gewissen, Flughafenparfüm riecht nach schlechtem Gewissen, bestimmt hat er es für seine Frau gekauft. Ehe er geht, spürt sie schon seine Abwesenheit. Sie ist daran gewöhnt, hat es satt, für ihn ist es vielleicht das erste Mal, eines der ersten Male.

Sie hört nichts von ihm. Das macht nichts. Wer hier zittert, das ist er. Ostern kommt und Ostern geht. Sie verbringt einen oder zwei Tage bei Trond, verlässt ihn dann aber auch, fährt zu einer Freundin in die Berge. Läuft im scharfen weißen Licht Ski, über die Hochebene, bis zum Abend. Es weht kein Wind, die Sonne geht unter, das Licht fällt so seltsam. Es kommt vor, muss aber nicht vorkommen, dass sie ganz ruhig ist.

Ein Mitarbeiter der Zeitschrift will ihr etwas erzählen. Sie sitzen in der Stadt auf einer Bank, er sieht ernst aus. Er war vor einigen Wochen mit Arnold auf einem Seminar in Kopenhagen. Auf diesem Seminar war Arnold mit einer anderen zusammen. Er weiß es, weil er mit ihr gesprochen hat. Agnete Tveit, vom Goethe-Institut. Arnold hat sie mitten in der Nacht verlassen, was sie geärgert hat. Ida ruft ihn am nächsten Tag an und fragt, ob er keinerlei Achtung vor ihr habe. Er gibt keine Antwort. Er sagt nichts. Sie ist nicht böse, denn sie weiß es, das, was er später einmal sagen wird: dass es der Besuch im Bett der anderen war, der ihn veranlasst hat, sie von Kastrup aus anzurufen, zu begreifen, dass es um sie geht, um Ida. Sie weiß es.

Einige Monate, ehe sie zusammenkommen, einige Monate vor der neuen Zeitrechnung, sagt er, dass es auch dann, wenn er sich scheiden lässt, nicht sicher ist, ob er dann sie will, Ida.

»Es gibt so viele Frauen«, sagt er. »Mindestens sechs.«

Von Tone, die ihn auf Reisen nach Bergen und Stavanger begleitet hat, wusste sie schon.

Von der Frau, die auf dem Seminar mit ihm zusammen war, das auch Trond besucht hat, bei dem Ida angeboten hatte, abends durch sein Fenster zu klettern, eine Lehrerin vom Lehrerseminar, verheiratet und mager, wusste sie auch schon.

Von Agnete Tveit vom Seminar in Kopenhagen, die am Goethe-Institut arbeitet, wusste sie auch schon.

Von der Frau mit dem krebskranken Mann wusste sie noch nicht, von der erfuhr sie in der Nacht, in der alle Geständnisse abgelegt wurden.

Von der Freundin aus Studienzeiten, in seinem eigenen Alter, verheiratet, aber mit einem treulosen Mann, erotisch auf der Tanzfläche, aber nicht im Bett, erfuhr sie in der Geständnisnacht.

Von der Studentin von der Exkursion nach Berlin, rothaarig, oben und unten, erfuhr sie in der Geständnisnacht.

»Hast du dir eine neue Frau zugelegt, Arnold?«, hatte die Institutssekretärin, die auch an der Exkursion teilnahm, ihn gefragt.

»Ich lasse mich scheiden«, hatte er geantwortet, das war im Mai, erfuhr sie in der Nacht, in der alles erzählt werden sollte.

»Erwachsene Frau«, hatte er hinzugefügt, er wollte nicht den Eindruck erwecken, dass er auf junge Studentinnen aus sei.

Er deutete anfangs behutsam an, bis ihm aufging, dass sie nicht böse werden oder es gegen ihn verwenden würde, dann fühlte er sich sicher, wurde eifrig, fast munter: Rothaarige, Brünette, Blondinen, Studentinnen, eine schwedische Lyrikerin. Und dieser Superliebhaber, dieser echte Don Juan, hatte also beschlossen, schließlich und endlich, zu guter Letzt, sich von allen willigen Frauen gerade ihr zu ergeben, gerade Ida!

Danke.

Es kommt vor, dass sie anruft, manchmal ist er nah, manchmal ist er fern. Verspricht nichts. Deutet an, dass seine Ehe kränkelt, deutet aber nur an. Unmittelbar, ehe es passiert. Unmittelbar, ehe er kommt.

Im Tagebuch:

Freitag, der 7. Satt, hab es satt. Es muss aufhören. Traurig, eine tiefe Trauer in mir, stehe an ihrem Rand, ich muss mich abwenden, ich kann nicht mehr darin verharren, ich gehe kaputt.

Donnerstag, der 13. Fünf nach halb zwölf. Er wollte anrufen, hat nicht angerufen. Immer dasselbe. Das, worauf ich warte, passiert nie. Eine erschöpfende Enttäuschung. Wenn es jetzt nicht passiert, ziehe ich einen Schlussstrich. Habe Rotwein getrunken, aber nicht viel, bin so müde, habe meine Energie verbraucht, meine Kraft, all das, was ich brauche, damit es klappt.

Montag, 24. Ich bin so wütend, ich kann nicht dagegen an, denn wieder warte ich, warte, warte, es ist noch keine Woche her, aber ich weiß, dass er nicht anrufen, nicht schreiben wird, ich werde niemals Vertrauen zu ihm haben, wie sollte ich, ich stecke so voller Aggressionen, o Scheiße, ich will ihn aus meiner Datei heraushaben, den Löschvorgang auslösen, ich kann nicht einmal eine Woche warten, will es ihm jetzt sagen, sehne mich nach einer Entscheidung, sehne, sehne mich nach einer Entscheidung. Muss sie haben! In so einer Situation wie jetzt ist es mir peinlich, ihm eine Bestätigung gegeben zu haben, dass hier so viel über ihn steht, das ist peinlich, er ist es nicht wert, peinlich. Es wird leichter jetzt. Schreiben hilft. Nicht mehr so traurig.

Dienstag, 1. Ich bin so wütend, ich bin so wütend, sehne mich danach, es loszuwerden, den Schlussstrich unter alles zu ziehen. Ich muss anrufen und sagen, dass er nicht kommen darf. Dass er sich nicht scheiden lassen darf. Es wird niemals gut gehen, ich bin so wütend.

Donnerstag, 16. Wieder in dieser Wartesituation. Anderthalb Wochen, seit er um eine Woche gebeten hat. Er hat nicht angerufen. Nichts in der Post. Auf diese Weise kann er meine ganze Aufmerksamkeit dorthin lenken, die Frage ist nicht mehr, ob ich mit ihm leben, ihn in mein Haus aufnehmen kann, die Hoffnung richtet sich auf das Telefon, auf den Briefkasten.

Sonntag, 19. Er hat angerufen. Bring es nicht über mich, darüber zu schreiben. Er hatte nichts mitzuteilen.

Jetzt, unmittelbar, ehe es passiert, ruft sie nicht nach ihm. Die Gefühle gemeistert, wenn auch nicht überwunden. Glaubt nicht, hofft nicht. Sie ruft trotzdem an und fragt, wie es ihm geht. Er sagt, dass sie auseinander gezogen sind. Sie weiß nicht, was sie empfinden soll. Abends ruft er zurück und sagt:

»Ich sag dir drei Dinge. Erstens: Ich weiß nicht, wie das weitergehen wird. Zweitens: Wenn es zu einer Scheidung kommt, dann heißt das trotzdem nicht, dass du und ich zusammenkommen. Es gibt noch andere Frauen. Drittens: Ich möchte dich gern sehen.

Das ist ein Durchbruch. Zum ersten Mal legt er die Karten auf den Tisch, offen, ehrlich. Sie putzt das Haus. Sie bezieht das Bett neu. Sie kauft Wein. Sie zuckt zusammen, wenn das Telefon klingelt, vielleicht will er ja absagen. Am selben Tag ruft er an und sagt, sie solle nicht vergessen, Wein zu kaufen. Ja doch, ja doch, alles steht bereit. Vier Flaschen? Ja doch, ja doch. Sie wollen einen Ausflug auf die Inseln machen. Das hat sie beschlossen. Am nächsten Morgen wird sie mit dem Dramatikerverband in die Slowakei fahren, er muss weiter nach Deutschland. Sie holt ihn vom Flugplatz ab. Er hat ihr ein Geschenk mitgebracht, eine CD. Er hat sich schön gemacht, ob sie das sieht, fragt er. Weißes Hemd und Schlips.

Sie machen einen Ausflug auf die Inseln. Sie hat Wein und Gläser in einem Korb. Sie setzen sich auf einen Steg, sie öffnet den Wein. Er ist nervös, er trinkt schnell. Und jetzt sagt er das, wovon sie wusste, dass er es eines Tages sagen würde, dass er in Kopenhagen erkannt hat, auf dem Seminar, als er mit der anderen im Bett war, dass es für ihn Ida sein muss. Dass eigentlich alles mit Ida angefangen hat, sagt er. Er lügt, und es hat keine Bedeutung. Er trägt schwarze Jeans, weißes Hemd, schwarze Schuhe und schwarze Sonnenbrille, obwohl die Sonne nicht scheint. Er fürchtet ihren offenen Blick. Ihr Blick ist offen. Sie gehen nach Hause, sie gehen ins Bett, sie lieben sich, er weint, als es ihm kommt. Das beeindruckt alle Frauen. Wenn er von der einen zur anderen geht, weint er bei der Neuen über die Vorige, und die Neue glaubt, dass sie die Tränen verursacht, dass ihre Begegnung zu stark für ihn sei. Sie streichelt ihn, er trieft, es tropft von seinem Kopf auf ihr Gesicht. Es kommt ihm, und er schreit laut, und dann weint er. Sie schlafen eng umschlungen ein, als sie aufwacht und es bemerkt, freut sie sich und drückt sich an ihn. Sie hat den Wecker gestellt, sie muss als Erste los. Sie küsst ihn zum Abschied, aber als das Taxi vor dem Haus steht, läuft sie hinein und küsst ihn noch einmal, küsst ihn ausgiebig.

»Diesen Kuss vergesse ich nicht«, sagt er viel später.

Sie strahlt. Sie trägt ihre Freude mit sich. Alles wird sich ändern, die neue Zeitrechnung beginnt. Zu Hause liegt ein Zettel auf der Kommode. Wundervoll, so war es doch?, und obwohl er ein Fragezeichen trägt, ist es doch ein Zettel. Die Gläser stehen im Spülbecken, und er hat versucht, das Bett zu machen. Er wird jetzt nicht mehr kehrtmachen. Sie ist die Gewinnerin. Am Tag seiner Rückkehr ruft er abends an und fragt, ob sie mit anderen geflirtet habe.

»Nein«, sagt sie, obwohl das nicht ganz stimmt.

Er fragt, ob sie mit ihm nach Dänemark fahren will.

»Ja«, sagt sie.

Er wird Brecht übersetzen, und sie kann ein Hörspiel schreiben.

»Ja«, sagt sie.

Sie wird es erst glauben, wenn sie es sieht. In zwei Wochen. Er wohnt in Trondheim. In einem Haus, das sie nie besucht hat. Sie weiß so wenig darüber, wie er lebt, wie er sein Leben einrichtet. Er erwähnt es am Telefon ab und zu, aber wie genau will sie das eigentlich wissen. Soll sie ihm hindurchhelfen? Er muss selber hindurchkommen. Sie musste das ja auch allein schaffen. Komm zu mir, darum geht es. Nicht um die praktischen Einzelheiten. In einer Woche fahren wir nach Dänemark, das ist alles, was etwas bedeutet. Sie gibt in Røros einen Schreibkurs. Er kümmert sich in Trondheim um sein Kind, nicht weit entfernt, wie unwirklich. Er existiert, er atmet, er kommt. Sie trägt etwas Weißes und Leichtes, zum Glück ist sie nicht mehr so dünn. Ihre Haare sind voll, sie leuchten, die Luft ist klar. Jetzt passiert es. Gerade jetzt, in diesem Sommer. Das, wofür sie gebetet hat. Sie wird ihn in einer Stunde anrufen. Die verbotene Nummer. Sie ist nervös. Vielleicht ist zu viel passiert, vielleicht weiß sie zu viel. Sie kann es nicht lassen. Sie hat keine Wahl, aber sie hat den Glauben. Der entscheidende Schritt ist noch nicht geschehen, noch kann sie zurück. Er darf sich nicht ihretwegen scheiden lassen. Hat sie versprochen, bei ihm zu sein? Es ist nicht ihretwegen, es wäre auf jeden Fall passiert. Es gibt Rückzugsmöglichkeiten, sie läuft zwischen den alten, nach Teer duftenden Häusern dahin und versucht sich frei zu fühlen, soweit das möglich ist. Sie ruft an wie abgemacht, zwischen zwei Stunden. Die Schüler stehen draußen und rauchen, sie läuft mit pochendem Herzen zur Telefonzelle. Da ist er, gelassen und munter, als gebe es keine Sorge, mit der Buchungsnummer ihres Tickets in der Hand und einem Scherz auf den Lippen.

Im Tagebuch steht: Donnerstag, der 17. Nicht vergessen, jeder Schmerz muss wieder gutgemacht werden.

Sie hat sich wirklich schön gemacht. Sie kommt aus Oslo, er kommt mit dem letzten Flug aus Trondheim, sie treffen sich im Flughafen. Sie umarmen einander, sie haben getrunken. Sie fahren mit dem Taxi zu einem Hotel, in dem er ein Zimmer bestellt hat, die Wohnung, die sie beziehen werden, wird erst am folgenden Tag frei. Sie trinken, sie weiß nicht mehr, ob sie gevögelt haben. Sie erwachen in getrennten Betten, in einem dunklen, kleinen Zimmer, auf dessen Teppich die leeren Minibarflaschen verstreut liegen.

Draußen ist es hell. Draußen scheint die Sonne. Sie stehen zusammen an der Rezeption und teilen die Rechnung. Dann wandern sie mit ihren Koffern durch die Straßen. Sie werden eine Woche zusammen sein. Sie wandern über breite Kopenhagener Boulevards. In einem Park ist ein Café.

»Trinken wir einen Kaffee?«

Ja, das ist eine gute Idee. Sie setzen sich, bestellen Kaffee, und während die Kellnerin noch immer mit dem Block in der Hand am Tisch steht, fragt er mit einem schrägen Blick und vorsichtig: »Und ein Bier?«

»Ja, ein Bier.«

»Zwei Bier.«

Das wird gut tun. Ein Bier hat etwas Menschliches, das prangt überall in der Stadt auf großen Plakaten. Sonne im Park. Bier. Es ist halb eins, ein Uhr, zwei Uhr, drei Uhr. Mehr Bier, das tut gut, das hilft, tut Not.

Ein Schlafzimmer mit einem Einzelbett, ein Badezimmer mit Dusche, Aufenthaltsraum mit Schreibtisch, den kann sie haben, er kann auf dem Sofa sitzen. Gemeinschaftsküche hinten auf dem Gang, aber außer ihnen wohnt niemand auf dieser Etage. Er duscht. Sie schaut den Schreibtisch an, wo er seine Sachen ausgebreitet hat. Den Laptop, einen Stapel Bücher, drei Kugelschreiber nebeneinander, seine Uhr, das Zigarettenetui mit den Verzierungen, acht braune Zigarillos sieht sie, als sie es öffnet – im Badezimmer fließt noch immer das Wasser –, ein Geschenk seiner Schwägerin, zur Doktorprüfung. Zu dieser Gelegenheit hat er auch einen Ring bekommen, von seiner Frau, den trägt er noch immer, wird ihn noch ein Jahr tragen, bis er einen Ring von ihr bekommt, von Ida. Frisch geduscht und in neuen Kleidern, gehen sie in die Stadt. An diesem Tag wird nicht gearbeitet, nein, wird nicht gearbeitet. Er nimmt ihre Hand, und sie gehen Hand in Hand durch die Stadt. So werden sie von nun an immer gehen. Er sieht sie an und lächelt, und sie lächelt ihn an, und später gehen sie immer so, Hand in Hand, oder umschlungen. Sie kitzelt seine Handfläche, das bedeutet, wollen wir uns lieben. Er nickt, er will immer. Sie lieben sich in Parks, hinter Büschen, hinter Wartehäuschen.

»Ist er nicht schön«, fragt er und schaut stolz auf ihn hinunter.

Sie lieben sich, das haben sie auch früher getan. Sie trinken, das haben sie auch früher getan. Sie arbeiten, das haben sie früher nicht getan. Im selben Zimmer. Er übersetzt Brechts soeben zur Veröffentlichung freigegebene erotische Gedichte. Wenn ihm ein Reim auf »Huren« fehlt, dann fallen ihr Suren, Kuren, Uhren, Mixturen ein. Er schaut sie aus zusammengekniffenen Augen durch den Rauch an. Sie feilt an einem Einakter über eine hellseherische Frau, deren Liebe ruiniert wird, weil sie sieht, wie alles endet. Er sitzt in beiger Sommerhose am Schreibtisch. Schaut häufiger nachdenklich aus dem Fenster, als er schreibt. Beugt sich ab und zu über den Computer, schaut aber noch immer zur Seite, aus dem Fenster, sicher hat er einen Schreibmaschinenkurs gemacht. Öffnet ab und zu das Etui und nimmt einen Zigarillo heraus und leckt nachdenklich daran, ehe er ihn in den Mund steckt und sich Feuer gibt. Spielt er sich für sie auf? Er lässt den Zigarillo im Mund hängen, während er schreibt, stößt kleine Rauchwolken aus dem Mundwinkel, kneift die Augen zusammen, um keinen Rauch ins Auge zu bekommen, schmale Augen, leicht vorgebeugt. Nimmt den Zigarillo mit der rechten Hand heraus und schnippt über dem Aschenbecher mit dem Zeigefinger daran, lächelt, zufrieden mit dem, was er sich überlegt hat. Ob sie einen Gammeldansk möchte, fragt er. Nein, das will sie nicht. Er geht zum Bücherregal, wo die Flasche steht, die er im Flughafen gekauft hat, und stellt sie auf den Schreibtisch. Holt ein Schnapsglas aus dem Bücherregal, stellt es neben die Flasche und schenkt ein. Dreht den Verschluss zu und stellt die Flasche zurück ins Regal, ehe er sich setzt und einen neuen Zigarillo nimmt und trinkt, so langsam, dass es gesund aussieht. Dort, im selben Zimmer, es ist unglaublich. Nachmittags gehen sie aus dem Haus, sie weiß nicht mehr, worüber sie reden, nur, dass es nicht schwer fällt, dass sie lachen, dass es ist wie in Büchern über glücklich Verliebte: überschäumend, einfach, euphorisch, wildes Gelächter, keine Gefahr. Alle, die sie sehen, denken: Da gehen zwei Verliebte!

Auf dem Sofa im Arbeitszimmer, auf dem Bett, auf dem Schreibtisch lieben sie sich, küssen sie sich, schmiegen sich aneinander, reiben sich aneinander, wiegen sich, pressen sich. Dann geht er, geht sie nackt in die Küche und holt Bier, das sie ins Gefrierfach gelegt haben, das fast zu Eis erstarrt ist. Wer gerade nicht mit Bierholen dran ist, holt ein Kissen, eine Decke, das verzierte Zigarettenetui. Er liegt auf dem Rücken und lässt Rauchwolken zur Decke steigen. Er zitiert Brecht auf Deutsch, den Abschnitt, der ihm nicht gelingt. Sie findet das richtige Wort, das hätte er nicht erwartet, weiß er noch immer nicht, wer sie ist, dass sie ist wie er. Vielleicht traut er sich nicht. Sie traut sich nicht, ihn zu fragen, weiß nicht, wie sie das sagen soll. Sie gehen hinaus in den Nachmittag, Arm in Arm im Nachmittagslicht. Wer sie anspricht, spricht mit ihnen, als seien sie eben diese beiden, als seien sie schon lange zusammen, als kennten sie die gegenseitigen Getränkewünsche.

»Was möchte sie trinken?«, fragt Bogdo.

»Was möchtest du trinken?«, fragt Arnold.

»Was möchtest du denn?«, fragt Ida.

»Vielleicht Weißwein.«

»Vielleicht Weißwein.«

»Was hast du für eine reizende Frau«, sagt Bogdo zu Arnold, und sie lachen.

»Ein schönes Paar«, sagt Bogdo, und wieder lachen sie.

»Nicht wahr?«, fragt Arnold und zieht sie an sich, so glücklich wie sie ist keine andere. Warte nur.

Bogdo lädt sie zum Essen zu sich ein, und sie nehmen dankend an. Am nächsten Tag um fünf gehen sie durch leere Sonntagsstraßen in Gegenden, in denen sie noch nicht Hand in Hand gegangen sind. Bogdo hat für drei gedeckt, er ist einsam, steht außerhalb der Welt, so wie sie. Sie greifen unbeholfen zu, sie waren noch nie zusammen zu Besuch. Sie sehnt sich nach Arnold. Er ist so weit weg, auf der anderen Seite des Tisches. Und so sieht er also aus? Kann seinem Blick nicht über der Melone begegnen, wie soll das möglich sein.

»Wann bist du geboren?«, fragt Bogdo sie. »Dann bist du Wildschwein.«

»Genau, ein Wildschwein«, sagt Arnold. »Das hab ich mir doch gedacht.«

Als sie nach Hause kommt, liegt ein Brief von ihm im Kasten. Den muss er ganz heimlich geschrieben haben, irgendwann in Kopenhagen, am dritten Tag, und dann hat er ihn heimlich aufgegeben, hinter ihrem Rücken.

Und am dritten Tag der neuen Zeitrechnung erfuhr er zu seinem Staunen, dass er ein Wildschwein liebte. Der Schweinehirte Bogdo, ein Mann aus dem Unbekannten, machte auch mit dieser bisher unbekannten Tatsache bekannt: dass sie von einem Steinbock geliebt wurde. Du hast Hände wie Regen, sagt er ihr mit einem Gedicht: Regen im Wasserfall.

Fünf Dinge. Fünf winzig kleine Dinge.

Das erste Mal, im Café. Er löscht ein Zigarillo, indem er den Stummel im Aschenbecher kreisen lässt.

»Jetzt würde Kjersti sagen«, sagt er nachdenklich, mit listigem Lächeln, »jetzt würde Kjersti sagen: Sieh mal an, Arnold räumt im Aschenbecher auf.« Ida schaut in den Aschenbecher, die Stummel liegen in einer Ecke, die Asche in einer anderen.

»Kjersti hat einen *Blick*«, sagt Arnold.

Das ist nicht seltsam, es ist so, es ist natürlich. Aber wer den Blick hat, das ist Ida. Wenn hier eine den Blick hat, dann ist das Ida, noch weiß er nicht, wer sie ist.

Kjersti glaubt, er sei allein in Kopenhagen. Das macht nichts, das ist in Ordnung.

Das zweite Mal, abends im Café. Er zeigt auf eine Frau und sagt: »Die hat Ähnlichkeit mit Kjersti.«

Eine tolle blonde Frau. Es hätte eine interessante Information sein können, wenn sie gefragt hätte, wie sieht sie aus, deine Frau. Nicht aber so, einfach so, um ihr zu zeigen, wie anwesend Kjersti in seinem Kopf ist, obwohl sie, Ida, neben ihm auf dem Sofa sitzt. Es ist nicht verwunderlich, so ist es eben, es ist natürlich, aber begreift er, wenn er ihr Gesicht sieht, dass es wehtut, dass er die Bilder von Kjersti nicht verdrängt, sondern bei ihnen verharrt, auf diese gewissermaßen stolze Weise, mit dem forschenden, auf Ida gerichteten Blick. Sie glaubt ihm nicht. Sie hat sich nach Kjersti erkundigt, die hat keine Ähnlichkeit mit dieser tollen blonden Frau.

Das dritte Mal. Er will zu Hause anrufen. Das ist nicht verwunderlich, so ist es eben, es ist natürlich. Sie ruft auch beim Vater der Kinder an, um mitzuteilen, wo sie steckt, und um zu fragen, ob alles in Ordnung ist. Sie steht am

Fenster und sieht, wie er über den Platz geht, über die Straße, zur Telefonzelle an der Ecke, sieben Stockwerke unter ihr, sein charakteristischer Gang, der sie zittern lässt, den sie begehrt, wie damals, als er die Treppe zum Tostrupkjelleren herunterkam und der helle Mantel hinter ihm herwehte, sie möchte seinen Gang in sich aufnehmen, ihn verzehren und hinunterschlucken, wenn das nur möglich wäre. Sie mustert ihn, wenn er von ihr geht, etwa wenn er in einer Kneipe zur Toilette will, über die Straße, um eine Zeitung zu kaufen, und sie verspürt das Begehren, wie es nicht der Fall ist, wenn sie nebeneinanderher gehen, dicht nebeneinander, und wenn sie seinen Gang *spürt,* seine Hüften an ihren, das ist etwas anderes, es ist etwas anderes, es zu sehen, mit den Augen. Über die Straße, zur Ecke, in die Telefonzelle, er nimmt den Hörer ab und hält ihn sich ans Ohr. Hebt den anderen Arm, wirft Geld in den Spalt, wählt die Nummer und wartet. Jetzt redet er, jetzt bewegt er den Kopf. Ist auf das, was er jetzt sagt, Verlass? Vermisst er sie, sagt er das? Die Sicherheit, die sie verspürt, wenn er im Zimmer ist, wenn sie ihn umarmt, ist verflogen. Dann geht er wieder über die Straße über den Platz zur Tür herein, es dauert seine Zeit, bis sie den Fahrstuhl hört. Konnte nur mit dem Kleinen reden, sagt er. Kjersti hatte einen Termin. Was für einen Termin, das wüsste er gern. Am Ende beschließt er, dass es sicher beim Psychologen war, und ist beruhigt, erleichtert, dass es keine andere Art von Termin war, kein Rendezvous.

Es ist nicht verwunderlich, es ist einfach so, es ist natürlich. Es ist Ida, die Kjerstis Geschichte nicht an sich heranlässt, die sie erst jetzt begreift, so viel später, auch das ist nicht verwunderlich, es ist einfach so, es ist natürlich.

Das vierte. Dass sie aus dem Haus läuft. Auf eigene Initiative, ja, sie läuft hinaus. Dass sie hinausläuft und Frühstück einkauft, auf eigene Initiative. Sie kocht Kaffee, auf eigene Initiative, ja, und bringt Kaffee und Milch und Tassen auf einem Tablett zu ihm und spült danach ab.

»Das mache ich, jawohl«, sagt sie und tut es, und er lässt es geschehen und bedankt sich dafür, und er sagt, er sei nicht daran gewöhnt, dass Frauen so etwas tun, eine freudige Überraschung, sagt er, und sie freut sich. Wenn er seine Jacke vergisst, dann läuft sie die sieben Etagen hoch und holt sie für ihn aus dem Schrank und nutzt die Gelegenheit, um seine Kleidungsstücke anzusehen, die so ganz anders sind als die Kleidungsstücke anderer Männer. Sie denkt einmal oder zweimal oder mehrere Male: Es kann nicht immer so bleiben.

Es bleibt nicht immer so. Denn der Boden schwankt unter ihm, das kann sie nicht wissen, wenn er es nicht zeigt. Niemals auf nüchternen Magen Schnaps trinken, steht auf Plakaten in den Kneipen, nehmen Sie zuerst zwei Bier. In welchem Ausnahmezustand befindet er sich? Die Trennung, mit der er nicht fertig wird. Wie chaotisch ist sein Leben? Vielleicht hofft er noch immer, dass es nicht so weit kommt, dass alles wieder gut wird. Der arme Arnold.

Hat er sich in sie verliebt, damals in Kopenhagen? Hat er sie damals vor langer Zeit so effektiv aus seinem System verdrängt und nicht gewusst, was er empfand? Wie er sagt, weiß er das erst jetzt, in Kopenhagen. Es wirkt wie Verliebtheit, so leicht, und doch ist es kein Abenteuer, keine Affaire, der Ernst liegt in der Luft: Können wir zusammenkommen.

»Wozu brauchst du mich«, fragt er.

»Ich brauche dich nicht. Ich liebe dich.«

Der fünfte, der sechste Tag, nach sieben gemeinsamen Tagen, rund um die Uhr, Experiment durchgeführt, und der Ernst geht ihnen auf. Dann passiert es, eigentlich nicht überraschend, am allerletzten Abend. Sie waren unterwegs, sie haben getanzt. Seine Arme rucken unsystematisch von seinem Körper weg, rhythmisch, aber abrupt und unsystematisch, er sieht aus wie ein Hampelmann. Sein beherrschter Gang, die Art, wie er raucht, wie er redet, so leise, dass man sich konzentrieren muss, um ihn zu hören. Die Art, wie er den Kopf dreht, langsam, der zögernde Blick ist verschwunden, alles, was sie für die Grundlage seines Charakters gehalten hat, seine Gelassenheit, ist nur ein Teil und verschwunden, mühsam erkämpft, wie sich herausstellen wird, jetzt kommt das andere zum Vorschein, wenn er tanzt, wenn er mit ruckenden Armen und Beinen umherhampelt. Und beim Sex, am Ende des Beischlafs, im Moment des Orgasmus, wenn er schreit oder auf seltsame Weise heult und schluchzend zusammensinkt, eine Art Weinen, das in Lachen übergeht.

Als sie mit dem Taxi nach Hause fahren, bricht er in Tränen aus. Sie sind betrunken, sie weiß nicht mehr, wie es angefangen hat, was gesagt wird, aber irgendwann bricht er in Tränen aus, als sie mit dem Taxi nach Hause fahren. Es ist spät in der Nacht, sie waren Tanzen, in der letzten Nacht, er ist betrunken und flennt los, geweint hat er noch nie. Er weint und schluchzt: »Du wirst mir nie verzeihen.« Er heult, schluchzt: »Ich war ein Teufel. Du hasst mich, du kannst mir nicht verzeihen.«

Die entscheidende Frage, an diesem letzten besoffenen Abend. Die ganz entscheidende Frage, die sie noch immer nicht beantworten kann, wenn sie durch und durch ehrlich sein soll, die sich aber nicht stellt, denn es muss ausprobiert werden, es gibt keine Versicherung und auch keinen Weg zurück, und sie sagt: »Doch, doch, sicher, Liebster.«

Wenn sie wirklich zusammen sein wollen, sich aneinander binden, dann setzt das voraus, dass sie ihm verzeiht, kann sie das? Nicht einfach so, an der Oberfläche, sondern tief, wirklich, so dass sie in Zukunft Vertrauen zu ihm hat? Sie weiß es nicht. Sie hofft es.

»Doch, doch, sicher, Liebster«, sagt sie und hilft ihm aus dem Taxi, er bricht auf dem Bürgersteig zusammen. Sie hilft ihm auf die Beine, nimmt seinen Arm, führt ihn zur Tür, zum Fahrstuhl, bringt ihn nach oben.

»Doch, doch, sicher, Liebster, nicht daran denken. Alles wird gut.«

Sie zieht ihm die Schuhe aus, die Jacke, das Hemd. So. Ja, so. Ich hab dich lieb. Nein, ich verlasse dich nicht. Nein, niemals, keine Angst. Verlass dich auf mich, lügt sie und denkt, obwohl sie sich darüber freut, dass er die entscheidende Frage gestellt hat, dass ihm klar ist, dass es sich um die entscheidende Frage handelt: Jetzt werde ich getragen werden, getröstet.

Er liegt nackt, fast bewusstlos im Bett, und sie kann ihn betrachten, ohne selber beobachtet zu werden. Sie sieht und sieht ihn an. Ist das er, den sie liebt? Dieser fremde Körper. So anders als andere Körper, die sie gekannt hat. Ist das wirklich er, plötzlich zugänglich, vor ihr auf dem Bett, für alle ihre Sinne, diese so lange verbotene Frucht, so wehrlos auf dem Bett, voller Leberflecken? Diese Woche, vor allem spät nachts, wenn sie getrunken haben, hätte sie ihm gern erzählt, nicht auf anklagende Weise, das nun wirklich nicht, nicht vorwurfsvoll, nicht doch, sondern nüchtern, sachlich, vielleicht sogar witzig, wie ihr in all den Jahren, in denen sie auf ihn gewartet hat, zumute gewesen ist. Hätte ihm gern erzählt, wie er ihre Gedanken erfüllt hat, auf restlos wahnsinnige Weise. Aber sie hat es nicht getan, damit er nichts missversteht, es als Anklage oder Vorwurf auffasst, zu dem er dann irgendwann Stellung nehmen muss, wie eine Androhung einer kommenden Strafe.

Aber vermutlich hatte er auf diese Geschichte gewartet, auf den Vorwurf, das erkennt sie jetzt, damit er die entscheidende Frage stellen könnte:

»Kannst du mir verzeihen?«

Und als diese Geschichte nicht kam, stellte er die Frage eben selbst, am letzten Abend, im Suff, auf andere Weise: »Du kannst mir nicht verzeihen!« Damit sie sagen sollte, dass sie eine neue Geschichte beginnen könnten. Sie muss einen Schlussstrich unter den anderen Arnold ziehen. Hier liegt er, der neue Arnold. Hallo, mein Lieber, das bist du. So nackt und verletzlich und von Tränen erstickt. Doch, alles fängt von vorne an. So muss es sein. Sie zieht sich aus und legt sich zu ihm, dreht ihn auf die Seite und schmiegt sich an ihn, schnuppert an seinem Nacken, sein Geruch, ist der jetzt vertraut? Riecht nicht wie Trond, riecht wie Arnold? Erinnert sie sich an seinen Geruch, ist darauf Verlass, verändert er sich? Von Jahr zu Jahr, von Woche zu Woche, von Frau zu Frau, verändert sich wie seine Haare, die wenigen, die er noch hat, sie waren blond, als sie ihn zum ersten Mal gesehen hat, wie die seiner Frau Kjersti, wurden dann nach und nach dunkel, als er mit ihr zusammen war, mit Ida, immer dunkler, wie Idas, vielleicht sind sie jetzt rot. Riechen nicht wie damals. Ändern ihren Geruch, sind nicht wieder zu erkennen.

Zieht die Decke über sie beide und schiebt sie unter sie, unter ihn und unter sich, kleiner Arnold, mein Freund, mein Geliebter. Und zugleich, irgendwo von weither: Muss das so sein? Muss er das Kind sein?

Sie trinken die ganze Woche. Ab mittags, vom Mittagessen ab, um ihre überhitzten Gehirne abzukühlen, um ihre überspannten Sinne zu beruhigen, um zu überleben, um nicht abzuheben, zu verschwinden, um nicht an das Unmögliche zu denken. Sie suchen sich eine Stammbar, ein Stammcafé, einen Stammladen zum Einkaufen, Milch, Kaffee, Orangensaft und Bier, einen Stammweg von ihrem Haus zu den Stammstätten, sie zeichnen ihre eigene heilige Weltkarte. Stammbemerkungen, in einer Woche legen sie sich ihre eigene heilige Sprache zu, ihre eigenen Heiligtümer. Den Laden, wo sie sich in der Umkleidekabine lieben. Die Boutique, wo er ihr einen Rock kauft, mit einem durchgehenden Reißverschluss, der mit einer einzigen Bewegung geöffnet werden kann. Den Laden, in dem sie für ihn eine Kiste Zigarren kauft, seither gehen sie immer wieder hin: »Weißt du noch?«

Du darfst das nicht trinken, der erste Satz. Als ob nichts und die Glocken des Nichts. Und der Matrose. Der Arnoldmatrose und Bogdos Wildschwein. Einen Garderobenständer kann man durchaus schnitzen, wenn man im Wald ein passendes Garderobenständerholzstück findet, oben auf einem kleinen Baum, mit Zweigen in viele Richtungen, die man siebzehn bis zwanzig Zentimeter vom Stamm kappt und poliert, einige sind dicker, andere dünner. Dann befestigt man das Holzstück an der Wand und hängt Hüte und Schals daran auf, und vorher kann man ihn ausprobieren, nicht wahr, möchtest du mein Garderobenständer sein?

Kann nur von dem verstanden werden, den es betrifft, der liebt und geliebt wird. Kann nur in dieser neuen Sprache für zwei ausgedrückt werden, die nur sie beide teilen.

»Ich werde elektrisch«, sagt sie, wenn sie ganz oft gekommen ist und er ihr nicht mehr nahe kommen darf.

»Ich bin elektronisch«, erwidert er.

Liebes relativ elegantes Wildschwein! Wollte dich am Samstag mit dieser Anzeige im Dagbladet überraschen, aber ich kann die Zeitung ja auch verstehen: Garderobenständer, Hüte und Wildschweine sind starker Tobak.

Er wollte eine Kontaktanzeige aufgeben, die aber aufgrund des Inhalts abgewiesen wurde, wie der rote Stempel über seinem Text verkündet: Garderobenständer mit Hut sucht relativ elegantes Wildschwein. Stichwort: Suff. Chiffre. Gekommen als ob nichts.

Bier-zum-Frühstück-Tage. Der erste Bier-zum-Frühstück-Tag, in Røros. Sie haben sich für eine Woche zum Arbeiten in einem Hotel in Bahnhofsnähe eingemietet. Spätherbst, alles ist rot und knallgelb. Er kommt mit dem Zug aus Trondheim, sie mit dem Zug aus Oslo, sie treffen sich in der Hotelrezeption und umarmen sich. Fast kein Mensch, Nachsaison, aber am Samstag wird eine Hochzeit gefeiert. Das geht ihnen morgens auf, städtisch gekleidete Menschen mit kurzen Stiefeln steigen aus dem Zug aus und kämpfen sich mit ihren Koffern durch den Schnee. Sie stehen am Fenster und schauen auf diese Menschen hinunter. Wenn ein Zug kommt, sechs- oder siebenmal am Tag, gehen sie ans Fenster und schauen hinunter auf den Bahnsteig, ob jemand aussteigt, es kommt selten vor, aber es kommt vor. Bis zu diesem Samstagmorgen, ihrem vorletzten Tag in den Bergen, da steigen viele in Stadtkleidung und Stadtschuhen aus dem Morgen- und dem Mittagszug. Es wird früh dunkel. Schon um vier. Sie stehen am Fenster und schauen auf den vom Schnee befreiten Bahnsteig hinunter. Der Schnee liegt in kreideweißen Wehen an allen Ecken. In fünfzehn Häusern auf der anderen Seite der Bahnlinie brennen die Lampen, gelbe Lampen hinter den Fenstern, gelbe Lampen über den Türen, über den Treppen, sie färben die rieselnden Schneeflocken gelb, sie fallen nicht, sie wirbeln, tanzen, Schnee, Schnee. Ab und zu gehen Menschen durch das Schneegestöber, stapfen in Steppanzügen dahin, ein bellender Husky, während die Dämmerung gleichsam von unten aufsteigt. Gegen vier kommen sie heraus, in Trachten und mit Skiern an den Füßen und Fackeln in den Händen, sie werden unter freiem Himmel getraut, auf einem der verschneiten Schlackenhügel. Mit Strickjacken und Jacketts und Pelzen, die locker über ihren Schultern hängen, gehen sie über den vom Schnee befreiten Bahnsteig, mit einer brennenden Fackel in der einen Hand und den Skistöcken in der anderen. Sie können vom Fenster aus die Trauung nicht verfolgen, aber sie stehen dort, vorgebeugt, die Nase an die Scheibe gepresst. Bis die Brautgesellschaft zurückkehrt, schneller als beim Auszug, fröhlicher, ein wenig schwankend, als habe es bereits Champagner gegeben.

Zum Schluss das Brautpaar, im Hundeschlitten, es wird eine Runde durch die schneeweiße Stadt drehen. Allein sein, ehe das Fest beginnt. Sie haben einander ihr Ja-Wort gegeben, vor Zeugen, jetzt wollen sie allein sein, von Hunden durch die Stadt gezogen werden, allein im Schlitten sitzen, tief in den Fellen, mit ihren kalten Champagnergläsern an den Lippen, und darüber nachdenken, unter den Sternen, die so gut zu sehen sind an diesem Abend in Røros, die ihnen näher sind als an den meisten anderen Orten auf der Welt.

Ida und Arnold ziehen sich an und gehen nach unten, werden von diesem Ereignis angezogen, von der Fülle der

Gefühle, es ist Nachsaison, fast keine Gäste, nur Ida und Arnold und die Hochzeitsgesellschaft, die mit Champagnergläsern an der Rezeption steht. Sie warten auf das Brautpaar, das mit dem Schlitten unterwegs ist, sehen durch die großen Fenster, die auf die Bahnlinie blicken. Acht japsende Hunde, tief unten im Schlitten, zwischen den Fellen, das Brautpaar. Sind sie glücklich? Sie haben es eben vor Zeugen gesagt, die Blicke aufeinander gerichtet: Ja! In guten und in schlechten Zeiten, bis dass der Tod uns scheidet. Es wird immer nur dich geben, nur dich. Ist das das Glück? Ist das die Gnade? Sie setzen sich mit ihrem Bier an den Rand der Ereignisse und sehen zu. Da ist der Trauzeuge mit einer Nelke im Knopfloch, er blättert in seinen Papieren. Da ist eine der Mütter, mit hektischen roten Flecken im Gesicht, sie nimmt die Geschenke entgegen und befiehlt einer jüngeren Frau, einer Tochter oder Schwester, sie zu öffnen und nicht die Karten zu vergessen. Wir dürfen nicht verwechseln, wer was geschenkt hat, das ist wichtig. Dort sind die Freunde, die einander schon kennen, sie trinken rasch und lachen viel. Ein alter Onkel, eine Großmutter, einige Kinder rennen umher und stoßen gegen allerlei Hosenbeine, wenn sie aus dem Gleichgewicht geraten. Ida und Arnold sitzen am Rand, hinter einer Säule.

Das Brautpaar kommt. Mit roten Wangen, lächelnd vor Champagner, ist das die Gnade, ist das das Glück? Die Freunde heben die Gläser und jubeln. Solche Dinge müssen einfach gefeiert werden. Die Liebe zwischen zwei Menschen, zwei Menschen, die zueinander ja sagen, das ist selten, beneidenswert, nichts, was mehr provoziert als ein wirklich verliebtes Paar. Hinten am gedeckten Tisch verteilt ein Bruder oder Schwager rote und grüne Zettel mit Liedern auf die Teller. In einer Ecke steht ein älterer

Mann und murmelt vor sich hin, er hält ein zusammengeknülltes Papier in der Hand, ein Vater, ein Schwiegervater oder Lieblingsonkel. Ida und Arnold wandern hinter den Gästen her, setzen sich so dicht an die offene Tür des Speisesaals, wie das möglich ist, ohne Aufsehen zu erregen.

Der Vater des Bräutigams spricht, er heißt alle einzeln willkommen, was Arnolds Vater sagen würde, erfährt niemand. Der Bräutigam spricht, was Arnold sagen würde, erfährt niemand, wird Ida nie erfahren. Ich hätte eine Rede gehalten, da hättest du gestaunt, sagt Arnold. Wird niemand die jemals hören? Draußen leuchtet der Schnee. Dunkelheit steigt aus der Erde hoch, aber die Schneewehen leuchten, und eine Wolke gleitet vorüber, und die Sterne strahlen noch mehr. Idas Rede für Arnold mit der Narbe wird niemand je hören. Nicht die erste wohlformulierte, die sie auf ihren langen, einsamen Wegen abends, im ersten hoffnungsvollen Winter verfasst hat. Und auch keine andere, nie.

»Willst du mich heiraten?«

»Ja«, sagt sie jedes Mal, aber das passiert nie.

»Wir lieben einander«, sagt er. »Das ist so.«

»Ja, das ist so.«

»Dann prost!«

Um sich zurückziehen zu können, ehe es zu spät ist, von dem potenziellen Schmerz, sucht sie nach Zeichen: Er liebt mich nicht. Er wird mich in Zukunft nicht lieben. Dort! Und dort! Sie heiraten nicht. Hätte es etwas verändert? Sie dachte einmal, dass sie heiraten müssten, wenn sie bis zum Tod zusammenbleiben wollten. Dass ihre Eltern, so lange die noch lebten, sich treffen müssten, ihre Geschwister mit

Ehepartnern und Partnerinnen, ihre Nichten und Neffen, ein einziges Mal. Sie sah ihre Familie nur selten, er seine auch nicht, sollten sie nicht, wenn es bis zum Tod halten sollte, zusammengebracht werden, Arnolds Vater mit Idas Vater, Arnolds alte Mutter, Idas Mutter, Arnolds Brüder mit Idas Bruder und Schwester, einander in die Gesichter sehen, die Blicke erwidern, die Hände ausstrecken und grüßen, ein einziges Mal?

Sie hören selbst gedichtete Hochzeitslieder und stellen sich vor, welche sie selber geschrieben hätten, füreinander, was ihre Gäste gedichtet hätten, auf welche Melodien, etwas ganz Besonderes, etwas Ungewöhnliches, weil ihre Beziehung nicht gewöhnlich ist, nichts anderem ähnelt. Sie singen mit Refrains, um der Sache einen extra Schwung zu geben. Sie stoßen auf das Brautpaar und auf alle geflügelten Worte an, die hier fallen. Lasst niemals die Sonne über eurem Zorn untergehen. Versöhnt euch immer vor dem Schlafengehen. Traget einander die Last. Es wird applaudiert und beim Refrain eingestimmt, und die Stimmung steigt und steigt, und die Gäste lachen Ida und Arnold zu und heben die Gläser mit ihnen, und als die Stimmung noch weiter steigt, lässt Ida ihr Glas erklingen und gibt einen Witz zum Besten, über das Ehepaar, das Silberhochzeit feiern wollte. Die Frau hatte schon ein Lokal ausgesucht und Gästeliste und Menü zusammengestellt, Lachs als Vorspeise, Lammsattel aus Hauptgericht, Eisparfait zum Nachtisch, und Weine, Kuchen und Blumengestecke ausgesucht, als der Mann leise vorschlägt, den Tag mit zwei Minuten Schweigen zu begehen. Ha-ha! Wenn er mich wirklich geliebt hätte, dann hätte er eine andere geheiratet. Ha-ha! Sie lachen, und sie setzt sich. Jetzt nicht übertreiben. Alles in Maßen. Aber wenn es ihre Hochzeit wäre, hätten sie alles gegeben, allem Auslauf gelassen, sie müssen es einmal tun, es der Welt zeigen. Vor aller Ohren ja sagen. Jetzt wird der Brautwalzer gespielt, jetzt tanzen sie.

»Wir müssen es tun. Wenn überhaupt jemand heiraten sollte, dann wir. Solche, die so lieben wie wir, das sind die, die heiraten müssen.«

Sie erwachen gegen elf, es ist Sonntag. Er schläft immer auf der Seite, um nicht vom Plötzlichen Kindstod ereilt zu werden, sie liegt hinter ihm, um ihn, den Arm um ihn gelegt, sie liegen Löffelchen. Am nächsten Tag, dem Montag, müssen sie nach Hause, getrennt, er nach Trondheim, sie nach Oslo. Sie erwacht als Erste, sie hat Durst, sie öffnet vorsichtig den Vorhang, will wissen, wie das Wetter ist. Dunkler Himmel über der Stadt, aber es schneit nicht. Arnold schläft, zusammengerollt wie ein Ball unter der Decke, nur seine bloße Schädelspitze lugt hervor. Sie will etwas zu trinken holen. Die Minibar ist leer, kein Saft, keine Limonade. Nur Bier, viele Flaschen Bier und Weißwein. Sie nimmt zwei Bier, öffnet sie, füllt Gläser und gibt ihm eins, er trinkt mit geschlossenen Augen.

»Bier?«, fragt er danach.

»Only thing there is.«

Trinkt aus purem Durst und sitzt dann mit der leeren Flasche in der Hand da. Sich für einen Tag abzumelden ist erlaubt, muss sein. Einen Tag lang nichts zu tun, im Bett sitzen zu bleiben. Alle Pläne aufzugeben, alle Vorsätze, niemand weiß, dass sie hier sind. Sie haben niemandem etwas versprochen. Sie können den ganzen Tag im Bett sitzen und aus dem Fenster schauen. Auf das Wetter, das umschlägt, auf den Himmel, der seine Farbe ändert. Auf die dahintreibenden Wolken. Und reden, darüber, was sie wollen, lange, über das Heiraten, das Jasagen. Wie sie das schaffen sollen, wer es schafft, was sie schaffen, was sie machen, die, die es schaffen, worauf es ankommt. Auf Ehrlichkeit. Darauf, einander nicht zu demütigen. Einander ernst zu nehmen. Sich für die Arbeit der anderen zu interessieren, diese Arbeit zu verstehen, die Leidenschaft der anderen. Miteinander zu schlafen. Mehr Bier, es wird vage, soll es doch. Lass fahren dahin, verdräng es, wenn es kommt. Schulter an Schulter, aber allein auf der Welt. Niemand weiß davon, noch nicht. Es gibt sie erst jetzt. Schenkel an Schenkel und Arm an Arm und Gesicht an Gesicht. Nur, wenn sie aufs Klo müssen, oder mehr Bier und Wein holen, sind sie voneinander getrennt und sehnen sich.

»Wo gehst du hin?«

»Nur pissen.«

»Dann bleib nicht lange weg.«

Und als sie zurückkommt: »Du hast mir gefehlt.«

»Du mir auch.«

Die Woche in Kopenhagen ist zu Ende. Die Stadt, der Schauplatz des eigentlichen Anfangs dieser Liebe, liegt in der Sonne hinter ihnen. Sie haben gepackt und müssen zum Flughafen. Sein Flugzeug geht vor ihrem, aber sie fahren zusammen hin. Sie essen im Flughafen zu Mittag und trinken Bier, wie immer, im Restaurant, das damals im ersten Stock lag, so dass man von dort auf das Gewimmel in der Abflughalle blicken konnte. Er geht nach unten, um Kjersti anzurufen, und bleibt lange fort. Auch jetzt kann sie ihn sehen, aus dem Restaurant, wo sie allein sitzt, in Ruhe, über den Menschen. Den Hörer an seinem Ohr, jetzt redet er. Formt Töne, Worte für sie, seine Frau, die ihn besser kennt als Ida, die ihre Wäsche zusammen mit seiner wäscht, nachdem sie gemeinsam im Korb für die schmutzige Wäsche gelegen hat, mit ihr hat er im Möbelladen gestanden und sich Möbel ausgesucht, mit ihr hat er ein Kind. Was sagt er zu ihr, zu der er vor nicht so schrecklich langer Zeit im Standesamt von Trondheim ja gesagt, für die er eine Hochzeitsrede gehalten hat, die sicher ein Erfolg war? Was sagt er jetzt? Er kommt langsam zurück. Er erzählt, dass sie traurig ist. Kjersti ist deprimiert und verzweifelt, und das macht auch ihn, Arnold, traurig. Es ist natürlich, so ist es. Kjersti fragt sich, ob sie ihn vielleicht liebt, sagt er. Und das macht ihm ein schlechtes Gewissen, sagt er.

»Denn jetzt war es doch so schön. Verstehst du?«

»Ich bin nicht verheiratet. Ich betrüge niemanden.«

Nein. Da hast du Recht. Jetzt müssen sie gehen. Arnold muss gehen. Er will im Dutyfree vorbeischauen, für Kjersti Bodylotion kaufen, kann Ida ihm eine Marke empfehlen. Nein. Das war nicht richtig. Das sieht er ein.

»Das war nicht richtig«, sagt er.

Sie bringt ihn so weit, wie er das wagt. Mit dem Flugzeug nach Trondheim fliegen Leute aus Trondheim, Kollegen, Studenten oder Verwandte von Kjersti. Er bleibt stehen und dreht sich zu ihr hin. Jetzt ist es. So weit.

»Mach's gut«, sagt er und küsst sie rasch auf den Mund und sieht sie an, und sie nimmt seinen Kuss entgegen und schaut ihn an und antwortet. »Mach's gut«, dann geht er.

Sie bleibt stehen und schaut hinter ihm her, bis er verschwunden und nicht mehr zu sehen ist, dann geht sie zurück in die Abflughalle, sucht sich ein Telefon und ruft jemanden an. Sie ist so erfüllt, noch immer halten sie sich im selben Gebäude auf. So schön, wie sie jetzt ist, war sie noch nie, sie ist sich sicher, dass sie riecht, die Leute drehen sich nach ihr um.

Jetzt wird der Ausgang geschlossen. Jetzt sitzt er angeschnallt im Flugzeugsessel. Liest die Zeitung. Denkt er an sie? Das muss er. Denkt er an Kjersti. Na und? Jetzt ist er in der Luft, die Leuchtbuchstaben sind verschwunden.

Vielleicht ist sie zu Trond gefahren. Um in Balance zu kommen, um endlich einen Orgasmus zu haben. Um zu wagen, um zu schreiben. Berühr mich, und es jagt wie ein Echo durch meinen Körper. Trond nimmt sie entgegen. Ahnt, stellt aber keine Fragen, sieht nur, dass sie eine Last trägt. Sieht sie besser, kennt sie besser als Arnold. Sie weiß nicht, wie ehrlich sie ist, was ehrlich ist. Auch das ist unerträglich.

Als komme sie von einem Fest, auf dem sie zu lange geblieben ist, in ein leeres Haus und sei allein, von einem Fest, das sie früher hätte verlassen sollen, ehe das passierte, was nicht passieren darf, weil es niemand erträgt. Schuldgefühle und Angst stellen sich ein, bis die Kinder kommen und der Alltag kommt und das Tageslicht. Und zusammen mit dem Tageslicht ruft sie ihn an und sagt: »Ich liebe dich!«

Das muss sie. Wie eine Beschwörung, wie ein Gebet. Dann kann sie leben. Sie plant eine Reise für sie, nach London.

»Ja!«

Dann kann sie leben.

Jeden Tag näher. Zwei Wochen, eine Woche. Fünf Tage, vier Tage, drei, zwei, ein einziger Tag, dann der Tag.

Die Schule hat begonnen, es ist Anfang Herbst. Sie wird mit ihrem Geliebten nach London fahren. Sie hat ein ungeöffnetes Geschenk bei sich. Sie wandert mit den Kindern über die Wiesen in den Wald, sie pflücken Blumen, sammeln Steine, Wurzeln. Mama ist so froh. Mama singt. Mama umarmt und streicht über Haare. Mama läuft mit hoch erhobenen Armen über den Weg und findet die Sonne fast zu hell.

»Ist es nicht wunderbar! Ist es nicht fantastisch!«

Mama kitzelt sie unter den Armen und den Knien und wälzt sich im Gras. Die Himbeeren sind reif. Noch gibt es Walderdbeeren, an kalten Stellen, hinter den großen Felsen, wo die hohen Bäume ihre Schatten hingeworfen haben. Alles ist deutlich. Alles ist klar. Sie hat keine Wünsche mehr. Wenn sie es ihnen nur sagen könnte. Das Größte, was wir auf der Welt erleben können, ist Gnade. Wenn ich euch nachher zu Papa gefahren habe, wisst ihr, was ich dann vorhabe? Ich treffe meinen Geliebten auf dem Flugplatz und fliege nach London. Könnte jemand glücklicher sein als ich?

»Huhu, Trym! Na los, Trym! Weiter so, Trym! Ecke ist Tor!«

Nach Hause durch den dunkleren Wald. Früher Abend, früher Herbst, Halbdunkel. Das eine Kind auf der Schulter. Es riecht nach Wald, nach Kindern. Sie zittert. Was, wenn. Sie kann nicht still stehen, nicht normal atmen, muss einfach lächeln. Als sie sie zu ihrem Vater gebracht hat, mit ihren Habseligkeiten, als sie aus dem Haus sind, duscht sie, macht sich bereit, trinkt ein Glas Wein. Glücklicher, als Ida jetzt ist, kann niemand sein. Taxi zum Flughafen. Danke, Gott. Bald ist er da, vor ihr, und sie ist nicht nervös, wie zuletzt, in Kopenhagen, jetzt weiß sie, dass sie es schaffen werden. Da ist er.

Moussierender Wein, während sie warten. Sie feiern, dass sie einander kennen gelernt haben und so weit gekommen sind, bis auf den Weg nach London. Eine ganze Woche nur sie, sonst nichts. Alle, denen sie begegnen, halten sie für frisch verheiratet. Mehr Wein! Die englischen Stewardessen glauben, sie tränken aus Flugangst. Ja, sie haben Flugangst, seht nur, wie sie zittern und sich aneinander klammern. Sie bekommen viele kleine Flaschen gereicht.

»Honeymoon?«

»Ja, Honeymoon.« Viele weitere kleine Flaschen und eine Einladung ins Cockpit. Ida nimmt an. Nach dem Start wird sie geholt.

»Kommen Sie bitte mit, Missus.«

Genau so. Hoch, schwebend. Ganz frei, ganz leicht, ganz blau.

Küssen und Küssen. Kennen die Kleider noch nicht, die der andere dabei hat, Unterwäsche, den Inhalt von Ordnern und Taschen, auf sie wartet ein Abenteuer, blaue Flecken, Entdeckungsreisen.

Wenn es etwas gibt, das sie einander noch nicht erzählt haben, dann können sie das jetzt nachholen. Was sie erzählt haben, lässt sich auf dieselbe oder auf neue Weise noch einmal erzählen. Geschwister, geboren von derselben Frau, wenige Jahre auseinander, mit demselben Vater, aufgewachsen im selben Haus, Zimmer geteilt, Kindheit, Jugend. Wie ist es möglich, dass sie zwanzig Jahre später nichts voneinander wissen? Wo sie doch einmal nachts zueinander ins Bett gekrochen sind, zusammen auf dem Rücksitz im Auto saßen, über weite Entfernungen, tagelang, durch die Länder, sommers wie winters. Mit ineinander verflochtenen Armen und Beinen schliefen, was Bilder belegen, jetzt haben sie keinen Kontakt. Sie spielten miteinander, kannten Geruch und Habseligkeiten der anderen, haben Freunde, Unternehmungen und Mahlzeiten geteilt, bis sie von zu Hause auszogen, und nachher auch noch, doch zu einem Zeitpunkt, der sich unmöglich benennen lässt, passiert es, setzt die Bewegung voneinander fort ein, und jetzt kennen sie einander kaum mehr. Wann war es, wie ist es geschehen, und hat das alles einen Sinn? Wissen nichts von den Gedanken der anderen und wollen auch nichts wissen, Erklärungsversuche haben keinen Sinn, würden doch nicht verstanden werden. Sie fragt sich, und er versucht zu antworten, neu zu antworten, die Antwort zu erweitern. Er fragt, wie ist mein Bruder auf die schiefe Bahn geraten, was konnte er nicht ertragen. Wann hat es angefangen? Und warum? Hätte es anders kommen können? Hätte er etwas unternehmen können? Es ist so weit weg, kann fast nicht hervorgeholt werden, aber wenn man wirklich will. Der Kontakt mit der Vergangenheit ist lose geworden, alles ist weit weg, weggewischt, zu nichts sagenden Anekdoten geworden, aber ich werde einen Versuch machen. Womit hat sie eingesetzt, die Bewegung, die sie hergeführt, sie so geformt hat, dass sie zueinander passen wie ein besonders geschmiedeter Schlüssel zu einem besonders geschmiedeten Schloss, wie ein Wunder?

Am letzten Tag hält er sie mitten auf der Straße plötzlich fest.

»Aber was soll aus uns werden?«

»Wie meinst du das?«

»Ich arbeite in Trondheim. Du wohnst in Oslo. Ich habe ein Kind. Du hast Kinder.«

»Das geht schon«, sagt sie, sie kennt keine Zweifel. Das geht schon, sagt sie. Ich bin flexibel. Nicht daran denken, sagt sie. Die Zeit ist unsere Freundin.

Sie hat so lange gewartet, und jetzt ist er gekommen. Das ist die Gnade. Er darf nicht wieder gehen. Sie wird alles tun, alles!

Als sie ihren ersten Mann kennen lernte, mit neunzehn, im Winter, fragte er sie nach ziemlich kurzer Zeit, ob sie Skislalom führe. Es war die Rede davon, ein Wochenende im Gebirge zu verbringen und Slalom zu fahren.

»Ja«, sagte sie. Aber sie log, sie fuhr nicht Slalom, war noch nie Slalom gefahren. Also konnte sie nicht mit ihm ins Gebirge fahren. Musste eine Entschuldigung finden. Etwas mit dem Knie. Oder mit dem Magen, plötzliche Magenschmerzen. Denn die Lüge würde früher oder später herauskommen, und er würde sehen, wie sie wirklich war, und damit wäre die ganze Sache gelaufen. Jahrelang hatte sie Angst vor dieser Lüge. Schlief nachts schlecht, wegen dieser Lüge. Hatte Angst wegen dieser blöden Slalomlüge. Jetzt, viel später, ist das eine seltsame Vorstellung. Wie wir lügen, so dass wir in der Unwahrheit leben, so dass wir uns daran gewöhnen und die Entlarvung fürchten, die Katastrophe.

Sie sitzen in einer Kneipe in London, Ida und Arnold. Er hatte in dem für alle Studienanfänger vorgeschriebenen Philosophiekurs eine 1,1 bekommen. Eine bessere Note ist bei diesem Kurs einfach nicht möglich. Arnold Busk hat bisher nie von anderen gehört, die in diesem Ex. Phil. eine 1,1 erbeutet haben, vermutlich ist er der Einzige.

»Ich hatte auch eine 1,1«, sagt Ida Heier, aber das stimmt nicht, es rutscht ihr einfach heraus. Sie stoßen darauf an, dass die vermutlich einzigen Menschen in Norwegen, die in diesem Examen eine 1,1 bekommen haben, jetzt zusammen sind. Mehrere Male an diesem Abend kommt Arnold Busk auf die faszinierende Tatsache zurück, dass nicht nur er selbst, sondern auch Ida, die Frau, mit der er jetzt in London zusammensitzt, im Ex. Phil. die unglaubliche Note 1,1 bekommen hat. Denn er glaubt nicht, dass sie lügt, das ist vielleicht eine Art Kompliment. Er freut sich über das Ganze nicht so sehr, wie er vorgibt, das kann sie durchaus sehen. Ein wenig enttäuscht ist er, weil er nicht mehr der Einzige mit der Note 1,1 ist, und ein wenig verwirrt, weil er nicht auf die Weise beeindrucken kann, an die er gewöhnt ist und mit der er gerechnet hatte. Aber prost, sagt er, und Ida stößt mit ihm an und muss ebenfalls im Laufe des Abends immer wieder diesen glücklichen Zufall erwähnen, denn es würde verdächtig wirken, wenn sie nicht ebenso fasziniert davon wäre wie er.

Ida Heier hat in diesem Kurs eine 2,1 bekommen, also lügt sie, aber es kommt ihr nicht vor wie eine Lüge. Eigentlich ist es keine Lüge, jedenfalls keine große, so kommt ihr das vor, denn sie hat allein gelernt, während sie einen Sprachkurs in Spanien besuchte, sie hat keine einzige Vorlesung besucht, sondern abends allein gebüffelt, hat sich mit niemandem ausgetauscht, hat keine Hausarbeiten eingereicht, und trotzdem ist es gut gegangen, sie hatte eine 2,1 im Examen. Das ist nicht schlecht unter diesen Umständen, und wie gut hätte sie es gemacht, wenn sie die Uni besucht hätte, wie Arnold Busk, sie sieht ihn über den Büchern sitzen. Ein Ausrufezeichen am Rand nach dem anderen, eine Unterstreichung nach der anderen, ehrgeizig und intensiv, Satz um Satz, Seite um Seite. Im Prinzip hat sie eine 1,1 bekommen wie Arnold, denn sie ist nicht dümmer als er, darum geht es doch hier, das muss jetzt mal klar sein!

Aber vorsichtig, vorsichtig. Sich auf Zehen anschleichen, ihn nicht verletzen, ihn nicht bedrohen.

Später, nüchtern, am Morgen, bereut sie. Nicht ihre Überlegungen vom Vorabend, nicht ihre Schlussfolgerung, den entscheidenden Punkt, der jetzt klar sein muss: Er ist ihr nicht überlegen. Sie bereut, weil die Lüge entdeckt werden kann, und wenn sie entdeckt wird, wird Ida lächerlich wirken, jämmerlich, und dann ist er doch der Überlegene. Sie stellt sich vor, wie Arnold Busk sie Freunden und Kollegen vorstellt: Das ist Ida Heier. Auch sie hatte im Ex. Phil. eine 1,1, so wie ich!

Und irgendein Freund oder Kollege wird der Sache nachgehen, und dann kommt heraus, dass Ida Heier sich zehn Zehntel zu ihrer Ex.-Phil.- Note dazugeprotzt hat, um Arnold Busk zu beeindrucken, und etwas Blöderes hätte sie gar nicht tun können. Das ist der Tod.

Sie denkt den ganzen folgenden Tag daran. Jetzt hat sie die Sache kaputtgemacht, noch ehe die wirklich begonnen hat. Sie zerstört, sie sabotiert, sie will nicht glücklich sein. In der Wahrheit leben, diesmal, das hatte sie vorgehabt, das war ihr eigentliches Ziel gewesen. Wahrheit, Liebe, Ehrlichkeit, keine Verstellung, das war ihr Ziel gewesen, und wo ist sie jetzt, nach sechs Tagen in London? Sie muss es ihm sagen, ehe er die Lüge anderen mitteilt, denn wenn es herauskommt, ist alles zu spät. Sie muss sich demütigen und über sich lachen und weitere Zerstörungen verhindern.

»Ich muss dir etwas sagen«, sagt sie am nächsten Tag, er begreift, dass die Lage ernst ist, und erbleicht.

»Was denn«, fragt er ängstlich.

»Ich habe es aufgeschrieben«, sagt sie, sie hat es auf einen Zettel geschrieben und in einen Umschlag gesteckt, den Umschlag hat sie in der Tasche. Sie zieht ihn heraus und gibt ihn ihm, er wird bleicher. Sie steht auf und verlässt das Zimmer, um nicht dabei zu sein, wenn er es liest. Jetzt liest er es. Sie schämt sich, sie windet sich. Wie soll sie ihn jetzt ansehen. Was denkt er. Sie hat Angst. Wie seltsam, jetzt, so viel später, daran zu denken, wie sie sich gefürchtet hat. Wovor denn, was kann er tun? Er kann sie verwerfen, davor hat sie Angst. Dass alles so wird, wie es war, ein unerträgliches Warten. Dass sie nicht begriffen hat, dass er erleichtert sein würde, jetzt ist er ja wieder der Einzige, der Seltene. Er lacht herzlich, als sie ins Zimmer kommt, sie ist so froh, so erleichtert. Er küsst sie leidenschaftlich.

»Kleine Ida«, sagt er.

Seine Frau weiß nichts von ihnen. Seine Frau weiß nichts von Ida. Sie wohnen wochenweise abwechselnd im Haus mit dem Kind, dann in der Wohnung, die sie für einen Monat benutzen können. Er ist also nicht untreu, er tut nichts Verbotenes. Er braucht ihr nichts zu erzählen, das würde alles noch schlimmer machen und hätte doch keinen Sinn. Die Frau weiß nicht, dass er mit Ida in London ist. Er sagt, dass er sie anrufen will, und Ida verlässt das Zimmer. Es ist doch klar, dass er allein sein muss, wenn er anruft, es ist ganz natürlich. Aber was sagt er? Die Luft ist klar, es hängen noch immer grüne Blätter an den Bäumen.

»Sie ist traurig«, sagt er, als sie wieder ins Zimmer kommt. »Sie sagt, dass sie mich vielleicht liebt.«

So empfindet man unmittelbar bevor man etwas verliert.

»Und was meinst du?«, fragt Ida.

Er fährt sich mit der Hand über den Hinterkopf, dort gibt es kleine Hitzeperlen.

»Ich mag sie lieber, wenn sie so ist«, sagt er.

Es ist seltsam. Menschen, denen wir nie begegnet sind, können von der allergrößten Bedeutung für unser Leben, für alles sein.

»Willst du mit ihr zusammen sein?«

»Nein«, sagt er und denkt nach. »Ich will mit dir zusammen sein.«

Wo sind die Kinder? Macht sie mit ihnen Ferien? Ja, sie macht mit ihnen Ferien, in Trondheim. Flugzeug, das ist witzig, nach Trondheim, Hotel mit Schwimmbad, das macht Spaß, was kann man sich sonst noch wünschen. Arnolds Frau ist mit dem Kind verreist, und Idas Kinder liegen auf dem Bett, mit großen Bonbontüten, mit Micky-Maus-Heften und einem Fernseher mit vielen Kanälen. Arnold holt Ida mit dem Auto ab. Dem weißen, in dem sie schon einmal gesessen hat. Jetzt wird sie sein Haus sehen. Es ist ganz normal, wie ist es möglich, dass dieser unvergleichliche Mann, dieser außergewöhnliche, ganz ungewöhnliche Mann ein ganz normales Haus hat, Esszimmerstühle aus Kiefernholz mit hellrotem Sitz, ein Sofa von Ikea, dass die Bilder an der Wand, die Kerzenleuchter vor den Fenstern, dass alles so ganz normal ist.

Sie zeigt auf ein Plakat an der Wohnzimmerwand.

»Das ist Kjerstis Geschmack«, sagt er, geht zum Vorhang und hebt ihn hoch.

»Und das hier«, sagt er über den Vorhang, einen golden leuchtenden Vorhang, »das ist Kjerstis Geschmack.«

»Ach so.« Wozu muss sie das wissen.

Er zeigt ihr das Schlafzimmer, das ordentlich gemachte Ehebett und eine Kopie von van Goghs Sonnenblumen an der Wand, einige alte Bücher, eine Holzschnitzerei, die ihm ein surrealistischer Künstler geschenkt hat, die Aussicht aus seinem Arbeitszimmer, dann sagt er: »Mehr kann ich dir nicht zeigen.«

Er ist so seltsam. Er hat gekocht, er erklärt, wie er gekocht hat, etwas mit Salbei und über eine Stunde in Wein köcheln lassen, er geht ins Detail. Ihr liegen die großen Fragen auf der Zunge. Er hat es in Italien gelernt, sagt er. Sie trinken Wein. Doch, er hat eine schöne Aussicht über den Fjord. Wenn der Fjord nicht da wäre, wüsste sie nicht, wo sie ist, weit außerhalb der Stadt in einem Loch. Es riecht nach fremder Familie im Haus, im Badezimmer, in den Handtüchern, sie schnuppert an den sauberen im Schrank. Danach werden sie in die Stadt fahren und sich in einer Wohnung lieben, die er von einem verreisten Freund geliehen hat, sie will nicht im Ehebett liegen, wo sie schläft, wenn sie zu Hause ist, seine Frau. *Zu Hause.* Als sie es getan haben, sich auf dem Ledersofa des Freundes geliebt haben, in der Wohnung des Freundes, in der Stadt, als sie sich angezogen und noch mehr getrunken haben und zu ihrem Hotel unterwegs sind, er bringt sie hin, ehe er mit einem Taxi nach Hause fährt, sagt sie etwas zu ihm, was sie sagen zu müssen glaubt. Was sie bisher nicht zu sagen wagte, was sie auch jetzt fast nicht zu sagen wagt. Dass er sie nie nach Dingen fragt, die nicht ihn betreffen. Nach dem, was ihr schwer fällt, jetzt.

»Fühlst du dich ab und zu allein auf der Welt?«, hat er nie gefragt.

»Tut es nicht weh, dass du deine Familie so selten siehst?«, hat er nie gefragt, oder:

»Willst du mir von dem erzählen, was passiert ist, dem Schwierigen?«

»Hast du vor, etwas dagegen zu unternehmen?«, hat er nie gefragt, oder: »Wie war das mit der Therapie, kannst du das alles mit mir teilen, mit mir darüber sprechen?«

Er hat mit seinen eigenen Angelegenheiten genug zu tun. In seinem Kopf steckt viel mehr, als sie weiß, als er zeigt. Sie sagt es, an diesem Abend in Trondheim, sie habe das Gefühl, dass sie nie über ihre Angelegenheiten sprechen. Nur über seine, über die Scheidung. Wenn sie weint und traurig ist, sagt sie, wenn sie sich ausgeschlossen fühlt, hilflos, dann ruft sie nicht Arnold an, um ihn nicht noch mehr zu belasten, ihn in noch tiefere Verzweiflung zu stürzen. Dann ruft sie lieber Trond an, sagt sie, das ist schon vorgekommen.

Hätte sie nicht sagen dürfen, erträgt er nicht, jetzt weint er, heult und schluchzt, ist außer sich und sinkt in ihren Armen vor dem Hotel in sich zusammen. Sie muss zu den Kindern, sie hat sie von der Wohnung aus angerufen, und sie schlafen noch nicht. Aber Arnold weint und weint.

»So war das nicht gemeint, Arnold, nicht weinen, Arnold. Liebe nur dich, Arnold. Hab nie einen anderen geliebt, Arnold. Nur dich, Arnold. Werde immer bei dir sein. Ganz ruhig.«

Er ruft von zu Hause an, als er wieder dort ist, und weint. Sie legt sich mit dem Telefon unter die Decke, damit die Kinder nichts hören.

»Nicht weinen, Arnold. Das war nicht so gemeint. Vergiss es. Du hast das falsch verstanden.«

»Ich bin ein Arsch.«

»Nicht doch, nicht doch, Arnold. Sag so was nicht. Ich liebe dich.«

Es ist lange her, lange, dass sie diese rücksichtslose Denkweise gelernt hat. Das Problem ist nicht, dass zwei sich nicht kriegen, sondern, dass sie sich kriegen.

Dann fährt sie nach Hause, irgendwer muss immer wegfahren, sie oder er, es tut so weh und ist eine solche Erleichterung. Endlich frei, aber sie hat das Gefühl zu bluten, aus dem Unterleib und aus dem Herzen.

Sie besucht Feste und trinkt zu viel, um die Abwesenheit zu füllen, das Loch. Die Wohnung, die Arnold und seine Frau von Bekannten geliehen haben, in der sie abwechselnd gewohnt haben, ist nicht mehr frei. Sie müssen zusammen in dem Reihenhaus leben, in dem Ida Arnolds italienisches Gericht gegessen hat. In getrennten Zimmern, sagt Arnold, und Ida verlässt sich auf ihn, denn sie liebt. Sie ruft die verbotene Nummer nicht an, denn seine Frau könnte am Telefon sein, und seine Frau muss vor Ida verschont bleiben. Damit sie nicht verletzt wird und sich im Stich gelassen fühlt, sich quer stellt und Schwierigkeiten macht. Ida besucht Feste, mit Menschen, die Arnold kennen, und trinkt zu viel. Weil es ein Geheimnis ist, weil sie das Geheimnis nicht ertragen kann, sie will es hinausrufen, muss es aber in sich behalten. Denn das ist das Seltsame an der großen Liebe, sie will ausgestellt und betrachtet werden, als verlange alles, was zwei wirklich glückliche Menschen unternehmen, die Aufmerksamkeit der ganzen Welt. Wir waren in London! Wir waren in Kopenhagen! Sie ist überspannt, übersensibel, nervös, sie trinkt zu viel, redet zu viel, geht nach einem Fest mit einem Mann nach Hause und erleidet am Morgen einen Angstanfall, denn Arnold könnte doch etwas erfahren und sich die Sache anders überlegen. Und wenn er nun nicht kommt. Er muss kommen. Sonst stirbt sie. Bringt sie ihn um. Wie kann sie nur so dumm sein, kurz vor dem Ziel alles aufs Spiel setzen, das ist doch Irrsinn.

Am Telefon ist er normal. Gott sei Dank! Er weiß nichts!

»Ich liebe dich. Du fehlst mir. Ich kann ohne dich nicht sein. Wann kommst du, wann kann ich dich sehen, ich muss dich sehen.«

Das hört er gern, jetzt wird er warm.

»Ich liebe dich auch«, sagt er. »Du fehlst mir«, sagt er. »Dein Körper fehlt mir«, sagt er.

»Dein Körper fehlt mir auch«, weint sie. »Du musst kommen, ich muss dich sehen.«

Er hat in der folgenden Woche Vorlesungen in Stavanger, und sie kann hinfahren und mit ihm im Hotel wohnen. Ja! Das ist abgemacht, sie haben eine Verabredung, sie werden sich treffen, jetzt kann sie weiterleben, bis dann. Sie kommt nach Stavanger. Er wartet mit Weißwein, sie lieben sich, sie verschmelzen miteinander, das ist das Einzige, was etwas bedeutet, jetzt, hier, mit ihm in ihr, die einzigen Augenblicke, in denen sie ganz sie selber ist. Erfüllt von ihm, von dem, was gefehlt hat. Sie sieht ihn an, während er redet, er liegt danach auf dem Rücken und schaut die Decke an, sie liegt in seinem Arm, schnuppert an seiner Achselhöhle. Ihm geht es so wie ihr. Begreift er jetzt, wie selten das ist. Hat er viele solche Besuche gehabt, in dem Hotel, in dem er wohnt, wenn er in Stavanger ist, wirft er sie alle durcheinander? Ist der Weißwein der Gleiche, das Zimmer dasselbe, er hat Routine, aber irgendwann wird er einsehen, dass das hier etwas anderes ist, etwas ganz Besonderes, hat er es jetzt schon begriffen? Sie weiß es, sie hat es die ganze Zeit gewusst.

»Freust du dich nicht darüber, dass ich nicht aufgegeben habe? Jetzt, wo du siehst, wie gut wir zueinander passen. Dass ich die Sache verfolgt habe, war das nicht gescheit von mir, freust du dich darüber?«

Es kommt vor, dass die Verliebtheit sich irrt. Man verliebt sich, aber wenn es ernst wird, klappt die Sache nicht. Darüber hat sie gelesen.

»Doch, darüber freue ich mich«, sagt er, aber hat er es schon begriffen? Er sagt seltsame Dinge. Sie staunt fast darüber, dass die Verliebtheit sich nicht geirrt hat.

Arnold und seine Frau wohnen im selben Haus, aber nicht im selben Zimmer, sagt er. Ida ruft ihn im Büro an, aus der Redaktion der Zeitschrift oder dem Büro des Dramatikerverbandes. Von zu Hause, aus Telefonzellen in der ganzen Stadt, um zu sagen: »Ich liebe dich. Komm und dring in mich ein, erlöse mich, nimm mir die Unruhe, komm!«

So unwirklich das jetzt wirkt. Die Zeit hat einen Geruch, den nimmt sie jetzt wahr, wenn sie daran denkt, wie sie gerochen hat. Draußen und drinnen riecht es: Bald kommt Arnold, er ist fast schon hier.

In Oslo gibt es ein Seminar, und er kommt. Offiziell wohnt er im Hotel, wegen seiner Frau, damit sie keine Probleme macht, aber in Wirklichkeit wohnt er bei Ida, sie hat die Kinder nicht, die sind beim Vater. Wie wunderschön normal, als seien sie verheiratet, als seien sie ein Paar. Tagsüber geht er zum Seminar, leiht ihr Auto, verabschiedet sich morgens und fährt los und kommt um fünf nach Hause, und sie hat das Essen vorbereitet und den Wein, hat Blumen gekauft, hat die Liebe geplant, das Bett gemacht, geduscht, sich eingekremt, sich angezogen, eine Geisha steht in der Tür und erwartet ihn. Sie trinken, sie essen, sie lieben und trinken, sie reden über das Seminar, wer hat was gesagt, sie kennt alle, die dort sind. Sie sprechen darüber, was Ida gemacht hat, über ihre Arbeit. Am Freitagabend besucht er das abschließende Seminaressen. Aber danach werden sie sich treffen, gegen zehn. Es ist Spätherbst und kalt. Die Blätter fallen von den Bäumen, wirbeln gelb und braun durch die Luft, auf die Straße und in die Haare. Es kann durchaus ein Geheimnis bleiben, wenn sie nur weiß: Heute Abend sehe ich ihn. Sie können durchaus voneinander getrennt sein, wenn sie nur weiß: Heute Abend um zehn sehen wir uns. Sie ist hübsch, Verliebtheit macht schön, Erwartung macht schön, nur noch eine Stunde. Sie setzt sich in die Kneipe, wo sie sich zu einem Bier treffen werden. Wird sie das je wieder erleben. Geliebter! Da kommt er über die Straße, genau er. Dann betrinken sie sich und fahren mit einem Taxi nach Hause und schlafen engumschlungen ein und werden morgens im selben Bett erwachen und am Morgen darauf dann auch.

Ist es heute, dass die Kinder kommen? Mit schief aufgesetzten Fahrradhelmen. Es ist Samstag, sie haben schulfrei. Sie sehen die Kinder vom Fenster aus, sie haben Idas Auto gesehen und wissen, dass sie zu Hause ist, sie stehen auf dem Hof und wundern sich, sie scheinen etwas zu ahnen. Dass der Mann da ist, den Mutter erwähnt, wenn sie fragen, der gefährliche. Sie fragt Arnold, ob es in Ordnung sei, und er nickt ängstlich, deshalb öffnet sie das Fenster und ruft sie herein.

»Ihr könnt Arnold guten Tag sagen«, sagt sie.

Wollen sie das? Sie wechseln einen Blick. Steigen von den Rädern, legen sie vorsichtig auf den Boden und kommen zögernd auf die Haustür zu, die Armen. Arnold reibt die Handflächen an den Hosenbeinen. Lieber Gott, mach, dass alles gut geht.

Sie treten in die Tür und sehen Ida an, werfen einen Blick auf ihn, sehen aber sie an. Komm-her-Blick, sie geht zu ihnen und legt die Arme um sie.

»Das ist Trym, das ist Helga«, sagt sie.

»Hallo«, sagt Arnold und schaut hoch, ehe er die Augen niederschlägt, auf diese schüchterne, niedliche Weise, die sie liebt.

»Wollt ihr ihm guten Tag sagen?«

Müssen sie das? Arnold steht unsicher auf, geht auf sie zu, streckt die Hand aus und begrüßt sie nacheinander, während die Kinder die ganze Zeit sie ansehen.

»Arnold«, sagt Arnold.

Trym sagt nicht Trym, und Helga sagt nicht Helga, das weiß er doch schon. Jetzt haben sie ihm brav guten Tag gesagt. Können sie jetzt gehen? Sie fragt, ob sie etwas Leckeres möchten, und das möchten sie, aber sie hat nichts, sie öffnet alle Schränke, findet aber nicht einmal eine Rosine. Später, als sie gegangen sind, ist es so seltsam, als habe sie etwas falsch gemacht. Will es nicht miteinander vermischen, kann es aber auch nicht voneinander trennen. Wenn es möglich wäre, würde sie es voneinander trennen, zwei streng getrennte Welten, denn sie passen nicht zusammen, lassen sich nicht zusammenfügen, aber es ist nicht möglich. Das, wofür sie gebetet, was sie sich gewünscht hat, passiert jetzt. Es knirscht an allen Seiten, so kompliziert ist es. Nur allein unter der Decke, Mund an Mund, ist es unkompliziert, falls es nicht der Tag ist, an dem er fahren muss. Irgendwer muss immer fahren, er oder sie. Wenn er fort ist, atmet sie auf.

Wenn sie voneinander getrennt sind, abends, wenn sie anrufen, um gute Nacht zu sagen, lieben sie sich per Telefon, sie schiebt die Finger tief in sich hinein und umschließt den Hörer mit den Ohren. Er kommt mit demselben Geheul wie immer.

»Wollen wir zusammen verreisen«, fragt er.

»Ja!« Er plant eine Reise für sie, ins Ausland, nur sie beide, weg von allem. Drei Wochen in Athen, Gratisaufenthalt im Norwegischen Institut. Er kann Brecht übersetzen, und sie kann ein Hörspiel schreiben. Drei Wochen. Das ist die Probe.

Es passiert zum ersten Mal das, was noch oft passieren wird, das, woran sie sich gewöhnen wird, so dass sie am Ende weiß, dass es unmöglich ist, länger als eine Woche miteinander in Frieden zu leben. Die Dramen, die Szenen, die

Streitereien und die wunderbare Versöhnung. Geheul, Geschrei, zerbrochene Gläser und Prügeleien und schluchzendes Weinen und heiße Leidenschaft. Suff und Spektakel und Geständnisse und schlimme Kindheit. Alles Trübe muss an die Oberfläche, Schuldgefühle treffen auf Schuldgefühle, und die Liebe wird noch inniger. Herausgerissen ins viel zu scharfe weiße Licht der Welt am nächsten Vormittag, spät mit Sonnenbrille bei jeglichem Wetter in die verräuchertsten Kneipen, Bars, die hintersten Ecken, Bier, bis ihnen die Hände nicht mehr zittern. Bis sie über sich lachen, über das, was passiert ist, als sei es zum Lachen: Wir sind verrückt! Niemand lebt so wie wir, niemand kann es verstehen. Die Liebe zwischen ihnen lässt sich einfach nicht erklären.

Sie packen im selben Zimmer aus. In einem alten Haus, in dem norwegische Forscher und Studierende wohnen. Fenster zum Hinterhof, Wäsche im Wind, Katzen auf Steinplatten. Sein Koffer in einer Ecke, ihrer in einer anderen. Seine Toilettensachen auf der einen Seite des Badezimmerregals, ihre auf der anderen. Sein Reisewecker auf dem einen Nachttisch, ihr Tagebuch auf dem anderen. Sie schreibt bei diesem Aufenthalt nicht darin, sie ist nie allein. Überaus starke Sonne. Sie haben Zeit genug. Gehen in die Kneipen der Stadt oder in den Pinienwald. Verkrümmte Bäume, wie ein Dach über ihnen im Halbdunkel. Lampen und Stimmen von Kindern, die noch auf sind, die herumlaufen. Sie will das Stück über die schwierige Liebe der wahnsinnigen Frau fertig schreiben, er wird Gedichte übersetzen. Zwei Bier. So soll es sein, wie war es früher? Gehen durch den Staub, Arm in Arm, mit einer Flasche Weißwein, zum Institut, abends, um die Computer zu benutzen, wenn die anderen gegangen sind, wenn es halbdunkel und leer und still ist. Sie schaffen es, im selben Zimmer zu arbeiten. Im selben Raum, an zwei Tischen im leeren Lesesaal, einander gegenüber. Machen ihre Arbeit und heben ab und zu den Kopf und schauen einander an und lächeln leicht zerstreut, verloren in der Arbeit, und zugleich verständnisinnig: Wir sind am selben Ort, buchstäblich und im übertragenen Sinn. Wenn jemand aufs Klo geht oder in die Küche, um mehr Wein oder etwas anderes zu holen, wenn sie aneinander vorbeikommen, wird der Arm ausgestreckt, streicht die Hand über den Kopf, über das Haar. Jetzt geht es gut.

Später auf der Terrasse im Dunkeln, mit ausgeschalteten Computern. Die erleuchtete Akropolis auf dem Berg, genau gegenüber. Der Verkehr darunter als ziemlich leichtes, betäubendes Rauschen. Sie erzählen, was sie gemacht haben. Es wird verstanden und kommentiert. Ein Wort gibt das andere, ein Gedanke den nächsten, und sie holen ihre Notizbücher aus dem Haus. Sind in ihrer Welt und zugleich in der anderen, das ist etwas Seltenes. Der Raum wird größer, sie verstehen einander immer besser. Wenn sie lacht, muss auch er lachen, und umgekehrt. Sie helfen einander zu wachsen, sie gebären einander. Wer fällt, wird aufgefangen. Weint sie, ist er Vater, weint er, ist sie Mutter. Auf dem Heimweg, an einem späten Abend, das letzte Glas, die letzte Bar. Sie sagt etwas, ein Name fällt.

»Warst du mit dem zusammen?«

Sie lächelt. Das geschieht ihm recht. Meint er, sie habe nur gewartet? Fast drei Jahre lang? Sei ihm in absentia treu gewesen, es habe nur Trond gegeben? Nichts da, du. Dem treulosen Arnold treu, nicht nur in Gedanken, sondern auch in Werken. O nein, sie lächelt. Jetzt kann er nicht den Hörer auf die Gabel knallen, mit wochenlangem Schweigen antworten. Jetzt sitzt er hier, schwarz gekleidet und schwarzäugig, auf der anderen Seite des Tisches.

»Mir hast du gesagt, dass es nur Trond gegeben hat. Mir hast du beteuert, dass es nur Trond gegeben hat. Diesen Idioten. Mir hast du gesagt, dass es nur Freundschaft war, Bekanntschaft, platonisch, mit Haakon, mit Toralf, mit Espen. Jetzt kommt eine andere Geschichte. Gibt es noch mehr Geschichten. Gibt es noch mehr Idioten. Hast du noch mehr gelogen?

Sie sind betrunken, sie hören nicht auf. Ist das gemein von ihr. Sie lässt es geschehen. Weil es wahr ist, denkt sie in ihrem vom Alkohol benebelten Gehirn.

Dann springt er auf:

»Jetzt geh ich, verdammt noch mal. Jetzt reicht es!«, und torkelt in Richtung Stadt, zurück in die Altstadt, in die entgegengesetzte Richtung, nicht zu ihrem Zimmer, aber sie läuft nicht hinterher, sie ruft ihn nicht, sie geht den anderen Weg, nach Hause, zu dem Haus, wo sie wohnen, an diesem Abend gibt es ein Fest, es ist Freitag, im Hinterhof sitzen Isländer, Dänen, Schweden und auch einige Norweger auf Bänken und auf Treppenstufen und trinken Wein und singen. Das geschieht ihm Recht, er muss ja zurückkommen. Sie singt mit, sie trinkt, sie sitzt auf dem Schoß eines Norwegers, als er kommt, er sieht es und macht in der Tür kehrt, in der Tür zum Hinterhof, aber jetzt läuft sie ihm hinterher. »So war das nicht gemeint, Arnold!«

Jetzt ruft sie ihn. Jetzt holt sie ihn ein.

»Arnold! Ich liebe dich!«

Er stößt sie fort. Sie wirft sich gegen ihn.

»Arnold! Arnold! Geliebter Arnold!«

Er weint, er heult, sie nimmt seinen Arm, legt ihm den Arm um die Schulter, sie bringt ihn nach Hause, hilft ihm beim Ausziehen, sie gehen ins Bett, sie schmiegt sich an ihn, sie hält ihn fest. »Arnold, Arnold!«

Er weint, er heult. Nie hat sie gesehen, wie jemand sich so wie er dem Weinen hingegeben, das Weinen genossen hat.

»Nur dich, Arnold. Hab nie einen anderen geliebt. Nie. Werde es auch nie tun. Versprochen!«

Auch am Morgen weint er, ehe sie sich lieben. Das ist die Trennung, jetzt weiß sie es, viel später. Er steckt in der Trennung. Das zerreißt ihn, nicht sie, sie schmiegt sich an ihn und singt ihre Lieder. Vielleicht denkt er an seine Frau, vielleicht sehnt er sich nach seiner Frau, denkt sie, jetzt, viel später. Sie denkt nur an ihn, es gibt keinen anderen, sie kann sich nicht vorstellen, dass er anders empfindet. Hat er ein schlechtes Gewissen, denkt sie, jetzt, viel später. Fehlt ihm das Kind, weiß er nicht, was werden soll, was Haus, das Geld, alles betrifft. Bei ihr ist alles in Ordnung, so klar, dass sie sich das Schwierige nicht vorstellen kann, jetzt, wo sie endlich zusammen sind, zusammen sein werden, noch zwei Wochen in Athen. Mein Arnoldfreund. Arnoldmatrose.

Sie streichelt und streichelt. Sie singt für ihn ihre Lieder, in seinen Nacken, während er bebt. Streichelt, streichelt, hat Zeit genug, nichts eilt. Flüstert für ihn Gedichte. Geh zum Strand mit deinen Sorgen, heb einen Stein hoch, und wirf ihn ins Wasser, und dann noch einen. Und dann lieben sie sich und schreien, wenn sie kommen, damit das ganze Haus es hören kann, und wenn die anderen gesehen haben, wie sie sich nachts gestritten und geprügelt haben, dann wissen sie jetzt, dass sie wieder versöhnt sind.

In der Dämmerung stehen sie auf, duschen, ziehen sich an und gehen eng umschlungen hinaus, noch enger, das ist wirklich möglich. Weil sie einander lieben, sagen sie. Weil es zu gewaltig für uns ist. Die Kraft der Liebe hat uns überwältigt.

»Ich habe das noch nie mit jemandem erlebt.«

»Ich auch nicht.«

»Küss mich.«

»Verlass mich nicht.«

»Wenn du mich verlässt, bring ich dich um!«

Das sind Wildheit und Leidenschaft wie in der Weltliteratur. Das ist die ungezähmte Leidenschaft, von der sie gelesen haben, der Traum von der totalen Vereinigung, die Besessenheit, von der so viel geschrieben wird, die auch Schrecken und Entsetzen mit sich bringt, eine Art Tod.

Sie essen mit nur einer Hand, weil sie einander mit der anderen festhalten. Sie tauschen Plätze, damit sie abwechselnd mit der rechten Hand essen, trinken, schreiben können. Sie wollen ihre Liebe vorzeigen, die will vorgezeigt werden, in Norwegen ist das unmöglich, hier ist es möglich, sie reisen und reisen. Sie wollen allein sein, aber die Liebe muss vor der Welt manifestiert, gezeigt werden, die Liebe wächst, wenn sie vorgezeigt wird, wenn sie eng umschlungen durch die Straßen gehen, wenn sie einander auf den Bänken küssen, wenn sie dicht nebeneinander in den Läden stehen, vor den Bildern in den Museen, küssend im Café sitzen. Schaut uns an, wie wir lieben, mehr und mehr zusammen, mehr und mehr ein Paar. Kopenhagen, London, Athen sind nur der Anfang, eine von unvorstellbar vielen Szenen. Dass er in seiner Wut davonstürzt, ist eins von tausend zukünftigen Malen, wo er vor Wut von ihr wegrennt. Und sie wird ihm davonlaufen, in großen Städten und zu Hause in Oslo, in Trondheim, aus dem Reihenhaus in ein Hotel in der Stadt, während sie denkt:

»Es geht nicht mehr, es muss ein Ende haben, ich halte es nicht mehr aus!«

Von einem Hotel ins andere, in großen Städten im Ausland, vor der Versöhnung am nächsten Tag. Vielleicht war es anfangs notwendig, um zu läutern, hervorzuholen, loszuwerden. Bekennen, um zu behandeln, zu heilen. Sich Mut antrinken und auf die Knoten losgehen, sich durch sie hindurchkämpfen, zu Vergebung und Versöhnung. Zitternd, schluchzend, restlos erschöpft fallen sie einander um den Hals und schwören Treue bis in den Tod. Wissen, haben ein weiteres Mal erfahren, dass sie ohne einander nicht leben können. Notwendig, unvermeidlich zu Anfang, aber es geht weiter. Es geht weiter, es wird ausgebaut, es wird zum Weg. Denn sie sind nicht wie andere. Ihre Liebe, ihre Geschichte ist nicht wie die der anderen. Gewöhnlich, wie die der anderen. Vielleicht haben sie Ähnlichkeit mit anderen verliebten Paaren, aber das ist eine Sinnestäuschung. Für sie geht es um Leben oder Tod, etwas anderes ist nicht denkbar. Unmöglich, es denen zu erklären, die es so nicht selber erlebt haben.

Nach zwei Wochen in Athen soll er seiner Frau den Brief schreiben. Den Brief, der von Ida berichtet. Damit sie es von ihm erfährt, nicht von anderen. Sie arbeiten im norwegischen Institut, wohnen mit Norwegern im Haus, in Athen wimmelt es nur so von Touristen, wer weiß, wer sie gesehen hat.

Er muss nicht. Sie werden sich scheiden lassen. Sie sind bereits auseinander gezogen. Im Prinzip leben sie getrennt. Aber damit es nüchtern abläuft, redlich, damit sie es nicht als Letzte hört, damit er Kontrolle über die Worte hat, damit er sie so ausformen kann, dass es so wenig wie möglich nach Verrat aussieht, damit sie so wenig traurig ist wie überhaupt nur möglich, damit sie keine Schwierigkeiten macht. Er weigert sich.

Sie sitzen im Restaurant unter den Bäumen, bei Bier, an getrennten Tischen. Ida hinten, näher zum Wald, von dort sind Vögel und Heuschrecken zu hören, sie kann auf ihn herabblicken. Es ist Vormittag, auch im Schatten ist es heiß. Sie versucht zu arbeiten, an ihren Texten weiterzustricken, er schreibt den Brief. Sie schaut auf ihn hinab, um festzustellen, wie er aussieht, ob er sich verändert, während er an Kjersti schreibt, mit ihr, der Adressatin, im Kopf, sie, die es lesen soll. Den Brief öffnen, auseinander falten und lesen soll. Wörter über Ida. Ida Heier, von der sie schon in München gehört hat, vor fast einem Jahr, als er sich rächen wollte, weil sie, Kjersti, ihn mit einem Deutschen betrogen hatte, Ida hat es sich vorgestellt. Jetzt sind sie es, Arnold und Ida, er schreibt den Brief, dort hinten, unter ihr, darüber gibt es Himmel, Feierlichkeit und Schmerz. Als habe er es allen laut gesagt. Als werde es jetzt erst wirklich. Auf der Welt manifestiert, erst jetzt, offiziell geworden. Sie sieht ihn an, er schaut vor sich hin, er denkt nach. Vielleicht schafft er es nicht. Denkt, denkt vor allem, fast zwei Stunden lang. Schaut in die Luft und wägt die Wörter ab. Er liest ihr nicht alles vor, nur den Abschnitt, in dem von ihr die Rede ist. Dort steht, dass Ida da ist, in Athen, zusammen mit ihm. Mehr nicht, nicht mehr und nicht weniger. Das ist klar. Hat sie denn geglaubt, er werde schreiben, wie sehr er sie liebt? Sie liebt ihn. Sie nimmt seinen Arm. Sie müssen den Brief sofort aufgeben. Er hat keine Briefmarken, sagt er. Ida holt eine Briefmarke. Sie suchen ein Postamt, und der Umschlag mit ihrer Adresse, vermutlich richtig geschrieben, gleitet in den Kasten.

Dann nach Hause zu Kindern, Verpflichtungen, Kjersti, die vielleicht den Brief bekommen und gelesen hat. Alltag in ihren Städten, sie dehnen es aus, sie sitzen in der Bar auf Fornebu, nach der Landung, um den Abschied hinauszuzögern und sich zu betäuben. Hat Kjersti den Brief bekommen? Er nimmt das letzte Flugzeug. Es dauert noch eine Stunde, gut. Wie schnell die Zeit vergeht. Jetzt nur noch eine halbe Stunde, und vielleicht fangen sie bald mit dem Einsteigen an. Die Zeit zerrinnt, sie können sie nicht anhalten, jetzt wird eingestiegen. Geh nicht! Noch nicht! Bald wird schon seit zehn Minuten eingestiegen, und vielleicht wird gleich der Ausgang geschlossen, jetzt muss er gehen, jetzt geht er. Jetzt ist er gegangen. Jetzt ist sie allein. Was für ein seltsames Gefühl. So fremd. Sie nimmt ein Taxi.

»Jetzt komme ich, jetzt bin ich unterwegs.«

Die Kinder kommen. Sie haben gewartet, sie haben angerufen und dann auf sie gewartet. Sie hat etwas für sie gekauft, ihr ist schwindlig. Ehe sie die Lampen einschalten, auspacken kann, sind sie schon da. Poltern mit Rucksäcken und Taschen und Fragen in die Diele. Als sei sie dieselbe wie früher. Als sei nichts passiert, als sei sie einfach drei Wochen fort gewesen. Drücken sich an sie, springen auf sie, berühren sie, als ob sie nicht Arnold gehörte. Riecht sie nicht nach Arnold, nach der Symbiose? Sie brauchen sie, ohne Hemmungen, ganz offen fordern sie ihre Aufmerksamkeit, ebenso selbstverständlich wie immer, als interessiere sie sich für Eishockeyspiele und Religionsnoten, als sei sie nicht ganz und gar erfüllt. Sie kann ihn nicht anrufen und fragen, ob Kjersti den Brief bekommen hat, denn er wohnt mit Kjersti in einem Haus, vielleicht holt sie ihn vom Flughafen ab. Es ist durchaus möglich, dass Kjersti ihn vom Flughafen abholt und den Brief nicht bekommen hat. Dieser Abend muss einfach vergehen. Durch diese Stunden muss sie einfach hindurch. Bis Arbeitstag und Bürozeit kommen, bis die Universitätsprofessoren hinter ihren Schreibtischen sitzen, wo sie ihre eigenen Telefone haben, die nur sie benutzen.

Am nächsten Tag ruft sie ihn im Büro an, als die Kinder in der Schule sind und es im Haus still ist und sie sich sammeln kann. Nein, Kjersti hat den Brief nicht bekommen. Aber sie war gut gelaunt, als Arnold gekommen ist, und hat gesagt, dass sie zu ihren Eltern zieht, damit sie nicht mehr in einem Haus wohnen müssen. Sie hat einen Mann kennen gelernt, wie sich bald herausstellen wird, als Arnold mit Ida in Athen war, hat Kjersti einen Mann kennen gelernt, was sagt Arnold dazu? Bald wird Ida also die verbotene Nummer anrufen können.

Nach einigen Tagen kommt eine Karte, die er in Athen geschrieben hat, als sie auf dem Klo war oder irgendetwas zu erledigen hatte: Liebe Ida. Besauf mich in Athen, zusammen mit meiner neuen Liebsten. Hab ihr den Parnass gezeigt. Liebe sie ungeheuer! Obwohl das Leben zur Regenzeit feucht ist! Ansonsten: Wir würzen das Leben mit liebevollen Streitereien. Ruf mich an, wann du willst. Liebes-Telefon? Es umarmt dich das Orakel von Delphi.

Arnold Busk ist gebeten worden, auf dem Seminar des Dramatikerverbandes über neue europäische Dramatik einen Vortrag zu halten, wie ist es möglich. Er kommt in einem neuen Anzug und ist nervös, das hier ist Idas Terrain, hier kennt er sich nicht aus. Was wird passieren, wird Ida Heier, die immer allein kommt, die niemand je Hand in Hand mit einem Mann gesehen hat, die alle anlächelt und mit allen tanzt, plötzlich eng umschlungen auftreten, mit Arnold? Das schaffen sie nicht. Er ist Mann auf eine

Weise, die nicht zu ihrer Art passt, Frau zu sein, sie sehen seltsam aus, verhalten sich ungeschickt, sie passen nicht zueinander, niemand begreift, warum sie zusammen sind. Sie sind gut darin, zu zweit zu sein, nur zu zweit. Ihre Liebe ist asozial, antisozial, sie funktioniert nicht in Anwesenheit anderer. Wieder zu Hause, endlich wieder zu Hause, nur sie beide vor dem Kamin, sie gibt ihm den Ring. Den, den er von Kjersti bekommen hat, hat er abgelegt, jetzt ist sein Finger frei. Sie läuft zu dem kleinen dunklen Hängeschrank im Schlafzimmer, wo sie ihren Schmuck aufbewahrt, und holt ihn, einen antiken Siegelring, den sie von ihrem Großvater bekommen hat, als vor einigen Jahren ihr erstes Buch erschien, sie sollte ihn an einer Kette um den Hals tragen, einen phönizischen Herrenring. Er steckt ihn an den Finger, er ist ein bisschen zu groß, aber schön. Er muss in Bergen Prüfungen abnehmen, und sie kommt im Dezemberdunkel im Wintermantel ins Hotel Norge, wo er in der Bar mit Champagner auf sie wartet. Unter dem Wintermantel trägt sie ein tief ausgeschnittenes Abendkleid, sie ist nur für diesen Abend hergeflogen, für diese Liebesnacht. Sie wirft ihren Wintermantel mit dem Pelzkragen über den breiten Ledersessel, wie im Film, sie hat dunkelroten Lippenstift. Er schiebt die Hand in seine Westentasche, die rechte Hand unters linke Revers, wie im Film, zieht eine kleine Schachtel hervor und reicht sie ihr mit geheimnisvollem Blick, wie nur ein Mann einer Frau etwas reicht. Ein Ring. Ein bisschen zu klein, aber schön. Arm ist, wer nicht geliebt wird.

Am Vormittag geht er zur Universität, sie sitzt im Hotelzimmer und schreibt, als er kommt, lieben sie sich, teilen eine Flasche Wein und gehen in die Stadt, essen, gehen ins Bett, lieben sich, bekommen das niemals über, machen weiter, machen weiter, machen weiter.

»Was darf es sein«, fragt die Stewardess auf dem Rückflug nach Trondheim.

»Vier Bier«, sagt Arnold. »Pro Person.«

Nach Trondheim, ins Reihenhaus. Der Sohn ist bei der Mutter, Ida ist dem Sohn noch nie begegnet. Sie sind allein, so ist es am besten. Nur sie beide. Im Reihenhaus, sie weiß noch, wie es dort riecht, dieser fremde Geruch. Wie das Bettzeug riecht, wie es in den Schränken riecht, im Badezimmer, der Geruch einer Familie. Kjerstis Sachen sind noch da, sie hat nur das Wichtigste mitgenommen, was sie jeden Tag braucht, bei der Freundin, bei der sie inzwischen wohnt. Die Toilettensachen sind verschwunden, die meisten, die Kleider, die meisten, sind verschwunden, aber das Kleid, das sie auf ihrer Hochzeit getragen hat, hängt noch im Schrank. So vieles hängt noch da, steht und liegt herum, dass es im Haus nach Familie riecht, nicht nach Arnold. Wenn er ins Büro geht, durchsucht sie die Sachen, Kjerstis Sachen. Sie versucht anständig zu sein. Sie schämt sich. Sie zieht die Schubladen heraus und schaut hinein, rührt nichts an, legt nichts woanders hin. Öffnet nur die Schubladen und schaut hinein. Doch, sie nimmt einen alten Schülerinnenausweis heraus und betrachtet das Bild. Zettel mit Notizen, Zeitschriften, ungeöffnete Parfümflaschen, Schmuckstücke, Briefe, Briefe von Arnold. Leblose Dinge, sagt Arnold. Ihre Jacken in der Diele, alte Pullover im Schrank, ihre Bücher im Regal, mit ihrem Namenszug auf der ersten Seite, die Fotoalben. Zwischen diesen Dingen lebt sie, mit einem ungeleerten Nachttisch neben dem Bett, auf derselben Seite, auf der sie geschlafen hat, Kjersti, schläft jetzt Ida jede zweite Woche.

Die Briefe von Arnold, die wenigen, die sie findet, liest sie, wie ähnlich sie ihm doch sehen. Wie er sich bedeckt hält, kann sie lesen, sie, die einiges darüber weiß, wie er gelebt hat, als er sie schrieb. Sie schlägt die Fotoalben auf, um die zu betrachten, mit der er während der letzten Jahre zusammengelebt hat, ihren Körper, den er geliebt haben muss, dem er nahe war. Und wie sie zusammen aussehen, schaut sie sich an, wie Arnold aussieht, mit Frau und Kind zu Heiligabend, auf Skiern, auf einem Berg.

Wenn sie die Kinder nicht hat, fährt sie nach Trondheim. Sie will mit ihm zusammen sein, weil sie ihn liebt, aber es gibt etwas Undefinierbares, das stört, etwas Schweres, das sie wahrnimmt, wenn das Taxi vor dem Reihenhaus vorfährt und hält, sie hat einen Kloß im Hals. Einmal trifft sie auf dem Flughafen einen Bekannten, er will nach Trondheim, so wie sie. Das Flugzeug hat Verspätung, sie trinken ein Bier, während sie warten. Es ist fast wie früher, als sie keine Kinder hatte, als sie machen konnte, was sie wollte. Sie setzen sich im Flugzeug nebeneinander und trinken ein weiteres Bier, lachen und sitzen zusammen im Flughafenbus, und als der das Hotel erreicht, wo der Bekannte aussteigen muss, würde sie gern mit ihm gehen, in die Hotelbar, in die Stadt, um sich zu amüsieren, um zu lachen, statt zu Arnolds Reihenhaus am Stadtrand zu fahren, wo Arnold auf einem Sofa sitzt und wartet, voller Schwermut. Er steckt in der Trennung, das belastet ihn. Morgens fährt er zur Universität, und Ida versucht zu schreiben. Sitzt am Wohnzimmertisch aus Kiefernholz und schaut zum Wald hinüber, sitzt nicht in der Küche, wo sie durch das Fenster die Hausfrauen sehen kann, die am Spielplatz auf den Bänken sitzen und Kaffee aus der Thermosflasche trinken, während die Kinder im Sandkasten spielen. In the middle of nowhere. In der Nähe des Elternhauses von Arnolds getrennt lebender Gattin. Deshalb. In einem Loch in der

Nähe von Trondheim. Was ist sie gehässig. Aber das ist der Preis, sie liebt. Sie kommt abends mit ihren Koffern, er sitzt wie verloren auf dem Sofa, in einem blauen Pullover, den seine Schwiegermutter für ihn gestrickt hat. Er ist ruiniert, das sieht sie jetzt ein, viel später, sie kommt zu einer Ruine, so ist das. Er steckt fest, und sie steckt fest, in ihm, wenn sie nicht auf Reisen sind, stecken sie fest, in zu vielem, zu vielen. Sie lieben sich im Doppelbett, neben dem Nachttisch, und morgens geht Arnold ins Büro, und Ida kocht Kaffee und sieht noch einmal die Fotoalben durch, die Bilder des Reihenhauses, ehe die Familie eingezogen ist, im ersten Sommer, wie der Zaun entsteht, wie sie einen Rasen anlegen. Kjersti pflanzt auf den Erdflecken vor dem Haus einen Rosenbusch. Kjersti sitzt lesend in einem Gartensessel. Arnold hat die Fotos gemacht. Er sieht sie dort sitzen und hat Lust, ein Bild von ihr zu machen, er geht ins Haus und holt die Kamera, zoomt sie ein und macht ein Bild von ihr, es ist leicht zu sehen, dass sie nicht weiß, dass sie fotografiert wird. Es gibt so vieles, was Ida nicht weiß.

Als Arnold aus dem Büro kommt, empfängt sie ihn frisch geduscht in schokoladenbraunem Seidennegligee, und sie lieben sich sofort.

»Das sollten alle Männer erleben«, sagt Arnold. Dann trinken sie den Wein, den er mitgebracht hat.

Eines Tages läuft ihnen in der Stadt Arnolds alter Freund Stein über den Weg. Der, der geholfen hat, die Mauer vor dem Reihenhaus anzulegen. Das hatten sie nicht vor, sie wären lieber allein, aber sie trinken doch ein Glas Bier mit ihm. Er tut so, als finde er es ganz normal, Arnold zusammen mit Ida zu sehen. Tut so, als sei es ganz normal, natürlich, während er sie mustert, in dem Versuch, das alles zu verstehen. Am Tag, ehe Arnolds Sohn kommt, fährt sie nach Hause. Zu ihren eigenen Dingen, ihren eigenen Kindern. Zu Basketballspielen, Eishockeyspielen, Elternabenden, Mahlzeiten, Einkaufskörben. Sie reden miteinander per Telefon, jeden Tag, abends lieben sie sich per Telefon und planen eine Reise. Dann kommt der Tag. Aufgeräumt und sauber, Kinder abgeliefert, frisch gebügelte Kleider im Koffer, es ist zwölf Uhr, Winterlicht fällt durch die Fenster, es ist Mittag auf Fornebu. Jetzt fängt alles an. Das Leben. Sie hat ihn seit einer Woche nicht mehr gesehen. Sie hat ihre schönsten Kleider an. Da ist er. Endlich wieder heil, nachdem sie halb war. In der Nähe des einzig wirklich wichtigen Menschen. Nur er, niemand anders, der stören kann, nach Berlin, um Neujahr zu feiern und zu arbeiten.

»Champagner!«

Weg von hier, mein Herz! Prost! Geliebtes! Der Champagner perlt in der Flasche und in der Nase, schäumt über im Glas, tausend winzige Perlen, die im Mund prickeln, und der Kopf wird leicht, und der Himmel ist hoch: Hier kommen wir!

Er ist nicht zum ersten Mal in Berlin und führt sie herum. Morgens sitzen sie im Café und schreiben. Nebeneinander, am selben Tisch, in einem Lokal, in dem es Steckdosen gibt. Sind die ganze Zeit zusammen. Was schreibst du. Wie weit bist du. Das geht gut. Er mag deutsche Frauen, sagt er. Er sieht die Kellnerinnen an und mag sie. Sie wird nicht eifersüchtig, sie liebt.

An einem Tag bestellen sie ein Sektfrühstück. Warum nicht. Denkt doch nur, wie alle anderen leben, die Armen. Ausnahmsweise einmal prost. Vor den Fenstern fallen langsame, große Flocken, wie in einer Schneekugel. Ein feiner weißer Schneefilm überall, auf Autos, Bürgersteigen, Straßen, Läden, Laternen. Drinnen ist es warm. Braune

Holzwände und Kerzen. Schöne, langsame Kellnerinnen mit weißen Schürzen. Mit hochgesteckten Haaren und kleinen Locken im Nacken. Es wird schnell dunkel, es ist schon dunkel. Niemand hindert sie an irgendwas. Wenn sie nur Geld haben, können sie machen, was sie wollen. Sie sprechen nicht über Geld. Hierhin, dorthin, worauf hast du Lust? Sie brauchen nur einander, haben keine Wünsche. Nach Hause, um sich zu lieben, dann wieder los, einen Tisch suchen, Computer einschalten, schreiben. Schreiben bringt Geld. Wieder nach Hause, wieder lieben, Laptops aufladen und ausgehen und essen, Wein trinken, in eine Bar oder eine Kneipe gehen und sich betrinken. Jeden Abend, wenn sie schlafen gehen, sind sie betrunken.

Silvester in Berlin. Gut, dass sie nicht in Norwegen sind. Ausnahmsweise einmal prost. Sie waren essen, es ist schon lange nach Mitternacht, sie haben auf das neue Jahr angestoßen, miteinander, mit den Nachbartischen im Restaurant. Etwas wird gesagt, etwas, das etwas zum Vorschein bringt, etwas, das gesagt werden muss, das nicht unwidersprochen bleiben darf, nachher gibt es nur noch Nebel. Auf dem Heimweg läuft sie ihm weg. Jetzt reicht es. Jetzt ist verdammt noch mal Schluss. Sie weiß nicht, wo sie ist, sie weiß nicht, wo sie wohnt, das Hotel hat er besorgt. Ein Mann kommt vorbei und sagt, sie dürfe nachts nicht allein in diesem Stadtteil herumlaufen, sie reißt sich zusammen und findet den Weg zurück ins Restaurant und von dort ins Hotel. Arnold hat den Boden voll gekotzt, liegt im Bett und flennt.

Neujahr und weißes Winterlicht im Zimmer. Sie räumen auf, wischen weg, öffnen das Fenster, duschen und ziehen sich an. Der Arnoldprofessor sitzt frisch geduscht, gut angezogen in einem Sessel vor dem Fernseher. Er sieht das Neujahrsskispringen, das gehört dazu. Blauer Himmel und strahlende Sonne auf dem Bildschirm. Auf dem kleinen Tisch steht das Telefon bereit, zusammen mit einer Flasche Bier. Jetzt wird er es sich gemütlich machen, wird seinen Sohn anrufen und fragen, ob auch der Sohn das Neujahrsskispringen sieht, sonst haben sie das gemeinsam gemacht, jedes Jahr, bis jetzt, bis zu diesem ersten Neujahrstag, an dem sie nicht zusammen sind.

»Hallo, hier ist Papa.«

Sie sitzt auf dem Bett und sieht ihn an. Da ist er, da drüben, an Ort und Stelle, als könne nichts ihn wirklich erschüttern. Nicht grundlegend erschüttern. Sofort ist er wieder da, wo er vorher war. Weil er gesünder ist als sie oder kaputter. Oder auf andere Weise kaputt, zwei kaputte Menschen haben sich getroffen, sich miteinander verwoben und wissen nicht, was sie tun, müssen aber weitermachen. Wenn jemand ihr erzählt hätte, was passieren, was geschehen würde, dann hätte sie es nicht geglaubt. Vierzehn Biere und sechzehn Schnäpse stehen auf ihrer letzten Restaurantrechnung.

Sie soll nur für ihn nackt sein. Sie soll nur für ihn schön sein. Sie soll nur für ihn dekolletiert sein. Besucht sie ihre Freundin, ruft er an. Besucht sie ihre Schwester, ruft er an. Ist sie nicht zu Hause, ruft er an und an und an.

»Wo warst du? Warum so lange? Warum, mit wem. Ich liebe dich. Bedeutet das nichts?«

»Doch, alles.«

»Du fehlst mir, ich liebe dich. Wenn du mich verlässt, bring ich dich um.«

»Arnold!«

»Das ist mir ernst!«

Wenn sie auf eine Tagung des Dramatikerverbandes fährt, will er mitkommen. Kann er nicht mitkommen, weil er mit seinem Sohn in Trondheim ist, ruft er abends an und will lange mit ihr sprechen, so dass sie auf dem Hotelzimmer sitzen bleibt. Wenn sie sagt, sie müsse zu den anderen nach unten, fragt er, ob die wichtiger seien als er. Sie war doch den ganzen Tag mit ihnen zusammen, muss sie unbedingt auch noch abends mit ihnen zusammen sein, kann sie nicht ein wenig Zeit für ihren Liebsten erübrigen, der ganz allein in Trondheim sitzt und mit niemandem reden kann? Fehlt er ihr nicht, so wie sie ihm fehlt?

»Du fehlst mir, ich habe den ganzen Tag an dich gedacht, aber du scheinst nicht an mich zu denken. Willst du zu den anderen rennen, wenn ich anrufe? Du warst den ganzen Tag mit ihnen zusammen, und jetzt willst du auch noch abends mit ihnen zusammen sein.«

Ist sie nicht im Hotelzimmer, ruft er in der Hotelbar an, und der Barmann teilt ihr mit, da sei ein Anruf für sie. Dann spricht sie in der Bar mit ihm, aber sie will nicht, dass die anderen hören, was sie sagt, wie sie miteinander reden, wie lange, also sagt sie, dass sie jetzt in ihr Zimmer geht, um ihn anzurufen, und dann geht sie in ihr Zimmer und ruft ihn von dort aus an.

Wenn sie einander nur um den Hals fallen, sich in den Armen liegen können. Ihre Körper sind ihnen vertraut, aber sie müssen noch so viel herausfinden, probieren. Wollen wir das so versuchen. Alles, was du willst! Oder so. Alles, was du willst! Hast du dir das schon mal überlegt. Alles, was du willst! Erschöpft nach dem letzten Mal, noch immer wie benommen, die schöne, lästige Lust. Wollen wir nicht ein Kind bekommen? Das wäre wohl keine gute Idee. Wollen wir nicht heiraten? Wenn du willst.

»Ist das ein Ja.«

»Das ist ein Ja.«

Sie gehen in die Stadt und feiern mit Champagner.

»Wir haben heute geheiratet«, dann gibt es extraguten Service. Sie heiraten in Istanbul, in Casablanca, in Paris, in München. Der Champagner wird mit Eis im Kühler serviert. In Istanbul essen sie Hummer zum Champagner, unten im Hafen, auf dem Galata-Ufer, mit Blick auf Asien. In Paris essen sie Lachs zum Champagner. In der Bar des Hyatt, Casablanca, wo Bogart und Bergman verliebt waren, wo es sehr teuer ist, essen sie nur Nüsse.

»Wir haben heute geheiratet, Champagner!«

Der kommt im Kühler mit Eis, und der Kellner macht ein Bild von ihnen.

»Play it again, Sam!«

Und die Musik spielt auf, und sie küssen sich noch einmal und versprechen einander noch einmal, dass sie niemals mit anderen dasselbe erleben können. Andere hören irgendwann auf, sie hören nicht auf. Mehr! Mehr! Sie heiraten in Paris, an der Seine, im Herbst, sie heiraten in Stockholm im Sommer und lieben sich auf einer Böschung im Djurgården und tanzen Walzer auf dem großen Tanzboden zusammen mit anderen älteren Ehepaaren und streiten sich nachts, weil Arnold glaubt, Ida habe mit irgendwem geflirtet, vielleicht hat sie mit irgendwem geflirtet, möglich wäre es. Er fährt zum Flugplatz, kommt aber zurück ins Hotel, als sie ihn darum bittet, und sie weinen und sind verzweifelt und wissen nicht, was werden soll, dann versöhnen sie sich wieder. Champagner!

Nach Hause zu den Kindern, in getrennte Städte. Nach einer Woche treffen sie sich in Trondheim und gehen in der Stadt von Kneipe zu Kneipe und streiten sich nachts, und sie läuft ihm weg und nimmt sich ein Hotelzimmer, leert die Minibar, nimmt ein Schaumbad und tanzt nackt und frisch gebadet durchs Zimmer, endlich frei. Aber am Morgen eine hämmernde Angst, ein unerträglicher Schmerz, und sie ruft ihn an und bittet um Entschuldigung, und er schweigt am anderen Ende der Leitung, und sie weint, sie bettelt.

»Verzeihung, Verzeihung, ich bereue, ich bereue, ich kann nicht ohne dich leben«, und dann darf sie kommen, und sie freut sich darauf, ihn zu sehen; wenn sie ihn nur sehen kann, sich an ihn schmiegen, dann geht es vorüber, dann ist alles wieder gut.

Manchmal bittet er sie, ehe sie fährt: »Fahr nicht!«, und vielleicht bleibt sie, aber in der Regel bittet er sie nicht, zu bleiben, denn er weiß, dass sie zurückkommt, und wenn sie zurückkommt, ist sie so reizend, so lieb zu ihm. Sie lieben sich und lachen über sich, über diese ungewöhnliche Liebe, die sie in den Wahnsinn treibt, die anderen nicht gegönnt ist.

»Wo warst du?«

»Bei Mari.«

»Warum.«

»Sie ist meine Freundin.«

»Worüber redet ihr? Worüber müsst ihr einen ganzen Abend lang reden. Ich sitze hier allein und warte auf einen Anruf meiner Liebsten. Was hast du mit Mari so Wichtiges zu bereden?«

»Nichts Besonderes, alles Mögliche einfach.«

»Was denn?«

»Klatsch, über Verwandte und Bekannte.«

»Ich kann Klatsch nicht ausstehen, ich will keinen Klatsch hören, ich begreife nicht, wie du einen ganzen Abend mit Klatsch vergeuden kannst.«

»Ich kenne sie schon mein ganzes Leben.«

»Du hast gesagt, du wolltest nur kurz bei ihr vorbeischauen, und jetzt bist du fünf Stunden ausgeblieben. Du wolltest vorbeischauen, nur kurz, hast du gesagt, ich habe mir Sorgen gemacht, ich habe mir um meine Liebste Sorgen gemacht, ich dachte schon, dir sei etwas passiert. Du hättest deinen Liebsten wenigstens anrufen können. Wenn du weg bist, scheine ich nicht zu existieren.«

»Jetzt bin ich hier, jetzt reden wir miteinander.«

»Wenn du weg bist, scheine ich nicht zu existieren.«

»Nicht doch, ich denke die ganze Zeit an dich.«

»Warum rufst du dann nicht an?«

»Ich rufe doch gerade an.«

»Ich habe zwölfmal angerufen. Ich war außer mir. Ich konnte doch nicht wissen, wo du bist.«

»Ich habe doch gesagt, dass ich zu Mari wollte.«

»Nur kurz, hast du gesagt, vorbeischauen, hast du gesagt, du bist fünf Stunden ausgeblieben.«

»Du hättest ja anrufen können.«

»Ich weiß doch Maris Nummer nicht.«

»Die hab ich dir doch gegeben, du hast auch schon mal da angerufen.«

»Dann hab ich sie verloren.«

»Arnold!«

»Ja?«

»Du!«

»Ja?«

»Nicht böse sein, bitte.«

»Ich finde, du hättest ein wenig an mich denken können. Ich hab hier allein auf dem Sofa gesessen. Ich habe mit niemandem geredet, ich habe niemanden zum Reden. Ich habe auf dich gewartet, habe mich darauf gefreut, mit dir zu reden, weil ich dir etwas Wichtiges sagen wollte.«

»Was denn?«

»Das kann jetzt egal sein. Ich habe keine Lust mehr.«

»Arnold!«,

»Ich habe keine Lust mehr, hab ich gesagt. Hatte mich wirklich darauf gefreut, es dir zu erzählen, es sind Dinge, die dich auch angehen, aber das kann jetzt egal sein.«

»Arnold!«

Er legt auf. Sie ruft wieder an. Er meldet sich.

»Arnold!«, sagt sie, dann legt er auf. Sie ruft ihn wieder an. Er meldet sich. »Arnold!«, sagt sie, dann legt er auf. Fünfmal, ehe er den Hörer in der Hand behält.

»Ja, was willst du?«

»Sei doch nicht böse. Ich habe die ganze Zeit an dich gedacht. Das habe ich Mari gesagt. Wir haben über Beziehungen gesprochen. Ich habe erzählt, wie sehr du mir fehlst. Ich habe gesagt, wie glücklich wir sind, wie oft wir uns lieben. Sie beneidet uns, sie findet, wir haben großes Glück, Arnold, weil wir zusammen sind, weil wir uns gefunden haben. Nicht böse sein, Arnold, Geliebter, du fehlst mir so schrecklich, ich wünschte, du wärst hier.«

»Ich auch.«

»Was wolltest du mir erzählen, was auch mich betrifft?«

Sie liebt ihn, auch wenn er klein und unsicher ist. Sie sieht ihn, er ist klein, unsicher. Sie kann ihm nicht sagen, dass sie sieht, wie klein, unsicher er ist, aber sie liebt ihn trotzdem, ebenso sehr. Er will nicht, dass sie es sieht, also verbirgt sie ihr Wissen, um ihn zu schützen. Deshalb kann sie nicht das sagen, was sie gern sagen würde, damit alles ganz klar ist und vielleicht leichter wird:

»Ich liebe dich, auch wenn du klein und unsicher bist, auch wenn du dich aus irgendeinem Grund beleidigt fühlst.«

Er kann es selber sagen oder schreiben: Ich bin ein gebrechlicher Mensch.

Ja, es kommt vor, dass er das tut, schreibt: Ich weiß, dass ich unmöglich sein kann, aber …, steht auf dem Zettel und sieht souverän aus, wie eine Erkenntnis, als habe er das Problem im Griff.

Sie kocht Kaffee und bringt ihm eine Tasse.

»Vielleicht ist der zu stark«, sagt sie.

»Starker Kaffee«, sagt er, und sie denkt, jetzt wird er hinzufügen: »Für einen starken Mann.«

»Starker Kaffee«, sagt Arnold und lächelt. »Für einen schwachen Mann.«

Es ist so leicht, an das zu denken, was wehgetan hat, was schwer war, die Nächte vor den Tagen, gleich darauf aus den Schwierigkeiten eine Geschichte zu machen, um es zu ertragen, als Erklärung.

Das erste Mal, dass er mit einer anderen schläft.

Ida soll im Sommer für Adresseavisen über ein Theaterfestival in Trondheim schreiben. Sie hat die halbe Zeit die Kinder bei sich, aber die kann sie mitnehmen. Arnold besucht ein Seminar in Dänemark, sie kann sein Haus leihen. Die Kinder kennen Arnold. Sie sind vorbeigekommen, als das Fenster offen stand, sie haben ihn Akkordeon spielen hören und wollten sich nun dieses seltsame Instrument ansehen.

Sie fährt mit den Kindern nach Trondheim, während Arnold in Dänemark ist. Sie leiht sich Arnolds Auto und Arnolds Haus aus und nimmt die Kinder abends mit ins Theater, schreibt nachts und liefert vormittags ab, und am Sonntag setzt sie die Kinder ins Flugzeug und ist allein. Sie zieht ins Festivalhotel, da hätte sie die ganze Zeit wohnen sollen, da wohnen alle Teilnehmer, da hat die Zeitung für sie ein Zimmer gemietet. In der Innenstadt, näher bei den Theatern, bei allem, was passiert, bei der Redaktion. Arnold ruft an, als sie ihre Sachen zusammenpackt. Er hat Erfolg gehabt, sein Vortrag ist sehr gut angekommen. Er ist mit Lob überschüttet worden. Er hat ein Bier getrunken und ist ja so glücklich, sagt er. Sie hört im Hintergrund das Stimmengewirr, hört die Seminarteilnehmer weit unten in Dänemark. Er fragt, wie es ihr geht.

Ida sagt, dass es gut geht. Dass die Kinder im Flugzeug sitzen und sie jetzt ins Hotel Britannia übersiedelt.

»Wieso das denn?«

»Weil das näher an allem liegt. Und ich brauche nicht zu fahren, vor allem abends nicht, und kann ein Glas Wein trinken. Und weil alle dort wohnen.«

»Du willst also die ganze Nacht mit ihnen feiern.«

»Nein, das hab ich nicht gesagt.«

»Aber das wird passieren. Du wirst die ganze Nacht mit ihnen feiern, das weiß ich. Warum kannst du nicht bei mir wohnen bleiben, warum musst du dir mit deinen verrückten Kollegen unbedingt die ganze Nacht um die Ohren schlagen? Was willst du denn da, was willst du da überhaupt, kannst du mir das sagen? Die ganze Nacht feiern! Warum bist du so unruhig, kannst du denn nie zur Ruhe kommen?«

Sie zieht ins Hotel. Sie weiß, sie hat es schon am Telefon gehört: Jetzt wird etwas passieren. Jetzt macht er etwas. Sie weiß es, noch ehe es passiert. Vielleicht hat er schon die Möglichkeit bemerkt, und jetzt fasst er seinen Entschluss, um sich zu rächen, weil sie nicht auf ihn hört und bei ihm wohnt. Weil sie tut, was sie will, und nicht, was er will. Wenn sie etwas tut, was ihm nicht gefällt, dann rächt sich das. Sie merkt es, als er kommt, eine Mischung aus Selbstsicherheit im Gang und Verlegenheit im Blick. Er wohnt nicht in seinem Gesicht. Und er ist nicht mehr sauer, das vor allem ist verdächtig, nicht mehr sauer darüber, dass sie aus dem Reihenhaus ins Hotel Britannia übergesiedelt ist. Er lächelt, denn es geht ihm gut, sagt er. Er hat sein Teil abbekommen, was immer er damit sagen will. Nein, er ist nicht mehr sauer. Sie weiß es einfach. Aber sie fragt noch nicht danach. Wartet auf den Moment, in dem er vielleicht ehrlich sein wird. Wenn sie getrunken haben, wenn sie miteinander geschlafen haben, sie tut alles, was er will. Als sie mehr getrunken haben, fragt sie. Er streitet ab, aber das macht die Sache nur deutlicher. Ein Tag vergeht, er streitet ab, leugnet, dann fragt sie auf die richtige Weise, zum richtigen Zeitpunkt, als sie gerade genug getrunken haben, und er gibt es zu, ja, so war es, er war mit einer anderen zusammen:

»Ich habe ja gemerkt, dass du es weißt. Aber es war nur eine Nacht«, sagt er. »Wir waren kein Paar«, sagt er.

Ist er sonst ein Paar, wenn er auf Seminaren untreu ist? Mit der anderen mehrere Nächte zusammen, frühstückt morgens mit ihr, isst mit ihr zu Mittag, geht in den Pausen mit ihr im Park spazieren. Sitzt im Seminarraum und abends beim Essen und später in der Bar neben ihr. Soll sie dafür dankbar sein, dass es nur eine Nacht war, die letzte? Sie weiß es, ehe er es sagt, aber als es gesagt ist, ist es schlimmer. Es tut weh, unerträglich weh, und sie weiß nicht, wie sie mit dem Schmerz umgehen soll, sie verstummt. Sie bringt es nicht über sich, unten im Bett mit ihm zu schlafen, deshalb geht sie nach oben und legt sich aufs Wohnzimmersofa, was soll sie sonst tun. Sie kann ihn nicht verlassen, denn es hat gerade erst angefangen, sie hat Jahre auf ihn gewartet, und jetzt hat sie ihn endlich, sie kann ihn jetzt nicht verlassen, das ist unmöglich, sie kann es nicht, sie kann nicht einmal wütend werden. Sie kann nicht einmal sprechen. Sie verstummt. Schweigend frühstücken sie. Sie fragt, ob er mehr Kaffee möchte, versucht zu fragen, ob er mehr Kaffee möchte, dann verstummt sie wieder. An dem kleinen Küchentisch in der kleinen Küche mit Blick auf den kleinen Spielplatz, wo die Mütter auf der Bank sitzen, mit Kaffee in der Thermosflasche, und den im Sandkasten spielenden Kindern zusehen. Was für ein Leben. Und später kann es immer wieder hervorgeholt werden. Dass er gelogen hat. Und dass sie unmittelbar zuvor alles getan hat, was er wollte.

Seine getrennt lebende Frau ruft an, und er bricht zusammen. Sie will das alleinige Sorgerecht für das Kind, nur, damit er es weiß, sagt sie ihm, am nächsten Tag haben sie ein Beratungsgespräch. Der arme Arnold, das ist zu viel für ihn. Sie geht ins Badezimmer und stellt sich unter die strömende Dusche und weint. Der arme Arnold, was soll nur aus ihm werden. Sie streckt die Arme nach ihm aus, um ihn zu trösten und ihn zu berühren, aber er schiebt sie weg. Kann nicht von ihr getröstet werden, nachdem er ihr eben noch so wehgetan hat, das sagt er später, und sie versteht, aber während es passiert, versteht sie nichts, sie ist so verzweifelt, sie ist so allein, es ist so lange her.

Wenn er nicht da ist, durchsucht sie seine Aktentasche, sie kann es nicht lassen. Findet Zettel mit Namen und Adressen. Sie ruft an und hört die dänischen Frauenstimmen, exotisch, fremd, weit weg, sie sieht die Zimmer vor sich, in denen sie stehen, die Betten, in denen sie liegen, sieht ihre Orgasmen vor sich, unter ihm. Sie sucht in seinen Jackentaschen, seinen Notizbüchern, durchwühlt seine Papiere nach kompromittierenden Rechnungen für Doppelzimmer in Hotels, Mahlzeiten für zwei, und sie schämt sich, kann es aber nicht lassen, jetzt ist es passiert. Sie weiß jetzt, wozu er fähig ist.

In mir steckt ein Weinen, steht im Tagebuch, aber ich glaube nicht, dass er das merkt. Ich weine, weil ich schwach werde.

Suhl dich nicht in Selbstmitleid. Sei nicht so selbstgerecht. Mit wem warst du denn zusammen, an dem Abend, in der Nacht im Seminarhotel, und am Morgen, vor und nach dem Frühstück, einem Frühstück für zwei im Bett, von dem niemand erfahren kann, weil du die Hotelrechnung verbrannt hast?

Das ist etwas anderes! Ich wusste doch, dass er es tun würde. Weil er es nicht lassen kann! Weil es für ihn notwendig ist. Nicht für mich! Er braucht es, für ihn ist es schön, bei mir ist es anders, mir tut es weh! Er tut mir weh, und sich selbst tut er auch weh! Für ihn ist es notwendig, es ist seine Art zu wachsen. Aber er kann daran auch zu Grunde gehen.

Sie spricht mit einem Kollegen im Vorstand des Dramatikerverbandes darüber. Nach der Besprechung, sie essen im Restaurant und trinken Bier, und sie muss jemanden danach fragen, einen erwachsenen Mann. Danach schreibt er ihr einen Brief. Er kann mit Unklarheit nicht leben, schreibt er. Er selber sucht immer nach Klarheit. Zweifel, Reflexionen liegen ihm nicht. Er kann es zwar ertragen, gestört zu sein, schreibt er, aber nicht verstört.

Es kommt vor, dass er in seiner Wut über Ida seine eigenen Habseligkeiten zerschlägt. Wenn er allein in Trondheim ist und verzweifelt, weil er einen Gesprächstermin mit seiner Frau hatte und sie sich nicht darüber einigen können, wer das Kind bekommt, und wenn in seinen Finanzen das Chaos herrscht und Ida nicht zu Hause ist. Ida hat die Kinder nicht und ist in Oslo. Sie war zum Vorstandstreffen des Dramatikerverbandes, und abends isst sie mit den anderen, denn warum soll sie nach dem Vorstandstreffen nicht mit dem Vorstand essen, an einem wunderschönen Sommertag in Oslo, einem Freitag, wenn sie nicht bei den Kindern zu Hause sein muss. Soll sie nach Hause fahren und am Telefon sitzen, um für Arnold erreichbar zu sein? Sie ist mit dem Vorstand unterwegs und amüsiert sich im Restaurant Herregårdskroa. Warum soll sie nach Hause stürzen, wenn sie ausnahmsweise einmal niemand dort braucht. Weil Arnold vielleicht anruft?

Die Hölle, wenn sie nachts nach Hause kommt, spät in der Nacht, nun gut, vielleicht ist es schon fast Morgen. Zweiunddreißig hysterisch wütende Mitteilungen hat Arnold Busk auf dem Anrufbeantworter hinterlassen. Er ruft an, als sie zur Tür hereinkommt, und sie meldet sich, und er ist wütend, und wenn sie etwas sagt, dann knallt er den Hörer auf die Gabel, und dann ruft er an, und sie meldet sich, und er schreit und knallt den Hörer auf die Gabel und ruft wieder an, und sie meldet sich, wie lange soll das so weitergehen, sie ist müde, sie will schlafen. Aber sie hat Angst vor dem Verlieren, das weiß er. Sie versucht zu erklären, aber er ist so wütend, so betrunken, er hat getrunken, während er gewartet hat. Er hat das Service zerschlagen, ruft er. Weil Ida nachts unterwegs war. Er hat die Bilder zerschlagen, schreit er. Er zerbricht ein Glas, während er mit ihr spricht, damit sie es zerbrechen hört. Es ist unmöglich, mit ihm zu reden, denn Ida war nachts unterwegs.

Am nächsten Tag, am späten Vormittag, als er nicht mehr wütend ist, ist er verzweifelt, weint und schluchzt, alles ist doch nur, weil er sie liebt. Er hat so etwas noch nie gemacht. Ida löst das alles aus, warum muss sie nachts auch ausgehen. Kann sie nicht friedlich zu Hause bleiben, so wie Arnold. Arnold sitzt friedlich zu Hause, warum kann Ida das nicht. Er heult und schluchzt und ringt um Atem. Er war noch nie so, hat so etwas noch nie gemacht, das passiert nur jetzt, zusammen mit Ida. Er bringt es nicht über sich aufzustehen. Er ist allein auf der Welt. Er kann nicht mehr. Er will sterben.

Ida nimmt ein Flugzeug. Fliegt nach Trondheim und räumt Glasscherben weg. Arnold liegt schluchzend im Bett. Auf dem Boden liegen die Bücher verstreut. Vasen und Tassen sind aus den Schränken gerissen und an die Wand geworfen worden, haben Bilder und Spiegel und Kerzenleuchter aus Ton getroffen, die Lampen liegen zersplittert auf dem Boden. Bei diesem Zerstörungswerk, berichtet er schluchzend, hat er die ganze Zeit die Telefonnummer seiner alten Eltern aufgesagt. Zweiunddreißig achtzehn vierzehn, zweiunddreißig achtzehn vierzehn.

»Das ist interessant«, sagt Ida und streichelt seinen Kopf.

»Das weist auf deine Kindheit hin«, sagt Ida und streichelt seinen Kopf und umschmeichelt ihn, und als sie sich geliebt haben, so verzweifelt, dass er das nicht will, ist er nie, als sie aufgeräumt, als sie zusammengefegt und weggeworfen, die Bücher ins Regal gestellt, Wein gekauft und für ihn eingeschenkt hat, können sie Arnold Busks Kindheit analysieren, um herauszufinden, warum er die Telefonnummer seiner alten Eltern aufsagt, zweiunddreißig achtzehn vierzehn, wenn er Dinge zerschlägt.

Arnold und Kjersti können sich über das Sorgerecht für ihr Kind nicht einigen. Sie können sich über das Geld nicht einigen. Sie streiten sich. Sie schreien sich am Telefon an.

Arnold ist verzweifelt. Er hat kein Geld, er hat Schulden, das Chaos herrscht. Ida fährt mit dem Dramatikerverband nach China. Das wird spannend. Arnold will nicht, dass sie fährt, das merkt sie, wenn sie davon erzählt, er will es nicht. Es graust ihr davor, erzählen zu müssen, dass sie fahren wird, denn sie ahnt, dass er es nicht will und dass es ihm nicht passt. Wenn sie die Reise erwähnt, wenn die Reise zur Sprache kommt, dann merkt sie, dass es ihm nicht gefällt, deshalb weicht sie dem Thema aus, würde nie auf die Idee kommen zu verraten, dass sie sich auf die Reise freut. Sie fährt von *ihm* fort, so fasst er das auf. Lässt ihn mit allem allein, so fasst er das auf. Er ruft ihr Hotel in China an, es ist nicht leicht, durchzukommen, aber mitten in der Nacht schafft er es, er sitzt im Wohnzimmer und trinkt. In China ist es Morgen. Sie sitzt im Zimmer des Vorsitzenden und bereitet die Termine dieses Tages vor. Arnold hat Idas Zimmer angerufen, aber da war sie nicht, er ruft das Zimmer des Vorsitzenden an, und Ida meldet sich. Er knallt den Hörer auf die Gabel und ruft wieder an. Tobt am Telefon und knallt den Hörer auf die Gabel, als sie zu sagen versucht:

»Aber, Arnold.«

Ruft wieder an, knallt den Hörer auf die Gabel und ruft wieder an und sagt, er habe den Fernseher zertrümmert.

»Ich habe den Fernseher zertrümmert.«

Jetzt hört sich das komisch an, wie ein Witz. Damals war es nicht witzig, damals war es schrecklich, sie hat gezittert, wusste nicht mehr weiter. Wenn er sie jetzt verlässt, dann stirbt sie. Er glaubt, dass sie im Zimmer des Vorsitzenden geschlafen hat, und sie kann sich nicht erklären. Sie ruft an, kommt aber nicht durch, sie läuft von einem westlichen Hotel zum anderen, um ein funktionierendes Telefon zu finden, kommt aber nicht durch. Sie schreibt Brief um

Brief, schreibt, dass sie ihn liebt, damit er ruhig bleibt und sich alles überlegt und sie nicht überstürzt verlässt. In den Straßen von Beijing denkt sie nur an Arnold, hat Magenschmerzen, nur wegen Arnold. Auf dem Platz des Himmlischen Friedens geht sie unruhig im Kreis und hat Angst vor Arnold. Lieber Gott! Erklär ihm, was los ist. Als sie endlich per Telefon durchkommt, zwei unerträgliche Tage später, ist er krank geschrieben.

Stein, sagt Arnold, sein Freund, hat gesagt, als er von der Krankschreibung gehört hat, von Ida in China, er hat gesagt, dass Ida nicht so viel verreisen dürfte.

Einmal, als er bei ihr ist, in Oslo, einmal, als sie abends eine Veranstaltung mit ihren Bekannten besuchen – sie haben vorher schon getrunken –, und sich streiten, weil er findet, dass sie sich mit einem anderen Mann zu gut versteht, einem Kollegen, fährt er wütend vor ihr nach Hause. Sie bleibt zurück, um ihm nicht seinen Willen durchgehen zu lassen. Als sie dann eintrifft, eine Stunde nach ihm, hat er bei ihr gewütet. Hat ihr schönes Rotweinglas gegen ein Bild gefeuert, und das Glas ist zerbrochen, und das Bild ist zerbrochen, und eine Karaffe liegt auf dem Boden. Mehr nicht, das reicht. Sie sagt nichts, als sie kommt, er ist betrunken und nicht ansprechbar, aber sie will etwas sagen. Sie hat am nächsten Morgen Termine beim Rundfunk und wird den ganzen Vormittag wegbleiben. Aber wenn sie nach Hause kommt, wird sie etwas sagen. Als sie kommt, liegt er noch immer im Bett und ist deprimiert. Sie legt sich zu ihm und sagt: »Arnold!«

Er gibt keine Antwort. Er ist deprimiert. Er hat Migräne.

»Wenn du meine Sachen zerschlägst, dann tut das weh, fast, als ob du mich schlägst. Es kommt mir so vor, als ob du keine Achtung vor mir hättest. Du triffst mich.«

Er nickt stumm.

»Verstehst du?«

Er nickt.

Sie lieben sich. Später passiert es nicht mehr.

Er fährt auf ein Seminar nach Dänemark, sie ist unruhig. Sie sucht in seinen Papieren, wenn er nicht da ist, nach Namen. Er hat ein Geheimnis, und das lockt, das will sie ergründen, muss sie ergründen, Arnold Busks Geheimnis ist eine Frau, sie ist verrückt vor Verliebtheit, verrückt vor Leidenschaft, die Eifersucht plagt sie wie ein Wahn. Sie notiert verdächtige Namen, die er zufällig erwähnt und die sie in seinen Unterlagen findet, und sie ruft die Auskunft an und lässt sich ihre Nummern geben und ruft an und fragt nach ihnen, wenn er in Dänemark ist, und manchmal lautet die Antwort:

»Nein, die ist in Dänemark.«

Na und? Was nutzt ihr dieses Wissen? Sie kann ihn doch unmöglich kontrollieren. Wenn er eine Gelegenheit findet, nutzt er sie, er ist einer, der nicht nein sagen kann. Na und?

Er ist in Dänemark. Sie sitzt in Oslo an ihrem Telefon.

»Nein, die ist in Dänemark«, sagt das Kind.

Na und? Was nutzt ihr dieses Wissen jetzt? Das bringt sie auch nicht weiter, aber jetzt schämt sie sich noch dazu. Draußen scheint die Sonne, warum unternimmt sie nichts Aufmunterndes, nichts Gesundes? Einen Spaziergang machen, ein Buch lesen, arbeiten. Wenn er töricht ist, muss sie da auch töricht sein? Wenn er sie betrügt, soll er sie doch betrügen, es wird an den Tag kommen, und dann wollen wir doch mal sehen. Wenn er ein Idiot ist, braucht sie keine Idiotin zu sein. Sie wird die Sache ja doch nicht klären können, sie kann ihn nicht daran hindern, aber sie kann sich selber daran hindern, blöd zu sein, sich zu erniedrigen. Ida! Sieh dich an! Draußen scheint die Sonne, der Himmel ist blau, du aber sitzt am Telefon, gefangen in deine Vorstellungen von Arnold und der anderen. Wenn du im Sterben lägst, Ida, und dein Leben vor dir Revue passierte, was würdest du über die Zeit denken, in der du am Telefon gesessen hast, wie jetzt, unbekannte Menschen angerufen und sinnlose Fragen gestellt hast, die dich nirgendwohin führen, sondern nur noch tiefer in die Sinnlosigkeit? Unfrei, wehrlos preisgegeben, handlungsunfähig. Vergeudete Zeit, Ida, schäm dich. Geh hinaus in die Welt, und tu etwas, lebe, sorg dafür, dass du dich im Tod nicht schämen musst.

Kann er sich ändern?

Es ist im frühen Herbst. Sie sitzen im Restaurant Herregårdskroa. Die Affaire in Dänemark, die aus dem Frühsommer, ist fast vergessen. Arnold will auf ein Fest des Verlages, der Brechts erotische Gedichte auf Norwegisch herausbringen wird. Er freut sich, er trinkt Bier in der Sonne. Ida trinkt Mineralwasser. Sie muss die Kinder zum Basketballtraining fahren, muss kochen, muss sie ins Bett bringen. Er hat frei und ist auf Besuch in der Hauptstadt, das sieht sie ihm an.

»Sei bloß nicht mit anderen zusammen«, sagt sie.

Er lächelt.

Jetzt kann sie sich den Kopf zerbrechen. Sie schlägt nicht auf den Tisch. Auf die Idee kommt sie nicht. Dazu ist sie nicht fähig. Sie wird nur unsicher, traurig. Besorgt geht sie nach Hause. Macht alles nur zur Hälfte und hat den ganzen Tag Angst und kann nicht schlafen. Er kommt um halb sechs Uhr morgens und weint, also muss etwas passiert sein.

»Was ist passiert, Arnold?«

Sagt nichts, auf diese Weise, die ihr klar macht, dass etwas passiert ist.

»Was ist passiert, Arnold?«

Sagt nichts, auf die Weise, die klarstellt, dass etwas passiert ist.

»Was ist los? Bist du mit jemandem zusammen gewesen?«

Das dumpfe Gefühl von Erschöpfung, von Handlungsunfähigkeit, sie weiß nicht, was sie sagen soll. Er sagt, es sei einfach passiert. Er ist betrunken und will schlafen und schläft ein. Sie steht anderthalb Stunden später auf und bringt die Kinder in die Schule. Sie muss im Rundfunkhaus einen Schreibkurs geben und fährt anschließend gleich hin. Sie unterrichtet dort schon die ganze Woche und kennt die acht Teilnehmer inzwischen ziemlich gut, wie das so geht, wenn man miteinander redet, wenn man Gedanken über das Schreiben austauscht. Sie kann es nicht für sich behalten, sie sehen es ja doch, so deutlich, als sei sie nackt.

»Warst du denn nicht wütend«, fragen sie.

Nein, das ist es ja. Sie schüttelt den Kopf. Das Blut scheint ihr aus den Adern zu fließen, sie verliert einfach ihre Kraft, er würde es auch nicht ertragen. Wenn sie böse wird, dann geht er einfach, das wagt sie nicht, sie würde sterben.

»Vielleicht kann er sich ändern?«, fragt sie.

Die anderen lächeln und tauschen Blicke.

»Wie alt ist er?«

»Zweiundvierzig.«

»Glaubst du, er kann sich ändern?«

Die richtige Antwort – er ändert sich nie – hängt in der Luft. Aber sie kann es nicht sagen. Das ist unmöglich. Sie glaubt an die Liebe, sie muss daran glauben, etwas anderes, woran sie glauben könnte, gibt es nicht.

Sie fahren hinaus auf die Schären. Arnold und Ida. An diesem Abend gibt es kein Fest. An diesem Tag werden sie zu Hause bleiben. Sie braucht am folgenden Tag nicht zu unterrichten. Am folgenden Tag können sie lange im Bett bleiben. Während die Kinder in der Schule sind. Sie gehen in einem anderen Rhythmus, nichts eilt. Sie haben gutes Essen gekauft, der Wein steht im Kühlschrank. Es ist früher Herbst. Zu spät zum Baden, aber warm genug, um ohne Jacke vor einer alten Scheune zu sitzen, die nach sonnengetrocknetem Holz riecht.

Vielleicht weiß er, was sie denkt. Vielleicht ahnt er, dass »er wird sich nie ändern« in ihrem Kopf widerhallt. Vielleicht ahnt er, dass sie mit sich diskutiert, dass es in ihr eine Stimme gibt, die sagt: Ida, er wird sich nie ändern, und für diesen Satz Gehör verlangt.

Vielleicht sieht er, dass sie ruhig ist. Nicht wie beim letzten Mal, stumm, nicht wie beim letzten Mal, gelähmt. Nicht wie beim letzten Mal, aber viel müder. Denn er sagt, während sie dort sitzen, an der Sonnenwand der Scheune, die nach Holz und späten Rosen riecht: »Ida!«

»Ja?«

Er wartet. Er wartet, damit sie anfängt zu warten, zu erwarten.

Dann sagt er langsam, er spricht langsam, wenn er glaubt, etwas Wichtiges zu sagen, jetzt kommt die Gnade:

»Wenn wir beide zusammen sein wollen. Wenn wir zusammenkommen wollen, für immer. Dann werde ich mit diesen Dingen aufhören.«

Soll sie jetzt antworten?
Sie nickt.
Er nickt auch, er lächelt: bitte sehr!
Soll sie ihm danken?
Sie *sind* seit fast zwei Jahren zusammen.

Sie wird mit dem Dramatikerverband nach Japan eingeladen. Sie weiß nicht, ob sie fahren wird. Sie hat Lust, weiß aber nicht, ob sie es über sich bringt. Es wird wieder nur Ärger geben, nur Unannehmlichkeiten. Aber sie hat Lust. Sie sagt ihm nichts. Sagt dem Verband, dass sie mitkommt.

»Ja, ich komme mit«, sagt sie, aber sie sagt es nicht zu Arnold, schiebt es vor sich her, es Arnold zu sagen. Die Kinder können nicht dabei sein, wenn sie es Arnold sagt. Er darf nicht getrunken haben, wenn sie es ihm sagt. Wenn sie sich gerade geliebt haben, dann muss sie es sagen, wenn sie den ganzen Tag freihaben, wenn keine eiligen Termine anliegen.

»Arnold?«

»Ja.«

»Weißt du, wohin ich mit dem Dramatikerverband eingeladen bin?«

»Schon wieder? Ihr seid doch wirklich pausenlos auf Reisen. Bringt das denn irgendwas? Wozu soll das alles gut sein? Ich kann euren Vorsitzenden nicht ausstehen. Verdammter Machtmensch. Weiß du, was er einmal gesagt hat, weißt du, was er getan hat? Aber du bist nett zu ihm, du lächelst und gehst ihm um den Bart.«

Sie schiebt und schiebt es vor sich her, die Tickets treffen ein, sind bezahlt, sie fährt nach Japan, jetzt muss sie es sagen. Am Telefon, damit ihr das Schlimmste erspart bleibt, sie wagt es fast nicht.

»Weißt du, wir, der Dramatikerverband, sind nach Japan eingeladen.«

»Ach ja?«

»Der Vorsitzende und ich und einige Mitglieder, zur Gründung eines internationalen Dramatikerverbandes.«

»Wann denn?«

»Schon ziemlich bald, schon in drei Wochen.«

»Fährst du?«

Das ist die Frage. Wird sie es tun? Wird sie hinfahren? Das Ticket liegt schon in der Geheimschublade, sie muss es sagen.

»Hab ich eigentlich vor. Hab Lust.«

Stille, Stille am anderen Ende der Leitung.

»Bist du da?«

»Arnold, bist du da?«

Stille, Stille, sie flüstert nur.

»Arnold?«

Nichts, nichts.

»Arnold?«

Und dann, nach einer Weile: »Ja.«

»Arnold?«

»Du willst also fahren?«

Jetzt ist sie diejenige, die wartet.

»Hab schon Lust.«

»Was heißt das?«

»Dass es wichtig ist. Eine Weltorganisation. Interessant, ich hab Lust, es zu tun, es zu schaffen, es ist wichtig. Überleg doch mal.«

Stille.

»Du fährst also?«

»Noch ist nichts entschieden.«

»Glaub ich nicht.«

»Wie meinst du das?«

»Du hast dich entschieden. Du fährst. Das hat du schon vor langer Zeit entschieden. Nur sagst du es mir erst jetzt.«

Damit hat er Recht. Es ist entschieden, sie fährt. Er hat Recht, er hat ganz Recht.

»Arnold!«

»Nur der Vorsitzende und du, oder? Nur ihr beiden, oder?«

»Aber nein, es kommen noch andere mit, weiß noch nicht so genau, steht noch nicht fest.«

»Aber sicher. Ich weiß genug.«

»Arnold!«

Am nächsten Tag, als sie miteinander reden, als er aus Trondheim anruft, aus seinem Büro, sagt er, dass er mitkommen will. Er will mit nach Japan kommen, er war noch nie in Japan. Ida hat Arnold auf Reisen begleitet, wenn er Prüfungen abnehmen musste, nach Bergen, nach Stavanger, sie hat ihn begleitet, wenn er Vorträge gehalten hat, nach Deutschland, nach Schweden. Arnold will Ida überallhin mitnehmen, da wäre es ja noch schöner, wenn Arnold nicht mit Ida fahren dürfte, nach Japan.

»Das kann schwierig werden«, sagt sie. Sie will ihn nicht mit nach Japan nehmen. Dann kann sie nicht so sein, wie sie sonst im Dramatikerverband ist, kann nicht mit den anderen reden wie sonst. Kann die Erfahrung nicht mit ihnen teilen, so wie sonst. Arnold wird alles kritisieren, wie sie mit ihnen spricht, wie sie sie ansieht, wie gut sie sich mit ihnen versteht, wie vertraulich sie miteinander umgehen, wie offen, denn sie erzählt ihnen Dinge, die ihm, Arnold, allein vorbehalten sein müssten. Und abends, wenn sie auf ihr Zimmer kommen, werden sie sich deshalb streiten, er wird sie ausschimpfen, jeden Abend und jeden Tag kann sie nicht sie selbst sein, wegen Arnold wird sie wie auf glühenden Kohlen gehen. Arnold wird in der Nähe sein, Arnold wird ihre Hand halten. Arnold wird mit Ida allein reden, mit Ida allein essen wollen, statt mit den anderen. Ida wird in der Klemme stecken, unfrei in der Klemme, es wird nicht gehen, sie wird es nicht schaffen, die Ida des Dramatikerverbandes und Arnolds Ida zugleich sein, das ist unmöglich.

»Das kann schwierig werden«, sagt sie.

»Wieso denn?«, fragt er.

»Alles Praktische«, sagt sie. »Tickets, Hotel, alles, was schon vorbereitet ist«, sagt sie.

»Hast du nicht gesagt, das stehe alles noch nicht fest, dann können auch keine Tickets gebucht sein, wenn du nicht weißt, ob du mitfährst. Wenn du die Wahrheit sagst, meine ich.«

»Das ist kein Urlaub, Arnold. Es gibt den ganzen Tag Besprechungen«, sagt sie. »Blöd für dich, so viel Geld für eine Reise auszugeben, auf der du den ganzen Tag allein bist.«

»Du willst mich nicht dabeihaben.«

»Das ist es nicht, Arnold. Aber es ist eben keine solche Reise.«

»Was denn für eine Reise. Hast du mich nicht auf vielen Reisen begleitet?«

»Das schon.«

»Aber?«

»Besprechungen den ganzen Tag und Essen als eine Verlängerung der Besprechungen, es wird nur Vereinsgerede geben.«

»Du willst mich nicht dabeihaben!«

Nein, stimmt. Das würde sie nur von allen Seiten unter Druck setzen. Ausgesprochenen Druck von Arnold, stillschweigenden von der Delegation. Blickwechsel hinter ihrem Rücken.

»Seht euch Ida an. Seht, welche Macht er über sie hat.«

Keine Ruhe nach den Besprechungen, bei einem Drink in der Bar, so, wie das sonst auf Reisen ist. Engagement, Analysen nach einem Abendessen, Pläneschmieden für den nächsten Tag. Arnold mit einem Rippenstoß, einem Klopfen auf den Oberschenkel, und wenn sie dann unter vier Augen auf ihrem Zimmer sind, wird er ihr Vorwürfe machen, weil sie flirtet, weil sie zu fröhlich ist, weil sie sich anbietet, er wird den anderen Vorwürfe machen, weil sie ihr zu nahe stehen, weil sie ihre Beziehung nicht respektieren, weil sie ihn, Arnold, nicht respektieren. Nein, sie will ihn nicht dabeihaben, sie will die Reise für sich haben, aber sie wagt nicht, das zu sagen.

Meint er das wirklich? Sieht es für ihn so aus? Dass sie flirtet, dass sie sich anbietet. Oder will er sie nur für sich behalten, will die Kontrolle über sie haben? Nicht die Kontrolle über sie zu haben wäre für ihn unerträglich. Wird er von unlenkbaren Gefühlen geleitet, warum versucht er nicht, sie zu analysieren, so, wie er alles andere analysiert? Er ist ein Experte der Analyse von Texten, Theorien, statt sich ihnen hinzugeben. Oder sieht es für ihn wirklich so aus? Als biete sie sich an, sei für alle zu haben? Sie streiten noch Jahre später darüber.

»Du wolltest mich in Japan nicht dabeihaben!«, wird sie oft hören, wenn er wütend ist, in den kommenden Jahren. Und Hunderte von Malen wird sie sagen, dass es eine Dienstreise war, eine Repräsentationsreise.

Aber einmal wird sie dann antworten: Ja! Du hast Recht! Ich wollte dich nicht dabeihaben! Ja, es stimmt, du hast Recht, ich wollte allein reisen! Ohne dich! Ja!

Jeden Tag, in den drei Wochen vor ihrer Abreise, streiten sie sich darüber. Er fährt nicht mit nach Japan. Er fährt nach Dänemark auf ein Seminar. Während sie in Japan ist, betrügt er sie, das ist die Strafe. Sie weiß, dass es passieren wird, noch ehe es passiert, das ist die Strafe. Und sie soll es erfahren, denn es ist eine Strafe, sie erfährt es, als sie aus Japan nach Trondheim kommt. Er holt sie vom Flugplatz ab, sie merkt alles, und als sie ihn fragt, nachts, nachdem sie sich geliebt haben, gibt er alles zu. Untreu, mit derselben Frau wie beim letzten Mal. Sie zieht sich an und läuft hinaus in den Regen, wieder der Schmerz, der Schmerz, aber nicht so schlimm wie beim vorigen Mal, nein, nicht so schlimm wie beim vorigen Mal, schlimm, aber nicht so schlimm, jedes Mal weniger schlimm, wird sich herausstellen, das ist ein Vorteil. Sie kommt zurück und sagt, sie wolle nach Hause, es ist Morgen. Sein Sohn muss in die Schule, sie besteht darauf, dass sie nach Hause will.

Damit hat er nicht gerechnet. Sie packt. Sie packt und sagt, dass sie nach Hause will. Sie will ein Taxi bestellen. Ist das wirklich ihr Ernst? Ja, sie greift zum Telefon, um ein Taxi zu bestellen. Er nimmt ihr das Telefon weg. Das kann doch nicht ihr Ernst sein, er liebt sie, sie lieben einander. Sie will ein Taxi bestellen. Wenn er ihr nicht das Telefon gibt, geht sie auf die Straße und sucht sich dort eins. Er kann sie fahren, sagt er, wenn sie unbedingt weg will, unbedingt übertreiben muss. Sie trägt ihren Koffer aus dem Haus und zum Auto, er fährt sie, aber langsam, er sagt, wenn sie jetzt fährt, dann wird er sich das Leben nehmen.

»Das ist mein Ernst. Wenn du jetzt fährst, dann nehme ich mir das Leben.«

Sie sieht ihn an.

»Das ist mein Ernst. Wenn du jetzt fährst, nehme ich mir das Leben.«

Wird er es tun? Er sagt es, aber wird er es wirklich tun?

»Wenn du jetzt nach Hause fährst, dann nehme ich mir das Leben«, sagt er wieder, hält vor der Abflughalle des Flughafens, sieht sie an und sagt noch einmal: »Wenn du jetzt fährst, dann nehme ich mir das Leben.«

Sie läuft ohne ihren Koffer in die Halle. Sie muss mit jemandem reden. Sie ruft ihre Freundin an, weint und fragt sie.

»Arnold Busk nimmt sich nicht das Leben«, sagt die Freundin. Und wenn doch, dann ist das nicht Idas Schuld. Ida muss sich ganz hart machen und dieses eine Mal ihrem eigenen Impuls folgen, und Ida macht sich ganz hart und folgt ihrem eigenen starken Impuls. Geht zurück zum Auto und holt den Koffer und fliegt nach Oslo. Kauft Wein, bezieht das Bett neu, geht ins Schwimmbad, ins Solarium, fährt in die Stadt, sucht Lokale auf, wo sie Bekannte trifft. Geht mit einer alten Flamme nach Hause und schläft bei ihm, bleibt den Vormittag über dort, verabredet sich danach mit einer Freundin zum Essen und ist deshalb wieder unterwegs, um nicht zu sich allein nach Hause zu müssen, damit Arnold sie nicht erreichen kann.

Arnold sieht ein, dass er Ida liebt, das sagt er per Anrufbeantworter. Er bereut, das ist der Sinn der Sache, und er begreift, dass er Ida liebt. Also versöhnen sie sich wieder. Also kommt er wieder. Also trinken sie wieder Wein im Bett und reden über das, was schwierig ist, und über ihre große Liebe. Es ist schwerer. Es hat sich eine Schwere eingestellt. Es gibt Orte, die nicht verschwinden, auch wenn wir sie verlassen. Sie gehen ins Schwimmbad. Sie sitzen auf dem Weg zum Schwimmbad in seinem Auto. Sie hat ihn ausgefragt, sie muss ihn einfach fragen. War er in die Dänin verliebt?

»Vielleicht ein bisschen«, sagt Arnold, es tut so weh. Worüber hat er mit der Dänin gesprochen? Alles, was er antwortet, tut weh, aber trotzdem kann sie es nicht lassen. Worüber schreibt die Dänin ihre Magisterarbeit? Je lebendiger sie wird, umso schlimmer. Sie fragt, sie muss sich einfach demütigen. Aber während sie schwimmen, er langsam und mit dem Kopf über Wasser, sie schneller und unter Wasser, findet sie eine Lösung. Weiß sie, wie sie die Sache sieht. Wie sie damit umgehen wird. Als sie sich umgezogen haben, getrennt, und danach vor dem Auto stehen, mit nassen Haaren, sagt sie:

»Jetzt weiß ich, was ich dazu zu sagen habe. Nur eins, danach werden wir es nie wieder erwähnen. Wenn du es noch einmal tust, dann will ich dich nicht mehr sehen.«

Es kommt wieder vor, von einem Mal weiß sie, vermutlich gibt es noch andere, aber von dem einen Mal erfährt sie, doch sie verlässt ihn nicht. Aufgrund der mildernden Umstände verlässt sie ihn nicht, denn diesmal war es nicht geplant, nicht vorher beschlossen, war keine Strafe, sondern ein Versehen, nach einem Fest, und deshalb verlässt sie ihn nicht, sondern verzeiht ihm. Aber es wird zu einem weiteren Ort, den sie mit sich herumschleppen muss, der nicht verschwindet, auch wenn sie von ihm fortreist.

Im Germanistischen Seminar wird gefeiert. Am nächsten Morgen wird Arnold das Flugzeug nach Oslo nehmen. Müsste um elf Uhr in Oslo landen, ruft aber um zwölf aus Trondheim an und sagt, er habe verschlafen. Sie hört es seiner Stimme an, sie weiß es sofort. Sie holt ihn einige Stunden später am Flughafen ab, er riecht nach Kater und Bier, er hat im Flugzeug getrunken. Sie hat ein Kind bei sich, auf der Rückfahrt will sie für die Kleine neue Schuhe kaufen. Sie sieht es ihm an, seinen zitternden Händen, seinem Atem, es ist unangenehm, denn die Sonne scheint, und sie hat das Kind dabei. Alles war normal, hell, ungefährlich, doch jetzt kommt er damit. Ida hat jetzt den Blick, und er hat Angst. Sie fragt ihn abends, als sie im Bett liegen, als alles hinter ihnen liegt, Abendessen, Schulaufgaben, die Kinder im Bett. Dann fragt sie. Er schüttelt den Kopf. Es ist trotzdem da, uneingestanden, zwischen ihren Körpern, im Körper des Sünders und im Unterbewusstsein, und sie fangen an einander zu hassen. Streiten sich über Japan, streiten sich in der folgenden Woche in Trondheim, und Ida läuft auf die Straße, wie schon so oft, und als sie zurückkommt, sitzt er vor dem Telefon, und auf dem Tisch liegt ein Zettel mit Initialen und einer Nummer.

»Was ist das für eine Nummer«, fragt sie.

Das ist sie geworden, eine Zicke.

»Keine Ahnung«, sagt er.

»Keine Ahnung?«

»Meine Schrift ist das nicht.«

»Deine Schrift ist das nicht? Ha-ha! Wessen Schrift ist es denn dann, wenn ich fragen darf.«

»Weiß ich doch nicht.«

»Herrgott, Arnold.«

»Sieht aus wie die von Leif Asnes.«

»Leif Asnes?«

»Zum Beispiel.«

»Herrgott, Arnold!«

Wie dumm er ist. Wie er sich alles kaputtmacht. Für eine Stunde der Bestätigung, für einen Fick, wie soll sie ihn denn weiterhin achten? Sind Männer so? Nein, Männer sind nicht so. Er wagt nicht, es zu sagen. Das ist kein Wunder. Sie weiß es, aber er kann es nicht zugeben. Weil sie gedroht hat, vor dem Schwimmbad: Wenn es wieder passiert, dann will ich dich nicht mehr sehen. Sie sind unterwegs nach Spanien. Sie will ihm Nordspanien zeigen. Darauf hat sie sich gefreut, freut sich auf die Gerüche Nordspaniens, die frühen Frühlingsgerüche Nordspaniens. Thymian und Rosmarin und trockener Staub auf den Straßen. Marktgerüche, alte Kleider und Leder und Blumen, fast brennend orange Rosen. Ihm das Meer und die Klippen am Strand und den Hafen und den weißen Berg und den Weg nach oben zeigen, der nach Thymian, Rosmarin, trockenem Staub riecht. Sie fahren. Sie stellt keine weiteren Fragen, sie wird ja doch bald alles erfahren. Sie fahren über Kopenhagen, kommen aber nicht weiter. Es ist neblig, sie sitzen auf Kastrup fest, eine Stunde, zwei Stunden, drei Stunden, und warten und trinken, sie können es jetzt besprechen, es ist ja doch alles kaputt.

Also, das war so. Eine Studentin beim Seminarfest. Arnold hat danach mit ihr weitergetrunken und erwachte nackt, ohne Hose, aber da war sie schon gegangen. Ein Erfolg war die Sache nicht, sagt er, er kann sich an fast nichts erinnern, sagt er. Am Morgen war sie weg, als er ohne Hose aufgewacht ist, er glaubt nicht, dass er es geschafft hat, sie hat also keinen Grund, böse zu sein.

»Ich habe es gewusst. Ich habe es gewusst, als du angerufen hast. Ich habe es gewusst, als ich dich gesehen habe.«

»Deshalb sage ich es ja. Aber ich bin mir so dumm vorgekommen, deshalb habe ich nichts erzählt, ich komme mir so dumm vor.«

Soll sie ihn jetzt verlassen? Sie sitzen in Kopenhagen, auf dem Weg nach Spanien, aber sie kommen nicht weiter, sie werden in ein Hotelzimmer gesteckt, sie können um getrennte Zimmer bitten, als reisten sie nicht zusammen. Sie bittet um getrennte Zimmer. Die ganze Nacht liegt sie wach und horcht in sich hinein. Nicht so schlimm wie früher, nicht so lähmend wie beim ersten oder zweiten Mal, sie ist abgehärtet. Das ist ein neues Gefühl: Es wird nicht aufhören. Es wird immer so bleiben, denn er kann nicht nein sagen. Aber ihn verlassen? Jetzt? Auf dem Weg nach Nordspanien mit dem Ticket in der Tasche? Lieber Gott, soll ich jetzt gehen, es hört doch nie auf, es wird immer so sein, es ist notorisch.

Die Bewegung auseinander hat eingesetzt. Hier, in einem Hotelzimmer in Kopenhagen. Auf dem Weg nach Nordspanien, doch vom Nebel in Kopenhagen festgehalten, merkt sie es. Die Bewegung auseinander hat eingesetzt und lässt sich nicht mehr rückgängig machen. Vielleicht war sie schon lange auf dem Weg fort von ihm und merkt es erst jetzt. Sie verliert den Glauben. Es wird nicht besser werden. Und so kann sie nicht leben, so kann sie nicht alt werden. Irgendwann ist Schluss, und es wird eine Erleichterung sein. Es wird nicht immer so wehtun, sie wird sich nicht immer vor diesem Schmerz fürchten müssen. Wenn sie das nur weiß, wenn es nur feststeht, dass sie ihn verlassen wird, dann kann es noch so weitergehen, wenn es nur einen Ausweg gibt, wenn nur ein Ende in Sicht ist.

Morgens klopft er an die Tür, und sie lässt ihn ein. Sie weinen und lieben sich und weinen. Sie bringt es nicht über sich zu fragen, ob er in die Studentin verliebt war, worüber die Studentin schreibt, wie alt sie ist, wie sie aussieht.

»Es war nichts, es war ein Reinfall«, sagt Arnold. Ja, sicher, ja sicher, das glaub ich dir. Armer Arnold. Wir vergessen es. Wir fahren nach Spanien.

Dicht nebeneinander im Flugzeug. Dicht nebeneinander durch die Abflughalle. Dicht, dicht nebeneinander durch die Straßen, die Cafés, die Restaurants. Dichter als früher, du wirst sehen, wir wachsen daran. Es bringt uns nur enger zueinander, wenn das möglich ist, vielleicht glaubt er es. Irgendetwas Gutes ist immer dran. Die Paare, die es schaffen, zusammenzubleiben, in guten wie in bösen Zeiten, das sind die, die einander alles erzählen und verzeihen und hinnehmen. Jetzt sieh uns an. Noch bessere Freunde als vorher. Sollte ein Seitensprung denn so schrecklich wichtig sein, alles Kostbare zerstören können. Von nun an werden sie einander alles erzählen. Es wird doch alles gut. Prost, Ida!

Sie erzählt nicht alles. Nie würde sie auf die Idee kommen, alles zu erzählen. Das ist unmöglich. Es ist schon so schlimm genug, da braucht sie nicht auch noch alles zu erzählen.

Sie kauft sich eine neue Sonnenbrille. Zu Hause ist Spätherbst, hier sitzen sie noch draußen. Trinken Bier, wie immer. Bier hilft. Unten am Fluss, der gleichmäßig vorüberströmt. Enten schaukeln auf dem Wasser. Enten sind Enten. Fluss ist Fluss, und Arnold ist Arnold. Spanien ist Spanien. Sie kaufen Postkarten und schicken Grüße nach Hause: Seht ihr, jetzt sind wir wieder auf Reisen. Uns geht's gut. Ida und Arnold.

Er gibt sich Mühe. Er versucht sich zu ändern. Er kommt zur Ruhe, lange Zeit gelingt das sehr gut. In den Büchern, die sie von ihm bekommt, steht: für meine Geliebte. Für die einzige Freundin und Liebste. Mein Mädel, das beste auf der Welt.

Kleine Geschenke, ein Adventskalender, jeden Morgen ein Geschenk mit Piccolos und Schachteln voll Büroklammern und Schokoladenherzen. Trotzdem ist es immer da, denn sie hat es gesehen. Er ändert sich, wird zum Bewahrer der Beziehung, wenn alles gut ist, wenn sie lieb ist, wenn er stark ist und sich konzentriert. Aber das andere ragt tiefer, ist grundlegender, wenn er sich für einen Moment entspannt, ist es gleich wieder da, wenn er Zweifel hat, böse auf sie ist oder trinkt, ist es da. Und dann gibt sie auch nach, wird schlaffer, denn es muss ja doch passieren, zerbrechen. Nicht jetzt, noch nicht, aber es wird zerbrechen, warum also sollte sie etwas aufbauen, verstehen, seinen Wünschen nachgeben. Was kaputtmacht und unterminiert, gewinnt, das sieht sie erst jetzt, im Nachhinein. Er klagt, aber sie achtet nicht wie früher auf seine Klagen, nimmt es nicht genau. Kommt seinen Forderungen nicht nach, so wie früher. Soll sie immer nachgeben, wieso denn? Was ist der Dank? Glaubt er, sie wünsche ihn sich ebenso brennend wie früher?

Er schreibt Zettel, wenn er losfährt, die an überraschenden Stellen auf sie warten. Im Schmuckkasten, im Kulturbeutel, in der Schublade bei den Kerzen: Hallo, Ida! Denk ein bisschen an Arnold, der dich liebt. Danke für letzte Nacht. Datum und Uhrzeit. Kleine Figuren, die seiner Ansicht nach Ähnlichkeit mit ihr haben, eingewickelt in Servietten oder Folie, ein Troll, weil er findet, dass sie morgens aussieht wie ein Waldtroll. Der allerwunderbarste Waldtroll auf der ganzen Welt. Kleine Dinge, die an Erlebnisse erinnern, an Orte, die sie besucht haben. Ruhige Morgen im Winter, unter der Decke. Die Kinder sind in der Schule, sie machen im Kamin im Schlafzimmer ein Feuer, sie lesen Zeitungen und lieben sich und trinken Kaffee. Er kocht den Kaffee und bringt ihn ihr. Er hat das Holz geholt und das Feuer gemacht. Er kocht, kocht leckere Dinge, die sie mittags und abends essen.

»Es ist so schön, bei dir zu sein«, sagt er.

»Wie schön du bist«, sagt er.

»Leg dich doch zu mir«, sagt er.

»Zieh dich doch aus«, sagt er. »Damit ich deinen Körper spüre. Es tut so gut, deinen Körper zu spüren.«

Vielleicht sagt er das zu allen. Vielleicht weiß er einfach, welche Wirkung das hat. Trotzdem vielen Dank. Er greift zu den wirklich großen Worten, danke. Sie kann nicht bedauern, dass er sie gesagt hat. Sie hat sie von ihm gelernt. Danke.

Das Hörspiel, an dem sie in London und Athen gearbeitet hat, ist fertig. Sie hat darüber mit ihm diskutiert, ein wenig, vorsichtig. Er liest es nicht, ehe sie es einreicht. Sie reicht es ein und gibt es ihm dann, voller Spannung. Sie ist gespannt darauf, was er sagen wird. Nicht nervös, sie weiß, was sie tut, ist aber gespannt darauf, welche Wörter er benutzen wird. Er hat bisher ihre Sachen immer nur gehört, gelesen, wenn sie schon veröffentlicht waren. Das hier ist neben ihm entstanden, im selben Zimmer, während er Brechts erotische Gedichte übersetzt hat, hat sie das hier geschrieben.

Er sagt, als er anruft, dass er es auf dem Heimflug gelesen hat, dass es ihm gefällt. Sie hat auf seinen Anruf geantwortet. »Ich habe geweint«, sagt er, das sagt er immer, wenn er ihre Sachen liest, er weint aus dem nichtigsten Anlass. Er hat noch keine Einwände, noch keine Kommentare.

Jetzt wird es gesendet. Sie sitzen zusammen vor dem Radio. Sie ist nervös. Sie hat das Gefühl, sich auszuziehen. Oder angezogen zu werden, von Fremden. Ihre Wörter aus fremden Mündern, mit fremden Stimmen. Sie sind in Trondheim, allein. Arnold hat gekocht, sie haben gegessen,

Steak, roh gebratene Kartoffeln, sie haben Rotwein getrunken. Während sie warten, trinken sie weiter. Sie ist nervös, sie freut sich auch. Es geht immer gut. Nein, das ist zu schwach ausgedrückt. Eine Freude, eine Erlösung ist es zu hören, wie die Wörter zu Stimmen werden, zu Klang. Vielleicht merkt Arnold es, vielleicht spürt Arnold es. Er ist still, um nicht zu stören. Schon lange vorher ist er still, um sie nicht zu stören, wenn sie mit ihrem Stück allein sein will. Im Kühlschrank liegt Champagner bereit. Sie sitzt noch am Tisch. Arnold füllt die Gläser und setzt sich auf das Sofa. Der Ventilator ist ausgeschaltet. Es fängt an. »Zu viel zu sehen« von Ida Heier. Zum ersten Mal hört er ihre Schrift. Er sieht sie an, er nickt. Er ist nervöser als sie, warum. Weil er zweifelt. Ida zweifelt nicht. Weil er Angst hat, es könne durchfallen, und es wäre ihm am Gesicht anzusehen, wenn er glaubte, es falle durch, und dann wäre die ganze Sache mit ihnen erledigt, das weiß er. Es wäre nicht wieder gutzumachen. Wenn das, was sie macht, was sie erschafft, ihm nicht gefällt, wenn er es nicht respektiert. Nichts ist so dumm wie ein dummer Text, nichts ist so dumm wie dummes Theater, nichts ist peinlicher, dummer als eine pathetische Schauspielerstimme, wenn der Text nicht trägt. Das darf nicht passieren. Weiß er nicht, ob er sie liebt? Darum geht es jetzt. Tragen die Worte? Worte, die zerstören können, fürchtet Arnold, ihre zuverlässigen Worte auf dem Papier können sich in eine eingebildete Philosophie verwandeln, über das Leben, über das Meer, und das wird peinlich, und die Menschen an den Radioapparaten, in den Autos, auf dem Heimweg von der Arbeit, werden erröten, über Ida Heier, mit der Arnold Busk zusammen ist.

Sie fragt nicht nach seiner Meinung. Es geht gut. Sie ist froh. Sie schaltet das Radio aus und holt den Champagner und geht zum Sofa, auf dem er sitzt. Sie stoßen an. Sie lächeln und lassen die Gläser klirren: »Du bist eine Künstlerin, du, Ida«, sagt er. Das hatte er noch nicht gewusst.

Arnold hält zu Ida. Ihre Feinde sind seine Feinde, und er findet, sie sollte sich noch weitere zulegen, sie geht mit ihren Feinden, ihren Widersachern zu nachlässig um. Er gewinnt neue Feinde, Widersacher, ihr zuliebe, und vergisst nie, was sie getan oder geschrieben haben, es kommt vor, dass Ida es vergisst und in der Stadt einen alten Feind anlächelt, und Arnold mustert sie mit strengem Blick und erinnert sie daran, dass hier eben ein Feind an ihnen vorübergegangen ist.

Er nervt nicht, weil sie im Garten aufräumen muss. Er nervt nicht, weil das Auto gewaschen werden sollte. Er nervt nicht damit, dass sie ihre Beziehung zu ihrer Familie normalisiert. Ihm ist es recht so, wie es ist, dass sie sie fast nie sieht. Er mag normale familiäre Umgangsformen nicht. Er mag normale Familien nicht. Das ist gut so. Er mag keine Familienessen, Familienweihnachtsfeiern und Sonntagsausflüge, er mag keine Familien mit kleinen Kindern, die voll bepackt in die Osterferien fahren, mit heulenden Gören auf dem Rücksitz und Skiern auf dem Dach. Er mag keine Abstinenzler und keine arschfeinen kleinbürgerlichen Leute und konventionellen Leute, die in Banken und bei Versicherungen arbeiten.

Er mag Tippelbrüder und Rebellen und Alkoholiker und Leute, die sich das Leben nehmen. Leute, die das Bürgertum schockieren und aus dem Rahmen fallen, und Studentinnen. Er mag arme Leute und Revolutionäre, Himmelsstürmer, Barrikadenkämpfer, Kommunisten, Rabulisten, und alle, von denen es nicht so viele gibt.

Aber als ihre Mutter einen runden Geburtstag hat und feiern will, kommt er mit, denn sie traut sich nicht, ohne ihn zu fahren. Die Kinder müssen ihre Oma sehen, das ist klar, zu Weihnachten fährt der Exmann sie zum Weihnachtsfest. Aber jetzt hat Ida Arnold, und wenn Arnold mitkommt, traut sie sich vielleicht, das Geburtstagsfest ihrer Mutter zu besuchen und ihren Vater und ihre Geschwister zu treffen, die sie seit fast drei Jahren nicht mehr gesehen hat. Arnold kommt gern mit. Arnold versteht das Problem und steht auf Idas Seite. Sie ist nervös. Die Kinder sitzen auf der Rückbank und sind nervös. Sie spüren Idas Nervosität, es ist ein nervöses Auto, das sich dem Restaurant nähert, wo alles passieren soll. Die Kinder haben ihre Großeltern, Onkel, Tanten, Kusinen, Vettern seit dem letzten Weihnachtsfest nicht mehr gesehen. Kennen sie nicht und freuen sich nicht und würden lieber nicht hinfahren, etwas anderes tun, aber Ida lässt sich nicht beirren: Alle sollen mitkommen und sie umgeben. Arnold darf nicht eine Sekunde von ihrer Seite weichen. Arnold fährt. Ida kann nicht fahren. Sie taumelt ins Haus und begrüßt alle, Arnold ist dabei, dicht hinter ihr. Hält sie am Arm, an der Hand, sitzt neben ihr. Danke, Arnold. Arnold ist ihrer Meinung, als sie die unmittelbar bevorstehende EU-Abstimmung diskutieren. Sie beide halten gegen den Rest zusammen, und Ida überlebt, und sie gehen los. Als sie die Kinder zu ihrem Vater gebracht haben, gehen sie in die Stadt, auf die große EU?-Nein-Danke-Demonstration, der Youngstorget ist schwarz vor Menschen, die Straßen in der Umgebung sind schwarz vor Menschen. Sie trinken Bier in der Kneipe Stortorvets Gjestgiveri, zusammen mit allen anderen, die dasselbe meinen wie sie, und sie trinken ihnen und einander zu.

»Sie wissen nicht, wer du bist«, sagt Arnold. »Sie haben keine Ahnung, wer du bist. Deine Eltern, deine Geschwister, sie kennen dich nicht.«

Arnold weiß es. Arnold sieht sie. Arnold weiß genau, was er zu tun hat.

Stortorvets Gjestgiveri am großen Nein-Abend, in der Stadt, nach dem mit Arnoldmatrosens Hilfe überstandenen Familienfest. Ida liebt ihn. In der Herbstdunkelheit, zusammen mit drei weiteren lauten Gesinnungsgenossen. Sie teilen. In der Abstimmungsnacht beobachten sie den Großbildschirm gemeinsam, fühlen dasselbe, haben dieselbe Spannung im Leib, dieselbe Freude, als die Ergebnisse hereinkommen. Nicht fast dieselbe Freude, sondern dieselbe Freude. Sie sind nicht ein wenig einig, sondern ganz einig. Teilen nicht ein wenig, teilen ganz. Halten einander an den Händen und pressen mit genau derselben Stärke, bei einer Gemeinde nach der anderen. Fallen einander um den Hals, als das Ergebnis feststeht. Es ist ein gemeinsames Fest, was haben sie für ein Glück.

Die erste Reise nach Marokko. Ihr neues Stück, »Ein geheimes Zimmer – Norwegen im Herbst«, ist verfilmt worden und wird vom Fernsehen ausgestrahlt. Ihr graust, weil es das Fernsehen ist. Es wird nicht versteckt, wie im Radio, für besonders Interessierte, die wenigen, die noch immer mit einer Tasse Kaffee vor dem Gerät sitzen und Hörspielen lauschen. Nicht nur Stimmen, sondern Gesichter, Körper, die sich durch einen Raum bewegen. Ihre Familie: Werden die sehen, worum es geht? Die Zeitungskritiker. Alle Arten von Leuten, die zufällig auf die Fernbedienung drücken und hereinplatzen, mitten ins Stück. Die keine Ahnung von Theater haben, die nicht wissen, worum es geht, die aber trotzdem etwas meinen werden, so, wie alle etwas darüber meinen, was im Fernsehen kommt, wie alle sich meinungsberechtigt fühlen. Die Frauen in den Geschäften, die Männer in der Bank, die Eltern der Schulkameraden der Kinder: So was macht sie also, diese Ida Heier.

Also fahren sie nach Agadir, Marokko, eine billige Charterreise in der Nachsaison, im Februar. Es ist warm, tagsüber tragen sie Sommerkleidung. Abends in den Straßencafés liegen Decken über den Stühlen, wie zu Ostern, nach einer Skitour.

Abends, während das Stück gesendet wird, sitzen sie unter den Cafédecken und trinken Rotwein gegen die Kälte, die sich mit der Dämmerung einstellt. Sie stoßen an, jetzt wird es gesendet. Seltsam. Zu wissen, dass diese und jener aus der Familie es vielleicht gesehen haben. Sie ruft nicht zu Hause an. Am nächsten Morgen ruft ihr Ex-Mann im Hotel an und meldet gute Zeitungsrezensionen. Er ist so lieb. Sie freut sich. Arnold kauft Champagner, und sie setzen sich zum Champagnerfrühstück auf den Balkon, öffnen die Tür, und die Sonne scheint auf das Bett, in das sie sich legen und trinken. Es ist gut gelaufen, sie sind zusammen, sie haben Champagner, was sollten sie sich noch wünschen, eine Ruhe im Leib, die dem Genuss den Weg frei macht, dem intensivsten, langsamen. Streiten sie sich diesmal nicht? Geraten sie nicht aneinander? Doch. Er wird böse. Er zertrümmert einen Tisch, den er gekauft hat, es gibt immer einen Grund, böse zu werden. Es sind die Umstände, es ist Ida, etwas, das sie gesagt oder getan hat, es kann die Vergangenheit sein, die Finanzlage, es kann er selbst sein, er nennt sich Idiot, Obertrottel, o Scheiße, Obertrottel. Aber vor allem mild, langsam, zwei Schritte hinter ihr. Sie bestellt, läuft, rennt, redet. Arnold steht zwei Schritte hinter ihr, mit seinem viel sagenden Lächeln. Wirft einen Blick hinüber und entscheidet schweigend. Ida mietet den Wagen, fährt den Wagen, sagt: So, ja! Zeigt in Richtung Marrakesch und singt, logiert sie in einem arabischen Hotel mit gefliester Badewanne in tausend Farben ein, feilscht. Im Restaurant gibt es nur sie beide und Bauchtanz. Arnold wird hervorgezerrt, ihm ist nicht anzusehen, dass er Professor ist. Klein, verschlossen, mit seinem bleichen kahlen Schädel. Die dünnen Beine unter den Shorts. Sprachlos und seiner Männlichkeit beraubt. Sie legen ihn auf den Boden und tanzen um ihn herum. Schütteln über Arnolds unbeweglichem Gesicht ihre Brüste, öffnen den Mund und rollen für ihn mit der Zunge, lassen Bauch, Hintern, Busen über Arnolds zusehends bleicherer Nase zittern, er rührt nicht einen Finger. Ida hat noch nie so gelacht, sie liebt ihn.

Ein einziges Auto, ein gelber 2 CV ohne Dach durch die roten Berge. Ida am Steuer, den Wind in den Haaren. Arnold mit Karte und Bier und einem Taschentuch mit drei Knoten auf dem Kopf, als Schutz gegen die Sonne. Blauer Himmel, niemand weiß, wohin sie fahren, auch Ida trinkt ein Bier, bald sehen sie das Meer.

»Mein Mädel«, sagt Arnold.

Nur sie beide, wie Jane und Paul durch die Wüste, wenn sie Geld hätten, so wie sie, wenn sie kinderlos wären, so wie sie, würden sie in die Wüste übersiedeln, in die nordafrikanische Zeit, und leben, so wie sie, Jane und Paul Bowles, von Kif, Marihuana und Majoun, Champagner, und dabei schreiben.

»So wie wir«, sagt Arnold, er übersetzt Brechts Theatertheorien, Ida schreibt ein Theaterstück. Immer in dem gelben 2 CV unterwegs zum Meer sein. Sie kommen von Imih-Tanoute zur Küste und sehen es plötzlich. So dicht beim

Äquator ist es überwältigend. Nimmt das gesamte Blickfeld ein. Wölbt sich, als könne es über die Erde hinausfließen. Unendlich in allen Richtungen, eine überwältigende dunkelblaue schäumende Masse.

Sie mieten sich in ein Hotel am Strand von Essaoira ein und gehen in die Stadt. Finden in einem Buchladen Paul Bowles' Autobiografie in deutscher Übersetzung, Arnold liest vor, während sie unter der Markise im Café sitzen und Rotwein trinken.

Die Lesbe Jane und der Homo Paul lernen einander 1939 in Greenwich Village, New York, kennen. Heiraten, um sich dem Druck zu entziehen, gehen weg, um zu überleben, unter dem weiten nordafrikanischen weißen und gegen Abend roten Himmel, sie lieben einander. Lieben sich mit anderen, aber lieben einander, das ist möglich. Paul liebt sich mit jungen Arabern, Jane sich mit alten Araberinnen, vor denen Paul sich fürchtet, da sie hexen können. Aber sie sind es, die beiden, die im selben Raum arbeiten, eine Schicksalsgemeinschaft, für das ganze Leben.

»Prost!«, sagt Arnold.

»Prost, Arnold«, sagt Ida.

Paul ist stark und konstruktiv, Jane ist kränklich und destruktiv. Paul raucht Kif und isst Majoun, Kekse mit einer berauschenden Marmelade, die bei der richtigen Dosierung die Fähigkeit zu starker Konzentration über einen längeren Zeitraum schenkt. Jane trinkt Schnaps. Paul hat Erfolg, wird anerkannt und produziert viel. Janes Bücher werden schlecht aufgenommen, sie schreibt immer weniger. Aber sie lieben einander, leben eng zusammen, bis sie krank wird und in einer Anstalt endet und stirbt, mit sechsundfünfzig Jahren. Paul wird über neunzig.

»Prost«, sagt Arnold.

»Prost, Arnold«, sagt Ida. »Eines Tages verreisen wir auch. Für immer.«

Den guten Rhythmus einhalten. Im Sommer. Die Kinder verreist, die Kleider dünn, die Nachbarhäuser leer. Das Telefon klingelt nicht. In den Cafés sitzen keine Gäste. Der Geruch von Bäumen und Blumen durch das Fenster. Sie lieben sich morgens, Arnold kocht Kaffee, sie trinken ihn im Bett und stehen langsam auf. Arnold macht Frühstück, sie essen und machen ihre Arbeit, er seine, sie ihre, lange, dann laufen sie. Sie gehen zum See und laufen um den See und zählen die Tierarten, die ihnen unterwegs begegnen, Hunde, Pferde, Moschusochsen, Ziegen, Schafe, Kühe, eine Katze. Schwimmen im See, sie ist nackt, er behält seine Unterhose an, die Undi, wie er sagt, und er hebt die Beine hoch, um nicht die langen Schilfhalme und die anderen glitschigen Süßwasserpflanzen zu berühren. Sie gehen über die Steine, Arnold vorsichtig, denn die Haut unter seinen Fußsohlen ist dünn. Im Auto liegen Bademäntel und ein kaltes Bier für den, der nicht fährt. Arnold fährt, er ist lieb. Ida trinkt Bier. Nach Hause, und Arnold kocht. Sie essen auf der Terrasse, sitzen auf der Terrasse, so lange die Sonne noch scheint, bis zehn oder länger, und wenn sie zu viel getrunken haben, um sich auf ihre Arbeit zu konzentrieren, und wenn sie trotzdem noch Energie haben, dann holt Busk den Computer, und sie legen die Datei Kvist an.

Wenn sie miteinander reden, so wie jetzt, wenn sie gegenseitig die Gedanken zu Ende denken, so wie jetzt, wenn sie dieselben Meinungen über das haben, was sie lesen und hören, dann können sie doch sicher auch zusammen schreiben. Ein Schauspiel. Sie wollen es versuchen. Ein Schauspiel über den unglücklichen Professor Kvist, der an der Universität über griechische Tragödien lehrt und dessen Leben schließlich größere Ähnlichkeit mit einer griechischen Tragödie aufweist, als ihm lieb ist. Eine Komödie in fünf Akten, nur aus Jux.

So geht es den Leuten, die für das Fernsehen Sketche schreiben. So muss es sein. Eins und eins ist nicht zwei, sondern viele, mehr. Sie gebären Professor Kvist. In einer Sprache, die nicht Arnolds ist, nicht Idas. Um zehn Uhr abends, wenn sie ins Haus gehen, verlassen sie ihre eigenen Sprachen und betreten eine dritte, die zwischen ihren Köpfen erwächst, durch den warmen Druck der Finger auf den Tasten. Sie wechseln sich mit Schreiben und Reden ab, es spielt keine Rolle, wer was macht, sie haben dieselbe Stimme, denselben Rhythmus, denselben Puls, so wie die Leute, die Sketche für das Fernsehen schreiben, man sieht noch, wie sie gelacht haben, wie sie noch immer lachen, in Gedanken, aus dem Lachen werden Repliken und Gedanken geboren, die Gedanken gebären, eine lange erlösende Seriengeburt.

Morgens, wenn sie aufstehen, scheint die Sonne, sie öffnen die Vorhänge. Sie lieben sich in der Sonne im Bett. Sie lieben sich in der Sonne im Wald, sie sind immer allein. Es riecht nach Erde und Pflanzen, die brechen und zerfallen. Es riecht nach Geschlecht, frischer draußen, an der Luft, es ist klar, dass aus diesem Geruch Menschen entstehen. Sie arbeiten, schreiben. Ida für das Theater, für die Bühne. Das Nationaltheater, denkt sie, aber sie sagt es nicht, nicht einmal zu Arnold. Sie wird es einreichen, sie wird es schaffen, sie ist froh, es ist das Allerbeste. Sommer. Arnold übersetzt Brechts Theatertheorie, schwierige deutsche Begriffe, für die es auf Norwegisch keine passende Entsprechung gibt. Den ganzen Tag, bis sie laufen, bis sie schwimmen, bis sie

Arnolds Essen verzehren und Weißwein trinken oder sich in ein Café setzen und weiter an dem Drama über Professor Kvist arbeiten, das den Arbeitstitel trägt: »Der vom Pech verfolgte Mann.«

Professor Kvists Leben ist nicht so verlaufen, wie er sich das erhofft hatte. In seiner Jugend, seit er die griechischen Tragödien gelesen hatte und von ihrer Größe ergriffen worden war, hatte er gehofft, sein eigenes Leben werde ebenso großartig verlaufen, werde tiefe Leidenschaft und gewaltige Herausforderungen enthalten, in Liebe und in Arbeit. Er wollte zu einer wichtigen, ja, entscheidenden Rollenfigur für seine Kinder werden, zu einem Vorbild. Seine alten Eltern sollten stolz auf ihn sein. Und wenn auf seinem Weg unvorhergesehene Herausforderungen auftauchen sollten, wie das ja häufig vorkommt, dann wollte er denen voller Würde entgegentreten. Wie auch Ödipus der großen Krise seines Lebens, seinem unvorstellbaren Sturz, voller Würde entgegengetreten war. Ja, Professor Kvist hatte die Hoffnung gehegt, dass er, sollte sein Leben auf ebenso großartige Weise fehlschlagen wie das des Ödipus, dass er dann den Mut finden würde, sich die Augen auszustechen, sich so zu blenden, wie Ödipus es getan hatte.

Aber alles war, wie gesagt, doch etwas anders gekommen, als Professor Kvist gehofft hatte. Und viele werden wohl meinen, dass einer, der es zu einem Lehrstuhl an einer norwegischen Universität bringt, sich nicht beklagen dürfte. Theaterwissenschaft ist vielleicht kein Fach, das Ruhm und Ehre bringt, aber dennoch. Trotz allem verwaltete Professor Kvist doch unser Kulturerbe, die Wiege unseres Kulturerbes. Die Klassiker, vor allem die griechischen. Und seine Berufung zum Professor war für ihn ein großes Erlebnis gewesen. Das jedoch war jetzt viele Jahre her.

Noch immer schrieb er bisweilen einen Artikel, der auch in einer Fachzeitschrift veröffentlicht wurde, aber es kam gewissermaßen nicht viel dabei heraus. Noch immer wurde er bisweilen zu Seminaren eingeladen, nicht nur in anderen Städten, sondern auch im Ausland, und wenn es sich ermöglichen ließ, dann fuhr er auch hin. Aber jetzt war er schon eine ganze Weile nicht mehr im Ausland gewesen. Die meisten Tage verbrachte Professor Kvist in seinem verstaubten kleinen Büro, im halbdunklen, versteckten Gang, der der Theaterwissenschaft zugeteilt war, oder in einem der zwei kleinen Hörsäle, die sich niemals ganz füllten.

Kvist fürchtete, dass er auf seine dritte Scheidung zusteuerte. Er war, gleichsam unmerklich, von einer Ehe in die andere geglitten, und ebenso unmerklich waren die Frauen ihm entschlüpft, eine nach der anderen. Das stärkste Gefühl, das Professor Kvist bei seinen Frauen auslösen konnte, dachte er und schlug untröstlich die Hände vors Gesicht, war Wut. Seine beiden geschiedenen Frauen und seine derzeitige Ehefrau waren allesamt wütend auf ihn. Streit, Streit, um Geld, um das Kind, das es übrigens vorgezogen hatte, bei seiner Mutter in einem anderen Landesteil zu wohnen, und das der Professor deshalb nur selten sah. Kvist blieb gerupft zurück, so kam er sich vor, und so war es auch. Und jetzt fürchtete er, wie gesagt, dass er auf Scheidung Nr. 3 zusteuerte. Seine Frau, die zwanzig Jahre jünger war als er – ja gut, er war eben ihr Betreuer gewesen –, wünschte sich schon lange ein Kind. Und obwohl Kvist keine weiteren Kinder wollte, gab er ihrem Druck nach und hörte auf, Kondome zu benutzen. Aber Solvei wurde nicht schwanger. Professor Kvists Samenqualität war nicht mehr das, was sie einst gewesen war, das hatte er jetzt schwarz auf weiß. Solvei hatte ein seltsames Gesicht gezogen, als er ihr zwei Tage zuvor das Untersuchungsergebnis vorgelegt hatte. Und am Vorabend, als sie wie üblich auf ihn eingehackt hatte, war sie am Ende wütend weggelaufen und nicht mehr zurückgekehrt.

Ist es da ein Wunder, dass Professor Kvist sich fühlt wie ein Häuflein Elend. Bald wird er fünfzig, aber wer wird für ihn das Geburtstagsfest organisieren, und wen soll er einladen. Sein Leben ähnelt mehr und mehr einer griechischen Tragödie ohne Handlung. Mit zitterndem Kinn holt er die Flasche Cognac hervor, die im Regal hinter Ibsens Gesamtwerk steht, trinkt einen Schluck, schlägt eine zerfledderte Ausgabe der Medea auf und liest laut und mit brechender Stimme:

»Aber so seid ihr Frauen. Alles ist eitel Wonne/so lange ihr sicher im Ehebette ruht.

Doch leidet ihr die Schmach, weichen zu müssen/dann wird der Mann, den ihr bisher hoch geachtet/euch nur zum Hass. Männer sollten ihre Kinder/auf andere Weise zeugen. Ja, besser, Frauen wären nie geschaffen/denn dann gäbe es kein Übel auf Erden.«

Danach stimmt er ein Lied an:
»Hart hat's so ein Professormann,
der alles tut, so gut er kann.
Doch welchen Lohn hat er zum Dank?
Doch nichts als diese harte Bank. (Kvist zeigt dabei mit beiden Händen auf sein kleines Büro.)

Wohin soll ich mich wenden?

Seine Frau verlässt das Haus,
die Studentinnen, die bleiben aus,
er kann sie nicht verführen,
sie wolln ihn abservieren.

Wohin soll ich mich wenden?

Über die Wichtigkeit griechische Tragödien zu lesen
hat er geschrieben und Artikel darüber,
wozu Theaterwissenschaft uns frommt
doch was kann ihm das helfen,
wenn keine zu ihm kommt.

Wohin soll ich mich wenden?

Im Rückblick sehen wir, wie Professor Kvist in allen entscheidenden und schwierigen Momenten seines Lebens ein geflügeltes Wort aus der Literatur zur Hand hat. Ewig besitzen wir nur das Verlorene, sagt er, als seine erste Frau ihn verlässt. Stark ist, wer alleine ist, sagt er sich, als Ehe Nr. 3 in die Brüche geht, aber was hilft ihm das eigentlich. Kluge Sprüche zu kennen macht uns nicht unbedingt klug. Professor Kvist kann viel, er hat viel über die großen Fragen des Lebens gelesen, aber bis zu welchem Grad er sein Wissen in die Praxis umsetzen kann, das ist die Frage. Wie viel hat Professor Kvist eigentlich begriffen, und wie weit kann sein literarischer Ballast ihm in seinem eigenen Leben helfen? Professor Kvist trottet in der Dämmerung nach Hause und findet auf dem Küchentisch den Abschiedsbrief der Gattin Nr. 3. Sie sei zu ihrer Mutter gezogen, schreibt sie.

Der Professor bricht in Tränen aus. Schon mit sechzehn hat er damit geprahlt, dass er die vier großen norwegischen Klassiker gelesen habe. »Lies die vier Großen«, sagte er zu seiner Schwester, die das sogenannte Puddingabitur ansteuerte und gelernt hatte, die vier Großen seien Zwiebel, Porree, Kartoffel und Möhre. Erst jetzt, mit fast fünfzig Jahren, kommen dem Professor Zweifel. Vielleicht haben Zwiebeln, Porree, Kartoffeln und Möhren wirklich mehr Bedeutung für das Leben als Ibsen, Bjørnson, Kielland und Lie, diese Frage würde er gern öffentlich stellen, er nimmt sich aber zusammen. Was nutzen Garman und Worse dem Professor in dieser schweren Stunde? Er weiß nicht mehr, ob er auf das Wunderbare hofft.

Kvist streckt die Hand nach einem Brotmesser aus, doch ehe er es sich in die Brust jagt, ruft er eine Studentin an, mit der er kurz zusammengewesen ist. Dort meldet sich jedoch ein Mann. Kvist legt auf und will sich nun endgültig umbringen, er geht in die Stadt und lässt sich voll laufen. Taumelt von einer Kneipe in die andere und von dort benebelt und betrübt zu Solveis Mutter und fleht Solvei, die im Schutze ihrer Familie vor ihm sitzt, an, doch zu ihm zurückzukehren. Er ist absolut harmlos, wie er da am Türrahmen lehnt, aber dennoch drängen die Frauen sich in einer Ecke kreischend zusammen, und Kvists muskulöser Schwager, der Rohrleger, deckt sie ritterlich mit seiner breiten Brust, die bei der Begegnung mit dem schmächtigen Professor erst recht breit aussieht. Solvei stürzt zum Telefon und ruft die Polizei an, sie schluchzt und führt sich auf wie ein Opfer, aber zweifellos ist sie hier die Herrin der Lage.

Die Polizei holt Kvist ab, und in der Schlussszene sehen wir ihn in der Gefängniszelle. Er hat den Kopf in den Nacken gelegt und schaut durch das winzige Fenster gen Himmel, die Gitterstäbe werfen Schattenstreifen auf sein Gesicht. »Gib mir die Sonne«, ruft er aus, »die Sonne!«

Machen Ida und Arnold sich über Professor Kvist lustig? Stellen sie ihn bloß? Ja. Nein. Sie führen Professor Kvist vor, sie fragen: Wie soll man leben, wenn man nicht sterben will? Sind wir schuld an den Gedanken, die wir denken? Professor Kvist beklagt sich darüber, dass er von der Gesellschaft ungerecht behandelt wird, aber wehrt er sich gegen diese Gesellschaft? Bemüht er sich nicht vielmehr, so zu leben, dass er mit der Gesellschaft nicht in Konflikt gerät, auch wenn das bedeutet, dass er seine Persönlichkeit, seine Bedürfnisse einschränken muss? Akzeptiert er stillschweigend die Regeln, die ihn hemmen und die ihn zerstören?

Als die Bank den Antrag des Professor Kvist auf ein Darlehen ablehnt, entwickelt sich der zentrale Dialog:

Kvist: Aber warum nicht?

Bankmensch: Weil Sie kein Erfolgsmensch sind.

Kvist: Ach?

Bankmensch: Sie sind ein Lustmensch.

Kvist (denkt nach): Ja, so kann man das vielleicht ausdrücken.

Bankmensch: Und ein Lustmensch hat keinen Erfolg.

Kvist (fragend, ans Publikum gerichtet): Aber in der Lust liegt doch sicher auch eine Form von Erfolg?

So denken Arnold und Ida in diesem Sommer über Professor Kvist genau gleich. Jeden Abend, wenn sie mit ihrer Arbeit fertig sind, dichten sie ihn weiter, von einer Situation zur anderen, und lassen ihn auf seine immer traurigere Wirklichkeit mit Theaterzitaten reagieren, lachen immer zärtlicher über ihn, finden sich in ihm wieder und kennen ihre Kollegen und Konkurrenten und ihre Expartner in ihm wieder, die sie ebenfalls genau und liebevoll darstellen, als Professor Kvists Gattinnen, die ehemaligen und die aktuelle, als Professor Kvists Kollegen von der Universität. Arnold kennt sich mit Theatergeschichte aus,

Ida kennt sich mit Dialogschreiben aus. Sie schaffen es. In der letzten Woche dieses Sommers schieben sie ihre eigene Arbeit beiseite und widmen sich Kvist. Sie sind dabei zusammen, morgens, mittags, nachmittags, abends, nachts, im Traum. Sie haben ihn erschaffen, und er lebt in ihnen, und er ist derselbe in ihnen beiden. Sie haben so etwas beide noch nie erlebt. Werden es auch nie wieder erleben, das wäre unmöglich. Teile des Schöpfungsrausches, als sie fast fertig sind, nur die letzten Puzzlestücke fehlen noch, es kann sie nur hinlegen, wer von Anfang an dabei war, Stück für Stück, mit Herz und Hirn.

Sie sitzen in der letzten Woche auch nachts an der Arbeit, ehe die Kinder kommen, ehe sie sich trennen müssen, Kvists Zimmer verlassen und zur Erde hinuntersteigen, zum Irdischen, den Kindern, dem Mittagessen. Nachts sitzen sie vor dem Computer, laufen im Zimmer im Kreis und denken es sich aus, das allerletzte Puzzlestück.

Persönlich gehen sie zum Chef der Hörspielabteilung, legen das Werk auf seinen Schreibtisch, gehen danach ins Theatercafé, trinken Champagner und stoßen an. Nicht auf ihn, nicht auf sie. Nicht auf Arnolds neue Übersetzung. Nicht auf Idas neues Hörspiel. Sondern auf sie beide. Sie teilen zu gleichen Teilen. Sie leben nicht miteinander, sie leben zusammen. Hoffen dasselbe. Warten in gleich großer Spannung. Arnold mit seinem Sohn in Trondheim. Ida mit den Kindern in Oslo. Weckt sie morgens und schickt sie zur Schule. Setzt sich an ihre Arbeit. Spricht mehrmals am Tag mit Arnold.

»Hast du was gehört?«

»Nein.«

»Wann hören wir wohl was, was glaubst du?«

»In einer Woche, vierzehn Tagen.«

»Was machst du?«

»Arbeiten. Kinder kutschieren. Einkaufen. Waschen. Aufräumen.«

Und abends:

»Was machst du?«

»Lesen.«

»Was denn?«

»Alles Mögliche. Und du?«

»Lesen. Alles Mögliche. Examensarbeiten.«

Es gibt nicht immer sehr viel zu sagen. Aber sie brauchen die Telefonstimme, die eine mehr als der andere. Der eine ist einsamer als die andere. Die eine gewissermaßen weiter vom anderen entfernt als umgekehrt. Es kommt vor, dass die Nähe müde macht, und sie sagt, sie gehe jetzt schlafen, und sie wünscht eine gute Nacht, um mit ihren Dingen in Ruhe gelassen zu werden.

»Bist du sicher, dass du jetzt schlafen gehst?«, fragt er misstrauisch, er ahnt die Wahrheit, und sie gefällt ihm nicht.

Der Anruf kommt. Der Chef der Hörspielabteilung möchte den »Vom Pech verfolgten Mann« schon im Herbst bringen. Er nennt das Stück eine Satire, und warum auch nicht. Es kommt wie gerufen, sagt er, denn das restliche Herbstprogramm sei schwer, Klassiker auf Klassiker. Arnold und Ida gehen wieder ins Theatercafé und feiern wieder, stoßen abermals an. Niemand kann wissen, was sie empfinden, denn so etwas passiert nur selten. Als das Stück produziert ist, nur vier Monate später, im November, gehen sie zum Rundfunkgebäude, um es sich anzuhören. Arnold kommt mit in die Büros, die Ida sonst allein besucht, das ist seltsam. Etwas muss ungeteilt bleiben, übrig sein, am

Stück, das ist notwendig. Sie sitzen zusammen im Studio und hören sich das Stück an, dort, wo Ida sonst allein sitzt und sich ihre Stücke anhört, zum ersten Mal, und als sie fertig gehört haben, mit demselben, fast demselben zitternden Gefühl, aber jetzt mit einem Lächeln, unter ihren Kopfhörern teilen sie ein Lächeln: Da schauen sie einander an und lachen bewegt, lachen zärtlich über Professor Kvist, den sie geboren haben und der jetzt in die Welt hinausgeschickt werden soll. Das läuft hervorragend. Für Arnold ist es das erste Mal, die Arme umeinander gelegt, eng umschlungen gehen sie vom Rundfunkgebäude zum Theatercafé und trinken noch einmal Champagner und stoßen wieder miteinander an und fragen, wie es wohl ankommen wird. Wie ihr Stück aufgenommen werden wird. Was die Leute sagen werden. Kollegen, Theaterszene, Uniszene. Sie werden sicher herzlich lachen, glauben sie, aber da begehen sie einen schmählichen Irrtum.

Abends sitzen sie zusammen vor dem Radio. Es ist Anfang Dezember. Das passt gut, Professor Kvist stapft durch regennasse Trondheimer Straßen und schüttelt sich vor Frost. Sie haben gut gegessen, sie haben den Champagner geöffnet, sie warten, lauschen. Sie wollen den »Vom Pech verfolgten Mann« hören.

Sie haben ihn schon gehört, aber das war doch etwas anderes. Jetzt wird er direkt in den Weltraum hinausgesandt.

»Es gibt nichts Neues unter der Nonne«, murmelt Professor Kvist vor sich hin, nachdem er eine weitere Studentin angegrabbelt hat.

»Prost«, sagt Arnold.

Nachts schlafen sie unruhig. Am frühen Morgen geht Arnold los, um Zeitungen zu kaufen. Die meisten Rezensenten, und die Rezensionen stammen vor allem von Universitätsangehörigen, sind offenbar empört und beleidigt, und sie wollen Ida und Arnold die Leviten lesen. Für wen halten die beiden sich eigentlich? Machen die gesamte klassische Tradition lächerlich, als hätten nicht gerade die humanistischen Fächer schon Probleme genug, prestigemäßig, finanziell, in jeder Hinsicht, und dann kommt Professor Arnold Busk mit seiner Halbbildung, um ihnen den Gnadenstoß zu versetzen, um ein wenig Aufmerksamkeit zu erlangen, um zu provozieren, wie das so seine Art ist, er tut doch alles, wenn es nur provoziert. Und jetzt zusammen mit diesem Leichtgewicht von Hörspielautorin, die Götter mögen wissen, was sie gelernt hat, aber einen nennenswerten akademischen Grad kann sie jedenfalls nicht vorweisen.

Sie sitzen sprachlos im Bett. Es dauert zehn Minuten, bis sie ihre Sprache wiederfinden. Hatten unruhig geschlafen, aber hatten sich doch eigentlich gefreut, hatten auf ein wenig Lob gehofft und sich darauf gefreut. Und sei es nur wegen dieses ungewöhnlichen Themas, wegen der Originalität. Aber so ist es nicht gekommen. Nirgendwo auch nur ein gutes Wort. Alle sind negativ gegen das Stück eingestellt, ja, aggressiv, wollen ihnen eins auswischen. Langsam erwacht der Verteidigungsinstinkt, erwächst Kampfeslust aus der Enttäuschung, aus dem Verrat. Ja, es kommt ihnen vor wie Verrat. Er ist unerwartet eingetroffen, sie fühlen sich überrumpelt. Sie erwarteten eine Geburtstagsfeier und landeten in einer Prügelei. Sie hatten sich auf ein Fest vorbereitet, doch was kam, war Krieg. Aber Krieg ist nun mal Krieg, und da werden Ida und Arnold am Pulver nicht sparen. Von jetzt ab heißt es, wir beide gegen den Rest der Welt. Darauf schütteln sie einander die Hände. Sie legen alle andere Arbeit beiseite und steigern sich zusammen in Rage, trommeln auf die Bettdecke und können nicht so schnell schreiben, wie sie denken, wie sie reden. Ein Wort gibt das andere, das Wort des einen und das der anderen, wartet nur. Kein Problem, wenn sie beide in Kampfstimmung sind, wenn sie in einem Zustand der Wut und der Euphorie an den Computern sitzen, und als der Text auf dem Schirm länger wird, nimmt die Wut ab, wächst die Euphorie, am Ende schreiben sie aus Lust, aus Glück, sie freuen sich darauf, ihren Text abzuschicken, ihn gedruckt zu sehen, und sie müssen in die Stadt und trinken, um nach diesem berauschenden Erlebnis wieder nüchtern zu werden.

»Dieses eine Mal prost.«

Sie beide gegen den Rest der Welt, umzingelt von Feinden, gemeinsam sind sie stark. Durch dick und dünn. In den allerverräuchertsten Cafés, um nicht denen zu begegnen, die Zeitungen lesen, die Hörspiele hören, um sich auszuruhen, unter Arbeitslosen, Frührentnern, Geschiedenen, Kinderlosen, Einsamen, weit entfernt von der Bildungskultur, die sie hasst, die von ihnen gehasst wird.

»Dieses eine Mal prost!«

Diese Gemeinschaft kann niemand bedrohen. Diese immer stärkere Bindung kann niemand zerstören, das könnten nur sie selber. Die Hölle sind die anderen, fuck them, die verdammt selbstzufriedenen pathetisch förmlichen salonfähigen Kultivierten, die sich so leicht schockieren lassen, die nicht über sich lachen können, die sich nie betrinken.

»Dieses eine Mal prost.«

Sie beide sind nicht so. Sie sind wie sie, wie er, wie sonst niemand. Stell dir nur vor, dass es zwei Exemplare auf dieser Welt gibt, und dass diese beiden zueinander gefunden haben. Damit sie nicht in ihren Ecken verschmachten müssen, was sonst nämlich passiert wäre. Danke, dass es dich gibt, Ida. Danke, dass es dich gibt, Arnold.

Den ganzen Herbst hindurch streiten sie in den Zeitungen. Sie gewinnen Feinde, verlieren Freunde, niemand stellt sich auf ihre Seite, aber sie haben einander und Professor Kvist, den sie mit ihrem gemeinsamen Herzblut verteidigen.

Sie buchen ein langes Wochenende in Nordspanien, um wieder zu sich zu kommen. Arnold verpasst den Flug nach Oslo, und Ida hört seiner Stimme den Grund an. Er streitet alles ab, aber als die Maschine nach Spanien in Kopenhagen im Nebel stehen bleibt und sie im Flughafen sitzen und trinken, kommt doch die Bestätigung, und sie denkt: Das wird sich niemals ändern. Wenn er das tun kann, nachdem wir zusammen im Krieg gewesen sind. Wenn er es *jetzt* tun kann.

Hat er darüber denn nicht so gedacht, wie sie darüber gedacht hat, oder warum kann er wegen eines Studentinnenficks alles aufs Spiel setzen? Oder, wahrscheinlicher, hat er wie sie und noch mehr darüber gedacht, war er sich dieser seltenen Tatsache so sicher, hat er sich so sicher gefühlt, dass er nicht geglaubt hat, ihre gemeinsame Sache könne aufs Spiel gesetzt, zerstört werden.

Die trockene spanische Erde. Über die Ebene, durch den Wind, schwarzes Pferd, roter Mond. Ach, der Tod harret unser, noch eh' wir Córdoba erreichen. Die Leute essen, schlafen, küssen einander. Sie streiten sich, sie versöhnen sich, sie wollen Selbstmord begehen. Ab und zu bringen sie einander Zärtlichkeit entgegen, ab und zu verlassen sie einander, kehren zurück, ab und zu reden sie über etwas anderes, sie weinen nicht die ganze Zeit.

Ida ist leichter als Arnold, wie das Licht in Spanien, leichter von Gemüt, wie es heißt, als Arnold. Ida ist, ach was. Ida ist Juni, ist rasch, bisweilen zu rasch. Arnold ist langsam. Arnold ist nachdenklich, Arnold ist November. So fühlt es sich an.

Sie haben nicht dasselbe Bedürfnis nach Nähe. Dasselbe Bedürfnis nach Nähe oder Distanz zu haben, ist wichtig. Er will näher sein als sie. Er glaubt, dass der am meisten liebt, der am nächsten sein will, am dichtesten, sie sieht das nicht so, kann es aber nicht erklären. Sie kann ihm so nahe sein, wie es einem Menschen nur möglich ist, ohne zu entgleiten, sich zu verlieren, unzertrennlich, abhängig, sie verspürt die Verlockung der Abhängigkeit. Aber sie muss wieder hinaus. Sie will die Symbiose, sie spürt den Sog der Symbiose, aber sie muss wieder fort, muss hinaus zu den anderen. Sie braucht andere. Sie liebt ihn, aber sie freut sich darauf, mit anderen zu verreisen, ohne ihn. Es ist netter, mit anderen zusammen zu sein, wenn sie weiß, dass sie ihn hat, den Geliebten in ihrem Herzen, der wartet, zu dem sie nach Hause kommen kann, sie möchte in der Gewissheit fort sein, dass er da ist, zu Hause, dass er wartet, während sie fort ist. Sie kann über einen anderen Erdteil wandern und die Liebe zu ihm spüren, sich darauf freuen, dass sie zu ihm nach Hause kommt, um ihm zu erzählen, was passiert ist, in seinem Arm. Muss wegfahren, muss fort sein, um wieder nach Hause kommen zu können.

»Ich will dich immer bei allem dabeihaben«, sagt er. »Auf allen Reisen«, sagt er. »Überall«, sagt er vorwurfsvoll, als mache ihn das zu einem besseren Menschen, als sie es ist, als mache es seine Liebe größer als ihre.

»Ja, aber«, sagt sie.

»Du meinst also, ich hätte dich nicht mit nach Schweden, nach Dänemark, nach Deutschland nehmen sollen?«, fragt er.

»Versteh das nicht falsch, Arnold! So ist das nicht, Arnold! Ich bin doch so gern mit dir gefahren. Es war wunderschön, mit dir fahren zu können, mit dir auf deinen Reisen zusammen zu sein. Danke, Arnold! Versteh mich nicht falsch«, sagt sie, aber sie kann es ihm nicht erklären. Sie sind seit vielen Jahren zusammen. Sie muss nicht auf den Zug, ins Flugzeug springen, sowie die Kinder aus dem Haus sind, um zu ihm zu fahren, sie liebt ihn trotzdem. Es ist nicht nötig für sie, dass er auf den Zug springt, ins Flugzeug, sowie sich eine Gelegenheit bietet, zu ihr zu kommen, sie sind doch trotzdem zusammen. Er kann durchaus in Trondheim bleiben, einen Tag oder zwei für sich haben, auf dem Dachboden aufräumen, während sie bei sich ist, in Oslo, und den Keller aufräumt. Was sie nur tun, wenn sie nicht zusammen sind, denn diese Zeit ist für sie kostbar, auch wenn sie schon fast sieben Jahre zusammen sind, definieren sie die gemeinsame Zeit als so kostbar, dass Ida nicht auf dem Dachboden oder im Garten Ordnung schaffen oder die Dachrinnen reinigen oder Wäsche bügeln kann, wenn Arnold da ist, bei ihr, auch wenn sie schon fast sieben Jahre zusammen sind, würde es Arnold nicht gefallen, wenn sie Wäsche bügeln wollte, an den Abenden, an denen er bei ihr ist, oder wenn sie auf dem Dachboden aufräumte, wenn er endlich kommt, nach einer Woche allein mit seinem Sohn in Trondheim, wenn er bald wieder fahren muss, schon in drei Tagen, da kann Ida doch nicht im Garten Laub harken, was soll Arnold denn so lange tun, nachdem er teuer dafür bezahlt hat, zu Ida zu kommen, soll er einfach auf dem Sofa sitzen und warten?

»Soll ich denn überhaupt kommen?«

»Ja.«

»Ja?«

»War das denn nicht abgemacht?«

»Doch.«

»Ja.«

»Es wird ziemlich hart. Es wird ziemlich stressig.«

»Du kannst doch warten.«

»Wie meinst du das?«

»Meinetwegen brauchst du dir keinen Stress zu machen.«

»Wie meinst du das?«

»Nein. Nur, dass du dir Zeit lassen sollst, mach dir meinetwegen keinen Stress, wenn das Stress für dich bedeutet. Mach, was du willst, was dir am liebsten ist.«

»Hm.« (Pause). »Und was machst du gerade?«

»Ich?«

»Ja.«

»Räume auf. Schaffe Ordnung.«

»Du willst also nicht, dass ich komme? Hast du vielleicht andere Pläne?«

»Natürlich nicht. Natürlich will ich, dass du kommst.«

»Du hörst dich aber gar nicht so an.«

»Wie meinst du das?«

»Du bist doch mit allem möglichen anderen beschäftigt.«

»Ich sage doch bloß, dass du dir keinen Stress machen sollst. Du sagst doch selbst, dass es sehr schwer sein wird, diesen Zug zu erreichen, wenn du den nehmen willst.«

»Und was machst du heute Abend, wenn ich nicht komme.«

»Wie?«

»Gehst du dann mit deinen Kollegen aus und treibst dich die ganze Nacht herum.«

»Natürlich nicht.«

»Ich kenne dich. Genau das wird passieren.«

»Wie meinst du das?«

»Du gehst mit irgendwem aus, und dann treibst du dich die ganze Nacht herum, ich kenne dich.«

Ja, sie hat mehr und mehr Lust, mit irgendwem auszugehen und sich die ganze Nacht herumzutreiben, zu entkommen, sie spürt es mehr und mehr, je länger dieses Gespräch dauert, es dauert zu lange.

»Arnold!«

»Was hast du also vor?«

»Aufräumen, das habe ich doch schon gesagt, in der Garage, vielleicht. Aber kannst du denn nicht kommen? Ich möchte doch, dass du kommst.«

»Bist du dir da sicher?«

»Ja. Und ich lege einen Champagner ins Gefrierfach. Und koche uns was Gutes.«

»Ist das dein Ernst?«

»Natürlich ist das mein Ernst.«

»Soll ich also versuchen zu kommen?«

»Ja! Dann stelle ich den Champagner kalt. Bitte komm, Arnold.«

»Soll ich?«

»Ja. Ich freu mich auf dich!«

Er kommt. Sie holt ihn am Bahnhof ab. Er kommt, er ist bei ihr, so intensiv, dass sie nie auf die Idee kommen würde, auf dem Dachboden aufzuräumen, zu bügeln, sich in ein anderes Zimmer zu setzen und ein Buch zu lesen. Vielleicht liegt es nicht an ihm, vielleicht liegt es an ihnen, so ist es eben bei ihnen. Vielleicht kann er nichts dafür, vielleicht reagiert sie übersensibel auf seine Anwesenheit. Sie schreckt davor zurück, in die Waschküche zu gehen und eine Maschine laufen zu lassen, sie tut es nur, wenn er am Telefon sitzt, am Herd steht, auf irgendeine Weise beschäftigt ist, bald ruft er: »Ida! Wo bist du?«

Wenn sie nicht in seiner Nähe ist, bei ihm, dann schlägt ihr das Herz bis in den Hals.

Sie setzt sich nicht an ihre eigene Arbeit, wenn er nicht mit seiner Arbeit neben ihr auf dem Sofa sitzt. Setzt sich nicht mit einem Buch hin, wenn er nicht mit seinen Büchern neben ihr, bei ihr auf dem Sofa sitzt. Er leert ihr Gehirn, so kommt es ihr vor, zapft ihr die Energie ab, zieht ihre Aufmerksamkeit ununterbrochen an sich, so dass sie sich dauernd auf ihn konzentriert und dauernd und viel zu stark seine Anwesenheit wahrnimmt, vielleicht weiß er das nicht, vielleicht kann er nichts dafür, vielleicht ist es ihre Schuld, etwas an ihr, das ist das Problem. Es ist nicht das, was er tut, es ist einfach so. Die Gedanken können nicht fliegen, wenn er dabei ist. Wenn sie nicht miteinander reden, wenn sie still sitzen, können die Gedanken nicht fliegen, wenn sie nicht mit seinen zusammen fliegen, in dieselbe Richtung, fliegen sie gar nicht, sie haben keine Flügel, wenn er nicht in der Nähe ist.

»Woran denkst du?«, fragt er. Und sie antwortet: »An dich!«, und es ist wahr.

»Wo bist du?«, fragt er, und sie kommt ganz schnell in seine Nähe, es ist nicht das, was er tut, sie ist einfach so. Nicht einmal im Auto, im Auto merkt sie es besonders, im Auto fehlt es ihr, dass sie sich nicht wegträumen kann, auch wenn sie die lange Strecke von Oslo nach Trondheim fahren, von Trondheim nach Oslo, zusammen, und wenn sie nicht reden, wenn sie schweigen, nicht einmal dann können ihre Gedanken fliegen. Es ist unmöglich, wenn er neben ihr sitzt, als könne er ihre Gedanken einfangen, noch ehe sie sie gedacht hat, als halte er ein Schmetterlingsnetz an ihren Kopf. Sie trommelt nicht mit den Fingern auf Lenkrad oder Armaturenbrett, egal, welche Melodie im Radio läuft, denn sie kann sich der Musik nicht ausgelassen hingeben, wie früher, sie ist nicht sie selber, wie früher, erfüllt, sie ist ein Teil eines Wir.

Wenn sie morgens im Bett sitzen und Kaffee trinken, sagen sie einander, wie traurig doch normale Leute leben, die jeden Tag zur Arbeit müssen, die jeden Tag mit dem Auto zur Arbeit fahren, sie sitzen in Anzug und gebügeltem Hemd oder Kostüm und Strumpfhosen und geputzten Schuhen in ihren Autos vor der Mautschranke im Stau. Das bleibt ihnen erspart, solches Glück haben sie. Wenn jemand für Ida anruft, wenn sie im Bett sitzen und arbeiten, dann passt ihm das nicht. Es stört ihn, das merkt sie; auch wenn sie so leise redet wie möglich, wenn sie so wenig sagt wie möglich, merkt sie, dass es die Stimmung zerstört, das, was gerade war, als sie beide allein im Bett gesessen hatten. Sie spürt seinen Widerstand. Sie spürt seinen Widerstand so stark, dass sie rasch redet, um das Gespräch beenden und auflegen zu können. Und ihr Gegenüber spürt ihre Nervosität und wird unsicher und spricht mit anderer Stimme und beendet das Gespräch schneller, als er oder sie es eigentlich vorhatte, vor allem, wenn es ein Er ist, ein Mann, mit dem sie redet, spürt sie Arnolds Widerstand und wird kurz und abweisend, und der Mann, mit dem sie spricht, merkt es und beendet das Gespräch, früher als geplant, ehe sie das gesagt haben, weswegen er angerufen hat, und er lernt, bei Ida anzurufen, wenn Arnold nicht da ist. Sie fürchtet sich, wenn das Telefon schellt, sie fährt zusammen, wenn es schellt, denn sie wird Menschen, die sie nicht schroff abfertigen will, schroff abfertigen müssen, sie wird Menschen abweisen müssen, die sie nicht abweisen will, die sie Arnolds Meinung nach aber abweisen soll, den Vorsitzenden des Dramatikerverbandes oder andere vermeintliche Feinde. Noch ehe es schellt, hat sie Angst, es könne schellen, und Arnold werde sie mit seiner Kälte erfrieren lassen und verstummen und sie noch stundenlang mit seinem Schweigen bestrafen und sich darüber beklagen, wie viele anrufen, und immer ohne Grund, das Telefon läutet ununterbrochen, sagt er, wenn sie in Oslo sind, bei Ida schellt es dauernd. Er findet es entsetzlich, sagt er, dass die, die anrufen, immer im Recht sind. Sie rufen an und reden los, als sei das ganz normal, ohne an die Situation zu denken, in der die angerufene Person gerade steckt.

»Bei mir ruft nie jemand an«, sagt er, als sei das etwas Positives. Es kommt vor, dass er die Decke demonstrativ zurückschlägt und aufsteht und hinausgeht und sich anzieht, um ihr zu zeigen, wie sie ihren Morgen mit ihren unnötigen Telefongesprächen ruiniert, er weiß genau, wie notwendig welches Telefongespräch ist und wie lange es dauern sollte.

»Muss das sein?«, fragt er.

»Sie lässt dich ja gar nicht zu Wort kommen«, sagt er.

»Ihr redet doch nur Mist«, sagt er. »Das ist doch nur Klatsch«, sagt er.

Manchmal stoppt er die Zeit. »Zwanzig Minuten«, sagt er und schaut auf die Uhr, »redet ihr schon, nur Mist.«

Wenn sie sich lieben, ist alles wieder gut. Wenn er sich nicht angezogen hat, nach oben gegangen ist, in einem Sessel sitzt und sauer ist, können sie sich lieben, und alles ist wieder gut. Auch wenn er sich angezogen hat, oben in einem Sessel sitzt und sauer ist, kann es wieder gut werden, wenn sie sich lieben. Es dauert dann nur länger. Sie muss sich nach oben und zu ihm schleichen und ihn ausziehen und ihn anwärmen, ihn zum Lachen bringen, ihn geil werden lassen, ihn ins Bett locken und ihn lieben, und in der Regel ist danach alles wieder gut.

Wenn sie allein läuft, nimmt sie den Walkman mit. Wenn sie mit Arnold läuft, nicht, Arnold ist sauer, wenn sie ihn benutzt. Obwohl sie beim Laufen nicht reden, darf sie ihn nicht benutzen, denn sie soll nicht an einem anderen Ort sein als Arnold, nicht in etwas verschwinden, das er nicht hören kann, und dadurch für ihn unerreichbar sein. Er läuft dann weit vor ihr her, um ihr zu zeigen, was er davon hält, und sie schaltet den Walkman aus, spurtet und holt ihn ein:

»Ich benutze ihn doch gar nicht! Schau nur, Arnold!«, ruft sie und zeigt ihm die locker hängenden Ohrstöpsel. Es ist ein stummes, unklares Unbehagen. Etwas denkt, etwas denkt in Ida.

Sie tritt als zweite Vorsitzende des Dramatikerverbandes zurück und gibt zu Hause bei sich ein Abschiedsfest für den Vorstand. Arnold hat gekocht; während sie auf der Vorstandssitzung ist, steht er zu Hause am Herd und kocht, dann geht er mit einem Freund in die Stadt. Als sie von der Sitzung kommen, steht das Essen fertig in der Küche, die Lammkeule im Backofen, selbst gemachtes Rosmarinkartoffelpüree in einem Topf auf dem Herd. Arnold ist mit einem Freund in die Stadt gefahren und wird erst später kommen, wenn das Fest zu Ende geht, gegen Mitternacht. Am nächsten Tag wollen sie nach Istanbul, um ein weiteres Mal zu heiraten.

Das Essen ist gut. Der Vorstand ist begeistert. Ida sagt, dass Arnold der Koch sei. Alles schweigt. Sie haben ein gespaltenes Verhältnis zu Arnold. Ida ist nicht mehr so, wie sie vor Arnold war, egal, aus welchem Grund. Als Arnold kommt, gegen zwölf, sind die meisten gegangen. Die beiden, die noch da sind, sind betrunken. Auch Arnold hat getrunken. Es endet in einer Schlägerei. Sie kann sich an die Einzelheiten nicht erinnern, daran, wer anfängt, wer zuerst die Hand ausstreckt, nach wem, aber es endet in einer Schlägerei, sie wälzen sich auf dem Boden. Ida stürzt in die Garage und versteckt sich, bis es zu Ende ist, bis sie fahren, bis das Taxi kommt und Arnold Mäntel, Regenschirme hinter ihnen herwirft.

»Macht, dass ihr wegkommt! Arschlöcher!«

»Du bist doch verrückt! Was ist los mit dir?«

»Arschlöcher! Wichser!«

»Verdammt! Ich mach dich fertig!«

»Verrückter!«

Sie hat das alles so satt. Sie hat es so satt. Sie stehen um fünf Uhr morgens auf, sie hat gerade noch daran gedacht, den Wecker zu stellen. Arnold hat oben auf dem Sofa geschlafen, er hat in seiner Wut im Wohnzimmer weitergetrunken. Sie werden vom Wecker aus dem Schlaf gerissen und stehen auf und versuchen, alles zu packen, Geld, Pass, Tickets, Computer, ohne zu reden, ohne etwas zu sagen. Sie bestellen ein Taxi und schaffen es mit Mühe, sprechen nicht miteinander, riechen nach Suff, dösen von Oslo nach München, wortlos, sagen nichts. Sie ist so müde. Finden ein Café, in dem sie warten können, müssen in München eine Stunde warten, es ist inzwischen zehn, sie bestellen Bier, wenn er nur etwas trinken kann, dann wird es besser.

»Arnold!«

»Ja.«

»Arnold!«

»Ja?«

»Prost, Arnold!«

Er hebt das Glas, trinkt, stellt es wieder hin.

»Arnold.«

Er hebt das Glas, trinkt, stellt es wieder hin.

»Arnold!«

Jetzt lächelt er, zum Glück, danke, Arnold, und nun lächelt sie auch.

»Wollen wir nicht darüber lachen?«

»Darüber lachen? Weißt du, was die gesagt haben! O Scheiße!«

»Darüber reden wir nicht mehr. Wir vergessen es. Wir machen es uns gemütlich. So ein Bier tut gut, nicht wahr, Arnold?«

»Weißt du, was die gesagt haben? Hast du gehört, was die gesagt haben?«

»Was denn?«

»Also? Hast du gehört, was die gesagt haben? Hast du?«

»Was denn, Arnold?«

»Hast du gehört, wie sie dich genannt haben?«

»Mich genannt?«

»Hatten die Hände auf deinen Titten, als ich gekommen bin.«

»Nein, Arnold.«

»Hatten verdammt noch mal die Hände auf deinen Titten, tief in deinem BH, als ich gekommen bin.«

»Nein, Arnold.«

»Nein? Nein? Nein?«

»Daran kann ich mich nicht erinnern.«

»Warst wohl blau, wie immer.«

»War ich nicht.«

»Dann umso schlimmer. O Scheiße.«

Er trinkt. Er muss einfach austrinken, noch ein Glas bestellen.

»Können wir es nicht vergessen. Es ist doch nicht wichtig.«

»O Scheiße. Miese Ärsche. Und mit solchen Leuten arbeitest du zusammen.«

»Jetzt nicht mehr. Jetzt arbeite ich nicht mehr mit ihnen zusammen, das ist jetzt vorbei.«

»Gott sei Dank.«

»Darauf trinken wir.«

»Ja, darauf trinken wir.«

Darauf trinken sie. Sie bestellen noch ein Bier und trinken noch einmal darauf. Sie küssen einander und streicheln einander Haare und Hinterkopf, deshalb. Jetzt ist es vorbei. Jetzt gibt es nur noch sie beide. Glücklicherweise. Im Ausland. Niemand, der sie stören kann. Niemand, der sie kennt, der etwas von ihnen will. Nur sie beide, zum Glück. Durch die Straßen von Istanbul zum Hafen, zum Galataufer, mit Blick über den Bosporus, wo sie Champagner bestellen und behaupten, geheiratet zu haben. Die Kellner bringen Blumen, und ein Fotograf macht ein Bild von ihnen, und das Bild ist noch vorhanden. Sie tragen Sonnenbrillen, sie lächeln, sie lehnen sich aneinander, halten Händchen, schnuppern einander an den Haaren, hinter den Ohren. Auf dem Tisch stehen Champagner, Champagnergläser, Blumenstrauß, die Bücher, die sie lesen, das kleine Tagebuch, das sie damals hatte, es kann aufgeschlagen werden. Darin steht: Ich liebe ihn doch, auch wenn er ein bisschen verrückt ist. Ich bin auch ein bisschen verrückt, und zusammen sind wir das auf jeden Fall. Jetzt sind wir im Café. Wollen arbeiten. Hatte viele Orgasmen. Arnold sagt, ich soll das aufschreiben, also tu ich das. Eisprung.

Aber einige Tage vorher, vor der Reise, vor dem Vorstandsfest, das in einer Schlägerei geendet hat, an einem Abend, an dem sie allein war, während er in Trondheim war, und an dem sie daran gedacht hat, was er in Dänemark gemacht hat, vor der Reise nach Spanien, hat sie geschrieben: Ich kann ihn nicht dazu zwingen, nur bei mir zu sein. Ich weiß, dass er mich will, warum setzt er das aufs Spiel? Vielleicht denkt er jetzt an die anderen, auf romantische oder erotische Weise, wie er es nicht tun würde, wenn er die Sache wirklich ausprobiert hätte, aber ich kann nicht sagen: nur zu! Ich bin so böse. Auf irgendeine Weise bereite ich innerlich das Ende vor. Ich spüre es, ich kann mich nicht an ihn lehnen. Muss wetteifern, muss ihn immer wieder neu gewinnen, die Distanz aufrechterhalten, die auch mich zum Bild macht. Ich will etwas anderes von meinem Leben. Ich glaube in gewisser Hinsicht an etwas Drittes. Vielleicht gibt es eine dritte Begegnung, gleichberechtigt, fruchtbar?

Die Manuskripte liegen auf dem Tisch, sie arbeiten, obwohl sie gerade geheiratet haben, sie arbeiten am Hochzeitstag. Er schreibt über seine Übersetzungsarbeit, ein Essay, das mit der Übersetzung veröffentlicht werden soll. Sie schreibt an einem Stück, für die Bühne, nach ihrer Rückkehr muss sie es vollenden, um einen Vorschuss erhalten zu können. Postkarten und Briefmarken liegen auf dem Tisch. Sie schreiben Postkarten an ihre Bekannten und unterschreiben immer beide, damit alle Grüße von Arnold und Ida erhalten. Und auf Wunsch Idas schreibt Arnold eine Karte an den Dramatikerverband: In der Türkei werden zu viele Dramatiker verhaftet. In Norwegen zu wenig.

Wenn er und die Kinder bei ihr sind, wenn sie alle auf einmal bei ihr sind, geht es ab und zu gut, geht es ab und zu gar nicht. Wenn alles normal verläuft, geht es mit allen dreien gut, machen sie Spaziergänge, kaufen sie ein, laufen sie Ski oder schwimmen sie und trinken sie danach Bier, aber das macht nichts, wenn sie ruhig sind und er kocht und es im Haus wunderbar duftet und die Kinder sich darauf freuen, zum Essen nach Hause zu kommen, warmes Essen, jeden Abend, wenn Arnold da ist und alles ruhig ist und das Haus aufgeräumt, und wenn im Winter im Kamin ein Feuer brennt, wenn Rauch aus dem Schornstein steigt, wenn sie durch den tiefen Schnee die Auffahrt hochkommen, wie zu Ostern im Gebirge.

Aber wenn sie Verabredungen haben, in der Stadt, wenn sie ein seltenes Mal auf ein Fest oder zu einer Veranstaltung eingeladen sind, wo es andere gibt, die mit ihr flirten können, mit denen sie flirten kann, dann wird er wütend, und sie streiten sich, und es kommt vor, dass sie damit nicht aufhören, dass sie weitermachen, wenn sie zu Hause sind, und dass er sich nicht beherrschen kann, dass er schreit, sie demütige ihn und mache ihn lächerlich.

»Du kannst mich nicht so behandeln«, schreit er, er brüllt sie an und stößt sie, packt ihre Schultern und schüttelt sie, er ist betrunken und weiß nicht, was er tut. Stößt sie gegen die Wand, und die Kinder werden wach und kommen die Treppe herunter und fürchten sich und sind böse auf ihn, und es ist vorgekommen, dass ihre Kinder ihn vor die Tür gesetzt und die Tür abgeschlossen und sich geweigert haben, ihn wieder hereinzulassen. Und sie legen sich zu ihr ins Bett und schlafen endlich wieder ein, aber sie kann nicht schlafen, was macht er jetzt, wandert er im Garten herum.

Es kommt vor, dass er freiwillig geht.

»Ich gehe! Verdammt, hier halt ich's nicht mehr aus!

Scheiße! Jetzt hast du mich zum letzten Mal gesehen!« Er nimmt seinen Koffer und seinen Rucksack, klemmt sich den Computer unter den Arm und torkelt über die Auffahrt, Socken und Unterhosen und Rasierer rieseln in den Schnee oder ins Gras, je nachdem. Es kommt vor, dass die Kinder ihn vor die Tür setzen und abschließen und ein Taxi rufen, es kommt vor, dass er es nimmt, und es kommt vor, dass er es nicht nimmt und dass sie nicht weiß, wo er ist oder was er jetzt anstellt. Es kommt vor, dass ihre Kinder, die inzwischen groß sind, die Polizei anrufen, weil Arnold Ida gegen die Wand stößt, und die Polizei kommt und nimmt ihn mit, und die Kinder legen sich in ihr Bett und schlafen in ihrem Bett, aber Ida kann nicht schlafen, weil sie sich schuldig fühlt, den Kindern, Arnold, allen gegenüber.

Sie traut sich eine Zeit lang nicht, ihn kommen zu lassen. Sie haben gesagt, dass sie ihn nie mehr wiedersehen wollen, dass sie ihn hassen. Die Situation muss sich entspannen, sie müssen sich erst beruhigen. Er versteht es, er hat Scheiße gebaut. Das versteht er.

Wenn er aufgrund irgendeines Auftrags nach Oslo kommt, wohnt er im Hotel, und sie erzählt den Kindern, sie wolle eine Freundin besuchen, und trifft ihn in aller Heimlichkeit, das ist wie am Anfang ihrer Beziehung. Verboten und prickelnd, in frisch bezogenen sauberen Hotelbetten. Er erwartet sie im Anzug in der Hotelrezeption, und sie trinken an der Bar ein Glas, ehe sie nach oben gehen und sich lieben und sie die Kinder anruft und sagt, dass sie bei ihrer Freundin übernachtet, und fragt, ob sie zu Abend gegessen haben und ob alles in Ordnung ist. Und das ist es, das ist es immer, und sie können sich wieder lieben und alles laufen lassen, am nächsten Morgen hat er seinen Auftritt, dann fährt er wieder nach Trondheim, aber bald wird sie ihn besuchen, wenn die Kinder bei ihrem Vater sind. Sie sind schon lange zusammen, aber dauernd passiert etwas Neues und Ungewohntes, denn sie leben nicht wie andere, das steht fest. Ida hat ihr Stück vollendet, sie gibt es ihm, und er liest es, und sie diskutieren das, was sie schwierig findet, den springenden Punkt. Er liest die Artikel, die sie für die Zeitschrift schreibt, und diskutiert mit ihr und hilft ihr bei den Überschriften, die ihr nicht liegen. Und sie liest seine Übersetzungen und kann ihm bei schwierigen Wörtern helfen, und sie liest das Essay über die Übersetzungsarbeit und korrigiert mit Bleistift am Rand, so wie er ihre Manuskripte korrigiert und mit Fragezeichen versieht. Nach Professor Kvist wissen sie, was sie können, kennen ihre Stärken und die Unterschiede zwischen ihnen, die Unterschiede sind geringer als die Parallelen, darüber können sie sich einigen, sind in den meisten Dingen einig und verlassen sich aufeinander. Wenn sie gelobt wird, ist er froh, und umgekehrt, auch wenn es das Beste ist, gleichzeitig gelobt zu werden, ab und zu kommt es vor, dass beide ungefähr gleichzeitig gelobt werden, das ist das Beste. Wird sie getadelt, ist er wütend, und umgekehrt, fühlt sich getroffen, als richte sich die Kritik, der Tadel, auf beide gleichermaßen. Da sie zusammen sind, können sie einander nicht zu Hilfe eilen, in der Öffentlichkeit, können sich nicht gegenseitig zitieren, sich nicht gegenseitig ins öffentliche Gespräch bringen, schriftlich und mündlich, aber zu Hause, unter der Decke, wird eine Verteidigungsrede nach der anderen ersonnen, was dir gehört, gehört mir, und umgekehrt, und niemand darf dir auch nur ein Haar krümmen.

Die Übersetzung mit dem einführenden Essay ist erschienen. Sie verreisen, um den Rezensionen zu entkommen, es ist ihre zweite Reise nach Marokko. Sie sitzen im Taxi zum Flughafen dicht nebeneinander. Gehen Hand in Hand ins Restaurant und trinken Bier und kommen langsam zu sich, zueinander. Pass, Geld gewechselt, Rechnungen bezahlt, Briefe aufgegeben, Haus abgeschlossen. Hast du mich lieb? Ja. Fahren fort von allem. Also prost, unter uns Pastorentöchtern! Nebeneinander im Taxi vom Flughafen zum Hotel. Vierundzwanzig Stunden am Tag in einem Zimmer, ab und zu muss er aufs Klo, muss sie aufs Klo, dass ist alles. Brechts Theatertheorie mit Arnolds einführendem Essay ist erschienen. Sie verreisten, um den Rezensionen zu entgehen. Air Maroc von Kopenhagen, um dem Klang der nordischen Sprachen so schnell wie möglich zu entrinnen, um dahin zu kommen, wo sie sich frei fühlen, in der Fremde, wie Jane und Paul Bowles, in der nordafrikanischen Wüste. Sie waren schon einmal hier. Er steht auf dem Hotelbalkon und sieht zu, wie sie über den großen steinigen Platz durch die Menschenmenge zur Telefonzelle geht. Sie ruft den Verlag an, um zu hören, wie es aussieht, während er auf dem Balkon steht. Er selbst traut sich nicht. Ida hat keine Angst davor, anzurufen, zu fragen. Gut, dass er Ida hat. Danke, Ida.

Es ist gut angekommen. Gut ist gut genug. Nach dem Professor-Kvist-Herbst können sie sich niemals sicher wähnen, in der alten Heimat haben sie zu viele Feinde. Arnold hat eine Liste angelegt, darauf ist über ein halbes Hundert Personen verzeichnet. Nordafrika ist der Ort für sie, dort werden sie sich einmal niederlassen; wenn die Kinder groß sind und sie nicht mehr brauchen, werden sie umziehen, wie Paul und Jane, um Majoun zu essen, das in der richtigen Menge eine lange Phase der Konzentration schenkt, um unter Sonnenschirmen zu arbeiten und abends, wenn die Sonne untergeht, im Sand am Meer Gin-Tonic zu trinken und neue Hörspiele zu schreiben.

»Abgemacht?«

»Abgemacht.«

Noch eine Reise, noch ein Projekt, immer ein Teil Überraschung, ein Teil Entdeckung, um die Verliebtheit beizubehalten. Sich plötzlich in eine andere Richtung drehen, einen anderen Weg betrachten, immer ein Teil Risiko, ein Teil Unsicherheit: Nimm meine Hand, sonst trau ich mich nicht. Ein Teil Offenbarung: Seht uns jetzt an! Wir schaffen es!

Keine großen Zeitungsartikel, aber es läuft gut, sagt der Verlag. Deshalb kaufen sie Champagner. Dieses eine Mal prost. Sie sitzen abends nach der Arbeit auf der Terrasse und schauen auf die Medina. Die Kinder laufen bis Mitternacht durch die Straßen, jetzt werden die wenigen gelben Laternen angezündet. Überall Leute, sie stehen in den dunklen Gassen und rauchen. Die Glut ist zu sehen, atmet mit ihrem Besitzer. Männer verschwinden in den versteckten Bars, wo Alkohol verkauft wird. Auf der anderen Straßenseite werden an einer Bude große Brathähnchen verkauft, sie leuchten golden und drehen und drehen sich. Eines Abends werden sie sich eins kaufen. Sie haben Rotwein und Brot, jetzt taucht Arnold in die Menge von Arabern im Halbdunkel ein und kauft eins der goldenen Hähnchen, die sich drehen. Ida sitzt auf der Terrasse. Jetzt fällt die Tür ins Schloss. Jetzt ist sie allein. Anderthalb Minuten, dann sieht sie ihn unter sich, er überquert die Straße. Ihr Mann. In weißem Hemd und hellen Khakishorts, ein wenig nervös, angesichts der fremden Araber in der Dunkelheit, aber es wird schon gut gehen. Jetzt steht er vor der Bude, jetzt bekommt er das Hähnchen, jetzt dreht er sich um, jetzt kommt er zurück, erleichtert, weil er den Auftrag ausgeführt hat. Arnold! In seinem weißen Hemd und den zerknitterten weißen Shorts, in denen sie schon so viele Löcher gestopft hat. Dass es die noch gibt. Dass er sie trägt. Dass er daran denkt.

Sie essen in der Dunkelheit auf dem Balkon. Die gelben Laternen färben die Medina gelb, fast rot. Was sie nicht mögen, werfen sie über das Geländer, sicher ist unten jemand, der es will. Die Schwalben fliegen. Ein sehr wechselhafter Himmel, der ein Geräusch macht wie Wind. Sie schreiben nicht. Es ist zu dunkel, die Steckdosen sind zu weit entfernt, sie haben zu viel getrunken. Vormittags gehen sie zum Meer, denn dann sieht das Meer schön aus, das muss sein. Sie gehen nicht zum Hafen, sondern zum Meer, dem endlosen, Hand in Hand unter der Sonne, durch die Hitze, um eine Stelle zu finden, von der aus sie das Meer sehen können, draußen, während sie arbeiten, es wölbt sich, und sie können sehen, dass die Erde rund ist, wie die Schiffe wachsen, mit dem Schornstein zuerst, mit den Masten zuerst, wie das Wasser von der Schwerkraft festgehalten wird. Immer stecken sie nach einer Weile die Köpfe zusammen und werden zu einem Kopf. Gebeugt über die Arbeit, Schulter an Schulter eine Weile, am Meer, auf dem sie die Blicke ruhen lassen, während sie denken, einige Stunden, bis sie die Köpfe zusammenstecken. Alles ist schon längst erzählt worden, jetzt erleben sie es nur zusammen. Bestellen das Gleiche, essen und trinken das Gleiche, es gibt nichts Unerfülltes, keine Sehnsucht. Wenn sie nach Hause kommen, wenn sie sich trennen, muss sie sich immer erbrechen, um die Unruhe der plötzlichen Abwesenheit aus ihrem Körper zu vertreiben.

Ist es mein Körper oder deiner, mein Bein oder deins. Wo endet dein Körper, wo beginnt meiner, und wie kann ich dich begehren, wenn du mit mir eins bist. Ich reibe mich an dir oder an mir selber oder an irgendetwas, ich berühre dich oder mich, welche Finger sind wo, und was ist der Unterschied, dein Schweiß, meiner, dein Geruch, meiner oder unserer, wessen Orgasmus, jetzt haben wir alles gesehen. So tief drinnen, wie es nur möglich zu sehen ist, nichts mehr zu betrachten. Zeitschriften, Filme mit Vorschlägen zur Erweiterung. Der Erweiterung von Schlafzimmer, Hotelzimmer, sie können wachsen. Anfangs tut es ein bisschen weh. Dann geht es besser. Wenn sie daran denkt, empfindet sie Lust. Vielleicht ist es krank, vielleicht ist es schädlich. Aber sie sind nicht wie andere. Sie sprengen Grenzen, sie reißen sich von allem los. Ein Club? Darüber steht etwas in der Zeitschrift. Wer sagt nein. Ida sagt nicht nein. Ida kennt kein Nein. Sie vergisst es. Er vergisst es nicht. Als sie einmal in der Stadt sind, wo er liegt, der Club, im Ausland, erwähnt er ihn plötzlich. Hat sie Lust? Wenn du willst. Sie hat keine Angst. Das ist ja wohl kein Grund zur Angst. Wenn du nicht stirbst, dann lernst du was daraus. Nichts Menschliches ist ihr fremd und überhaupt, aber sie spürt ein dumpfes Gefühl in ihrem Körper.

»Wir wissen doch nicht, wo der liegt«, sagt sie, aber das weiß er.

»Wir kennen doch die Adresse nicht«, sagt sie, aber die hat er. Er hat die Zeitschrift bei sich. Er hat an alles gedacht. Er meint es ernst. Etwas passiert, merkt er das nicht? Sie hofft, dass sie die Adresse nicht finden werden, aber sie finden sie. Das Taxi setzt sie einen Block weiter ab, und die Tür ist leicht zu finden. Zum Glück ist geschlossen. Der Club öffnet erst in einer Stunde, sie müssen eben warten. Arnold ist aufgeregt, Ida lässt sich mitschleifen. Warum nicht, wenn du unbedingt willst. Ida ist nicht prüde. Ein Glas Wein wäre nett, während sie warten, sie sitzen in der nächstgelegenen Kneipe und trinken. Sie trinkt und trinkt. Damen haben Gratiszugang, Herren müssen bezahlen. Das Licht in der Rezeption ist rot, wie in einem kleinen Hotel, hinter dem Tresen steht eine nackte Frau, Kondome überall, in allen Zimmern. Sie müssen sich ausziehen, bekommen Schlüssel mit einer Nummer, alle müssen sich ausziehen, nackt sein. Legen ihre Kleider in kleine Schließfächer, wie in einem Bahnhof. Schwach erleuchtete rote Zimmer, wo Männer wichsend eine Matratze umstehen, auf der Paare liegen, eins oder mehrere, und ficken oder wichsen, miteinander, und um die Matratze stehen Männer und wichsen, halbschlaffe Penisse in den Händen der Männer, die alte müde Bewegung mit der rechten Hand, hin und her. Was wollen sie hier? Sie legen sich auf eine Matratze und ficken neben einem anderen fickenden Paar, strecken die Hände nach anderen Körpern aus. Im Hintergrund eine Art Kino, wo man sich setzen und sich Pornofilme ansehen kann, hinter ihnen sitzen einsame Männer und wichsen und starren auf die Leinwand, wo gefickt wird, alle mit allen in allen Öffnungen, wer die Augen zukneift, registriert nur noch den Rhythmus, hin und her, etwas, das hin und her geht, der abgenutzte alte Rhythmus, etwas schneller ab und zu, ehe er für einen Moment von einem Stöhnen unterbrochen wird, und dann wieder der alte abgenutzte Rhythmus, weiter, weiter. Geöffnete behaarte Mösen oder geöffnete haarlose Mösen, rosa und dunkelrot, fast blaue trockene Mösen, ungeschminkte Hintern mit Pickeln und Saugmünder um blaurote Schwänze, Zähne mit schwarzen Füllungen und Schmuckstücke mit bunten Glassteinen, Ringe in Ohren, in Brustwarzen, Schamlippen, an den Zähnen, es ist zu sehen, wer aus Osteuropa kommt. Die Männer wichsen. Arnold hat eine Frau, die er anfassen kann, er fasst Ida an, und Ida wird angefasst und fasst Arnold an, während die Männer wichsen, wo wir schon mal hier sind, aber gib mir was zu trinken. Sie ficken auf der Matratze neben anderen und strecken die Hände nach anderen Körpern aus, Arnold fasst eine andere an. Arnold fasst die Brust einer anderen Frau an, die Brust der Frau, die neben ihm liegt, auf der anderen Seite, so, wie er Idas Brust anfasst, auf genau dieselbe Weise, mit derselben Hand. Berührt das Geschlecht der anderen Frau, das Geschlecht der Frau, die neben ihm liegt, auf der anderen Seite, mit der Hand, mit der er sonst Idas Geschlecht anfasst, damit will er jetzt sie anfassen, die andere, nicht Ida, zur Abwechslung, aber auf genau dieselbe Weise. Was ist das Schlimmste? Deshalb sind sie doch hier, um anzufassen, um angefasst zu werden, von anderen, sie kann es nicht aushalten, sie sinkt, sie sagt nichts, aber sie sinkt. Hier fängt es an. Wenn es noch nicht angefangen hat, dann fängt es jetzt an. Er fasst die Brust der anderen Frau an, das Geschlecht der anderen Frau, so, wie er Ida anfasst, Idas Brust, Idas Geschlecht, Ida ist da, aber er fasst die andere an, und auf dieselbe Weise. Was ist das Schlimmste? Liebe ist nur möglich, wo es Unschuld gibt, ein winziges bisschen Unschuld, eine Prise guten Glaubens. Daran, dass sie nicht ersetzt werden können, dass man nicht austauschbar ist, dass sie nicht dieselben sein können, die Hände des Geliebten sind nicht dieselben wie die des Fremden, man kann das Fremde nicht so anfassen wie das Vertraute und Geliebte, die Hände, wenn sie wählen können, werden immer das Geliebte wählen. Stille im Taxi nach Hause. Es hat sie geil gemacht. Schlafen die ganze Nacht miteinander, und am Morgen, werden geil davon, aber krank, können nicht zu dem Seminar fahren, zu dem sie unterwegs sind. Arnold kann, Ida kann nicht, kann nicht aufstehen, Ida ist krank, sie müssen anrufen und sagen: Ida ist krank, das stimmt, sie kann nicht aus dem Bett aufstehen. Geil davon, die ganze Nacht, vielleicht glaubt er, sie seien zu zweit, aber sie ist allein.

Sie versuchen es zu verstehen. Später, im Flughafen, auf dem Heimweg. Sie sagen das Seminar ab, sie fahren nach Hause und versuchen zu verstehen, warum Ida so außer sich ist. Arnold tut es Leid, dass Ida außer sich ist. So austauschbar ist sie nun doch nicht, dass er nicht traurig und beunruhigt wäre und versuchte, darüber zu reden, nachzudenken. Idas Brust oder die einer anderen Frau, das ist dasselbe und doch etwas ganz anderes. Ihm kann es in allen Frauen kommen, und das Gefühl wäre ziemlich dasselbe, das weiß sie ja. So geht es allen, das weiß sie ja. Ida geht es nicht so, aber das sagt sie nicht. Warum es ihr so geht, wie es ihr geht, darf niemand erfahren. Wie allein sie ist, darf er nicht erfahren. Sie trinken. Das hilft. Bald lachen sie darüber. Wir lernen, wir wachsen, sagen sie zueinander. Wir sprengen Grenzen, wir stellen uns dem Unheimlichen und lernen, wachsen, sagen sie zu sich, zueinander, die ganze Zeit suchen sie weiter. Wer nicht wagt zu zittern, hat Angst, sagen sie. Sie wagen es, deshalb sitzen sie hier und zittern.

Fühlst du dich freier? Nein. Näher? Vielleicht klebt es sie zusammen. Vielleicht werden sie dadurch wie mit einer spitzen Nadel aneinander genäht. Lernen ihre Körper noch besser kennen, lernen die gegenseitigen Lüste und Reaktionen noch besser kennen. Sehen, lernen einander auf tiefere Weise kennen, so tief, wie es nur möglich ist, tief drinnen, sehen einander auch mit anderen, in immer neuen Situationen, alles ist vorstellbar, ist das nicht gut so? Seine Hand, die sich über der Brust einer anderen Frau schließt. So, wie sie sich über den Brüsten zahlloser Frauen geschlossen hat, auch, als sie schon zusammen waren. Es ist einfach Wirklichkeit. Es ist einfach Realität.

Sie kann nicht aufstehen. Es macht sie krank. Es macht sie geil. Sie schlafen und schlafen miteinander. Sie wird niemals fertig, niemals satt, niemals zufrieden, niemals ausreichend erfüllt. Sie ist erschüttert, wenn sie noch einmal von vorn anfangen könnten, würden sie dasselbe machen. Hat man eine Wahl? Man kann nicht sich selber bereuen. Als sie nach Hause kommen, betrunken, ruft er die Redaktion der Zeitschrift an und fragt, ob es auch in Norwegen solche Clubs gibt, in denen sie so werden kann.

Den Kater vermeiden, den Rausch behalten. Sie tun es wieder. Erweitern ihre Grenzen sprengende Welt. Verstehen, dass es ganz unmöglich ist. Die Wahrheit ist immer falsch, auch wenn sie zu hundert Prozent wahr ist. Sie kaufen Zeitschriften und probieren das, was dort beschrieben wird. Sie lesen darin, während sie vögeln. Starren fremde Schwänze an, die sich in fremden Mösen und Mündern und Ärschen hin und her bewegen, neue Stimulanzien, neue Erregung. Gehen wieder hin. Ziehen sich unter Fremden in rotem Licht aus, schlafen zwischen Fremden bei rotem Licht miteinander. Schieben ihre Finger in fremde Ärsche, werden von Fremden angefasst, sind selten ganz wach, schlafen selten richtig. Nichts ist neu genug. Es dauert nicht lange, dann halten sie wieder Ausschau nach etwas anderem. Vielleicht ist das nicht so klug. Darüber reden sie nicht. Sie sprechen es nicht aus, obwohl sie sonst über alles sprechen.

Damit nichts unversucht bleibt, sagt sie sich. Damit wir alle Arten von Gefühlen kennen lernen. Damit wir sehen, was dabei mit ihr geschieht, was dabei mit ihm geschieht, ob etwas geschieht, ob sie überleben, und vielleicht, um mit der Trennung zu beginnen. Sagt sie sich. Um es gespürt zu haben, ehe es passiert, damit es nicht als Überraschung kommt, von hinten, ein Strom, den sie nicht gespürt hat, auf den sie nicht vorbereitet ist und in dem sie ertrinken kann. Da schläft er mit einer anderen. Sieh hin!

Sie haben ihre Struktur: Eine Woche ist Ida allein mit ihren Kindern in Oslo, in der folgenden Woche ist Arnold in Oslo bei Ida und ihren Kindern, in der dritten Woche ist Ida in Trondheim, bei Arnold und seinem Sohn, in der nächsten Woche, der vierten, sind sie allein, dann verreisen sie, wenn es geht. So ungefähr, es ist nicht leicht, das anderen zu erklären. Sie tauchen nicht in den Statistiken auf. Es gibt sie nicht bei den Behörden, nirgends ist vermerkt, dass sie zusammen sind, dass sie einander lieben. Wenn sie allein sind, erledigen sie alle praktische Arbeit, damit nichts davon übrig ist, wenn sie sich treffen und zusammen sein wollen. Sie durchfahren die Nicht-Wochen per Autopilot, mit der einen Gehirnhälfte, nur halbwegs anwesend, damit alles geschehen ist, wenn sie sich treffen und zusammen sind.

Sie haben ihre Struktur. Auf Skiern durch Nordmarka, in der Dunkelheit, über die Lichtloipe. Ganz still, an der dunkelsten Stelle unten am Hang. Nur sie beide. Danach ins nächste Restaurant mit Alkoholausschank, zum Chinesen, dann zwei Bier und dann verbotenerweise mit dem Auto nach Hause. Zwei Bier im Skianzug, ehe sie nach Hause fahren, kochen und Zeitung lesen. Hallo, bist du da drinnen? Schau mich an.

»Bist du da drinnen?«, fragt er.

»Ich glaube schon.«

»Da drin ist etwas, das zu mir herausschaut«, sagt er. »Kann das sein?«

»Ich glaube schon. Es fühlt sich so an.«

Im Sommer laufen sie um den See, danach baden sie. Sie badet nackt, sie sind immer allein, es ist wie auf einem alten Bild. Er behält seine Unterhose an, sie ist grau, sie sieht ihn vor sich. Geliebter Arnold. Hebt die dünnhäutigen bloßen Füße von den Steinen und stellt sie vorsichtig wieder hin. Sie zuerst, dann kommt er. Ihre schweren Brüste schwimmen im Wasser. Sie küssen einander im Wasser. Häufiger in den ersten Jahren als in den letzten, küssen einander, in den letzten Jahren nicht mehr so oft wie in den ersten. Aber sie lieben sich jeden Tag. Auf neue Weise oder auf die alte, schnelle. Von hinten, sie berührt sich selbst, es dauert fünf Minuten oder weniger.

»Wann lieben wir uns«, fragt er morgens, wenn die Kinder in der Schule sind. Jetzt gleich, ehe sie aus der Schule kommen, oder heute Abend, wenn sie schlafen. Sie schauen auf die Uhr und entscheiden sich. Es kommt vor, dass sie es bis zum Abend aufschieben, dann aber zu viel trinken, müde werden und sich von allem wegschlafen.

»Gestern haben wir uns nicht geliebt«, sagt er morgens mit strenger Stimme.

Sie haben ihre Struktur, im Sommer im Ferienhaus auf den Felsen, sein Kind, ihre Kinder, Würstchen auf dem Grill. Sie schaffen es, sie führen es durch. Er kocht, grillt mit einem Glas auf dem Stein, in Shorts, mit einem Panamahut zum Schutz vor der Sonne. Sein Kind mit Freunden, ihre mit Freundinnen, zehn oder zwölf insgesamt, über die Felsen, schreiend, zum Wasser hinunter.

In Casablanca, Marokko, wenn sie gefragt werden, weil sie jetzt einem Ehepaar ähneln:

»Wie viele Kinder habt ihr?«, dann hebt Arnold die Hand und streckt stolz drei Finger aus.

Wollen sie nicht ein Kind machen, ein Kind bekommen, zusammen? Das wäre möglich. Wenn sie sich dafür entscheiden, ist es möglich, ganz einfach. Hab niemals jemanden so geliebt. Werde niemals jemanden so lieben, sollen sie da nicht ein Kind machen, wo es doch möglich ist.

»Willst du mit mir ein Kind haben?«

Er weint wieder, noch nie hat das jemand zu ihm gesagt. Wie würde es aussehen. Ein dunkles kleines Mädchen mit Olivenaugen. Aber es wäre keine gute Idee. Mit slawischen Zügen, nach meinem Sklaven, sagt sie. Er lächelt. Meinem Garderobenständer, der reden kann. Aber nicht immer, vor allem nicht, wenn die Kinder dabei sind. Er hilft beim Einkaufen, trägt ins Haus, legt in die Schränke, kocht, hackt Holz. Stumm, aber in seiner Stummheit anwesend. Er saugt das Haus mit Stummheit leer, lässt die Stummheit strömen.

Im Frühling fahren sie allein zum Ferienhaus auf den Felsen, um zu arbeiten, um unter dem weißen Himmel zu laufen, während andere von neun bis vier im Büro sitzen. Wenn es warm ist, können sie baden. Wenn es kalt ist, setzen sie sich mit Rotwein und Gläsern auf die äußerste Schäre und schauen auf das rote Meer, während die Sonne untergeht. Es ist windig, aber sie haben Decken und Schaffelle über den Knien und sitzen dicht nebeneinander. Wind im Gesicht, Wein im Mund, können sie nicht immer dort bleiben, fort von allem.

Verreisen, so bald, so oft sie können. Sie notieren, sie markieren alle Orte, die sie zusammen besucht haben. Es sind viele. Sie wollen ein Buch über diese Orte schreiben, darüber, was dort passiert ist, in Trondheim, in Oslo und Kopenhagen, in Paris, wo sie so oft gewesen sind:

Einmal kommen sie zu spät und können im Flugzeug nicht nebeneinander sitzen. Arnold ist sauer. Ida hat herumgetrödelt, hat gesagt: »Ach was! Das klappt schon noch«, Ida erledigt alles Mögliche in letzter Sekunde, muss noch einmal nachsehen, ob die Herdplatte nicht noch brennt.

»Das geht schon«, sagt sie. »Das schaffen wir.«

Das tun sie auch, aber sie können im Flugzeug nicht nebeneinander sitzen. Das hatte er befürchtet. Deshalb hat er zur Eile gemahnt. Sieht sie jetzt, wie Recht er hatte? Jetzt müssen sie getrennt sitzen, das ist etwas ganz anderes. Er will niemanden bitten, Plätze zu tauschen. Er will keine Mühe machen. Arnold tritt nicht vor, um Ansprüche zu stellen. Arnold haut nicht auf den Tisch. An sich ist das ja nur gut so. Arnold steht im Hintergrund und macht kein Aufhebens um sich, bei Behörden, in Flughäfen, in Hotelrezeptionen. Man könnte Arnold vergessen, so still, so bescheiden hält er sich im Hintergrund. Ida fragt, Ida stürzt nach vorn und ruft, und meistens klappt es.

»Das klappt schon«, sagt Ida und streichelt Arnolds Kopf, aber diesmal klappt es nicht. Sie fragt, ob jemand Plätze tauschen mag, damit sie zusammensitzen können, aber diesmal geht es nicht. Arnold wird sauer, Arnold verschließt sich, und sie muss ihn wieder aufschließen. Wenn nur endlich der Wagen vorbeikommt, mit dem Wein, wenn er etwas zu trinken bekommt, dann geht es besser.

Sie dreht sich um und lächelt und winkt, er lächelt nicht, winkt nicht zurück. Sie geht auf dem Weg zur Toilette an ihm vorbei, bückt sich und küsst seinen Kopf, das hilft nichts, er hat sich verschlossen, es ist ihre Schuld, dass er allein sitzt. Aber als die Wagen mit dem Wein vorübergerollt sind, bringt die Stewardess einen zusammengefalteten Zettel, ein Briefchen von Arnold an Ida:

Geliebte Ida. Du fehlst mir so schrecklich. Ich freue mich

darauf, dich zu sehen, wenn wir uns endlich begegnen. Die schönste Frau der Welt und meine beste Freundin auf dieser Erde!

Kuss auf den Sommerferienschmetterling. Gruß von einem Mann hinten im Flugzeug.

Sie antwortet, trinkt Wein und schaut hinaus in die blaue Weite, sie liebt ihn, sie werden immer zusammen sein, etwas anderes ist unvorstellbar, so nah kommt man nur einem einzigen Menschen, und wenn man das erst einmal erlebt hat, dann braucht man es, dann wird man abhängig. Auf dem ganzen Flug nach Paris tauschen sie Briefe aus, und als sie sich am Gepäckband begegnen, fallen sie einander um den Hals, als hätten sie sich ewig nicht gesehen, zwei Stunden allein unter Fremden sind schrecklich lang, wenn sie so plötzlich passieren.

So verloren aneinander, so außerhalb der Welt, dass es passieren kann, dass sie einen Tag zu früh zum Flughafen fahren, sie glauben, es sei der achte, aber es ist der siebte, oder einen Tag zu spät, auch das ist passiert, dass sie am dreizehnten zum Flugplatz kommen, während sie den Flug für den zwölften gebucht hatten, und deshalb müssen sie erneut buchen, um wieder nach Hause zu gelangen. Sie halten Morgen und Abend, Nacht und Tag, sich gegenseitig nicht auseinander, alles verschwimmt, wird zu einer bloßen Masse, einem Körper, das Einzige, was noch fehlt, ist, dass sie Drogen nehmen, hätte jemand ihnen welche angeboten, hätten sie es sicher getan.

Anfangs schreibt er ihr Karten von den Orten, die sie zusammen besuchen, heimlich gekauft, heimlich geschrieben, während sie auf der Toilette oder einkaufen gegangen ist, er schreibt auf die Rückseite einer Restaurantrechnung oder auf einen Bierdeckel, steckt es in einen Briefumschlag und wirft es heimlich ein, so dass es im Briefkasten liegt, wenn sie nach Hause kommt, oder einen oder zwei Tage später eintrifft, ein Gruß von dem Ort, den sie eben noch besucht haben. Er spart nicht an Wörtern, nicht an den größten. Wie leben eigentlich die anderen. Wie können sie glücklich sein, wenn sie nicht so leben wie wir.

Hinter der Gartenmauer wohnt eine Bachstelze. Sie fliegt umher, immer beschäftigt, aber sie sehen immer nur dieses eine Weibchen, kein Männchen, keine Jungen.

»Eine geschiedene Bachstelze«, sagt Arnold und legt den Kopf schräg. »Die Arme. Verlass mich nie. Sonst bringe ich dich um. Und dann geb ich mir die Kugel!«

Egal, wie offen er sich auch gibt, ganz offen ist er nie. Egal, wie verletzlich, ganz verletzlich ist er nie. Egal, wie verzweifelt, ganz verzweifelt ist er nie. Er ruft an und sagt, er werde sich das Leben nehmen, aber er ist von der Sorte, die sich nie das Leben nimmt. Er kann wie ein Bedürftiger wirken, aber er hat sein eigenes Lagerfeuer, er überlebt alles. Sie ist diejenige, die daran sterben kann.

»Ich mach dich fertig«, flüstert er, liegt hinter ihr und spricht in ihre Haare. »Ich mach dich fertig, verdammt. Ich mach dich fertig! Der Teufel soll mich holen, der Teufel soll dich holen, mach dich selbst fertig, schlag mich!«

Sie versucht, schafft es aber nicht.

»Du flirtest. Du flirtest! Warum musst du angestarrt werden, ständig willst du angestarrt werden!«

Sicher. Vielleicht. Sie verführt, er verführt, sie sind Verführende, Posierende, posieren, aber in unterschiedlichen Posituren, mit unterschiedlichen Strategien. Abhängig von der Sprache, ja, aber auf unterschiedliche Weise. Er, der Mann, muss ihn reinstecken, das ist sein Ziel, darum geht es ihm. Für sie, die Frau, reicht es, zu spüren, dass sie kann, wenn sie will. Ein Blick ist genug für sie. Die Seminare, wenn sie vorliest, dann passiert es, sonst nicht, ohne Vortrag keine Nummer. Ihn vorlesen zu sehen, zu sehen, wie er auf seine stille Weise den Raum beherrscht, macht sie nicht stolz, sondern nur wütend vor Begehren, einem aggressiven Begehren, so, wie er nicht stolz ist, sondern nur wütend, wenn sie die anderen zum Lachen bringt. Er will nur zerstören, das töten, was bedrohlich ist, was dazu führen kann, dass er irgendwann in der Zukunft verlassen werden kann, und sie trinken einander hässlich, sie trinken einander fett und runzlig, trinken einander arm, schlagen einander blutig, verpassen einander entstellende Narben, treiben einander in den Verfall.

Wenn es kein Muster gäbe. Wenn sie nicht gesehen hätte, dass er es auf diese Weise braucht. Wenn sie nicht wüsste, dass jedes Mal, wenn er allein verreist die konkrete Gefahr besteht, dass es wieder passiert, wenn sie nicht wüsste, dass es jedes Mal passieren kann, wenn er sauer auf sie ist, wenn er sich gekränkt fühlt, und das tut er häufig. Die Angst vorher, aufreibende Szenen während der Aufklärung, Entlarvung, Streitereien auf nicht absehbare Zeit, das Ganze kann immer wieder aufflackern. Eine Befreiung, dem zu entkommen. Wenn man etwas anderes erlebt hat, weiß man, dass es auch anders geht.

Es gibt etwas, das sie nicht weiß. Es gibt etwas, das er nicht sagt, sie weißt es. Es gibt etwas, auch wenn sie es nicht greifen kann, es schwebt in der Luft.

»Ist damals in der Schweiz etwas passiert«, fragt sie. »Ist damals in Århus etwas passiert. Ist damals in Seljord etwas passiert, als du nicht zu Hause angerufen hast.«

»Da liegst du jedenfalls schief«, sagt er, bedeutet das, dass sie weniger schief gelegen hat, als sie nach der Schweiz gefragt hat, nach Århus?

Wer wünscht sich kein Abenteuer? Das Sichere und Gewohnte ist gut genug, ist auf die Dauer aber vorhersagbar. Wer wünscht sich keinen Raum ohne Rechnungen, schmutzige Wäsche, Schuldscheine und Kinder. Arnold! Einen nur erotischen Raum mit einer Stipendiatin oder Studentin, die ihn bewundert, den Dozenten, den Professor, für einige Stunden unwiderstehlich sein, nur klug, nur feurig, sich zurechtdichten und sich von seinen besten Seiten zeigen, für diesen fast fremden Menschen, der einen mit Augen, Haut und Haaren verschlingt. Wer braucht es nicht, auf diese Weise bewundert und geehrt zu werden. Arnold! Er braucht es, und sie weiß es und fürchtet es, und wenn sie ein seltenes Mal in seinem Büro vorbeischaut, dann hat sie Angst davor, etwas Entlarvendes zu finden, ein Damenhöschen zwischen den Sofakissen, ein benutztes Kondom im Papierkorb, und deshalb schaut sie nicht in den Papierkorb, während er dort ist, schaut nicht auf seinen Bildschirm, während er dort ist, um keinen Frauennamen zu sehen, den sie nicht kennt, und vor seinen Augen ihr Gesicht zu verlieren, einen handgeschriebenen Zettel im Postfach, einen Ohrring unter dem Schreibtisch, wenn sie sein Büro nur eine einzige Stunde für sich hätte! Sie weicht den Blicken seiner Kollegen aus, um nicht zu sehen, dass sie etwas wissen, was sie nicht weiß, vielleicht ist eine halbe Stunde zuvor eine spärlich bekleidete Studentin aus Professor Busks Büro gestürzt, mit vom Orgasmus geflammter Brust. Wenn sie trinkt, muss sie einfach fragen, nach denen, von denen sie fürchtet, dass er mit ihnen zusammen war, nach denen, von denen sie weiß, dass er mit ihnen zusammen war, sie gräbt und hämmert, um Einzelheiten zu erfahren, um nicht im Ungewissen zu leben, aber je mehr sie erfährt, umso zerrissener fühlt sie sich. Wie oft wart ihr in dieser Nacht zusammen? Wie alt ist sie? Achtundzwanzig, antwortet er dann, wenn du das unbedingt wissen musst. Wie sieht sie aus, ist sie schön. Sie kann es nicht lassen, sich mit ständig neuen Fragen zu demütigen. Läuft wie besessen durch die Wohnung, wenn er ausgegangen ist, stülpt Taschen um, riecht an Kleidungsstücken, sucht nach Lippenstiftspuren. Durchkämmt Papiere, Quittungen, Mülleimer, auf der Suche nach etwas Kompromittierendem. Hofft etwas zu finden. Wenn sie etwas findet, löst das Fantasien aus, über die sie keine Kontrolle hat, sie ruft alte Geliebte an, um deren Stimmen zu hören, und alles gießt nur Öl in das Feuer, das in ihrer Brust so heiß brennt und lodert, dass sie keine Luft bekommt. Sie schreit und will ihn schlagen, weil er das getan hat, aber nichts hilft, sie ist wütend, aber ohnmächtig, besessen von den Bildern der Hotelbetten, es ist nicht auszuhalten.

Er leugnet, sie hat keinen Beweis. Sie weiß es, es steht fest, sie hat Grund, wütend zu sein, aber sie hat keinen Beweis. Sie hat niemals das Recht, so wütend zu sein, wie sie es ist, sie wird davon verrückt.

Nein, sie ist nicht verliebt in ihn, so, wie sie das früher war. Das merkt er, sie liegt nicht mehr wie früher auf den Knien, das tut niemand Jahr um Jahr, aber es passt ihm nicht, er akzeptiert es nicht, er hat sich daran gewöhnt, dass sie auf den Knien liegt, ist abhängig davon, dass sie auf den Knien liegt, er schwenkt in der Ferne ein Buttermesser, und sie fährt zusammen, als stünde er mit einer Axt vor ihr. Er verliert, so kommt es ihm vermutlich vor. Es fühlt sich an wie ein Verlust, als schwanke alles, als verliere er die Kontrolle, die Aufmerksamkeit, was soll werden, wenn sie anfängt sich umzusehen.

Sie liebt ihn und will mit ihm zusammen sein, und das schreibt sie ihm. Ich liebe dich und will mit dir zusammen sein. Es tut mir Leid, dass ich neulich nicht angerufen habe, und es tut mir Leid, dass ich später gekommen bin als versprochen. Vor allem wegen der Kinder, vielleicht, aber auch wegen dir. Aber ich halte es nicht für ein großes Vergehen, und ich finde es ungerecht, wenn du aus diesem Versehen so ernste Schlussfolgerungen über unsere Beziehung ziehst. Es ist auch schwer für mich, wenn du meine Entschuldigung nicht annimmst. Ich kann kein Wort anbringen. Wenn ich einen Satz beginne, redest du weiter und dehnst ihn aus zu einem einzigen Strom, empört, beleidigt, unversöhnlich. Du sagst, ich lüge, du glaubst mir nicht, wenn ich um Entschuldigung bitte, du machst weiter und weiter: »Du willst dich also lieber mit deinen Kollegen betrinken als mit mir eine richtige Beziehung haben? Antworte! Willst du das? Du willst dich lieber mit deinen Kollegen betrinken! Doch! Das willst du! Du redest die pure Pisse! Ich will mir dieses Pissgerede nicht mehr anhören! Das ist nur Pissgerede! Deine Kinder sind allein, du lässt dich voll laufen, du scheißt auf mich, ich existiere nicht für dich, du rufst ja nicht mal an. Du sagst, dass du gar nicht mit deinen Kollegen zusammen sein willst, aber das ist nur Quatsch, ich will mir dieses Pissgerede nicht mehr anhören. Du willst dir mit deinen Kollegen den Arsch voll saufen, und du scheißt auf mich, und von nun an werde ich dir gegenüber nicht mehr offen sein!«, und so weiter und so weiter und so weiter.

Und so geht und geht es, ohne Unterlass. »Es ist demütigend, wenn ich mir immer wieder anhören muss, dass ich lüge, besoffen bin, darauf scheiße« und so weiter und so weiter und so weiter, wieder und wieder, »ich versuche zu schlafen, morgens muss ich arbeiten, habe Termine, aber das Adrenalin steigt. Ich versuche dich dazu zu bringen, dass du das Licht löschst, dass du nicht mehr trinkst, ich sage – und inzwischen geht das schon seit fast zwei Stunden so –, wenn du nicht aufhörst, dann schlafe ich in einem anderen Zimmer. Denn ich kann das hier nicht mehr ertragen. Du hörst nicht auf, und ich will in ein anderes Zimmer gehen. Du sagst, wenn ich das tue, dann gehst du. Also bleibe ich lange liegen, aber du redest und redest, immer wieder und wieder dasselbe, und am Ende gehe ich doch in ein anderes Zimmer, und du gehst.

Arnold! Du steckst auf einem Gleis fest, wo mein ›Vergehen‹ übertrieben wird, während du mich zugleich dazu zwingst, mich gegen deine übertriebenen Anschuldigungen zu verteidigen, und auf keinen Fall willst du hören, was ich zu sagen habe. Es ist kein Gespräch, kein Austausch, es ist nur deine Frustration, die dich weiter und weiter treibt, in der du einfach feststeckst, es scheint fast, als habe das alles einen tieferen Sinn für dich. Und zugleich scheint es notwendig zu sein, dass ich anwesend bin und mir alles anhöre. Wenn ich aus der Sache aussteigen will, drohst du zu gehen, und dann gewinnst du Macht über mich, zwingst mich dazu, da zu sein, den Scheiß entgegenzunehmen, den ich für ungerecht halte. Soll ich mich damit abfinden? Gestern bin ich explodiert. Du hast gedroht zu gehen, deshalb bin ich liegen geblieben, aber du hast weiter geredet und geredet, und ich habe mich so gefangen gefühlt, festgehalten in deinem Hirngespinst, und deshalb bin ich explodiert.«

Wenn er dies oder jenes tut, kann es vielleicht wieder so werden wie früher. Wenn er sich so verhält, dass sie ausgeschlossen wird, führt das leicht dazu, dass sie ihn verstärkt braucht und sich an ihn klammert. Dann sagt sie ihm, dass sie nicht ohne ihn leben kann, dass sie nur ihn braucht, und dann hat alles eher Ähnlichkeit damit, wie es war und wie es aus ihrer Sicht sein soll. Es kommt vor, denkt sie jetzt im Nachhinein, dass er sie Dingen aussetzt, vor denen er sie eher beschützen müsste. Denn wenn sie sich klein und hilflos fühlt wie ein Kind, dann hat es Ähnlichkeit damit, wie es war und wie *er* es sich wünscht. Vielleicht geschieht es nicht willentlich, vielleicht nicht bewusst, aber es geschieht.

Sie sind auf eine Hochzeit eingeladen. Sie ist Trauzeugin, sie soll eine Rede halten. Eine Frühjahrshochzeit, nein, sie beide sind nicht das Brautpaar.

»Du willst mich nicht heiraten!«, sagt er.

»Doch, wir werden heiraten.«

»Wann denn?«

»Nächstes Jahr vielleicht, so, wie wir das an unserem ersten Bier-zum-Frühstück-Tag beschlossen haben.«

»Das willst du nicht.«

»Doch.«

Sie ist zur standesamtlichen Trauung eingeladen, danach zum Sektempfang für den engsten Familienkreis, sie ist ja die Trauzeugin. Sie steht mit dem Champagnerglas auf der Terrasse in der Sonne, mit einer schönen Rede in der Tasche, es kann ein wunderbarer Tag werden. Arnold muss an der Universität Prüfungen abnehmen, sie werden sich später in der Stadt treffen, sie muss die Sache unter Kontrolle halten, sie muss eine Rede halten, er hat die Prüfungswoche hinter sich und kann sich entspannen, sich zurücksinken lassen, so ist das. Warmer Sommer in Oslo, alle Lokale geöffnet, Stühle und Tische auf dem Bürgersteig. Hochzeitsfest, eine errötende, verliebte Braut mit Blumen im Haar und nackten, unschuldigen Schultern. Ein stolzer und leicht aufgekratzter Bräutigam. Beide sagen deutlich: Ja!«, als sie vor dem schwarz gekleideten Standesbeamten stehen.

»Was bist du schön«, sagt Arnold. Ja, sie sieht gar nicht schlecht aus. Ihre Rede ist witzig, sie hat ihren Job gut gemacht, sie ist tüchtig, die Leute lachen, jetzt kann auch sie ihr Glas heben, endlich, sie unterhält sich vor lauter Erleichterung mit dem sechsundachtzig Jahre alten Onkel der Braut, und als sie sich vom Tisch erheben, tanzt sie mit ihm, während Arnold sich auf seinem Sofa allein fühlt, wie sich herausstellt, denn er stößt den Tisch um und zerbricht eine Flasche, und Ida weiß, was jetzt kommt, deshalb stürzt sie los, schnappt sich ihre Tasche und fährt schleunigst mit einem Taxi nach Hause und weiß nicht, ob er kommt, aber sie hofft, dass er nicht kommt, denn die Kinder sind da, und Arnold ist wütend und betrunken.

Sie hat am nächsten Morgen einen Auftrag, muss an einer Diskussion über Theater und Werte teilnehmen, das weiß er, und er stellt sich kleinlaut ein, verzweifelt und mit den Tränen kämpfend. Es ist ein Teufelskreis, je mehr er zerschlägt, kaputtmacht, umso größer wird seine Angst vor dem Verlust, und diese Angst wird zu stark, wenn er trinkt, und macht ihn wütend. So zittrig hat sie ihn nur selten erlebt. Sie finden eine Bank und setzen sich, er schluchzt und bebt, was kann sie für ihn tun?

Die Finanzen sind das pure Chaos, eine Katastrophe, er streitet sich noch immer mit Kjersti um das Sorgerecht für den Sohn, sie droht mit Klage, Idas Kinder hassen ihn, alles ist nur noch Elend, er fühlt sich erbärmlich, was soll sie tun?

Ihn verlassen? Ihn seinen eigenen Kurs steuern lassen? Das ist unmöglich, wird immer unmöglicher, so kommt es ihr vor. So miteinander verflochten sind sie in Leben und Arbeit, dass sie das Gefühl hat, nicht mehr atmen zu können, egal, was passiert, auch wenn er nicht da ist, kann sie kaum atmen, so, als teile sie auch ihre Lunge mit ihm.

Sie zeigen einander, wie sie onanieren. Sie erzählen einander, wie es mit anderen war, was sie mit anderen getan haben. Sie erzählen einander, welche Fantasien sie haben und setzen die dann in die Tat um. Sie lesen Pornohefte und tun das, was dort beschrieben ist. Sie benutzen Küchengeräte und Möhren, Baguettes, die sich langsam auflösen. Sie trinken und bepissen sich gegenseitig in Hotelbetten und machen sich solche Szenen, dass sie sich morgens nicht ins Hotelfoyer trauen, wenn dort Leute sind, denn jemand kann gehört haben, wie sie einander nachts angebrüllt und geschlagen haben, wie verrückt sie waren. In Paris tanzt sie auf der Straße, während er Akkordeon spielt, und die Leute werfen Geld in Arnolds Stetson, dreihundert Franc verdienen sie in wenigen Abendstunden, natürlich sind sie betrunken.

Es ist heiß, eine sommerliche Hitzewelle. In Kopenhagen stehen Fenster und Türen offen, auch nachts. Ein Kommentator der dänischen Zeitung Politiken schreibt darüber. Seine Frau ist hochschwanger und kann nicht schlafen, sie wälzt sich von einer Seite auf die andere. Dazu kommt, dass ein frisch verliebtes Paar sich im gegenüberliegenden Haus die halbe Nacht lauthals liebt. Wenn sie endlich fertig sind, ist die ganze Nachbarschaft auf den Geschmack gekommen und in allen Schlafzimmern wird heftig gevögelt. Ein witziger kleiner Text, den sie auf dem

Hinflug lesen. Sie lesen lieber dänische Zeitungen als norwegische. Ein langes Wochenende in Kopenhagen, sie weiß nicht mehr, warum sie wegfahren, aus welchem Anlass, vielleicht nur, weil sie Lust und Geld haben, weg wollen, es ist Sommer, wie gesagt, und heiß, ein anderer Grund, wegzufahren, als Lust darauf zu haben, ist nicht notwendig. Sie wohnen im lässigen Hotel Ibsen und gehen leicht gekleidet in die Stadt, wollen japanisch essen. Wie es anfängt, wissen sie nicht mehr, es kann ja auch egal sein, vermutlich sind es dieselben alten Gründe. Sie streiten sich, und sie will nicht mehr und lässt sich in ein Taxi fallen, das gerade vorüberkommt, und findet ein anderes Hotel, weil sie schlafen will, statt sich die ganze Nacht mit ihm zu fetzen. Morgens geht sie ins Hotel Ibsen, um ihn zu wecken, sie hofft, dass er wieder friedlich ist, damit der Rest des Wochenendes erträglich wird, damit sie etwas unternehmen können. Sie findet ihn im Bett. Alle ihre Habseligkeiten sind auf dem Boden verstreut, die Toilettengegenstände, die zollfreien Flaschen, alles, was zerbrechen kann, ist zerbrochen.

Sie legt sich neben ihm ins Bett, ist müde, halb ohnmächtig. Gegen sieben Uhr ruft die Rezeption an und bittet sie, das Zimmer zu räumen. Sie sind im Hotel Ibsen als Gäste nicht mehr willkommen. Also räumen sie. Zwei Tage darauf können sie die Fortsetzung in Politiken lesen, vom selben Autor, über dessen Text sie auf dem Hinflug gelacht haben, dem, der über die Hitze geschrieben hatte, über die schwangere Frau, die nicht schlafen kann. Dieser Mann schreibt jetzt, als die Liebesbrunst in der Nachbarschaft sich gelegt hatte und die Hitzewelle verflogen war, da wurden sie die halbe Nacht von einem Norweger wach gehalten, der am Fenster stand und seine Liebste rief: »Ida! Ida! Wo bist du?«

Sie haben die Arbeit satt. Sie haben die Zeitungen satt, die Bücher satt, das Theater, die Kritiken. Sie haben einander satt, zu satt, um sich zu trennen, es ist die Abhängigkeit, die die Menschen unglücklich macht. Sie haben es satt, Eltern zu sein. Sie haben es satt, morgens aufzustehen, haben die Vorstellung satt, morgens aufstehen zu müssen, die Vorstellung, dass sie noch viele Jahre leben werden, dass sie vielleicht achtzig Jahre alt werden, es ist der Herbst, der sie ansieht.

»Wir machen nur kurz einen Spaziergang«, sagen sie zu den Kindern und fliehen in die Novemberdunkelheit hinaus, in das nächstgelegene Lokal mit Alkoholausschank, in Oslo ist das der Chinese, in Trondheim das Senterkafé. Hinaus in den Regen, über die nassen Straßen, ohne zu sprechen, werden nass, ihre Haare, ihre Schultern. Ziehen ihre Mäntel aus und schwanken zu ihrem Stammtisch ganz hinten in der Ecke.

»Das Übliche?«, fragt der Kellner in fürsorglichem Tonfall, und sie nicken, und er bringt zwei Bier, die sie sofort leeren, und sie winken ihm zu, und er bringt zwei weitere.

»Ich geh kurz eine Runde wichsen«, sagt er und verschwindet mit einer Pornozeitschrift in einem der Schlafzimmer, sie haben in Dänemark ein Sommerhaus gemietet, um zu schreiben.

»Du kannst gern reinkommen und mir zuschauen«, sagt er, und sie geht hinein und schaut zu, und es gefällt ihm, dass sie zuschaut, und er fragt, ob er ihr zusehen kann, und sie zieht die Hose aus und fasst sich an, und dann kommt es ihm, und dann kommt es ihr, sie fasst sich an, während er ihren Hintern streichelt. Das Ganze ähnelt mehr und mehr einem Aufwasch, einem Großreinemachen. Von vorn, von hinten, von überall, wenn es etwas gibt, das wir noch nicht getan haben, dann tun wir es jetzt, warum nicht, es spielt ja doch keine Rolle. Sie pissen aufeinander, es ist einfach heiß auf Brust und Gesicht, wie Liebkosungen, und es stinkt nicht. Warum in der Unwissenheit darüber verharren, was sie dabei empfinden könnte? Die ganze Palette von Überraschung, Eifersucht, Freude, Nostalgie, Reue, allem, was sie dabei empfinden können: Warum nicht? Oder ist es gefährlich, die heimlichen Träume auszuleben, das zu inszenieren, wovor sie sich am meisten fürchten?

Fest auf dem Lande, Jahrestag eines verstorbenen Dramatikers. Die Gäste wohnen in einer Pension, weit draußen, in the middle of nowhere. Eine Frau kommt am frühen Abend auf Ida zu, sie heißt Ida, sagt sie, zwei Iden auf einem Fest, wie ungewöhnlich. Arnold hat den Arm um ihre Knie gelegt, es gibt ein Foto davon. Ida hat die Füße auf den Stuhl neben dem ihren gelegt und Arnold seinen Arm über ihre Knie gebreitet, sie gehört ihm. Die kleine dicke Ida spricht Ida an, und etwas passiert, später ist es schwer, festzustellen, wie es passieren konnte, wie es angefangen hat, wieso beide plötzlich wissen, was los ist, ohne dass etwas gesagt wurde, plötzlich befinden sich alle vier im selben Raum. Etwas an ihrer Art. In dem Raum, in dem sie schlafen. Ida und die viel weniger dicke Ida, der Mann der kleinen dicken Ida und Arnold, mit Wein und Wodka, sie ziehen sich aus, das haben sie noch nicht versucht, es muss versucht werden. Einen Schritt weiter. Die Normalität in sich aufheben, die von der Gesellschaft produzierte, unehrliche Normalität, denken sie, wenn sie überhaupt etwas denken. Es lässt sich nicht rekonstruieren. Vier nackte Menschen. Ida mit dem Mann der fremden kleinen Ida über sich auf dem einen Bett, Arnold mit der anderen Ida auf dem anderen. Wie sehr die Körper sich gleichen. Die Schultern, über die die Hände gleiten, wie das Geschlecht sich aufrichtet, unter der Hand, hin und her, auf dieselbe alte Weise. Die Haare im Nacken und auf der Brust. Die Hand zwischen den Beinen, sucht auf dieselbe alte Weise, findet das feuchte Loch und orientiert sich von dort aus. Wir können es im Schlaf, können es, egal, wie betrunken wir sind. Dieselbe Bewegung mit den Hüften, wie die Hunde. Manche wollen ins Ohr geküsst werden: Küsst sie ins Ohr! Andere wollen einen Finger in den Arsch: Gebt ihnen den Finger im Arsch! Arnold sagt, als es ihm kommt: »Ich liebe dich!« Das wirkt. Arnold pflegt zu sagen, wenn er über Brüste streicht, über die Taille: »Wie schön du bist!« Das wirkt. Jetzt sagt sie es immer, ich liebe dich, wenn es ihr kommt, wie schön du bist, während sie streichelt, sie hat das alles nicht vergeblich mitgemacht. Nun liegt sie mit einem anderen im Bett. Arnold wird plötzlich wütend. Schreit los, wird wütend. Schlägt sie, stürzt hinaus, knallt mit der Tür, schreit, verschwindet. Sie springen auf, kommen zu sich, es geht also doch nicht. Nein, sie hatten sich das anders vorgestellt. Er kann es nicht ertragen. Das ist kein Wunder. Ida kann es auch nicht ertragen, aber sie kennt kein Nein. Arnold stürzt hinaus, Arnold flucht und schreit auf dem Gang, weckt die anderen, sie stürzen aus ihren Zimmern und packen ihn.

»Scheiße! Sie fickt mit einem anderen! Verdammt! Bringt sie um.« Die kleine dicke Ida und ihr Mann verlassen das Zimmer. Ida liegt im Bett. Arnold kommt, jemand hat seine Schultern gepackt und ihn zurück zu seinem Zimmer geführt. Er macht sich über sie her. Er ist nicht groß, sie hat keine Angst vor ihm, sie ist nur müde. Müde, von innen bis nach außen. Er schüttelt sie, packt ihre Schultern und schüttelt sie, knallt sie gegen die Wand, sie ist so müde, fast tot, er kann mit ihr machen, was er will.

Am nächsten Morgen erscheinen sie nicht zum Frühstück, sie nehmen nicht am Programm teil. Gleich nach dem Aufwachen brechen sie auf, packen zusammen und werfen alles weg, was nicht ihnen gehört, leere Wodkaflaschen und zwei unbekannte Unterhosen, eine Damenunterhose, eine Herrenunterhose, also war es nicht nur ein Traum. Sie schleichen sich hinaus, als die Luft rein zu sein scheint, als niemand sie sehen kann, so leise wie möglich, zerkratzt, zerrissen, zerschmettert. Fahren los und reden auf der Heimfahrt nicht miteinander. Die Kinder warten. Das hier kann eigentlich nicht geschrieben werden, nicht gedacht, nur gelebt.

Sie halten durch. Als sei das eine Tugend. Sie planen Reisen, als seien es die anderen, von denen sie fortmüssen. Suchen sich ein Hotel, gehen aus und trinken und gehen zurück auf ihr Zimmer und trinken und gehen wieder aus. Es ist der pure Wahnwitz, sie können nicht damit aufhören. Was sie suchen, was sie ertränken, erwähnen sie mit keinem Wort. Ab und zu haben sie Angst, sie leben in tiefer Trauer. Sie weinen. Sie sagen nichts. Sie trauern darüber, dass sie einander nicht mehr lieben. Mehr wissen sie nicht, das sagen sie, ohne etwas zu sagen, sie können nicht mehr sprechen. Sie trinken. Sie können sich einander nicht nähern, ohne sich zu fürchten, ohne zu zittern.

Sie fallen in Kongsberg aus dem Zug. Jazzfestival, sie haben getrunken, trinken, hängen einander in den Armen, aber wissen, es kann nicht weitergehen. Sie kaufen Eintrittskarten, hören die Musik, sie tanzt mit einem anderen, das passt ihm nicht, aber er hat nicht genug Kraft, um es zu missbilligen, es kommt nichts dabei heraus, sie kämpfen nicht mehr miteinander, küssen sich nicht mehr, drehen sich zur Wand hin, fort voneinander, Rücken an Rücken, lieben sich nicht mehr oder machen es auf die alte Weise, in fünf Minuten oder weniger, in viereinhalb Minuten oder drei, er über ihr, hinter ihr, sie berührt sich selbst und sehnt sich fort, es muss etwas anderes geben.

Ein zugeräuchertes Hotel, ein zugeräuchertes Café, da sitzen sie die halbe Nacht, bis zum Morgen, und am Morgen, am Vormittag, ehe der Zug fährt, fragen sie nur: Wo gibt es um diese Zeit ein Bier? Im Andys, und dorthin gehen sie, aber als sie die Tür öffnen, hören sie zu ihrem Erschrecken, dass dort im Moment eine Dichterlesung stattfindet, und entsetzt weichen sie zurück.

Dass sie nicht immer zusammen sein könnten, ist unvorstellbar, und deshalb macht diese Vorstellung sie so kaputt, so müde.

Arnold organisiert für seine Studierenden eine Exkursion nach Berlin. Er leitet die Fahrt. Ida kommt mit, die Frau des Professors. Ida fängt an. Es ist Idas Schuld, wenn die Schuld denn jemandem gegeben werden muss. Sie löst alles aus. Sie erzählt Arnolds Kollegen, dem unglücklich verheirateten, nach Liebe gierenden Mann, bereits im Flughafen oder im Flugzeug oder auf der Hotelterrasse, in der Nacht, als sie in der warmen Berliner Luft sitzen, dass sie es zu mehreren gemacht haben, sie und Arnold, mit anderen, als sie getrunken hat, protzt sie damit. Als sie im Bett liegen, wird an die Tür geklopft, draußen steht Arnolds Kollege mit einer Studentin und einer Flasche Wodka.

Nicht an diesem Abend, sondern am nächsten. Auf der Dachterrasse, in der Dunkelheit, als die anderen schlafen, kommt sie ins Gespräch mit dieser Studentin. Die ist betrunken, sie vertraut sich Ida an, sie weint, und Ida hat nur einen Wunsch: Gut zu ihr zu sein. Was kann ich ihr Gutes tun? Sie streichelt ihre Haare und legt ihren Kopf an ihre Brust, und die Studentin umfasst Idas Brust. Legt die Hand um Idas Brust und drückt ihr Gesicht, ihren Mund auf die andere Brust, wie um sie zu küssen, und Ida küsst ihre Haare, und die Studentin hebt den Kopf, und sie küssen einander auf den Mund. Ida berührt sie, ihre großen unverbrauchten Brüste, ihre großen tiefrosa Brustwarzen, die sich in ihrem Mund zusammenziehen und runzlig werden. Den weißen dicken Bauch, dessen die Studentin sich schämt, küsst Ida, wie um zu sagen: Du bist gut genug. Schön. Hinter der großen Klimaanlage auf der Dachterrasse, sie sind allein, bald wird es hell sein, küsst sie den großen weißen Bauch, den Nabel, legt sie die Handflächen auf die Innenseite ihrer Oberschenkel und zwingt sie auseinander und sagt: Was bist du schön! Küsst die braunen Haare. Küsst den kleinen roten Zapfen, der wächst, während sie küsst, daran leckt, die triefende Öffnung küsst, die Zunge in die feuchte Öffnung schiebt wie ein Mann, die Umgebung küsst, die blaue Möse, die trieft, sie wartet, bis es fast nicht zu ertragen ist, wie sie weiß, dann saugt sie, Schlürfgeräusche, Seufzer, Atmen in dem Takt, den sie von sich selber kennt, sie weiß, wie es ist, jetzt und jetzt und jetzt unmittelbar zuvor, jetzt kommt es ihr, die nasse Möse bebt. Die geschwollene nasse Möse bebt, der große weiße Bauch bebt. Dann gehen sie auseinander, jede in ihr Zimmer. Arnold schläft. Nach einigen Stunden steht er auf und zieht mit seinen Studierenden durch die Stadt.

Sie ist allein. Ist es der Alkohol oder das andere, beides, auf einmal? Das ist zuviel. Eine junge Frau, vielleicht weiß sie nicht, was sie da tut. Das ist Wahnsinn. Sie kann nicht auf dem Zimmer sitzen, will nicht draußen sein, will sich nicht setzen, will nicht herumlaufen. Sie ist erschüttert, sie kann nur beten, es hilft oder nicht. Lieber Gott. Ich bete nicht darum, dass es nicht wehtut. Ich bete nicht darum, vom Schmerz verschont zu werden. Ich werde meinen Schmerz auf mich nehmen, so wie andere den ihren. Ich weiß, dass es unendliche Mengen von Schmerz gibt, aber gerade dieser besondere Schmerz, den du gerade mir gibst, ist unerträglich.

Sie ruft zu Hause bei den Kindern an, um deren Vormittagsstimmen zu hören, sie steht am Telefon in der Hotelrezeption, als sie vorüberkommt, die Frau vom Dach, die Studentin, die nicht mit den anderen unterwegs ist, sondern zu Hause bleiben wollte, sie ist erschüttert, denkt Ida, wie Ida. Kommt unerwartet vorbei, während Ida an der Rezeption am Telefon steht.

»Hallo«, sagt sie und sieht verloren aus.

Hat sie ihr wehgetan? Sie muss mit ihr sprechen, sie fragen. Sie hat sich mit einem Bier in den Hotelgarten gesetzt. Auch Ida bittet um ein Bier, leert es am Tresen zur Hälfte, dann geht sie hinaus, zu der jungen Frau vom Dach aus der Nacht, der unwirklichen Nacht. Sie fragt, ob sie sich setzen darf, und die junge Frau lächelt und freut sich, glaubt sie, und Ida setzt sich neben sie und fragt behutsam. Die junge Frau lächelt. Sie hat das nicht zum ersten Mal erlebt, sagt sie. Es gibt keinen Grund zur Beunruhigung.

Als Arnold und die Studierenden kommen, als sie gegessen und getrunken haben, sagt sie es ihm. Er findet nicht, dass es etwas ausmacht.

Es ist Ida, die einlädt. Die sagt: Du kannst mit uns kommen. Warum tut sie das, und weiß sie, was sie tut? Und sie kommt mit, mit in ihr Bett, und es ist Ida, die sie als Erste küsst, es ist Ida, die sie anfasst, sie, die Ida anfasst, es ist Ida, die in der Mitte liegt. Sollen sie sich auf diese Weise erneuern und weiterkommen, von nun an, oder wickelt sie die Sache damit ab, Schritt für Schritt, auf immer unmöglichere Art, und weiß sie eigentlich, was sie tut? Am nächsten Tag ist sie außer sich, wie nach dem Clubbesuch in Kopenhagen, einfach außer sich, und sie klammert sich an Arnold an und liebt Arnold, nur Arnold, und kann die Frau nicht ansehen, die dumme Frau, die sich in ihr Leben drängt, die zu ihnen kommt, mitten am helllichten Tag, und die mit ihnen reden will, als sei gar nichts passiert. Ida will mit Arnold schlafen, sie ist geil auf Arnold, sie streichelt und drückt und klammert sich an ihn, sie legt im Bus die Beine auf seine und ist überdreht und außer sich und von Arnold erotisch besessen. Nachts klopft die üppige junge Frau an die Tür, und sie lassen sie ein, und Ida liegt in der Mitte, aber Arnold fasst jetzt auch die andere an, er will auch mitmachen, sagt er, er schläft mit Ida, liegt auf Ida, aber während er mit Ida schläft, gleiten seine Hände über den Körper der anderen, die Brust der anderen, an der er lutscht, an deren Geschlecht er leckt, während er mit Ida schläft. Auch in der letzten Nacht kommt sie, klopft an die Tür, als alle anderen schlafen. Sie lassen sie ein und lassen sie mit ihnen im Bett liegen und fassen sie an, und Arnold schläft mit Ida, und als es Ida gekommen ist, aber nicht Arnold, und er weitermacht und weitermacht, muss Ida pissen, und sie sagt, dass sie pissen muss, und zieht sich von ihm zurück, schiebt ihn von sich und sagt, jetzt gehe sie ins Badezimmer, er könne es so lange ja mit ihr machen, mit der anderen, während Ida im Badezimmer ist. Jetzt schläft er mit der anderen. Sein Arm um die Taille der anderen, wie er morgens sonst zumeist mit Ida daliegt, und jetzt bewegt er sich, bewegt sich zu ihr hinüber. Ida steht mit der

Zahnbürste in der Hand da und sieht zu. Es tut so weh. Seine Hand, die sich abwärts bewegt. Die Frau seufzt, und die Hand wird eifrig, das sieht sie. Die eifrige Hand auf der Möse, der dunklen Möse, der blauen Möse, dem kleinen Tier. Er beugt sich über die andere und küsst ihre Brustwarzen und spürt, wie sie sich in seinem Mund zusammenziehen, wie sie das in Idas Mund getan haben, und jetzt wird er bald in sie eindringen, er weiß nicht, dass Ida daneben steht, es verläuft typisch, wie es ihm gefällt, wie es ihm mit ihr gefällt, warum tut sie sich das an. Jetzt ist es gleich so weit. Jetzt wird es ihm bald kommen, ach, wie ist das schön. Es ist so schön für ihn in der anderen Frau, dass es ihm kommt. Ida geht ins Badezimmer und schließt sich ein. Dann stimmt es also, dann ist es also möglich, das Unmögliche, mit dem sie nicht leben kann. Sie erträgt es nicht. Sie steht im Badezimmer, jetzt macht er sich über die andere her, jetzt kommt es ihm, jetzt stöhnt er, jetzt ist es am allerschönsten. Es ist unerträglich. Sie erträgt es nicht.

Damit alles versucht worden ist. Um die Trennung zu spüren, ehe sie kommt. Sie wissen, dass sie kommt, sonst sterben sie. Wenn du mich verlässt, dann verlass mich langsam, in kleinen Stücken, damit ich es fast nicht merke, damit es, wenn es passiert, aus und vorbei ist. Verlass mich bald, ehe wir einander kennen lernen, lass mich einen anderen treffen als dich, wenn du mich ja doch verlässt, du hast mich schon verlassen, in meiner Kindheit hast du mich verlassen.

Sie geht nicht wieder ins Zimmer.

»Ida, komm raus«, rufen sie, aber das will sie nicht. Sollen sie doch auf dem Bett liegen und ficken und ohne sie zurechtkommen. Sie sitzt auf dem Boden, sie kann nicht aufstehen, sie bedeckt ihren Kopf mit einem Handtuch, es tut so weh.

»Ida, komm raus!«

Sie öffnet die Tür einen Spaltbreit, für Arnold, sie geht nicht hinaus, so lange die andere nicht gegangen ist.

»Du musst sie wegschaffen«, sie flüstert, sie zischt. »Sie muss raus. Schaff sie raus. Ich komme erst rein, wenn sie raus ist, ich kann sie nicht sehen, ich hasse sie, schaff sie raus.«

»Schon gut, schon gut.«

»Schick sie raus, sage ich«, flüstert sie, zischt sie. »Ich kann ihre Anwesenheit nicht ertragen, ich hasse sie, schaff sie raus.«

»Ida!«

»Sonst schreie ich. Bald schreie ich, ich heule, hörst du, so laut ich kann, gleich ist es so weit, wenn ich anfange, kann ich nicht wieder aufhören, das steht fest, hörst du, schaff sie weg!«

Arnold verschwindet, und es dauert ein paar Minuten. Vielleicht zieht sie sich an, ja, sie zieht sich an, und er sieht zu, wie sie sich anzieht, und vielleicht hilft er ihr, ihre Unterhose und ihren Büstenhalter zu finden, die irgendwo unter der Bettdecke liegen, oder in einer Ecke, er sieht ihren Körper an, den nackten, den halb angezogenen Körper, den er eben noch geliebt hat, jawohl, geliebt, vielleicht reden sie miteinander, vertraulich, vielleicht küsst er sie. Vielleicht sagt er, dass Ida verrückt ist, vielleicht zwinkert er der Studentin zu und sagt, wenn sie wieder in Trondheim ist und Ida weit weg, dann können sie ein Bier trinken und über alles reden, kann sie in sein Büro kommen, aber jetzt muss sie gehen, Idas wegen, egal, was Arnold meint, seinetwegen könnte sie gern bleiben, aber jetzt hat Ida sich eben quer gestellt.

Dann klopft er an die Badezimmertür und sagt, dass die Frau weg ist, und Ida kommt heraus, und sie legen sich hin und lieben sich verzweifelt.

»Fick mich hart!«, sagt er, und: »Bestraf mich!«

»Bestraf mich«, sagt er. »Fick mich hart.«

»Nein, nicht so hart«, sagt er. »Sei vorsichtig.«

»Schlag mich! Schlag mich!«, sagt er.

»Nein, nicht so hart. Nein, au!«, sagt er.

»Ich liebe dich«, sagt sie. »Durchdringe mich, teile mich! Lass mich die Engel singen hören.«

»Ich schlage dich!«

»Ja! Das tut gut. Lass mich sterben!«

»Ich reiße dich in Stücke und beiße!«

»Verbrenn mich! Jag Strom durch meine Brustwarzen, lass mich bluten!«

»Du wirst nie wieder so, wie du früher warst!«

»Ich bin schon eine andere! Die Faust, Lieber! Fick mich noch härter. Ja, das ist gut, bis ich sterbe!«

»Du darfst nicht sterben!«

»Danke, danke! Demütige mich, lass mich Demut verspüren!«

Als sie ihn kennen gelernt hat, war er blond. Er kam vom Haupteingang des Frognerparks hinüber zum Restaurant Herregårdskroa, wo sie wartend auf der Mauer saß. Seine Haare waren flaumig, blond, fast durchsichtig. Nach einigen Jahren war er dunkel, so wie sie, wie Menschen, die lange in China oder Japan leben, Schlitzaugen bekommen, so war er dunkler geworden, schwerer und untersetzter, massiver, um zu ihr zu passen. Als sie ihn kennen lernte, trank er schwarzen Kaffee, jetzt trinkt er Kaffee mit Milch, so wie sie. Er fragt sie: Ziehst du einen Mantel an? Und wenn sie einen Mantel anzieht, zieht auch er einen Mantel an. Setzt sie eine Mütze auf, setzt auch er eine Mütze auf. Er hatte einen eingewachsenen Zehennagel, als sie ihn kennen gelernt hat, eine dicke Dame war ihm vor vielen Jahren auf den Zeh getreten, als er einmal zum Tanz aufgespielt hatte, und seither war der Nagel so krumm. Im letzten Jahr, in dem er mit Ida zusammen war, im letzten Sommer, heilte der Nagel dann langsam, am Ende war alles wieder gut. Aber Ida ließ sich in diesem Sommer beim Spülen einen Teller auf den großen Zeh fallen, und der Nagel färbte sich blau und ging ab, und langsam wuchs ein neuer heran, so, wie Arnold einen gehabt hatte. An dem Abend, an dem er zum letzten Mal untreu war, beim ersten Mal mit der Letzten, mit der er untreu war, zerbrach das Glas ihrer Armbanduhr, und die Zeiger fielen heraus.

Ihre Freundin wird heiraten und fragt, ob Ida Trauzeugin sein möchte. Die Trauung soll in Skagen stattfinden, weit weg von der Familie, zu der sie keine gute Beziehung hat, sie würden es auch selber so machen, wenn sie heirateten, und sie werden ja heiraten, im nächsten Jahr, sie und Arnold.

»Du hast mir nie einen Heiratsantrag gemacht!«

Als ich das gekonnt hätte, konnte ich nicht. Jetzt, wo ich es könnte, kann ich nicht.

Brautpaar und Zeugen wollen am Donnerstagabend die Fähre nehmen, den Freitag in Skagen verbringen, am Samstag findet in aller Stille die Trauung statt, am Sonntag fahren sie wieder nach Hause. Das Brautpaar bezahlt. Geht das so für dich?

Ja, an dem Wochenende hat sie noch nichts vor. Kein Problem. Aber sie sagt es nicht, das, was sie sofort denkt und was ihr Magenschmerzen macht: Aber Arnold. Denkt niemand an Arnold. Arnold wird wütend sein. Er ist auf das große Fest eingeladen, das eine Woche später stattfinden soll, nicht aber nach Skagen.

»Muss das sein? Drei Tage? Sie feiern doch in der folgenden Woche dieses große Fest. Reicht das nicht? Musst du vierzehn Tage für diese Hochzeit verschwenden. Ist es nicht reichlich unverschämt, so viel von deiner Zeit zu beanspruchen. Und du sagst ja? Du sprichst nicht mit mir darüber? Wenn wir verheiratet wären, hätten sie mich auch eingeladen. Deine Freunde nehmen unsere Beziehung nicht ernst. Das haben sie noch nie getan. Ich dachte, wir würden an diesem Wochenende nach Dänemark fahren. Ich muss in Århus einen Vortrag halten, und ich dachte, du könntest mitkommen, wir könnten die restliche Woche in Dänemark verbringen und arbeiten, aber du verabredest dich einfach mit deinen Freundinnen und sprichst nicht einmal mit mir, du nimmst mich nicht ernst.«

Jetzt wird darüber gesprochen, jeden Abend, jeden Tag, bis sie losfährt. Drei Wochen vorher und drei Wochen nachher, und danach bei jedem Streit. Es kommt vor, dass sie absagt, nein sagt, weil sie es nicht ertragen kann, den Streit vorher, den Streit nachher, die Auseinandersetzungen. Dass er so wütend wird, so enttäuscht, so beleidigt ist, dass er nach oben geht und sich aufs Sofa legt, dass sie hochgehen und ihn anflehen muss, wieder nach unten zu kommen, oder dass er nach unten geht und sich mitten am Tag auf das Bett legt und die Augen zukneift und sagt, er sei deprimiert, so dass sie nach unten gehen und ihm gut zureden und ihn streicheln und liebkosen muss, ihn lieben muss, um ihn wieder in gute Laune zu versetzen. Es gibt nur dich, Arnold, du gehst immer vor. Wie hat er solche Macht über sie gewinnen können. Wovor fürchtet sie sich. Dass er sie verlassen, sie betrügen, ihr Schmerzen zufügen könnte? Er hält die Folterwerkzeuge in der Hand: Gnade!

Es kommt vor, dass sie absagt, aber die Hochzeit der Freundin kann sie nicht absagen. Es ist ein wichtiger Tag, ein Ereignis, eine Freundin, eine Ehre – aber es bringt nichts, das zu erklären, im tiefsten Herzen hat sie das Erklären aufgegeben. Also fährt sie. Und deshalb hasst er sie. Weil sie einfach losfährt, ohne zu zögern. Sie zögert anstandshalber ein wenig, aber nicht richtig, spielt nicht wirklich mit dem Gedanken, abzusagen und lieber mit Arnold nach Århus zu fahren, wo er einen Vortrag halten muss. Die darauf folgende Woche werden sie in Dänemark verbringen, das haben sie vor. Das ist es nicht, das Problem ist, dass er nicht eingeladen worden ist, dass er nicht zählt, dass er nicht ernst genommen wird, so kommt es ihm vor, dass sie ihm entgleitet, so kommt es ihm vor. Sie fährt nach Skagen. Er fährt nach Århus, danach können sie sich auf halber Strecke treffen, sich einen Ort zum Arbeiten suchen, nur sie beide, für eine Woche. Das wird schön. Aber sie hätten zusammen losfahren und noch länger zusammen sein können. Wie Arnold das vor langer Zeit geplant hatte. Wenn nicht diese Sache mit Skagen plötzlich dazwischengekommen wäre, zu der Arnold nicht eingeladen ist. Eine Beleidigung, und etwas wird schief gehen. Das weiß sie, etwas wird schief gehen. Sie hat sich für ihr Mobiltelefon ein Auslandsabo gekauft, damit Arnold sie erreichen kann, aber es wird schief gehen. Er fühlt sich beleidigt, und etwas wird schief gehen, sie muss sich einfach Sorgen machen. Das Brautpaar wartet an der Fähre, der andere Trauzeuge steht da, sie lächeln. Jetzt wollen sie es sich gemütlich machen. Warum lächelt Ida so verkrampft. Es ist ihr anzusehen, dass etwas nicht stimmt, dass sie auf eine schreckliche Nachricht wartet. Das Mobiltelefon liegt in ihrer Tasche. Arnold ruft an, und sie sagt, sie sei auf dem Schiff, ja, jetzt wollten sie essen gehen. Er ist kühl, er ist enttäuscht, sauer. Ja, dann amüsier dich, ich bin ganz allein hier.

Sie ist so müde. Sie ruft ihn an, als sie schlafen geht, und sagt gute Nacht. Er sagt gute Nacht, er ist allein und muss am nächsten Tag allein losfahren, sie hätten zusammen fahren können, es war ihre Entscheidung. Sie zerkratzt sich die Gänsehaut ihrer Oberarme, bis sie blutet. Sie kommt nie zur Ruhe. Sie wünschte, er wäre hier, sie ist so müde. Jetzt muss sie es einfach schaffen. Damit nichts schief geht. Arnold wird kommen, wenn er fertig ist, sie muss die anderen dazu bringen, ihn zum Hochzeitsessen einzuladen, sie hat ihm versichert, das sei kein Problem. Es graust ihr davor, alles ist nur eine Belastung, Druck von allen Seiten. Wenn alles nur bald vorbei wäre, alles vorbei wäre und sie wieder zu Hause, bald wird sie eine Art Ruhe finden. Bei sich zu Hause in einer Art Ruhe. Mehr Unruhe kann sie nicht ertragen, mehr Druck, es muss aufhören.

Am Samstagmorgen ruft sie sein Hotel an, er antwortet abweisend und bittet sie, in fünf Minuten noch einmal anzurufen. Warum denn? Was ist denn jetzt los? Eine Frau auf dem Zimmer, die er erst wegschaffen muss, er war ja wütend, sie weiß, wie es ist, was er macht, wenn er wütend ist, sie hat gewusst, dass etwas passieren würde. Sie ruft nach fünf Minuten noch einmal an, er ist jetzt ruhiger, sicher, er kommt, er hat seine Sache gut gemacht, sagt er, hat so einen schönen Vortrag gehalten, ist so gelobt worden, sagt er, er ist verkatert, das hört sie, er kommt.

Dann ruft er an, als sie einen Strandspaziergang machen, zur Landspitze Grenen, und Steine auflesen. Er steht im Bahnhof, er nimmt jetzt den Zug, er kommt um sechs an, er hat getrunken, das kann sie hören. Sie fehlt ihm, sagt er, denn er hat getrunken und ist nicht mehr böse. Vielleicht war er nachts mit einer anderen zusammen, vielleicht liegt es daran? Er freut sich auf sie, sagt er.

»Komm nicht betrunken«, sagt sie, hätte sie nicht sagen sollen, er knallt den Hörer auf die Gabel. Jetzt geht es los, jetzt hat es angefangen, was soll werden, und in einer Stunde heiraten sie. Sie fragt ihre Freundin, ob er auch kommen kann. Arnold ist in Århus, und irgendwie sind sie doch verheiratet, sagt Ida, und das geht, und obwohl die Stimmung sich verändert hat, weil sie die anderen drei jetzt mit ihrer Unruhe ansteckt, denkt sie, dass jetzt alles in Ordnung ist. Es wird auch für Arnold ein Platz bestellt, am Tisch für das Hochzeitsmahl, und er kommt um sechs, und wenn bis dahin nur alles gut geht, dann sind sie verheiratet, dann sind sie froh, sie muss bis dahin ihr Bestes geben, damit sie glücklich sind, zufrieden, und dann kommt Arnold. Ida hat dann genug geleistet, es ist in Ordnung, wenn sie sich Arnold zuwendet, wie das sein muss, wenn er kommt.

Sie heiraten, sie singen in der leeren Kirche, anwesend sind nur die vier, dazu der Pastor und der Küster. Das Brautpaar tritt in tiefem Ernst vor und gibt einander sein Ja. Sie träumt nicht von Arnold, während das passiert. Sie sehnt sich nicht nach Arnold, während das passiert. Sie fürchtet sich nur vor dem, was jetzt bevorsteht. Es muss gut gehen! Aber als sie über Gottes Liebe singen, bricht ihre Stimme bei den hohen Tönen, sie kann jederzeit in Tränen ausbrechen, sie sehnt sich nach dem Zusammenbruch. Sie machen Fotos, sie lächeln, sie gehen hinaus in die Dünen. Die Braut hat schwarze Haare und grüne Augen, wie aus Lateinamerika, so sieht man also aus, wenn man liebt. So leicht ist ihr Körper, dass er sie wie nichts hochhebt. Am Meer, auf einem Stein, vor einer Mauer.

»Wir zwei«, sagt er und hebt sein Glas. Es gibt Champagner auf dem Rasen, vor dem Haus, in dem sie sich eingemietet haben, dänische Flaggen sind in den Boden gesteckt. Sonne. Bald kommt Arnold. Sie muss ihn abholen.

»Wir zwei«, sagt der Bräutigam und hebt das Glas. Er spricht leise, denn außer ihnen ist dort niemand, sie sind nur zu viert auf dem Rasen vor dem Haus in Skagen. Er ist bewegt, es ist ein seltsamer Anblick. Sie prostet ihm zu. Er sieht sie an, er ist ganz ernst und sagt, und seine Stimme bricht, dass sie jetzt dieses wichtige Ereignis in ihrem Leben bekräftigt haben, die Tatsache, dass sie einander über den Weg gelaufen sind. Ida muss Arnold abholen, aber Arnold wartet nicht im Bahnhof. Der Bahnhof ist geschlossen, Ida läuft zu den in der Nähe gelegenen Läden und erkundigt sich nach den Samstagszügen, es kommen heute keine mehr, heißt es. Arnold ist nicht da. Er hat kein Telefon, sie kann ihn nicht erreichen. Als sie zu den anderen zurückgeht, ruft er an. Er ist betrunken. Weil sie gesagt hat, dass er nicht betrunken kommen darf. Er ist aus dem Zug ausgestiegen, sagt er, sitzt im Nachbarort und trinkt. Was will er denn, was soll sie sagen? Warum ruft er an, was soll sie mit seinen Worten anfangen?

»Was soll ich tun«, schreit sie unbeherrscht, sie kann sich nicht beherrschen, das ist zu viel. Er knallt den Hörer auf die Gabel. Sie kann ihn nicht zurückrufen, er hat kein Telefon, sie kann ihn nicht erreichen. Er ruft nicht noch einmal an. Was soll sie machen. Zu den anderen gehen, Champagner mit ihnen trinken, sie haben einen Tisch für fünf Personen bestellt, nicht für vier, ein Hoch dem Brautpaar am Hochzeitstag!

»Er war nicht da«, sagt sie. Dann eben nicht.

»Wir können ruhig fahren«, sagt sie. Es gibt keinen Grund zu warten. Arnold ist nicht da, aber Arnolds Geist schwebt über Ida. Sie fahren zum Restaurant, Brønnums in Skagen. Heute ist das Beste gerade gut genug, hier kommt ein Brautpaar. Austern zum Champagner. Das Mobiltelefon liegt auf dem Tisch, klingelt aber nicht. Plötzlich steht er in der Tür, sturzbesoffen. Ida springt auf. Er ist blau, er schwankt. Er will Streit mit ihr, sie geht mit ihm nach draußen. Er ist wütend über das, was sie gesagt hat, dass er nicht betrunken kommen soll. Wütend über das, was sie getan, und das, was sie nicht getan hat, so ganz allgemein. Sie fragt, ob er es schaffen wird, sich anständig zu benehmen, bis sie nach Hause fahren, bis das Essen vorüber ist und sie ins Bett gehen können.

»Du freust dich gar nicht darüber, mich zu sehen!«

Die Austern warten, der Champagner wartet, das Brautpaar wartet.

»Doch, sicher. Kannst du dich anständig benehmen, bis wir ins Bett gehen können?«

»Jetzt hab ich einen sautollen Vortrag über Brecht gehalten und sauviel Erfolg eingeheimst, aber du freust dich nicht darüber, mich zu sehen!«

»Doch, sicher. Kannst du dich anständig benehmen, bis wir nach Hause gehen. Sie haben heute geheiratet. Wir müssen zu ihnen. Das Essen wartet.«

»Du freust dich nicht darüber, mich zu sehen.«

»Doch, sicher. Können wir jetzt zu ihnen gehen?«

»Ich kann auch abhauen. Ich hätte nicht herkommen sollen.«

»Doch. Können wir jetzt zu ihnen gehen?«

»Du freust dich nicht darüber, mich zu sehen.«

»Doch. KÖNNEN WIR JETZT ZU DEN ANDEREN GEHEN?«

»Ich kann auch verschwinden. Du willst mich ja gar nicht hier haben.«

»Doch!«

Ach, es ist langweilig, darüber zu schreiben, es muss langweilig sein, es zu lesen, wie lange dauert es wohl? Zehn Minuten, eine Viertelstunde oder länger, ehe sie hineingehen. Arnold erzählt von seinem Erfolg, seinem Vortrag über Brecht. Er will nichts essen, er raucht Zigarren.

»Red nicht so laut«, mahnt Ida, denn er redet laut, er dominiert.

»Red nicht so laut«, mahnt er daraufhin, wann immer sie etwas sagt.

Jetzt kann ich nicht mehr, denkt sie. Jetzt muss es aufhören, denkt sie. Es kann nicht weitergehen, es kann nicht das ganze Leben so bleiben, denkt sie.

Arnold verbreitet sich lauthals über seinen Erfolg, über seinen Brecht-Vortrag. Vielleicht war er nachts mit einer zusammen, deshalb ist er so betrunken, er war auf dem Seminar mit einer Frau zusammen und hat ein schlechtes Gewissen und hat sich Mut angetrunken, um es zuzugeben.

Arnold erzählt von seinem begeisterten Publikum.

»Åshild und Rune haben heute geheiratet«, sagt Ida.

»Red nicht so laut«, sagt Arnold. Ida geht aufs Klo. Sie weint, sie kann nicht dagegen an. Die Braut kommt hinterher, sie sieht es, sie versteht es, sie streichelt ihre Haare, um sie zu trösten.

»Das ist schon in Ordnung«, sagt sie. »Denk nicht an uns. Für uns spielt das doch keine Rolle. Hab keine Angst, uns geht es gut«, sagt sie. »Wir schaffen das schon. Lass ihn nur reden, denk nicht daran, Ida.«

Dann gehen sie wieder, und Arnold geht aufs Klo, und der andere Trauzeuge schaut Ida mit ernster Miene an und fragt langsam: »Was wird hier eigentlich gespielt?«

Er meint: Warum bist du mit diesem Mann zusammen? Mit diesem kleinen glatzköpfigen Mann mit Bauch, der sich nicht benehmen kann? Dessen Vortrag über Brecht möglicherweise ein großer Erfolg war, der aber keine Manieren hat, der sich nicht benehmen kann? Der fremde Mensch, der Ida seit zwei Tagen kennt und sich fragt, wer Arnold, ihr Liebster, der Deutschprofessor, ist, begreift nichts.

»Was wird hier gespielt, Ida?«

Ida hat Angst vor Arnold, um Arnold. Seinetwegen sitzt sie wie auf Nadeln. Auch die Braut hat Angst, Idas wegen, und der Bräutigam hat Angst, wegen der Braut, während der Trauzeuge keine Angst hat.

»Soll ich euch erzählen, was die Theologen zu meinem Brecht-Vortrag gesagt haben«, fragt Arnold, zündet sich seine nächste Zigarre an und will weiterreden.

»Nein«, sagt der Trauzeuge und wendet sich von Arnold ab, dem Brautpaar zu, er erzählt etwas anderes, und Arnold verstummt. So muss man also mit ihm umgehen. Es ist möglich. Dass sie es nie versucht hat, ist unvorstellbar. Arnold bekommt Cognac zum Kaffee, das hilft. Die anderen wollen ein anderes Lokal aufsuchen, Ida geht nach Hause und packt Arnold ins Bett, und als er schnarcht, sitzt sie neben ihm und sieht ihn an. Wie selbstverständlich er in ihrem Bett liegt, einem Einzelbett, das sie teilen müssen, weil die Gastgeber doch nicht wussten, dass er kommen würde. Wie selbstverständlich liegt er da und macht sich breit und schnarcht. Sie legt sich nicht hin, sie hört die anderen kommen und zu Bett gehen, sie schläft im Sessel ein. Das brennende Gefühl ist am nächsten Morgen noch nicht gewichen; als sei er ihr Kind, schämt sie sich, graust es ihr davor, das Zimmer zu verlassen, den anderen gegenüberzutreten, ihnen in die Augen zu blicken. Wenn das hier nur vorbei wäre, wenn sie nur allein im Wagen säßen, das Gepäck verstaut, auf dem Weg fort von hier, wenn sie sich irgendwo mit einem Bier hinsetzen könnten. Sie ziehen sich schweigend an. Sie sagen nichts. Sie packen und tragen die Sachen hinaus zum Wagen und hoffen, niemandem zu begegnen, und begegnen niemandem und klopfen an die Türen der anderen, ehe sie aufbrechen, und die Türen werden geöffnet, und niemand lässt sich etwas anmerken. Arnold lässt sich nichts anmerken, schämt sich oder schämt sich nicht. Die anderen fragen, ob sie vor dem Aufbruch noch einen Kaffee trinken wollen, und Ida sagt ja, und sie bekommen ihren Kaffee und setzen sich, und Ida versucht leichthin zu reden, erkundigt sich nach dem Vorabend, wohin sie nach dem Essen noch gegangen sind, ob sie sich gut unterhalten haben. Arnold starrt in seinen Kaffee. Dann erhebt Ida sich und sagt, sie müssten jetzt los. Sie bedanken sich für den Kaffee, stellen die Tassen auf den Tisch. Bedanken sich für alles und brechen auf. Ida fährt. Nach Süden, dorthin, wo sie im Sommer waren. Vier oder fünf Stunden dauert die Fahrt, dann erreichen sie die Stadt, wo sie im Sommer waren, am Meer, noch hat Arnold nichts gesagt, er ist deprimiert. Sie halten im Hafen und gehen in ein Lokal, das sie schon kennen, ganz unten am Wasser, und sie bestellen Bier, etwas zu essen. Arnold lässt den Kopf hängen.

»Arnold«, sagt sie und streckt die Hände über den Tisch aus. Er schüttelt den Kopf.

»Arnold«, sagt sie, er schaut ganz kurz auf.

»Ich hätte nicht kommen sollen.«

Er hat ausgetrunken, sie bestellt noch ein Bier.

»Jetzt sind wir jedenfalls hier. Können wir das andere nicht vergessen. Jetzt sind wir schließlich unter uns. Wir haben eine ganze Woche frei.« Sie stößt mit ihm an. »Prost, Arnold.«

Er trinkt und stellt sein Glas hin und schaut hinein, hält es noch immer fest, dann schaut er zu ihr auf und lächelt vorsichtig.

»Arnold!« Sie strahlt.

Sie mieten ein Ferienhaus. Sie arbeiten, sitzen mit ihren Computern am selben Tisch. Gehen am Meer spazieren, finden seltene Steine und Schneckenhäuser. Gehen in Kneipen, essen im Restaurant, essen zu Hause, so wie immer. Im Haus gibt es kein Doppelbett. Zwei Einzelbetten in zwei unterschiedlichen Zimmern, sie können nicht verstellt werden. Manchmal geht sie von dem Bett, in das sie sich abends gelegt haben, in das andere Zimmer, mitten in der Nacht. Um besser zu schlafen, um nicht so eng zu liegen, schleicht sie sich weg von ihm. Von ihm, dem sie vor einigen Jahren nicht nahe genug kommen konnte, dessen Atem sie die ganze Zeit am Hals spüren wollte. Wie ist ihnen zumute? Schwer, sie fühlen sich schwer, schwer im Kopf, schwer im Körper, sie laufen nicht, die Zeit vergeht langsam. Sie mag sich nicht leiden, sie mag ihr Gesicht im Spiegel nicht leiden. Sie sind schweigsamer als sonst und langsam, sie streiten sich erst am letzten Tag, nicht einmal das schaffen sie eher. Dann sagt Arnold, ihr Ausschnitt sei zu tief, und damit gibt es doch immerhin einen Streit, ehe sie losfahren. Was will sie durch den tiefen Ausschnitt erreichen? Sie sitzen auf der Fähre nach Hause in der Bar und betrinken sich, wie immer. Wenn jemand sie sieht, wenn andere es über sich bringen, sie anzusehen und etwas zu denken, dann denken sie: Da sitzt ein nicht mehr junges, müdes, alkoholisiertes Paar und streitet sich um einen Dreck. Und: So dürfen wir niemals werden.

Sie torkeln durch die Gänge zu ihrer Kabine und legen sich in ihre Kojen und erwachen am Morgen, stumm wie beim Schlafengehen und müde und verkatert, und sie sehnen sich fort voneinander, er nach Trondheim, sie nach Oslo, sie schenken einander keinen herzlichen Abschied. Aber schon eine Viertelstunde, nachdem sie sich getrennt haben, er unterwegs nach Trondheim, sie nach Oslo, verspüren sie die Andeutung eines Schmerzes, und allein diese Andeutung reicht aus, und sie rufen einander an und beteuern, dass sie immer zusammen sein wollen, dass sie sich lieben. Sie haben solche Angst vor dem Schmerz, dass sie aus purer Angst anrufen und einander sagen, dass sie sich niemals trennen dürfen. Sie können jetzt nicht auseinander gehen, das schaffen sie nicht, sie sind zu schwach. Ein Ausbruch aus der Beziehung wäre ebenso schmerzhaft wie dieses Leben.

Rune und Åshild feiern ihr großes Hochzeitsfest mit Freunden und Familie. Arnold ist eingeladen, kommt aber nicht, er ist in Trondheim und würde sich ohnehin nicht blicken lassen, so, wie sie ihn in Skagen beleidigt haben. Himmel, was wird diese Hochzeit aber auch gefeiert. Sie liest ihm die Rede, die sie für Åshild halten will, nicht vor, und er bittet sie auch nicht darum. Er ruft sie per Mobiltelefon an, als sie gerade das Festlokal betreten will, im Seminar gibt es ein Fest, sagt er, er wird hingehen, dann sind sie quitt. Sie hält die Rede, sie macht Konversation, sie tanzt und trinkt nachher noch weiter. Als sie am nächsten Vormittag in ihrem Bett erwacht, ist das Glas an ihrer Armbanduhr zerbrochen, und die Zeiger sind herausgefallen. Arnold ist wütend. Den ganzen Abend und die ganze Nacht hat er versucht ihr Mobiltelefon anzurufen, aber das hatte sie nicht eingeschaltet, um ihm auszuweichen. Um halb fünf hat er aufgegeben, sagt er. Und was hat er dann gemacht? Abends ruft sie ihn an, so, wie sie einander immer abends anrufen, gegen Mitternacht, um gute Nacht zu sagen, und bei ihm ist lange besetzt. Als sie ihn fragt, mit wem er gesprochen habe, sagt er: »Mit niemandem.«

»Mit niemandem? Es war doch besetzt!«

»Kann ich ja wohl nichts für.«

Er kommt nach Oslo. Sie sitzen in ihrem Bett und trinken Sekt, und sie fragt ihn noch einmal, mit wem er am Samstagabend so spät telefoniert hat, und er lächelt schelmisch und sagt, mit einer Studentin, die er auf dem Institutsfest kennen gelernt hat, während Ida zum soundso vielten Mal die Hochzeit von Rune und Åshild feiern musste.

Wie heißt sie denn? Wie alt ist sie? Fragt sie, nun hat er sie wieder so weit. Aber jetzt nicht das Band überdehnen, Arnold, niemand weiß, welcher Tropfen das Fass zum Überlaufen bringt.

»Alle sagen, dass ich jetzt so fesch aussehe«, sagt Arnold. Er hat sich einen Schnurrbart wachsen lassen und sich eine neue Jacke gekauft. Das steht ihm, sagen die Leute, hat die Studentin gesagt, auf dem Seminarfest sind sein Schnurrbart und seine Jacke bewundert worden. Nur, damit Ida das weiß. Studentinnen von Mitte zwanzig halten ihn für einen gut aussehenden Mann. Nur, damit du's weißt, Ida, vielleicht solltest du mich ein bisschen besser behandeln.

»Du ergreifst nie mehr die Initiative«, klagt er. Als er wieder nach Trondheim zurückfährt, sagt sie voller Angst, aus purer realer Furcht:

»Sei jetzt aber nicht mit anderen zusammen, Arnold.«

»Werden sehen«, antwortet er.

Sie sieht, wie es geschieht, kann es aber nicht ändern. Wenn es geschieht, dann geschieht es, weil Arnold Arnold ist und nicht anders sein kann, und dann muss es eben geschehen, früher oder später, das ist egal, es ist ohnehin zu spät, er wird sich nicht ändern, und sie kann nicht damit leben, kann ihn nicht immer wieder anflehen, es doch nicht zu tun.

Sie fährt nach Trondheim, um ihn zu besuchen, als die Kinder beim Vater sind, wie immer. Aber sie fährt nicht am Montag, wie sonst immer, wie sie es abgemacht hatten, denn sie hat einen Termin mit dem Theaterdirektor in Bergen, der ihr letztes Stück gelesen hat, der mit dem Gedanken spielt, ihr letztes Stück zu bringen. Also kommt sie einen Tag später nach Trondheim, zu Arnold, muss in Bergen übernachten, auf Kosten des Theaters, ist nach der Besprechung zum Essen eingeladen, zusammen mit dem Theaterdirektor und dem Dramaturgen des Theaters. Sie nimmt die Einladung natürlich an, ist sehr gespannt, Arnold ist sauer. Er selbst verzichtet auf fast alles, um zu Ida zu kommen, weiß sie eigentlich, wie sehr er seine Arbeit im Seminar vernachlässigt, um zu Ida zu fahren, wie böse seine Kollegen auf ihn sind, weil er zu Ida fährt und so viel wie möglich bei Ida sein will? Ida nimmt ihre Beziehung nicht ernst, ein einziger Termin, aber einen ganzen Tag verspätet zu Arnold, weshalb Arnold allein in Trondheim herumsitzen muss.

Die Besprechung ist ein Erfolg, aller Wahrscheinlichkeit nach werden sie das Stück bringen, wenn Ida nur ein paar unwesentliche Veränderungen vornimmt, sie ist froh, sie ist glücklich, beim Essen, bringt beim Essen, das nicht sehr lange dauert, kaum einen Bissen herunter, sie läuft in ihr Zimmer, um Arnold anzurufen und ihm alles zu erzählen, aber er nimmt nicht ab. Sie weiß es einfach. Spürt jetzt schon dasselbe alte Gefühl. Ruft noch einmal an, er nimmt nicht ab, aber dann nimmt er ab, und sie hört im Hintergrund Chet Baker. Er hat nicht damit gerechnet, dass sie so früh anruft, dass das Essen schon vorbei ist, deshalb meldet er sich, weil er nicht glaubt, dass sie es ist, er ist nicht allein, das ist es. Sie begreift es sofort, intuitiv, er ist abweisend und will nicht gestört werden, will zu dem zurück, mit dem er beschäftigt war, zu der Frau, die bei ihm ist.

»Ich glaube, ich schau mal unten in der Bar vorbei«, sagt Ida, damit stellt sie ihn auf die Probe.

»Ja, ich finde, das ist eine gute Idee«, sagt Arnold. »Geh in die Bar, und lass es dir gut gehen«, sagt Arnold und legt auf. Jetzt steht es fest. Sie kennt ihn. Arnold hat Ida noch nie dazu aufgefordert, in eine Bar zu gehen und es sich gut gehen zu lassen. Sie wartet zehn Minuten, dann ruft sie wieder an, er meldet sich nicht. Auch für den restlichen Abend geht er nicht ans Telefon, auch während der Nacht geht er nicht ans Telefon, er hat sicher den Stecker herausgezogen, um es in Ruhe machen zu können. Sie weiß es. Sie liegt in ihrem Hotelbett und weiß es. Auch am Morgen meldet er sich nicht, sie ruft ihn ab sieben Uhr immer wieder an, aber erst um drei Minuten vor seinem Termin um zwölf trifft sie ihn im Seminar an.

Und so war es. In dieser Hinsicht gibt es keinen Irrtum. Aber ich will es nicht ausmalen, nicht darauf herumreiten, es langweilt mich jetzt schon, wirkt so kindisch, so banal, dass sogar der Schmerz, den es mit sich brachte, kindisch wirkt, banal, peinlich, ein Grund, sich zu schämen; mit dem Rest an Vernunft, der in ihrem Gehirn noch aktiv ist, sieht sie ein, wie banal es ist, aber es tut trotzdem weh, vielleicht noch mehr, denn auch die dümmste, kindischste Tat kann zu Schmerz führen, aber das will ich nicht ausmalen, denn ich kenne auch die Scham, sogar jetzt, wo ich hier sitze und schreibe, und deshalb hier nur das Wichtigste: Der Schmerz war so, er war so total, dass es nur eine einzige Linderung gab: einen klaren Schnitt, damit es nicht wieder passiert. Die einzige lindernde Handlung: der Entschluss. Sie hat keine Wahl, ihr ganzer Körper sagt ihr das, es ist zu Ende, es reicht, jetzt muss sie einfach überleben, und sie wird nie, nie wieder mit ihm schlafen.

Sie erwischt ihn morgens im Büro, drei Minuten, ehe er zur Seminarbesprechung um zwölf erscheinen muss. Sie weiß es, sie hört es seiner Stimme an, aber er lügt. Sie schreit, dass sie es nicht mehr erträgt.

»Mein Mädel«, sagt er, gibt es aber nicht zu, wagt nicht, es zuzugeben, denn er hört, wie restlos fertig sie ist.

»Will nicht mit dir reden, ehe du es mir sagst«, sagt sie und fährt aus Bergen los. Nicht nach Trondheim, wie abgemacht, sondern nach Oslo. Sie kann nicht stillsitzen, es ist unerträglich. Sie ruft ihre Freundin an und erzählt alles, und die Freundin sagt: »Sprich nicht mit ihm. Sprich auf keinen Fall mit ihm. Weis ihn ab, nimm eine Zeit lang keinen Kontakt zu ihm auf, das hilft vielleicht ein wenig, dann gibst du vielleicht einen Teil deines Schmerzes an ihn weiter.« Es ist zu Ende. Sie verlässt Bergen. Es ist zu Ende. O Scheiße, es tut so weh. Es ist zu Ende.

Die Kinder rufen an, sie sagt, dass mit Arnold Schluss ist. Der Ex-Mann ruft an, sie sagt, dass mit Arnold Schluss ist. Ihre Eltern rufen an, sie sagt, dass mit Arnold Schluss ist. Jetzt muss es dabei bleiben. Arnold ruft an. Sie sagt, dass sie nicht mit ihm sprechen will, solange er es ihr nicht erzählt.

»Warum bist du so böse und misstrauisch?«

»Drecksack. Will nicht mit dir reden, wenn du es nicht sagst.«

Dann ruft er erst spät wieder an, abends, als er betrunken ist.

»Ich will nicht mit dir reden, wenn du es nicht sagst.«

»Was denn?«

»Du weißt, was ich meine.«

»Was denn?«

»DU WEISST, WAS ICH MEINE!«

»Mein Telefon war defekt. Du kannst Bertolt fragen. Das Telefon ist defekt.«

Sie wird hysterisch, jetzt wird sie verrückt, jetzt kommt der Urschrei, so laut hat sie noch nie in ihrem Leben geschrien: »ICH ERTRAGE DAS NICHT MEHR! ICH WILL NICHT MIT EINEM LÜGNER ZUSAMMEN SEIN!« Sie schleudert das Telefon gegen die Wand und versucht durchzuatmen, ihr Herz am Hämmern zu hindern. Dann ruft er nicht an, dann sprechen sie mehrere Tage nicht miteinander, sie hat alle Bücher über Trauer aus der Bücherei ausgeliehen und hofft, dass die ihr vielleicht helfen können. Ihr zum Überleben verhelfen, bis sie es nicht mehr aushält und anruft, denn es ist unerträglich und nicht auszuhalten, und es wird nicht besser, nur schlimmer. Am Samstagvormittag ruft sie an und sagt, wie unerträglich alles für sie ist, und er leidet auch so sehr, sie weinen und sagen, dass sie einander lieben, und sie ist nicht böse, nur verzweifelt, und er fragt, ob sie glaubt, sie könnten wieder zusammen sein, und sie verstummt. Sie fragt, was in der fraglichen Nacht passiert ist. Und Arnold verstummt und sagt, er komme sich dumm vor.

Sie wartet, er sagt nichts mehr, dann fragt sie, ob es diese Studentin war, er sagt: »Ja.«

Sie hat es die ganze Zeit gewusst, aber trotzdem hat es wehgetan, es ist jetzt noch schlimmer, obwohl sie sicher war, dass es nicht schlimmer werden könnte, als hätte sie doch eine winzige Hoffnung gehabt, dass er es auf eine andere Weise erklären könnte, damit ihr das hier erspart bliebe. Er bringt es nicht über sich, darüber zu sprechen, sagt er.

»Du musst es dir überlegen«, sagt er und legt auf, aber da gibt es nichts zu überlegen. Die Alternative ist unmöglich. Zehn Minuten später ruft er an und fragt, was sie meint, und sie sagt, es sei Schluss. Sie kann nicht mehr, es nimmt nie ein Ende, es ist Schluss.

Dort, wo sie ist, ist eine Lawine losgebrochen. Sie steckt in der Lawine.

Es ist Schluss. Von nun an geht es nur noch um die Fähigkeit, es durchzuziehen. Durchzuhalten und zu überleben. Zeitweise kann sie einfach nicht aufstehen. Denen zu glauben, die sagen, dass es vorübergeht. Es ist unmöglich, das zu glauben, aber manche sagen, dass sie dasselbe durchgemacht haben und dass es wirklich vorübergeht, auch wenn es jetzt unvorstellbar wirkt. Als sie dann aufstehen kann, fährt sie in eine andere Bücherei; um bessere Bücher über Trauerarbeit zu finden, die ihr helfen können. Gibt es denn nichts, was hilft? Was soll sie tun, damit es schneller geht? Kann sie irgendetwas tun, damit es schneller geht? Mach dir klar, was du verlierst, und beweine diesen Verlust. Sie liegt auf dem Sofa, macht sich klar, was sie verliert, und weint darüber, schreit darüber, wenn es nicht vorübergeht, bringt sie sich um, aber ein so großes Unglück ist er nicht wert.

»Es geht vorbei«, sagen alle, die sie fragt, sie fragt alle, sie fragt die Leute in der Bücherei, in dem Laden, wo sie ihren Wein kauft, und in der Schlange im Supermarkt, sie fragt den Taxifahrer, alle sagen, dass es vorübergeht, aber kann sie das wirklich glauben. Dass es jetzt so wehtun und dann in einigen Monaten nicht mehr so wehtun wird, was, wenn es immer so weitergeht? Nachts ruft sie die Telefonseelsorge an und weint. Es ist schon gut, sagen die, schütte du nur dein Herz aus, dass du uns anrufst, ist ein gutes Zeichen. Jetzt weiß sie, dass es vorübergeht. Dass es hier darum geht, hindurchzukommen.

Es ist ungerecht, dass er eine Achselhöhle hat, in der er sein Gesicht verstecken kann. Er geht mit seiner Trauer zu dieser Studentin, oder vielleicht trauert er nicht, woher soll sie wissen, was er empfindet. Vielleicht weiß er nicht, was er empfindet, vielleicht ist er ein wenig verliebt, verwirrt, wie bei der Trennung von Kjersti. Er geht zur Studentin, um mit seiner Verwirrung nicht allein zu sein, und die Studentin nimmt ihn auf, und er muss nachts nicht allein sein. Ida hat niemanden, sie ist allein. Das sei das Beste, sagen die anderen. Sie beschafft sich die Nummer der Studentin und ruft sie an und fragt nach Arnold und brüllt und schreit und schämt sich danach und ruft an und verspricht, es nie wieder zu tun, und hält dieses Versprechen auch fast. Es durchmachen, nur weinen. Wieder und wieder durch den Schnee wandern. Bier trinken, das hilft. Trink ein Bier, sagt ihre Freundin, das hilft. Sie legt den Ring ab, den er ihr geschenkt hat. Sie nimmt die Bilder, die ihn, die sie beide zusammen zeigen, von der Wand. Sie packt seine Sachen zusammen, Bücher, Kleider, Schuhe, und fährt sie in einem Müllsack zu seinem Bruder, der in Oslo wohnt, und stellt sie dort auf der Treppe ab. Es endlich tun, wo die Gelegenheit sich bietet, es richtig tun, ganz und gar. Die Studentin, sagt sie sich, ist ein Geschenk an mich. Es zerreißt sie, dass er es mit einer anderen macht, in dem Bett, in dem sie es zusammen gemacht haben, wo sie es nie wieder machen werden. Aber es musste passieren. Jetzt ist es passiert. Sie wird nie wieder hinfahren, wird nie wieder einen Fuß in dieses Zimmer setzen. Wird nie mehr mit ihm schlafen, nie, nie. Empfindet kein Begehren, nur Schmerz, wird ihn nie mehr begehren, wenn sie daran denkt, dass sie miteinander geschlafen haben, verspürt sie nur Schmerz, nur Leid.

Sie fährt nach Røros, ins Hotel am Bahnhof, um dort zu arbeiten, denn sie findet zu Hause keine Ruhe, wenn die Kinder bei ihrem Vater sind, aber sie findet auch in Røros keine Ruhe, sie steht am Fenster und betrachtet die Züge, die in den Bahnhof einfahren, und sie denkt daran, wie sie einmal allein hier war, als sie noch nicht mit Arnold zusammen war, als sie ihn aber schon kannte. Damals stand sie am Fenster und hoffte, er werde aus einem der Wagen steigen, aussteigen und zu ihr hochschauen, wenn er das täte, sie wäre glücklich gewesen; einfach so. Sie steht am selben Fenster und sieht die Züge in den Bahnhof einfahren. Es ist Abend und dunkel, wie damals. Es ist Winter und kalt, wie damals, aber sie hofft nicht, dass Arnold aussteigt. Sie hat den Glauben verloren. Wenn Arnold jetzt aus dem Zug steigt, dann steht nicht fest, ob sie ihn einlassen wird. In Arnolds Armen gibt es keine Ruhe, keine Linderung, er kann nichts tun, was ihr den Schmerz nehmen würde.

Wenn das Leben ein Film ist, sagt sie zu sich, ein Film, der wehtut – und sie glaubt, dass der Schmerz niemals ein Ende nehmen wird –, hat er doch einen dramatischen Höhepunkt erreicht, das ist doch immerhin schon etwas, sie in einer der dramatischeren Sequenzen, es ist immerhin nicht langweilig, und wer den Film ansieht, wird sich fragen: »Was wird passieren? Wie wird es ausgehen?« So muss sie denken, wenn es ganz besonders wehtut, wie an einen Film, in dem sie sich fragt, was wohl noch passieren wird. Wie ihre Tochter sagte, als sie den Titanic-Film gesehen hatte: »Ich erlebe nie etwas Spannendes, Mensch.«

»Du kämpfst nicht um unsere Beziehung«, spricht er auf ihren Anrufbeantworter. Er hatte geglaubt, hatte erwartet, dass sie kämpfen würde, hat er deshalb mit dieser Sache angefangen? Um ihren Konkurrenzinstinkt anzuregen, sie auf diese Weise zu ködern? Eine Konkurrentin, eine Studentin, da wollen wir doch mal sehen, wer Arnold Busk am Ende behalten darf! Hat er geglaubt, sie werde so reagieren. Um ihn kämpfen und ihn zurückgewinnen und der Studentin eine lange Nase drehen: Na bitte, wer hat ihn am Ende gekriegt? Und während der Kampf ausgefochten wird, kann Arnold Busk mit strammer Latte geschmeichelt und zufrieden durch die Universität stolzieren. Ist das so?

Er hatte ihr das nicht zugetraut, was sie jetzt tut. Er glaubt nicht, dass sie es wirklich tut. Er hält es für eine Krise, eine Pause, ehe sie zur Besinnung gelangt und sich fasst und kommt, wie sie immer gekommen ist, wie es immer wieder gut geworden ist, bisher, weil sie nicht ohne ihn leben konnte. Kann sie jetzt ohne ihn leben?

»Du glaubst nur, dass du mich geliebt hast«, spricht er auf ihren Anrufbeantworter. »Aber du hast mich nicht geliebt, hast mich nicht so geliebt, wie ich *bin.*«

Hätte sie seine Untreue lieben sollen? Wäre es erst die große Liebe gewesen, wenn sie auch seine Untreue und seinen Drang geliebt hätte, sie zu kontrollieren? Ist es eine Schwäche ihrer Liebe, dass sie nicht alles erträgt.

»Tove Ditlevsen«, spricht er auf ihren Anrufbeantworter. »Hat viel mehr ertragen. Du bist ein Nichts im Vergleich zu Tove Ditlevsen«, sagt er. »Was ich getan habe, ist nichts im Vergleich dazu, was Victor Andreasen Tove Ditlevsen angetan hat. Die dänische Autorin Tove Ditlevsen und der Chefredakteur von Ekstra Bladet waren ein Leben lang zusammen, fast ein Leben lang, egal, was sie mit anderen hatten, denn sie haben einander geliebt. Wir lieben einander doch auch, Ida. Das weißt du!«

Tove Ditlevsen, antwortet sie ihm in Gedanken, hat sich das Leben genommen. Tove Ditlevsen hat im Irrenhaus geendet, und Victor Andreasen hielt es nicht mehr aus und ging, antwortet sie ihm in Gedanken. Vielleicht hätte Tove Ditlevsen Victor viel früher verlassen sollen. Dann hätte sie vielleicht nicht im Irrenhaus geendet, hätte sich nicht das Leben genommen. Tove Ditlevsen wollte ein Buch über ihr Leben mit Victor Andreasen schreiben, den sie als überaus begabten Psychopathen bezeichnete, weißt du, es sollte heißen: »Die Frau, die sich alles gefallen ließ«, klingt wie ein leicht selbstironischer Titel, wenn du mich fragst, als habe sie einiges bereut, hätte allerlei anders gemacht, wenn sie gekonnt hätte, antwortet sie ihm in aller Stille.

»Du solltest dich hüten, so aufdringlich zu sein, so verbissen um einen Mann zu kämpfen, mit dem du eigentlich gar nicht zusammen sein willst«, spricht er auf ihren Anrufbeantworter, sie geht nicht ans Telefon, wenn sie sieht, dass er anruft.

»Du hast mich nicht an die erste Stelle gesetzt«, sagt er. »Du wolltest nicht nach Trondheim kommen. Naja, anfangs vielleicht schon, aber nicht in den letzten Jahren. Die ganze Zeit waren dir deine Freundinnen wichtiger, deine Freunde, deine Kollegen.«

Meine Freundinnen, meine Freunde, meine Kollegen hatten allesamt nicht das Gefühl, an erster Stelle zu stehen, antwortet sie ihm in Gedanken. Frag sie doch einfach!, fordert sie ihn in aller Stille auf, sie finden alle, ich hätte dich an die erste Stelle gesetzt, immer, hätte über jedes vernünftige Maß hinaus immer auf dich Rücksicht genommen.

Er versucht, nicht anzurufen, vielleicht hofft er, dass das wirkt. Sie fragt, wenn sie abends oder tagsüber, morgens nach Hause kommt: »Hat jemand angerufen?«, und sie hofft, dass er angerufen, dass er eine Nachricht auf ihrem Anrufbeantworter hinterlassen hat. Selbst ein »Verdammte Scheiße, ich hasse dich« ist besser als nichts, als Schweigen. Weil sie es selber merkt, wendet sie sie ebenfalls an, die effektivste Waffe, das Schweigen. Sie will nicht die Einzige sein, die leidet. Dass er leidet und seinen Schmerz zum Ausdruck bringt, ist fast das Einzige, was ihr hilft.

Er versucht es mit Briefen, aber er schreibt, wie er spricht, und sie kann ihm nicht antworten. Es würde ein ganzes Buch dabei herauskommen, wenn sie ihm erklären wollte, wie sie das alles erlebt hat, eine ganz andere Geschichte als die, die er schreiben würde, merkt sie, als sie noch einige Male mit ihm telefoniert, ehe sie aufgibt. Er ärgert sich nur, er sagt, dass sie sich irrt, dass alles hätte gut gehen können, wenn sie sich verändert hätte, während sie meint, er hätte sich verändern müssen, aber sie glaubt nicht an Veränderung, hat keinen Glauben.

»Du hast mich nicht ernst genommen«, spricht er auf ihren Anrufbeantworter. »Du hast keine Rücksicht darauf genommen, was mir in unserer Beziehung Schwierigkeiten gemacht hat, was ich so oft zur Sprache bringen wollte, du hast einfach weitergemacht wie bisher.«

Meint er, sie hätte auf Reisen verzichten sollen, auf andere Menschen, weil er ihr gesagt hat, dass ihn das nervös macht. Hätte sie ihn häufiger anrufen sollen, sich weniger mit allem beschäftigen, was ihm nicht passte, hätte sie ihn dann ernst genommen, wenn sie sich an seine Vorschriften gehalten, sich eingemauert hätte, damit er sich noch sicherer fühlen könnte. Hätte sie seine Verachtung für das, was er verachtet, übernehmen sollen, seine Feinde und seine Ansichten, weil es Sanktionen, Schmerzen, mit sich brachte, das nicht zu tun. Sie liest seine Briefe und diskutiert abends mit ihnen, liegt nachts wach und ist anderer Ansicht als er, es gibt so viel, was sie gern sagen würde, aber beim bloßen Gedanken daran ist sie schon erschöpft.

Aber wenn er nun Recht hat? Wenn die Geschichte so ist, wie er sie erzählt? Wenn seine Wahrheit der Wahrheit näher kommt, falls es eine gibt, als ihre Wahrheit?

»Weißt du eigentlich, wie du dich Männern gegenüber verhältst, wenn du betrunken bist?«, fragt er, was soll sie antworten, sie weiß es doch nicht. Sie dachte, sie sei fröhlich und munter, mehr nicht, aber vielleicht ist da noch mehr, worüber sie sich nicht im Klaren ist. Vielleicht verhält sie sich wirklich seltsam, so, dass er Grund zu dieser Reaktion hat, alle Männer würden vielleicht so reagieren wie Arnold, woher soll sie das wissen. Vielleicht stimmt, was er auf dem Anrufbeantworter sagt und in den Briefen schreibt, dass nämlich kein Mann es mit Ida aushalten könnte, so, wie sie ist, so, wie sie sich in der Öffentlichkeit aufführt.

Sie ist zu einem Premierenfest eingeladen und freut sich. Das letzte Fest ist lange her. Sie hat viele Kilo abgenommen und will der Welt zeigen, dass es ihr gut geht, dass sie überlebt, sie war vor anderthalb Monaten in Bergen und hat ihn mit der Studentin auf frischer Tat ertappt, ab und zu hat sie das Gefühl, über die Sache hinwegzusein. Ihr Sohn hat den Führerschein gemacht und bringt sie hin, alle haben Mitleid mit ihr und sind lieb. Sie sitzt etwas abseits und trinkt Champagner. Der blöde Arnold, der sie mit Studentinnen betrügt, ha! Jetzt sollte er sie mal sehen, in ihrem schönsten Kleid, lächelnd und mit dem Sektglas in der Hand. Wenn es so ist, Arnold, wie du auf dem Anrufbeantworter gesagt hast, dass ich für dich die Einzige auf der Welt bin, wenn ich wirklich die Einzige bin, die dich versteht, die Einzige, mit der du reden kannst, wie konntest du dann alles für einen Studentinnenfick opfern? Ha? Jetzt solltest du Ida mal sehen, Arnold, auf dem Rücksitz des Autos, unterwegs zum Premierenfest, sie fühlt sich schon wie die Ballkönigin, und das ist ein gefährliches Gefühl, wenn der Ball noch gar nicht begonnen hat. Sie weiß es, hat es im Moment aber vergessen, hier kommt eine, die den Durchblick hat, eine, die ganz oben ist. Lächeln nach allen Richtungen. Gibt's hier ein paar fesche Mannsbilder und Champagner, ja, bitte!

Sie erinnert sich an den Tisch. Sie weiß noch, wer ihre Sitznachbarn waren. Sie hat Kaffee getrunken, mit Trond, ihrer alten lieben und klugen Flamme, die jetzt glücklich verheiratet und Vater von drei Kindern ist. Dann gibt es nur noch Bruchstücke, eine Warteschlange vor einem Lokal, sie hängt am Arm eines Mannes, der einen Mantel trägt, und weiß noch, dass sie mitten in der Nacht aus einem Hotelzimmer in die Novemberdunkelheit stürzt und ein Taxi nimmt und am Morgen in ihrem eigenen Bett aufwacht, aber ohne Handtasche, Schuhe, Brieftasche. Die Kinder sind beim Vater, zum Glück, sie liegt zitternd im Bett. Womöglich schafft sie es doch nicht allein, ohne ihn. Sie muss dem Psychoanalytiker schreiben, dem, zu dem sie nicht mehr gegangen ist, weil er nicht an ihre Liebe glaubte, vermutlich hatte er die ganze Zeit Recht, sie hätte viermal pro Woche gehen sollen, nicht dreimal. Arnold, warum tust du mir das an!

Es ist Samstag, es ist das Weihnachtstreffen des Dramatikerverbandes, sie wollte eigentlich hin, bringt es aber nicht über sich. Sie ruft einen Kollegen an, der es auch nicht über sich bringt, sie verabreden sich in der Stadt auf ein Bier, während die anderen ihre Besprechung abhalten. Danach will sie mit ihm und den anderen feiern. Sie braucht jetzt einen, mit dem sie reden kann, der ihr zuhört und sagt, dass es nicht so schlimm ist, einen, der auch schon in Winternächten unterwegs war. Sie fragt unterwegs in den Hotels, die ihrer Meinung nach in Frage kommen, ob sie ihre Tasche, ihre Schuhe, ihr Telefon, ihre Brieftasche gefunden haben. Spricht in einer Rezeption nach der anderen vor und erkundigt sich danach.

»In welchem Zimmer haben Sie denn übernachtet«, wird sie gefragt.

»Weiß ich nicht«, antwortet sie.

»Und wer hat die Rechnung bezahlt?«

»Weiß ich nicht«, antwortet sie.

»Sind Sie sicher, dass es hier war?«, wird sie gefragt.

»Nein«, antwortet sie.

Niemand hat ihre Tasche, ihr Handy, ihre Brieftasche gesehen. Sie geht zu ihrem Kollegen ins Café, er drückt sie an sich, als sie kommt, alle können ihren Augen und den tiefen Schatten darunter, der Art, wie sie ihr erstes Bier trinkt, ansehen, dass sie eine tiefe Trauer durchlebt. Sie schüttet ihm ihr Herz aus, und er nimmt alles an, und dann fahren sie auf das Fest des Dramatikerverbandes, und sie sagt den ersten Menschen, denen sie dort begegnet:

»Mit Arnold ist Schluss.«

»Das ist uns schon klar.«

»Ach?«

Sie haben ihn im Celsius gesehen, wo sie eben noch waren, da saß er mit einer Frau. Im Celsius, wo Ida auch gewesen wäre, zusammen mit ihren Kollegen, wenn sie, wie geplant, auch schon zur Besprechung des Dramatikerverbandes gegangen wäre. Ins Celsius, wie sie das immer getan haben, anlässlich der Besprechungen des Dramatikerverbandes, was Arnold auch weiß. Dort war er mit einer Frau, die eine Lederhose trug, und trank Bier und sah Idas Kollegen, nur Ida eben nicht.

Jetzt hilft kein Bier mehr, sie bestellt Tequila. Zwei und dann noch zwei, und dann sinkt sie zu Boden.

Sie holen ein Taxi und wollen sie nach Hause fahren, haben aber plötzlich den Eindruck, dass sie nicht atmet, und bringen sie ins Krankenhaus. Dort erwacht sie einige Stunden später in einem Bett, und ein Arzt hält ihre Hand und fragt, was passiert sei und wer ihre nächsten Angehörigen seien, und sie nennt ihren Exmann, wen sonst. Der Arzt ruft ihn an, er ist in Paris, kommt aber ans Telefon, und der Arzt erklärt die Lage, und Ida kann mit ihm sprechen, sie weint nur. Sie wird zur Beobachtung dabehalten, aber die Kollegen, die noch immer auf dem Gang sitzen, können nach Hause fahren, und einige Stunden darauf wird auch Ida entlassen, sie glauben nicht, dass sie sich das Leben nehmen wird. Zu Hause liest sie Eklöf, das Einzige, was hilft. Wenn du leidest, wenn du nicht mehr kannst, dann geh an den Strand und wirf Steine ins Wasser. Einen und dann noch einen, und dann merkst du, wie es langsam leichter wird. Sie geht zum Strand und wirft Steine ins Meer, einen und dann noch einen, es hilft ein wenig, sie hebt sie auf und wirft sie. Sie setzt sich mit dem Lammfell um die Schultern an den Strand, während es noch dunkler wird, an diesem ohnehin schon dunklen Sonntag im November. Wenn sie jetzt, später, daran denkt, ist es auch schön. Eine erstarrte Nische, während alles andere vorüberjagt und verschwindet. Für einen Moment ist sie dem menschlichen Leben näher, Vernunft und Gefühl stellen dieselbe Frage: Wie soll ich es schaffen. Wie soll ich es ertragen. Was mache ich mit mir. Sie legt sich hin und spürt die Kälte der Erde, die Wärme des Körpers und die Sehnsucht nach Wärme, danach, getragen zu werden, spürt die Versprechen der Steine. Auf diese Weise spüren wir auch, dass wir leben.

Da, da tanzt er mit einer anderen, schrieb Tove Ditlevsen. Und trotzdem gehe ich nicht von ihm. Denn das Leid ist eine Fessel und bringt uns die magische Wollust, die das Glück uns niemals schenken kann.

So ist es eben. Sich glücklich lieben und sich traurig lieben. Ekelöf: Du fragst: Warum Geschlechtswörter, warum Schwanz und Möse? Weil wir kein Wort für den Schmerz haben. Für das Lebendigste, das am schwersten zu Berechnende. Das, was den Jungen Glut bringt, den Alten warme Erinnerungen, ist der lebendige Schmerz, düsterer Bruder und düstere Schwester.

Als sie zum Haus zurückkommt, hängt an der Tür eine Papiertüte aus Paris. Sie enthält ein exklusives T-Shirt mit folgendem Text auf der Brust: One tequila – two tequila – three tequila – floor! Ihr Ex-Mann hat es für sie gekauft.

Am Montag ruft sie Trond an und fragt, ob der wisse, mit

wem sie sich am Freitagabend abgesetzt hat. Er weiß es nicht. Sie sei, in guter Form, bis zum allgemeinen Aufbruch geblieben. Dann sei sie verschwunden, sei etwa zehn Minuten ausgeblieben und zurückgekehrt, um ihre Tasche zu holen und mitzuteilen, sie habe sich einen Mann geangelt, mit dem sie das Fest verlassen könnte, da Trond doch nun verheiratet und Vater von drei Kindern sei. Er hat nicht mitbekommen, wer dieser Mann war.

Sie ruft den Organisator des Fests an, bittet um die Gästeliste, stutzt über einige Namen und fragt, wie sie aussehen und wo sie arbeiten, setzt auf den, der der Beschreibung nach am wahrscheinlichsten wirkt, wählt seine Nummer und will ihm ankündigen, dass sie ihm eine seltsame Frage stellen muss, das heißt, vielleicht auch nicht, es kommt ein wenig darauf an: War ich am Freitag mit dir auf der Piste?, damit sie nicht fragen muss, ob sie mit ihm in dieser Nacht im Hotel war.

»Hallo. Hier ist Ida Heier«, beginnt sie vorsichtig.

»Haaaaaaaaai!«, antwortet eine tiefe, viel sagend erotische Stimme. Also ist sie an der richtigen Adresse. Er kann ihr sagen, in welchem Hotel sie waren, von ihrer Tasche weiß er aber nichts. Er selbst war eingeschlafen, konnte nach dem Aufwachen seine eine Socke nicht finden, glaubte, nicht mit nur einer Socke zu seiner Frau nach Hause kommen zu können, und musste deshalb warten, bis die Läden öffneten. Aber auf der Jagd nach seiner Socke hatte er das Zimmer durchkämmt, eine Tasche hatte er nicht gefunden.

Sie ist trotzdem erleichtert, weil sie jetzt einen Namen hat, weil sie seine Stimme hört, die sympathisch klingt.

»Wie schade«, sagt sie, »dass ich zu blau war, um es zu genießen, wo ich schon so einen tollen Mann aufgerissen habe.«

»Nana«, sagt er. »Immerhin bist du dreimal gekommen.«

Sie kann es sich vorstellen, wie sie im Bett zugange sind, Rufen und Stöhnen, Abwesenheit getarnt als Nähe, das kann sie gut, sie kann ihren Körper streng getrennt von sich selber erleben, ist wie betäubt während des Aktes, ihre Gedanken sind tausend Meilen weit weg, abgeschnitten und unerreichbar.

Sie trifft ihn, ihr Abenteuer, nur einige Wochen später, im Flugzeug aus Stockholm, wo sie eine Freundin besucht hat, um etwas anderes zu sehen. Vier Tage lang war sie strahlender Laune, jetzt kommt die Reaktion, als sie da sitzt, allein mit Wein auf dem Flughafen. Sie sieht ihn mit Frau und Kindern, sie setzen sich irgendwo hinter sie. Sie weint nur und möchte sich dem jungen Mann neben ihr erklären: Verstehen Sie, ich habe Liebeskummer. Ich habe das Gefühl, dass jemand mir mit einer Zange Fleischstücke aus dem Leib reißt.

Der schaut sie entsetzt an.

Er ruft ihren Anrufbeantworter an und sagt, dass sie ihm fehlt. »Fehle ich dir nicht?« Er sagt, er habe seinem Sohn gesagt, dass Schluss ist, und der Sohn sei sehr traurig. Ida macht seinen Sohn sehr traurig. Er sagt, dass ihre Kinder ihm fehlen. Warum hast du es dann gemacht, fragt sie ihn in Gedanken, wenn dir das alles so wichtig ist, wenn sie dir so viel bedeuten, wenn dein Sohn mich so liebt, warum hast du es getan? Die Studentin vom Zug aus angerufen und dich von ihr abholen lassen und sie mit zu dir nach Hause genommen und Chet Baker ins CD-Gerät eingelegt und den Telefonstecker herausgezogen, als ich angerufen habe, und mit ihr in unserem Bett gefickt, wo wir immer ficken, WARUM ZUM TEUFEL HAST DU DAS GETAN? Hatte ich dir nicht gesagt: Wenn du es noch einmal machst, dann verlasse ich dich? Warum warst du so überrascht? Glaubst du wirklich, wir könnten noch eine Episode verkraften, über die wir uns streiten müssen? Wenn du Risikosport betreibst, Russisches Roulette, dann darfst du dich nicht wundern, wenn alles schief geht.

»Ich habe das Gefühl«, sagt sie einmal, als sie ans Telefon geht, als er anruft, und er erwidert, hier sei nicht die Rede von Gefühlen, sondern von trockenen, grundlegenden Tatsachen, und er verbreitet sich über diese trockenen Tatsachen, und sie erkennt sie nicht wieder. Sie sagt, sie habe nie gesagt, was sie angeblich gesagt hat, und er sagt, er könne sich genau daran erinnern. »Ich war dabei«, sagt er, und sie würde gern sagen: »Ich war auch dabei«, aber wozu sollte das gut sein, sie werden sich ja doch nie einigen. Wenn sie sprechen könnte, wenn sie die Möglichkeit hätte, ruhig zu sprechen, ohne unterbrochen zu werden, dann würde sie vielleicht sagen: Ja. Ich liebe dich. Aber es geht nicht, denn du änderst dich nicht, willst dich nicht verändern, denn du meinst, nichts an dir brauche geändert zu werden, geändert werden müsste nur ich. Ich bin mitschuldig, denn ich habe es geschehen lassen, habe dir meine Verletzungen gezeigt, was du ausgenutzt hast, unbewusst, meine Grenzenlosigkeit, meine Schuldgefühle. Hast du je gefragt: Ist das gut für Ida?

Wenn dir etwas Unbehagen bereitet hat, dann hast du das Unbehagen in Form von Aggressionen und Vorwürfen über mich herabregnen lassen, über mich strömen lassen, statt es zurückzuhalten, als ob jedes Gefühl von Unbehagen, das mein Verhalten in dir erweckte, meine Schuld und mein Problem sei, niemals aber deins. Und ich habe es geschehen lassen, das war mein Fehler, unsere Tragödie. Ich liebe dich, aber wir können nicht zusammen sein, denn nichts wird sich ändern, und alles, was inzwischen geschehen ist, was wir geschehen lassen, um uns zu rächen, um zu überleben, alles, was einen Moment der Linderung bringt, wird uns in Stücke reißen, wenn wir uns wieder begegnen und darüber reden, deshalb ist der Weg zu Ende, es ist vorbei. Ich versuche es zu verstehen, nicht böse zu sein – dich nicht zu hassen, weil du es kaputtgemacht hast – denn du hast es kaputtgemacht!

Bin ich ungerecht? Natürlich. Im Affekt, ich hasse und will es los werden, du Arsch, du Mistkerl, ich werde nie mehr mit dir schlafen, nie, ich kann nicht. Es gilt nicht mehr, alles Alte, Gespräche und Versprechen, alles, was wir damals gesagt haben, denn es ist kaputt und zu Ende, ich spüre es am ganzen Leib. Der Ring, den ich dir gegeben habe, gilt nicht mehr, leg ihn ab. Nicht, weil ich dich nicht liebe, vielleicht eher, weil ich dich liebe. Nie mehr, Geliebter, du in mir, nie mehr. Nie mehr meine Geräusche in deinem Ohr oder deine in meinem, ich weiß nicht mehr, was sie bedeuten. Nie mehr: Leg dich zu mir. Nie mehr im selben Bett, es ist zu Ende, zerstört, wie eine Vase zerbrochen, und du siehst, dass die Stücke nicht zusammengeklebt werden können, dreimal schon ist sie zerbrochen und wieder zusammengeklebt worden, aber jetzt liegt sie pulverisiert auf dem Boden, und du siehst auf einen Blick, dass es unmöglich ist, sie ist verloren. Es ist zum Weinen, ja, ich weine, während ich schreibe.

Sie wünschte, er hätte sie niedergestochen, in der Öffentlichkeit, vier Messerstiche in den Rücken, damit sie das Bewusstsein verliert und stürzt, damit sich eine Blutlache unter ihrem Rücken ausbreitet. So, genau so, wäre es leichter gewesen, und die Umgebung hätte sehen können, wie brutal alles ist, was er ihr angetan hat. So soll sie sterben, vor aller Augen verbluten, seinetwegen.

Wird sie nie wieder lieben? Liebt man nur einmal? Oder ist es so, dass aus der Liebe zu einem Menschen Liebe zu einem anderen erwachsen kann, so wie die Schrift aus dem Lesen wächst, das Buch aus den Büchern? So muss es sein!

Es ist achtundsechzig Tage her, und ich weiß nicht, was du tust. Ob du trauerst wie ich, wie nach einem Todesfall, ob du weinst oder ob du glücklich verliebt bist. Stöhnst du: Ach, ich komme!, in einer anderen Frau, erschaffst du mit ihr eine neue Liebessprache? Hand in Hand durch eine Großstadt, wie das deine Stärke war, damals, als wir glücklich frisch verliebt waren, während Kjersti deprimiert in Trondheim saß? Es bedeutet nichts, Arnold. Ich will ein großzügiger und anständiger Mensch sein und zwinge mich zu schreiben: Ich hoffe, es geht dir gut. Ich wünsche dir alles Gute, während ich das auserlesene masochistische Vergnügen erfahre, die allerschönsten Erinnerungen, die ich für den Rest meines Lebens hätte bewahren können, in den Dreck zu ziehen.

Hundertvierzehn Tage, und ich hoffe nicht, dass du mich anrufst, denn der, der mich anruft, müsste ein anderer sein als du und auf andere Weise sprechen, als du sprichst. Liebe ich dich so, wie du sein könntest, wenn du eine Therapie gemacht und dich verändert hättest? Nein, sicher nicht, eher liebe ich das in dir, was am schlimmsten für mich ist und von dem ich mich deshalb befreien muss.

Und das Gefühl, dich zu lieben, das ich immer hatte, wenn ich dich nach einer Zeit der Abwesenheit wiedergesehen habe, wird es verschwinden, wenn ich dir begegne, wenn ich dir wieder begegne, wenn ich dich sehe und wenn ich dir nahe genug komme, um deinen Geruch wahrzunehmen? Mein geliebtes Glück und mein geliebter Schmerz. Deine Schritte, deine Stimme, was bleibt mir noch davon? Warum, warum, warum?

Vielleicht mit der Zeit, sagen die Erfahrenen, und ich spreche mit niemandem häufiger als mit ihnen, werde ich ganz aufhören zu lieben und aufhören zu hassen und sogar irgendwann denken: Wie konnte ich mit diesem Mann überhaupt zusammen sein?

Hundertzweiundsechzig Tage, und es kommt noch immer vor, dass ich mit einem Gefühl der Verlassenheit erwache. Man kann lernen zu verführen, aber nicht zu lieben. Es kommt vor, dass ich nachts wachbleibe und trinke und rauche. Ist jetzt ein schöner Moment, frage ich mich. Jetzt, wenn ich an der Zigarette ziehe, jetzt, wenn ich einen Lungenzug mache, den Rauch durch meine Kehle ziehe und in meiner Brust spüre. Oder jetzt, wenn ich ausatme und aufs Neue den Filter an den Mund halte. Wann ist er, wann war er eigentlich, der Augenblick der Liebe?

Ich war vor kurzer Zeit in diesem Bahnhof und setzte mich zu mir, zwanzig Jahre verspätet. Ich packe es aus, um es anzusehen, wieder und wieder, dann packe ich es zusammen und mache weiter, trage es weiter, wie einen Sack über meiner Schulter, trage es immer bei mir. Setze es ab, öffne es, packe es aus und sehe es an, jetzt, wo ich nicht mehr so unruhig bin. Packe es vorsichtig aus und packe es vorsichtig wieder ein und trage es weiter, trage es immer bei mir. Es ist eine Wunde entstanden. Erst jetzt weiß ich, wie tief sie ist. Ich kann spüren, wie sich dort der Schmerz sammelt, während ich schreibe und mich frage, ob ich statt zu begraben alles am Leben erhalte, auf diese Weise.

War es nur eine Kur, eine Liebeskur? Hat er den tiefsten Keller nur geöffnet, damit der Eiter abfließen und verschwinden konnte, um gründlich zu säubern, um immer wieder die blutige offene Tiefe mit brennender desinfizierender Flüssigkeit auszuspülen, um allen Schmutz zu erfassen und auszuspülen und abermals zu spülen, egal, wie weh es auch tut, und ist die Liebe nun tot? Denn die Liebe stirbt, wie Bücher sterben, wird geschaffen und lebt ihr Leben, kurz oder lang, und stirbt dann, wie alles Lebendige stirbt, ist zum Tode verurteilt, denn ohne den Tod gibt es kein Leben, und ohne den Tod gibt es auch keine Liebe.